KB154310

도리스 레싱, 21세기 여성 작가의 도전

도리스 레싱, 21세기 여성 작가의 도전

Doris Lessing, a Challenge of a Woman Writer in the 21st Century

지은이 민경숙

펴낸이 조정환
책임운영 신은주
편집 김정연
디자인 조문영
홍보 김하은
프리뷰 권혜린 · 표광소

펴낸곳 도서출판 갈무리 등록일 1994. 3. 3. 등록번호 제17-0161호
초판인쇄 2018년 8월 28일 초판발행 2018년 8월 31일
종이 화인페이퍼 인쇄 예원프린팅 제본 은정제책

주소 서울 마포구 동교로18길 9-13 [서교동 464-56]
전화 02-325-1485 팩스 02-325-1407
website http://galmuri.co.kr e-mail galmuri94@gmail.com

ISBN 978-89-6195-185-2 03800
도서분류 1. 문학 2. 영문학 3. 문학비평 4. 작가론 5. 철학 6. 미학 7. 페미니즘

값 23,000원

이 도서의 국립중앙도서관 출판예정도서목록(CIP)은 서지정보유통지원시스템 홈페이지(http://seoji.nl.go.kr)와 국가자료공동목록시스템(http://www.nl.go.kr/kolisnet)에서 이용하실 수 있습니다.(CIP제어번호 : CIP2018027085)

도리스 레싱, 21세기 여성 작가의 도전

반영에서 회절로
비상하다

Doris Lessing,
a Challenge of
a Woman Writer
in the 21st Century

민경숙 지음

:: 감사의 글

필자는 2004년 9월 10여 년간 쓴 논문을 모아 논문집 『도리스 레싱 : 20세기 여성의 초상』을 출간하고, 결론 부분에서 "레싱의 최근 작품까지의 분석이 끝난 뒤에야 비로소 진정한 결론이 나오지 않을까라는 결론으로 결론을 대신한다"고 썼다. 그러니까 계속 논문을 써서 도리스 레싱에 대한 두 번째 책을 쓰겠다고 결심한 지 올해로 14년이 흐른 셈이다.

필자가 『도리스 레싱 : 20세기 여성의 초상』을 "근본적으로 미숙한 책"이라고 부른 사실에서 유추할 수 있듯이, 레싱의 1969년 작품 『사대문의 도시』까지의 작품들에 대한 분석만으로 도리스 레싱이라는 거물을 충분히 담아냈다고 자부할 수 없고, 따라서 후속 비평서를 써야 한다는 결심은 확고하였다. 『도리스 레싱 : 20세기 여성의 초상』이 사실주의적 성격을 띤 초반부의 작품들 분석에 주력했다면 후속 저서 『도리스 레싱, 21세기 여성 작가의 도전』은 레싱이 상상력을 마음껏 발휘한 판타지·우화·우주소설·과학소설, 즉 사변소설들을 다루어야 했다. 이런 장르의 작품을 빼놓고 레싱을 설명하는 것은 반쪽 연구에 불과하다. 전기의 사실주의 작품이 레싱이 살았던 시대를 그대로 반영하는 재현의 작품이라면, 후기의 사변소설들은 현실을 바탕으로 사색과 회절이라는 도구를 사용하여 독자가 맨눈으로 볼 수 없는 과거와 미래의 무수한 이질적인 상들을 볼 수 있도록 해준다. 과거에 일어났을 수도 있는 모습(예를 들어 『시카스타』와 『클레프트』), 미래에 일어날 수 있을 모습(예를 들어 『마라와 댄』 연작) 등등. 이것은 레싱이 『제8행성의 대표 만들기』에서 나를 나와 비슷한 유전자를 가진 모든 인간을 망라한 "나의 조합"이라고 부를 것을 제안한 것과 일맥상통한다. 레싱의 작품에 비슷하지만 다른 이야기들이 반복하여 열거되는 경우가 많은 것도 그래서일 것이다(예를 들어 『황금 노트북』과 『클레프트』). 이 때문에 이 책의 제목을 『도리스 레싱, 21세기 여성 작가의 도전』으로, 그리고 부제를 "반영에서 회절로 비상하다"로 정하였다.

사실 레싱의 사변소설을 읽는 일은 그리 쉬운 일이 아니다. 레싱은 생물학·물리학·지리학·역사학 등 계속 관심의 범위를 넓히고, 항상 수피즘과 융의 정신분석학 등의 사상을 바탕에 깔고 있었다. 아마도 『도리스 레싱, 21세기 여성 작가의 도전』을 출간하는데 예상보다 시간이 더 걸린 것도 바로 이런 이유 때문일 것이다.

이렇듯 레싱의 사고를 따라잡는 시도에 많은 노력과 시간이 필요하므로, 레싱이 노년의 길로 접어들면서 사실주의적 소설보다 사변소설에 집중하였다는 사실은 독자들과 비평가들에게 매우 불만스러운 일이 되곤 하였다. 레싱은 꾸준히 사고의 외연적 확장에 주력하였고 그만큼 독자들은 이를 따라잡기가 어려웠기 때문이다. 그러나 독자들이나 비평가들이 작가의 의도와 의사를 외면한 채 본인들의 구미에 맞게 글 읽기를 하는 것은 오독의 위험성도 있고 작가에 대한 예의도 아니다.

전기의 레싱이 1차 세계대전과 2차 세계대전 사이에 태어나 성장한 사람답게 내부자의 눈으로 현대인을 '폭력의 후예들'로 보면서

3차 세계대전의 발발 혹은 인간의 절멸 가능성에 대해 경고하는 데 주력하였다면, 후기의 레싱은 판타지나 과학소설의 장르를 이용하여 우주 밖에서 혹은 먼 미래나 먼 과거에서 외부자의 시각으로 인간들을 바라보며 인간들의 의식을 바꾸고 뒤집고 확장하고자 노력하였다. 그러나 레싱의 의도를 깊숙이 이해하고 평가하려 노력한 비평가들은 그리 많지 않았다.

레싱은 노벨문학상 수상 후보자로 여러 번 거론되었으나 번번이 고배를 마시다가 드디어 2007년 수상하였다. 이때에는 이미 레싱이 88세의 고령이고 말년에는 주로 판타지물이나 과학소설에 집중하고 있음에도 불구하고 한림원이 그녀의 페미니즘적 특징을 칭송하며 수상자로 선정한 사실은 고소를 짓게 한다. 어쨌든 레싱에 관한 열기가 식어 가던 중 들려 온 노벨상 수상 소식은 레싱을 연구하는 학자들에게는 반가운 것이었고 이로 인해 레싱에 관한 잘못된 이해가 바로잡히기를 바라는 열망도 높아졌다. 그러나 레싱이 말년에 썼던 작품들에 관한 관심은 그 후에도 예상만큼 커지지 않은 것 같다. 본 저서가 이를 개선하는 데 조금이라도 기여할 수 있다면 더 바랄 것이 없겠다.

이 책에는 총 11편의 논문이 실려 있으며 모두 논문집에 발표된 것들이다. 서론을 갈음하는 「60년간의 비평적 수용을 통해 본 노벨상 수상의 의미」는 2009년 《용인대학교 논문집》에 실린 논문으로 레싱 연구의 기본이 된다고 판단하여 본 저서의 서론으로 대신하였다. 『도리스 레싱』에서 레싱의 간략한 전기를 서론으로 대신했다면 이 책에서는 레싱 작품에 대한 비평적 수용의 간략한 역사로 서론을 대신한 것이다.

「1부 벽 속 공간으로 상상력을 확장하다」는 1974년작 『어느 생존자의 비망록』에 관한 글읽기인 「『어느 생존자의 비망록』 : 차이, 변화, 해방의 모색」라는 한 개의 논문을 담았다. 이 논문은 2006년 《현대영미소설》지에 실린 것으로, 레싱의 전기의 사실주의적인 작품들과 후기의 사변소설류 작품들 사이의 다리 역할을 하는 판타지 소설 『어느 생존자의 비망록』에 관한 글읽기이다. 이 작품은 레싱이 어린 시절 겪은 가족에 관한 트라우마와 공산주의에 대한 환멸에서 해방되어 새로운 변화를 모색하고 있음을 가장 잘 보여준다. 따라서 이 책을 여는 작품으로 가장 적합하다고 판단했으며, 이 작품을 "차이, 변화, 해방의 모색"이라고 읽은 것 또한 레싱이 후기 작품들에서 보여준 일탈이나 진화를 미리 개괄하여 보여준 것 같아 적절했다고 생각된다.

3장부터 7장까지는 레싱의 본격적인 과학소설이자 작가 본인이 "우주소설"이라고 부른 5부작 『아르고스의 카노푸스 제국』에 관한 글읽기이므로 「2부 우주인의 시각으로 지구를 바라보다」라는 제목으로 묶었다. 이 5부작은 레싱이 어린 시절 아프리카에서 목격한 서양인들의 아프리카 침략과 식민화 과정에 대한 사색으로, 유럽인들과 아프리카인의 관계를 우주 속 카노푸스 제국과 제5행성 즉 지구를 대변하는 시카스타와의 관계로 입장을 바꾸어놓고 생각해보려는 의도로 시작되었다. 「3장 『시카스타 : 식민화된 제5행성에 관하여』 : 레싱의 '실낙원'과 '복낙원'」은 2009년 《용인대학교 논문집》에 발표했던 논문으로, 레싱이 이 작품을 통해 어떤 대안적인 지구地球 역사를 제안하고 있으며 어떤 유토피아를 그리고 있는지 탐구하는 데 초점을 맞추었다.

「4장 『제3, 4, 5지대 간의 결혼』: 레싱이 제안하는 여성적 비전」은 2011년 《영미문학페미니즘》지에 실린 논문으로, 남녀관계에 관한 레싱의 관점을 변증법적으로 해석한 작품이다. 「5장 『시리우스 제국의 실험』에 나타난 진화에 대한 시각」은 2012년 《영어영문학》지에 실린 논문으로 레싱이 주장하는 진화의 개념이 생물학적 진화와 어떻게 다른지를 연구하고, 결국 레싱이 생물학적 사고와 인문학적 사고를 통합하는 융합적 사고를 요구한다고 결론지었다. 「6장 『제8행성의 대표 만들기: 현대 과학을 이용한 '죽음'과 '멸종'에 관한 해석」은 2012년 《현대영미소설》지에 실린 논문으로, 현대 물리학과 현대 생물학을 차용하여 죽음의 의미와 죽음이 환생으로 이어지는 과정을 탐구하였다. 「7장 과학소설 5부작 『아르고스의 카노푸스 제국』: 레싱의 문학적 도약」은 2012년 용인대학교의 《인문사회논총》에 실린 논문으로 과학소설 연작에 대한 종합적 평가이다.

「3부 사회의 약자에게 눈을 돌리다」는 사실주의적 소설 『어느 좋은 이웃의 일기』, 『다섯째 아이』, 그리고 『세상 속의 벤』을 다루면서 가정과 사회에서 버림받은 초고령 여성과 유아幼兒 벤의 일생을 추적하고 있다. 「8장 『어느 좋은 이웃의 일기』: 현대 사회의 소수자 그룹, 여성노인」은 2014년 《영미문학페미니즘》지에 발표된 논문으로, 올해 은퇴하시는 이화여자대학교의 오정화 교수님 은퇴 기념 저서 『젠더와 재현: 육체, 이미지, 글쓰기』의 '제1장 Body'에 「도리스 레싱의 『어느 좋은 이웃의 일기』: 최고령 여성의 몸과 사회적 가치」라는 제목으로 다시 실렸다. 은퇴 기념 저서의 주제에 맞게 제목도 내용도 약간 수정하였다. 「9장 도리스 레싱의 '그로테스크' : 『다섯째 아이』와 『세상 속의 벤』을 중심으로」는 2014년 《현대영미소설》지에 실렸다.

「4부 먼 미래와 먼 과거에서 오늘을 조명하다」는 먼 미래를 배경으로 하는 『마라와 댄』, 『댄 장군, 마라의 딸, 그리오, 그리고 스노우 독 이야기』와 먼 과거를 배경으로 하는 『클레프트』에 대한 글읽기로, 「10장 『마라와 댄』과 『댄 장군과 마라의 딸, 그리오와 스노우 독 이야기』 : 포스트콜로니얼 사변소설과 '유목적 주체'의 형상화」는 2016년 《현대영미소설》지에 실렸고, 「11장 『클레프트』 : 신화와 역사 사이의 흐린 경계지대」는 2017년 명지대학교의 《인문과학연구논총》에 실렸다.

위의 논문으로 레싱의 작품에 관한 글읽기가 충분하다고 볼 수는 없다. 단편소설이나 논픽션 작품들이 여기에서 다루어지지 않았다. 굳이 변명을 하자면 레싱의 작품을 분석하되 같은 틀 혹은 이론으로 비슷한 이야기를 반복하지 않겠다는 생각이 컸고, 주요 단편소설들은 1950년과 60년대의 작품들이기 때문이다. 혹시 관심이 있는 독자께는 레싱의 가장 대표적인 단편소설집으로 간주되는 1994년 재출간된 『19호실로 가다』가 『19호실로 가다』와 『사랑하는 습관』이라는 제목으로(김승욱 번역) 올해 문예출판사에서 출간되었고, 필자가 각각 「도리스 레싱의 1960년대 단편소설 : 성, 자유 그리고 불안」과 「도리스 레싱의 1950년대 단편소설 : 분열과 타성에 빠진 세계」라는 제목으로 작품해설을 썼음을 알려드리고 싶다. 논픽션 작품들은 픽션을 다루면서 간간이 참조하였다. 『지옥으로의 하강에 관한 짧은 보고서』나 『어둠이 오기 전의 그 여름』 같은 주요 작품들이 생략되었는데 전자의 작품 분석은 『황금 노트북』이나 『사대문의 도시』에서 썼던 정신분석 틀을 또 사용해야 할 것 같았고, 후자의 작품 분석은 『어느 좋은 이웃의 일기』처럼 노인학 개념을 또 사용하게 될 것 같아 다루지 않았다.

이 책을 준비하면서 『도리스 레싱』을 자주 읽어보았다. 다행인 것은 이번 책에 실린 논문들에서 보다 성숙해진 나의 모습을 발견할 수 있었다는 점이다. 25년간 레싱을 연구하면서 노년에 이르러서도 도전을 게을리하지 않은 레싱에게서 인간적으로 많은 점을 배울 수 있었기 때문으로 생각된다.

이 책의 발간을 도와주신 갈무리 출판사에 심심한 감사를 드린다. 오래전 갈무리에서 『한 장의 잎사귀처럼』이라는 다나 해러웨이의 책을 번역한 인연을 소중히 여겨 주고 이 책의 출간에 또다시 도움을 주었다. 논문을 완성할 때마다 논문을 읽어 주고 조언을 해준 민음사의 정소영 선생님과 프리뷰를 해주신 권혜린 님, 표광소 님께도 깊은 감사의 말을 전하고 싶다.

도리스 레싱에 대한 첫 번째 책을 출간할 때보다 가족이 많이 늘었다. 항상 든든한 버팀목이 되어 주는 남편과 두 아들 그리고 친정어머니에, 며느리와 두 손주라는 보물이 새 식구로 찾아왔다. 며느리는 어느새 좋은 친구가 되었고 두 손주는 삶의 활력소가 되고 있다. 울타리가 더욱 튼튼해지고 있음에 무한한 감사의 마음을 갖게 된다. 앞으로도 이런 감사의 마음을 잊지 않는 사람으로 끝까지 남았으면 좋겠다.

2018년 8월

도곡동에서

민경숙

차례

2부 우주인의 시각으로 지구를 바라보다 95

:: 약어표

이 책에서는 번거로움을 피하기 위해 자주 인용되는 작품들을 다음과 같이 약자로 표기하였다.

도리스 레싱의 작품	
The Memoirs of a Survivor	*MS*
Shikasta	*SH*
The Marriages between Zones 3, 4,and 5	*MZ*
The Sirian Experiments	*SE*
The Making of the Representative for Planet Eight	*MRP*
The Diary of a Good Neighbor	*DGN*
The Fifth Child	*FC*
The Prison We Choose to Live In	*PWE*
Mara and Dann	*MD*
Ben, in the World	*BW*
The Story of General Dann and Mara's Daughter, Griot and the Snow Dog	*SGD*
The Cleft	*CL*

Doris Lessing의 전기	
Klein, Carole. *Doris Lessing : A Biography*	*KC*

1장

서론

60년간의 비평적 수용을 통해 본 레싱의 노벨상 수상의 의미

1. 들어가면서

2007년 10월 스웨덴의 한림원은 2007년도 노벨문학상 수상자로 도리스 레싱을 지명하였다. 이에 대한 대체적인 반응은 '놀라움'이라고 표현할 수 있다. 상당수의 일반 독자들은 이미 기억에서 사라져가고 있는 대작가가 갑자기 주목받은 데 대해 '놀라움'을 표시하고, 학계에서는 여러 번 노벨문학상 수상 문턱에서 탈락하여 이제는 불가능하다고 생각할 즈음 새삼 노벨상을 받은 데 대해 '놀라움'을 표시하였다.

한림원은 레싱을 수상자로 발표하면서 "회의와 열정, 그리고 미래를 내다보는 강력한 힘으로 분열된 문명을 면밀하게 조사했으며, 여성 경험을 서사시처럼 쓴 작가"라고 칭송하였는데, 이 문구는 1950년경부터 쓰기 시작하여 약 20년에 걸쳐 완성한 5부작 『폭력의 아이들』과 1962년도 작품인 『황금 노트북』을 상기시킨다. 다시 말하자면, 이 문구로 독자들은 레싱이 1950년대와 60년대의 작품들로 2007년도에 노벨상을 받았다는 인상을 짙게 받게 된다. 오늘날의 대표적인 문학비평가 해롤드 블룸은 레싱이 노벨상 수상자로 지명되었다는 소식을 듣고 "지난 15년간 읽을 만한 작품을 쓰지 못한 작가"라고 심한 불평을 늘어놓았는데, 이 역시 레싱 자체가 훌륭하지 못한 작가라고 주장한 것이기보다는 수상 시기에 대한 불평이라는 인상을 준다. 그러니까 전반적으로 비평가들은 1980년대까지의 레싱의 작품에 대해서만 인정하려는 경향을 보이고 있다.

그렇다면 레싱은 왜 1970년대나 1980년대, 혹은 늦어도 1990년대에 노벨상을 수상하지 못하고 이제야 받게 되었을까? 1970년대, 80년대, 90년대의 레싱에 대한 비평적 수용은 어떤 길을 가고 있었는가? 이런 의문들이 레싱의 노벨상 수상 소식과 함께 레싱 독자들에게 떠올랐을 것이다.

이 장은 우선 레싱이 작품들을 발표한 직후 비평가들과 일반 독자들이 보인 반응과 1970년대부터 본격적으로 시작된 학계의 연구를 필두로 1980년대와 1990년대의 학계의 움직임, 그리고 2007년 노벨상을 수상할 때까지, 그리고 마지막 작품을 발표한 뒤 은퇴를 선언한 2008년 중순까지 레싱에 대한 비평적 수용을 연대기적으로 추적할 것이다. 그리고 그동안 레싱에 대한 비평이 어떻게 확대·심화·거부·위축·왜곡 등등의 진화 과정을 겪었는지 조사할 것이며, 더 나아가 레싱과 문학비평계 사이의 갈등 구조에 대해서도 연구할 예정이다. 이렇게 레싱 수용의 역사를 차근차근 뒤쫓다 보면 레싱이 왜 이제야 노벨상을 수상하게 되었는지, 그리고 노벨상 수상의 의미는 무엇인지 자연스럽게 그 해답을 얻게 될 것이다.

레싱에 대한 진지한 연구는 1970년대에 시작되었다고 해도 과언이 아니다. 1970년대에 들어서야 비로소 레싱 관련 도서가 MLA Modern Language Association의 참고도서 목록에 $\frac{1}{4}$쪽 정도의 자리를 차지하게 되었고 1971년 레싱에 관한 첫 세미나도 열릴 수 있었기 때문이다.

학자들이 작가에게 주목하는 시기는 일반 독자들과 문학평론가들의 반응이 축적된 후에 일어나게 마련이다. 따라서 레싱 연구 학자들을 거론하기에 앞서 이들의 반응부터 살펴보기로 한다.

레싱이 초기 작품들을 발표한 직후의 일반적 반응부터 살펴보면, 레싱의 전기傳記 작가 캐롤 클레인은『도리스 레싱: 전기』(2000)에서 레싱의 첫 작품『풀잎은 노래한다』에 대한 비평이 "탁월한," "훌륭한," "놀라운" 등의 형용사로 가득 차 있어 레싱의 주변 사람들을 놀라게 하였다고 전하면서 1950년 4월 1일 자《뉴스테이츠맨 앤드 네이션》에 실린 안토니아 화이트의 기사를 다음과 같이 인용하였다.

> 『풀잎은 노래한다』는 매우 잘 쓰인 작품인 동시에 지극히 성숙된 심리 연구이므로 이 작품에 대해 여러 쪽의 글을 쓰는 일은 어려운 일이 아닐 것이다. 이 작품은 사람들이 잘 언급은 안 하지만 즉시 깨닫게 되는 진리를 끔찍할 정도로 솜씨 있게 잘 다루고 있다. 어떤 기준으로 판단하든 이 작품은 훌륭한 힘과 상상력을 보여준다. 이제 겨우 삼십 세가 된 여성이 쓴 첫 소설이므로 앞으로 어

떤 작품들을 쓰게 될지 매우 궁금하다(*KC* 130).

레싱이 아프리카를 떠나 도착한 1949~50년의 영국은 2차 세계 대전 직후 문화적·사회적·정치적 격변을 겪고 있던 중이었다. 전쟁에서 돌아온 젊은 세대들은 기존의 보수적인 영국으로의 회귀에 저항하고, 문학계는 소위 '성난 젊은이 세대'라는 신조어를 만들며 젊은 작가들이 영국의 계급사회에 반기를 들고 있었다. 따라서 레싱의 런던 입성, 그리고 출판은 이런 런던의 분위기와 잘 부합되어, 고전적 주제 외에 새로운 소재를 갈망하고 있던 영국 문학계에 아프리카라는 이국적 소재를 선사하게 되었다. 영국 문학계는 서양의 식민주의와 아프리카의 인종차별 및 인종격리제도(아파르트헤이트) 문제를 다루고 있던 레싱의 초기 작품들을 크게 환영하였다. 일반 독자들의 호응으로 『풀잎은 노래한다』는 출판된 지 채 5개월도 되기 전에 일곱 번째 인쇄에 들어갔고, 이 작품은 그 후에도 계속 재판되고 전 세계의 언어로 번역되어 레싱의 명실상부한 대표작으로 자리 잡았다.

그 후 1950년대에 접어든 레싱은 『풀잎은 노래한다』를 집필하기 이전부터 구상하고 있던 5부작 『폭력의 아이들』을 연이어 발표하는데, 이제는 아프리카의 인종차별에서 영국의 계층 간의 차별 문제로 관심을 확대하며 사회비판을 주된 주제로 삼고 있었다. 레싱은 아프리카의 흑인을 구제할 수 있는 방안도, 영국의 계급사회를 타파할 수 있는 대안도 공산주의라고 믿고 있었다. 그러나 공산주의 사상은 매카시즘으로 히스테리를 앓고 있던 미국은 말할 것도 없고 영국에서도 지지를 받지 못하고 있었고, 스탈린 사망 후

드러난 공산당의 위선 때문에 레싱 또한 실망하게 되어 공산당에서 탈퇴하게 된다. 그러나 그 후에도 오랫동안 레싱은 사회의 분열을 심화시키는 자본주의와 자본주의의 메카인 미국에 대해 저항감을 품고 있었다.

당시의 레싱에 대한 비평을 살펴보면, 1960년 레싱은 개인적 에세이이지만 허구가 상당히 가미된 『영국적인 것을 추구하며』를 출판하고, 이 작품은 그때까지 출판된 레싱의 어느 소설보다도 비평가들의 더 큰 주목을 받았다. 이때 신문에 실린 비평들을 호평과 그렇지 못한 것으로 나누어 보면, 호평은 레싱의 예리한 관찰력과 극적인 묘사력을 들어 이 작품을 걸작으로 평가한 반면, 비판적인 비평은 이 작품이 사실적이기보다 레싱의 사회주의적인 시각이 짙게 드리워져 있음을 지적하였다. 특히 미국에서는 매카시즘의 여파가 완전히 사라지지 않았을 때이므로 도로시 브루스터는 이 작품을 "프롤레타리아적"이라는 의심이 든다고 부정적으로 평가하였다(24).

레싱을 연구하는 주요 학자인 캐리 캐플란과 엘렌 크로넌 로즈는 공동으로 발행한 『도리스 레싱 : 생존의 연금술』(1988)에서 도리스 레싱이 뒤늦게 주류 작가로 인정받게 된 주된 이유가 '여성경험'을 소재로 삼았기 때문이라고 주장하지만, '사회주의'에 동조하는 작가였다는 사실도 그 못지않게 레싱의 비평적 수용에 큰 걸림돌이 된 것으로 보인다.

이런 장애에도 불구하고 도리스 레싱은 영국 주류의 고전작가로 서서히 인정받고 있었고, 이런 사실을 처음으로 알린 사건들로는 제임스 진딘이 『전후의 영국소설』에서 「현실참여 작가」라는 제목으로 도리스 레싱에게 한 장章을 할애한 것과 프레데릭 칼이 『현대 영국소설에 대한 독서 지침서』에서 도리스 레싱과 특히 그때까지 출판된 『폭력의 아이들』에 관해 몇 쪽에 걸쳐 언급한 사실을 들 수 있다. 레싱이 미국을 혐오했음에도 불구하고 이 두 책은 모두 미국에서 처음 발표된 후 영국에서 출판되었다. 이 두 책은 아직 미미한 수준이지만 도리스 레싱이 영국으로 귀화한 지 10년 만에 영국의 주류 작가로 국내외에서 인정받기 시작했음을 확인해 준 귀중한 자료로 평가받고 있다.

그 후 월터 앨런 또한 『영미 현대소설』(1965)에서 레싱에 대해 짧게 언급하고, 폴 슐레터는 찰스 샤피로가 편집한 『현대 영국 소설가』라는 저서에 「도리스 레싱 : 자유 여성의 현실참여」(1965)라는 제목으로 레싱에 관한 한 장章을 기고하였다. 그러나 이때는 레싱의 대표작이자 세계적인 작품으로 인정받는 『황금 노트북』이 이미 1962년에 발표되어 각광을 받은 뒤였기 때문에 진딘과 칼이 레싱의 잠재력을 깨달은 첫 비평가들로 인정받고 있다.

『황금 노트북』의 출판으로 세상의 큰 주목을 받게 된 도리스 레싱은 이후 『황금 노트북』과 불가분의 존재가 되었다. 클레어 스프레이그와 버지니아 타이거는 레싱에 관한 비평집인 『도리스 레싱에 관한 비평 에세이』(1986)에서 『황금 노트북』이 출판된 후 하드백 판으로만 90만 부 이상이 팔렸고 수백만 명에 달하는 일반 독자들로부터 관심을 받았으며 이 작품을 연구하는 학자들의 숫자가 계속 증가하고 있다고 말하고 있다(1). 『황금 노트북』에 관한 대표적인 서평이자 후에 위의 비평집에 수록된, 1962년 12월 15일자 《뉴 리퍼블릭》지의 서평에서, 어빙 하우는 이 소설을 “지난 10

년간 읽은 소설 중 가장 흡인력 있고 흥미 있는 새로운 소설로, 우리 시대와 맥박을 같이하고 있으며, 진실을 다룬 작품"이라고 극찬하였다. 이 작품은 하우의 예언대로 그 후에도 계속 극찬을 받았지만, 마침 태동하고 있던 페미니즘과 자연스럽게 연계되면서, 페미니즘은 레싱에게 양날을 가진 칼의 역할을 하게 된다. 『황금 노트북』이 페미니즘 덕분에 세계적인 관심을 받게 되고 특히 여성 독자들과 여성 학자들의 열광적인 호응을 받으면서 오늘날까지 꾸준히 열띤 토론 대상이자 가장 우수한 페미니즘 교재로 여겨지고 있는 반면, 다른 한편으로는 페미니즘적인 시각으로만 읽으려는 독자들과 학자들로 인해 1970년대 이후 발표된 레싱의 실험적인 판타지 소설들이 올바른 평가를 받을 수 없었기 때문이다.

1960년대는 아직 모더니즘 작품들이 '진지한' 작품들로 인정받던 시기였으므로 모더니즘의 평가 기준에 맞지 않는 작가들은 주류 작가로 인정받기가 어려웠다. 하우 역시 위의 기사에서 『황금 노트북』의 결점들을 언급하면서, 그중 하나로 레싱이 주인공 안나와 충분한 거리를 두고 있지 않다고 지적하고 있다. '미적 거리'의 문제가 당시의 모더니즘 계열의 작가에게는 매우 중요한 평가 기준이었기 때문이다. 또한 레싱의 문체에 대해서도 비평가들은 자주 문제시하였는데 모더니즘 작가들은 '객관성 유지'·'추상화'·'몰개성성' 같은 남성적 문체를 중요시한 반면, 레싱은 구체적이고 개인적인 여성적 문체를 사용하고 있었으므로, 문체에 무관심한 작가 혹은 현란한 말장난을 할 능력이 없는 작가라고 자주 언급되었다(캐플란과 로즈 7). 캐플란과 로즈는 이외에도 레싱의 주제가 임신·분만·육아·살림 등 여성 고유의 경험에서 산출되고 있었기 때문에, 이런 경험에 생소한 비평가들을 당황케 하였다고 말하고 있다. 그러나 레싱이 비록 여성 고유의 경험을 소재로 하여 작품을 썼다 하더라도 이런 소재로도 충분히 진지한 사고를 유도할 수 있음을 증명하였으므로, 레싱은 이 작품으로 오히려 비평가들에게 여성 경험을 분석할 새로운 비평 틀과 도구를 개발하도록 요구한 셈이 되었다(캐플란과 로즈 5~6). 반면 이에 대한 준비가 되어 있지 않았던 비평가들은 레싱의 우수성을 평가하는 데 시간이 걸릴 수밖에 없었다.

미적 거리의 부재, 개인적이고 구체적인 문체, 여성 고유의 경험, 작가의 사회적 책임 등으로 표현되는 레싱 소설의 특성은, 이제는 모더니즘의 틀에서 벗어나 새로운 비평의 틀을 모색해야 함을 제안하는 요소들로 해석될 수 있었지만, 비평가들은 아직 그런 사실을 깨닫지 못하였거나 인정하지 않은 측면이 있다. 그런 사실을 보여 주는 일례로, 하우는 앞에서 언급한 기사에서 『황금 노트북』의 또 다른 단점으로 지나치게 복잡한 구조를 들고 있는데, 이 구조는 잘 알다시피 그 후 이 소설의 주제를 복합적으로 잘 나타내어 주는 포스트모더니즘적인 실험적 구조로 칭송되었다.

도리스 레싱에 관한 첫 박사 논문을 쓴 알프레드 A. 캐리[1]는 1965년 처음 논문을 제출하였을 때 오랫동안 심사가 지연된 후 거부되었는데, 후에 도리스 레싱의 작품이 박사 논문을 쓸 정도로

1. 캐플란과 로즈의 『도리스 레싱 : 생존의 연금술』에는 이름이 존 캐리(John Carey)로 기재되어 있으나 폴 슐레터, 메리 앤 싱글튼(1977) 등의 저서에는 알프레드 A. 캐리(Alfred A. Carey)로 기재되어 있음. 여기에서는 알프레드 A. 캐리로 씀.

진지한 작품이 아니라는 심사위원들의 평가 때문이었음이 밝혀졌다. 같은 해에 프레데릭 P.W. 맥다웰은 레싱에 관한 논문을 출판하려 하였으나 출판사에서 몇몇 편집자들이 레싱에 대해 전혀 알지 못하기 때문에 레싱이 논문을 발표할 정도의 중요한 작가가 아니라는 결론을 내렸다는 대답을 들었다.『황금 노트북』의 출판 후 여성 독자나 여성 학자들 사이에서는 열띤 논쟁이 진행 중이었으나 기존 문학비평계는 대부분 이런 사실에 무지하였다.

결국 레싱의 비평적 수용은 기존 문학비평계보다는 개인적으로 레싱에게 열광한 독자들 사이에서 활발하게 진행되었고, 그중에는 문학을 연구하는 학자들, 특히 여성 학자들이 포함되어 있었다. 캐플란과 로즈는 이들 학자들의 '협동'과 '비경쟁적 모임'이 꾸준히 발전되어 '도리스 레싱 학회'가 구성되고《도리스 레싱 뉴스레터》가 발행되는 모태가 되었다고 말한다(9).

그런데《뉴스레터》의 첫 발행인인 디 셀리그먼을 포함하여 레싱을 연구하는 학자들조차도 레싱의 작품들을 자신들의 개인적 경험에 비추어 연구하는 경향이 짙었다. 그러므로 레싱의 비평적 수용은 '몰개성성'을 신봉하던 기존 사실주의와 모더니즘 작가들에 대한 비평적 수용과 큰 차이를 보일 수밖에 없었다. 일례로 셀리그먼은 첫 임신을 하고 있던 때에 레싱을 읽었기 때문에 레싱에게 더욱 열광했다고 밝힌 바 있다. 주인공과 미적 거리를 유지하지 못했음을 자인한 셈이다. 바로 이런 점이 레싱이 기존 문학비평계에서 인정을 받지 못하도록 만들었다.

이처럼 초기의 레싱 비평가들은 기존 문학비평계에서 아마추어 수준이라는 평가를 받고 있었으나, 컬럼비아 대학교에서 은퇴해 있던 도로시 브루스터가 1965년 레싱에 관한 첫 비평서인 『도리스 레싱』(1965)을 출판하면서 진지한 레싱 연구의 기초를 마련하게 되었다. 브루스터는 레싱 자신은 톨스토이, 투르게네프, 도스토예프스키, 체호프 등 러시아의 사실주의 작가들의 계보를 잇고 있다고 주장하지만 오히려 샬럿 브론테, 조지 엘리엇, 버지니아 울프의 영국식 전통을 잇는 작가라고 평가함으로써 귀화 작가인 레싱이 영국의 전통을 잇는 주류 작가임을 선포하였다(158~9).

1952년부터 집필을 시작한 5부작 『폭력의 아이들』이 거의 20년이 지난 1969년에 『사대문의 도시』의 출판으로 완결되었다. 전통적이고 사실주의적인 소설이었던 제1권 『마사 퀘스트』(1952), 제2권 『올바른 결혼』(1954), 제3권 『폭풍의 여파』(1958), 제4권 『육지에 갇혀서』(1965)에 이어 5부작의 완결판으로서 레싱은 예언적이고 묵시록적인 『사대문의 도시』를 발표하였다. 이전의 네 권이 비평가들에게서 큰 주목을 받지 못한 반면, 『사대문의 도시』는 『황금 노트북』을 상기시키는 개인적 광기에 관한 진지한 연구, 그리고 개인의 광기와 사회 전체의 광기와의 상관관계, 묵시록적 경고 등의 주제 때문에 레싱의 실험성을 또다시 증명한 작품으로 평가받았다.

1969년까지의 레싱에 대한 비평적 수용을 분석해보면, 귀화 초기에는 이국적 소재로 일반 독자들의 관심을 끌었으나 공산주의와 사회주의에 대한 이념적 편향성 때문에 큰 호응을 받지 못하였다. 더군다나 여성 고유의 소재를 다루고 있었기 때문에 진지한 소설로 대우받지 못하였다. 그러나 『황금 노트북』의 출판으로 세계적인 주목을 받게 되고, 레싱에 대한 평가는 여성 독자와 소수의 여성 학자들을 중심으로 서서히 바뀌기 시작하였다.

모더니즘 소설, 신비평, 형식주의 등이 주류로 대접받던 문학 비평계의 풍토 속에서 레싱은 여성 고유의 경험을 소재로 한 사실주의 소설로 작가의 사회적 책임을 주장하였기 때문에 주류로 인정받는 데 시간이 걸렸지만 당시 불붙던 페미니즘 비평의 영향과 레싱의 선구자적인 포스트모던적 실험성은 기존 비평계를 꾸준히 자극하며 새로운 비평 틀이 필요함을 일깨우고 있었다.

3. 1970년대의 비평적 수용 : 진화하는 비평과 여과되는 독자

레싱의 비평적 수용이 아직 아마추어 수준에 머물러 있던 1971년, 폴 슐레터는 MLA에 「도리스 레싱의 픽션」이라는 제목으로 세미나를 열도록 요구하였는데, 이것은 당시 레싱의 낮은 인지도를 고려했을 때 거의 무모한 수준의 요구였다. 그러나 슐레터는 1971년 12월 도리스 레싱에 관한 첫 MLA 특별 세션인 'MLA 세미나 46'을 개최하는 데 성공하고, 이 특별회기는 1978년까지 매년 개최되어 레싱에 대한 학문적 연구의 기초를 놓는 데 중요한 역할을 하였다. 캐플란과 로즈는 『도리스 레싱 : 생존의 연금술』에서 1971년의 '세미나 46'은 여러모로 레싱에 관한 새로운 시각을 요구하였다고 주장하였는데, 무엇보다도 동호회 같은 성격의 레싱 독자들이 대중소설로서 읽던 레싱 작품들을 보다 체계적으로 이론을 정립하며 연구하도록 만든 계기가 되었다.

1971년의 MLA 세미나가 제1세대와 제2세대의 레싱 학자들 간의 차이를 부각시키며 경계선을 긋는 일을 하였다면, 1972년의 세미나는 논문을 발표한 학자들이 대부분 여성이고 페미니스트였다는 특징을 갖고 있다. 제1세대의 페미니스트들은 여성 이미지학파의 학자들로 남성 저자의 텍스트 속에 있는 여성 혐오적 이미지에는 저항하고, 여성 작가가 쓴 작품들 속에서는 긍정적인 여성 전범의 이미지를 찾는 것이 이들의 주된 비평 내용이었다. 레싱의 초기 페미니즘적 비평가들 즉 패트리샤 메이어 스팩스, 마가렛 드래블, 낸시 포터, 엘렌 모건, 애니스 프랫 등이 이와 같은 여성 이미지학파에 속하는 비평가들이었다. 스팩스와 드래블은 『황금 노트북』에 관해 각각 "현대 여성의 조건을 진실로 묘사한 책," "여성해방의 역사를 기록한 문서"라고 부르며 극찬했으나, 포터와 모건은 이런 단순한 칭송에서 한 발자국 물러서는 태도를 나타냈다. 모건은 "여성들의 지각과 여성들에게 강요되는 낯선 기준 사이에 큰 차이"가 존재하기 때문에 『황금 노트북』이 '여성해방의 역사를 기록한 문서'로 인정될 수 없다고 반박하면서, 그보다는 페미니즘 이전의 여성들이 그들만의 진정한 경험에서 소외되어 있음을 "훌륭하게 그려낸" 작품이라고 주장하였다. 포터는 레싱의 업적에 대해 두 갈래의 입장을 보였는데, 한편으로는 여성의 역사에 대해 "침묵하도록 강요당했음"을 잘 묘사하였다고 칭찬하였으나, 다른 한편으로는 『사대문의 도시』에서 "급진적 변화가 정치적 활동을 통해 달성되는 것이 아니라 역사와 무관하게 광기와 돌연변이에 의해 달성된다는" 점이 유감스럽다고 주장하였다. 반면 토론자였던 프랫은 『황금 노트북』에 숨어있는 "새로운 페미니즘"의 가능성에 대해 칭송하였다.

1971년 레싱은 『황금 노트북』의 「서문」을 통해 "이 소설이 여성해방을 널리 알리는 나팔"이 아님을 분명히 밝혔고 그 후 여러 인터뷰에서도 여성해방운동을 염두에 두고 쓴 작품이 아니라고 주장했음에도 불구하고, 1972년의 세미나는 레싱을 페미니즘 작가로 규정하였고, 당시의 많은 페미니즘 학자들과 일반 독자들은 레싱에게서 여성의 지위에 관한 획기적인 의견을 듣고 싶어 했으며, 페미니즘적 소설을 계속 써줄 것을 기대하였다. 그러나 레싱은 "성의 전쟁보다 훨씬 더 중요한 투쟁들이 많다"면서 때로는 이런 기대를 매우 냉정하게 저버렸다고 클레인은 증언한다(192).

1970년대의 MLA 특별 세션은 레싱에 관한 다양한 주제에 관해 토론하였는데, 1973년에는 「도리스 레싱의 소설에 나타난 광기의 정치」라는 제목으로 정신분석학적 분석에 초점을 맞추었다. 로버타 루벤슈타인과 마리온 블라스토스는 R. D. 랭의 글들과 정신분석학을 이용하여 레싱의 소위 '심리정치'psychopolitics를 규명하고, 진 피커링은 '좌익의 정치'를 '광기의 정치'와 연결하였다. 이 세션의 토론단은 《현대문학》지의 도리스 레싱 특별호에 실린 논문들에 관해 토론하였는데, 존 L. 캐리의 논문 「『황금 노트북』에 나타난 예술과 실재」가 레싱에 대한 글읽기를 혁명적으로 바꾼 가장 영향력 있는 논문으로 칭송받았다. 캐리는 이 논문에서 『황금 노트북』의 복잡한 구조 덕분에 '소외'라는 주제가 잘 표현되었다고 주장하였다. 레싱은 1970년대에는 《현대문학》지에서, 1980년대에는 《현대 픽션 연구》지에서 도리스 레싱 특별호를 발간하는 영예를 누렸다.

그러는 동안 레싱은 1971년에는 심리소설인 『지옥으로의 하강에 관한 짧은 보고서』를, 1973년에는 레싱의 페미니즘 소설이자

베스트셀러였던 『어둠이 오기 전의 그 여름』을, 1974년에는 판타지 소설 『어느 생존자의 비망록』을 발간하면서 사실주의 소설로부터 판타지 소설을 향해 점점 나아가고 있었다. 이 세 소설들은 5부작 『아르고스의 카노푸스 제국 : 고문서들』로 가는 다리 역할을 하였다고 비평가들은 의견을 모으고 있다. 1974년 애니스 프랫과 L. S. 뎀보는 앞에서 언급한 엘렌 모건과 존 캐리의 논문 등 우수한 논문들을 실은 레싱에 관한 첫 비평 모음집을 발행하였는데, 이 비평집의 발행인 중 한 명인 프랫은 서문에서 진화를 거듭하고 있던 레싱 작품으로 인해 이 당시 독자들과 비평가들이 얼마나 혼란을 겪고 있었는지 잘 묘사하고 있다.

> 레싱은 철학적 탐구 속에서 소설 형식을 창조하기가 무섭게 깨뜨리기 때문에 가장 헌신적인 독자들도 추종하기가 어려울 정도이다. 이와 유사하게, 레싱의 작품들은 정치적 사실주의에서 광기와 과학소설의 세계로 사라지므로, 사실주의에서 판타지로 도약할 수 없는 독자들을 당황시키고 어리둥절하게 만든다. 따라서 이 비평논문 모음집이 독자들의 이런 혼란을 어느 정도 해소시키고 레싱의 전체적인 작품 세계로 접근할 수 있는 방법을 개발하여 각 작품을 선명하게 파악할 수 있도록 돕기를 바란다.(프랫과 뎀보 viii)

1977년의 특별 세션은 레싱을 어느 전통에 위치시켜야 하는가의 문제를 다루었다. 레싱 자신은 앞에서도 보았듯이 톨스토이, 발자크, 투르게네프, 체호프의 사실주의 전통 속에 있다고 주장하였으나, 일레인 쇼월터는 페미니즘의 대표적인 비평서인 『그들만의 문학 : 브론테부터 레싱까지의 영국 여성 소설가』(1977)에서 레싱을 페미니즘 전통 속에 위치시키고, 낸시 톱핑 베이진과 주디스 스티첼은 19세기의 사실주의자들과 프랑스의 신소설nouveau roman을 모두 거부하며 모더니즘적 고전소설의 전통, 즉 로렌스와 조이스의 전통 속에 레싱을 위치시켰다. 반면, 1978년의 특별 세션은 레싱을 공상과학적 글쓰기의 전통 속에 위치시킬 것을 제안하고 따라서 조지 오웰, 어슐라 L. 르귄, 올더스 헉슬리 등과 비교 분석하려는 의견도 제기되었다.

1979년에는 MLA 프로그램 위원회의 거부로 특별 세션은 열리지 못하였으나 로버타 루벤슈타인의 단행본 『도리스 레싱의 소설적 비전』이 출간되고, MLA의 연계 조직으로서 '도리스 레싱 학회'가 결성되었으며, 5부작의 과학소설 『아르고스의 카노푸스 제국 : 고문서』의 첫 소설인 『시카스타』가 출간되었다.

1970년대에 출판된 레싱 연구 단행본을 조사해보면, 영국인 학자인 마이클 소프는 『도리스 레싱』(1973)과 『도리스 레싱의 아프리카』(1978)를 출간하여, 레싱이 영국 작가이기보다 아프리카 작가여서 외부자의 시각으로 사물과 상황을 보고 있다고 주장하였으며, 엘렌 크로닌 로즈는 『창문 밖 나무』(1976)에서 마사 퀘스트의 심리적 성장을 분석하고, 매리 앤 싱글튼은 『도시와 벨드』(1977)에서 도시, 이상적 도시, 아프리카의 벨드 등의 이미지들을 이용하여 의식과 무의식의 통합을 연구하였다. 로버타 루벤슈타인은 『도리스 레싱의 소설적 비전』(1979)에서 싱글턴처럼 『어느 생존자의 비망록』까지의 작품들을 분석하면서 의식의 진화에 관해 연구하였다. 이들 단행본들은 대개 MLA 특별 세션에서 발표된 논문들을 책으로 출판한 것이지만, 1970년대 레싱의 연구가 다양해지고 심화되었음을 보여준다.

1970년대에는 레싱이 패트리샤 메이어 스팩스의 『여성의 상상력』(1975), 시드니 자넷 캐플란의 『현대 영국소설에 나타난 여성적 의식』(1975), 일레인 쇼월터의 『그들만의 문학』 등 주요한 페미니즘 비평서에 삽입되었기 때문에, 레싱 자신은 페미니즘이 자신의 소설에 대한 글읽기를 왜곡시키고 있다고 주장하였지만, 한창 성장 중의 여성해방운동에 레싱이 얼마나 중요한 작가였는가를 가늠케 한다.

1970년대는 MLA 특별 세션에서 다양한 주제의 논문들 즉 페미니즘 비평, 맑시즘 비평, 정신분석학 비평, 형식주의 비평, 레싱을 어느 전통에 위치시킬 것인가에 관한 논의, 레싱을 어떻게 가르칠 것인가에 관한 논의, 레싱의 단편소설과 판타지 소설 등 장르 문제를 다룬 비평, 혹은 이들을 결합해 분석한 비평 등 레싱을 다양하게 분석한 논문들이 쏟아짐으로써 레싱 연구의 탄탄한 학문적 기초를 쌓게 되었다.

그러나 1970년대의 레싱은 정통의 정신분석학계로부터 비판을 받고 있던 급진적 정신분석학자인 랭의 정신분석이론과, 영국의 철학자들의 의심을 받고 있던 이슬람 전통의 수피즘과 수피즘 철학가인 아이드리스 샤의 철학을 작품 속에 반영하고 있었다. 그 결과 지나치게 어렵고 교훈적인 이념소설을 쓰고 있다는 비판을 받게 되고, 게다가 사실주의적인 소설에서 벗어나 공상적이고 예언적인 소설로 그리고 결국 과학소설로 나아가고 있었기 때문에,

일반 독자들은 물론 학자들까지도 불안해하거나 실망감을 표현하였다. 특히 여성해방운동이나 자유 여성의 올바른 정체성 모델 등을 갈망한 독자들이 더욱 실망하였다. 따라서 1970년대의 비평적 수용의 또 하나의 특징은 상당수의 비평가들이 레싱의 변화에 맞춰 글읽기와 접근 방법을 계속 수정해야 했고, 레싱의 변화를 감당하지 못한 많은 독자들은 레싱을 떠나기 시작하였다는 것이다.

4. 1980년대의 비평적 수용 : 레싱의 반격과 비평계의 수모

1980년대는 미국에서 주로 연구되던 레싱이 전 세계적인 비평적 수용의 대상이 되었음을 확인한 시기였다. 1980년 독일의 로트라우트 스피겔은 『도리스 레싱 : 소외의 문제와 소설의 형식』을 출간하고, 스웨덴의 잉그리드 홀름퀴스트는 『사회에서 자연으로 : 도리스 레싱의 『폭력의 아이들』 연구』(1989)를 출간하여 유럽의 학자들이 레싱에 관심을 갖고 있음을 증명하였다. 우리나라에서도 『풀잎은 노래한다』와 『마사 퀘스트』의 번역[2]이 출간되었으며, 학계에서도 레싱에 관한 연구가 시작되고 있었다.

---

2. 『마사 퀘스트』는 나영균의 번역으로 1981년 11월 민음사에서 「이데아 총서」 제3권으로 출간되었으며, 『풀잎은 노래한다』는 이태동의 번역으로 1986년 10월 지학사에서 「오늘의 세계문학」 제6권으로 출간되었다. 반면 『황금 노트북』은 이들보다 한참 늦게 김수정의 번역으로 1997년 1월 평민사에서 출간되었다. 그런데 1980년대에 번역된 첫 두 권은 영국 작가 레싱에 관한 흥미로 탄생한 반면, 1990년대에 번역된 『황금 노트북』과, 1994년 각각 오정화와 최영에 의해 번역된 단편소설 「19호실로 가다」와 「노파와 고양이」는 우리나라의 비평계에서 페미니즘 연구가 한창 불붙기 시작한 시기에 페미니즘의 대표적 작품으로 번역되었다는 차이가 있다.

앞에서 보았듯이 1970년대에는 레싱을 영국 작가로 볼 것인지 아프리카 작가로 볼 것인지의 논의가 있었으나 이제 이 논의는 레싱을 영연방 작가로 볼 것을 제안하는 논의로 확대되어, 1982년 MLA 학회에서 캐서린 피시번은 레싱을 부치 에메체타와 비교 분석하였고, 린다 수잔 비어드는 『황금 노트북』을 이용하여 가나의 아이 크웨이 아르마의 '복잡한 기호 소설'을 설명하였으며, 같은 해에 영국의 제니 테일러는 영국인 비평가, 앵글로프랑스인 비평가, 호주인 비평가 등의 에세이들을 모은 모음집, 『노트북/비망록/고문서 : 도리스 레싱에 대한 글읽기와 다시 읽기』(1982)를 보스턴과 런던에서 동시에 출판하였다. 1983년 여름에 발간된 《도리스 레싱 뉴스레터》지는 이 모음집에 관한 서평에서 "미국의 비평가들은 초기의 레싱이 사실주의에 몰입하게 되는 정치적·이데올로기적 원인에 대해 충분히 주목하지 않았으며" 따라서 "이런 점에서 영국의 맑시즘적 페미니즘 동료들에게서 배울 것이 많다"고 썼다. 제니 테일러는 1983년 12월에 열린 「도리스 레싱과 아프리카」라는 제목의 MLA 레싱 전문 학회에 외국인 학자로는 처음으로 참석하여 『귀향』(1957)에 관한 맑시즘적 페미니즘 글읽기를 선보였다. 남아프리카 학자인 이브 버텔슨 역시 레싱이 문학으로 그려낸 아프리카에 대한 이해의 모델로 『풀잎은 노래한다』, 『아프리카 이야기』(1964), 『폭력의 아이들』에 관한 해체주의적 맑시즘 글읽기를 제안하였다. 1980년 《현대 픽션 연구》지의 레싱에 관한 특별호와 1980년 열린 MLA 학회의 토론자들은 『황금 노트북』까지의 사실주의적 소설가 레싱과 그 후의 레싱을 함께 묶어 읽는 방법에 관해 토론하고, 이를 위해서는 울프강 이저, 피에르 마슈레이, 움베르토 에코 같은 새로운 비평 이론과 장치가 필요함을 주장하였다. 1980년대는 한창 발전 중인 포스트구조주의 비평이론들 덕분에 츠베탕 토도로프, 롤랑 바르트, 줄리아 크리스테바, 엘렌 식수스 등의 이론들을 접목한 독창적이고 세분화된 글읽기가 만개하였다.

레싱에 관한 페미니즘적 글읽기를 예로 들면, 1981년 진 피커링은 샌드라 길버트와 수잔 구바가 『다락방 속의 미친 여자 : 여성 작가와 19세기의 문학적 상상력』(1979)에서 밝힌, "가부장제로 인해 여성 작가가 겪을 수밖에 없는 깊은 분열을 표현하기 위해" 여성 페르소나를 "착한 여자와 미친 여자로 분열시키거나, 착한 여자와 미친 여자의 이중적 성격으로 표현하는" 여성 작가의 전통 속에 레싱을 집어넣었다. 반면 엘리자베스 아벨은 1981년에는 낸시 초도로우와 도로시 디너슈타인의 페미니즘적 정신분석이론을 이용하여 레싱을 분석하였고, 1986년에는 프랑스 전통의 여성적 글쓰기 écriture féminine에 집어넣는 등 레싱을 여러 갈래의 페미니즘 이론으로 분석하였다.

1983년 레싱에 관한 두 권의 단행본이 출판되는데, 영국의 로나 세이지는 『도리스 레싱』(1983)에서 레싱의 식민지 경험이 작가로서의 정체성에 중심적 역할을 하였다고 주장하였으며, 벳시 드레인은 『압력받는 내용』(1983)에서 레싱 작품에서 형식의 발전으로 인해 소설의 외형은 다양하게 변화하였으나 기본 주제는 변화되지 않은 채 남아 있다고 주장하였다.

1980년대 초는 1979년 시작된 5부작 『아르고스의 카노푸스 제국』이 연이어 발간된 시기였다. 1980년에는 제2권 『제3, 4, 5지대 간의 결혼』이, 1981년에는 『시리우스 제국의 실험』이, 1982년에는

『제8행성의 대표 만들기』가, 1983년에는 『볼련 제국의 감성적 관리들에 관한 문서』가 발간되었으나, 레싱의 독자들의 반응은 여전히 환영과 당황이 혼합된 것이었다. 클레인은 레싱의 열렬한 독자였던 존 레너드가 『시리우스 제국의 실험』에 관한 서평에서 다음과 같이 불만을 토로하였다고 전한다.

> 나는 『시카스타』가 대大 실패작이라고 생각했고, 『제3, 4, 5지대 간의 결혼』은 매혹적이고 현명하다고 생각했다. 물론 레싱 부인은 자신이 원하는 것이라면 무엇이나 할 수 있고, 또 할 것이다. 언어로 표현 불가능한 것을 향해 그녀가 돌진할 때, 우리는 그녀의 발목을 쏘는 일개의 벌에 불과하다.… 그녀는 아르고스의 카노푸스 제국의 우주론이 문학에 불과하다고 주장할 수 있다. 그러면 우리는 그녀가 그것을 얼마나 훌륭하게 해냈는지 묻지 않을 수 없고, 그러고 나서 앰비언 2세가 시리우스 제국에 대해 궁금해하듯이 "무엇 때문에?"라고 궁금해하지 않을 수 없다(*KC* 231).

그동안의 레싱에 관한 연구는 대부분 사실주의 소설에 초점이 맞추어져 있었으나 레싱은 연이어 과학소설들을 출간하고, 위의 인용에서 볼 수 있듯이 학자들은 이에 대한 연구를 등한시할 수 없어 난감해하기 시작하였다. 레싱 또한 과학소설 5부작으로 많은 독자를 잃어 실망하고 있었고, 신문에 작품에 대한 평이 실릴 때마다 비평가들이 과거 소설들에 사로잡혀 과학소설들을 제대로 읽거나 평가하지 못하고 있다고 분노하고 있었다. 물론 레싱의 과학소설로 오페라를 작곡한 필립 글래스 같은 열광적인 새 지지자도 얻었다.

1985년 캐서린 피시번은 『도리스 레싱의 예상 불가능한 우주』에서 『지옥으로의 하강에 관한 짧은 보고서』, 『어느 생존자의 비망록』, 그리고 5부작 『아르고스의 카노푸스 제국』을 다루면서 레싱의 판타지 소설 또한 레싱의 대표작이며 중요한 가치가 있는 소설임을 선포하였다. 사실 과학소설은 아직 대중소설로 치부되는 경향이 있었다. 피시번은 이 저서에서 레싱이 과학소설의 전통과 맑시즘적 사회비판을 혼합하여 이미 알려진 현실의 한계를 초월하고 있으며, 과거의 사실주의 소설과 달리 과학소설에서는 등장인물보다 서술기법이 지배적 영향력을 갖는다고 분석하였다.

레싱은 5부작 『아르고스의 카노푸스 제국』을 끝낸 후 1983년 『어느 좋은 이웃의 일기』와 1984년 『노인이 할 수 있다면』을 제인 소머즈라는 필명으로 출간하였다. 그리고 1984년 다시 이 둘을 함께 묶어 『제인 소머즈의 일기』라는 제목으로 출간하였는데, 레싱은 이 책의 「서문」에서 익명으로 발간하게 된 여러 이유를 밝히면서, 그중 가장 큰 이유는 기존 유명 작가가 누리는 혜택 없이 새로이 평가받고 싶었고, 또한 젊은 작가들에게 용기를 주기 위해서라고 주장하였다. 그러나 레싱은 여기에 덧붙여 '짓궂은' 또 하나의 이유를 밝혔는데, 그것은 그녀가 그동안 5부작 『아르고스의 카노푸스 제국』에 대해 불평을 하던 비평가들을 시험하고 싶었다는 내용이었다. 레싱은 비평가들이 꾸준히 그녀에게 사실주의 소설을 쓰도록 요구하였고, 그래서 사실주의 소설을 써서 그들에게 보냈지만 아무도 작가가 레싱인 것을 알아내지 못했다고 의기양양하게 밝혔다. 그뿐만 아니라 레싱의 작품들을 출간하던 출판사 조나단 케이프와 그라나다가 모두 이 작품들의 출간을 거절했고, 반면 미국의 마이클 조세프는 『어느 좋은 이웃의 일기』가 도리스 레싱을 떠올리게 한다고 의아해면서 그 작품을 출간하였다고 덧붙였다. 프랑스, 독일, 네덜란드의 출판사들도 이 작품을 구입하였는데, 그중 프랑스의 출판사는 레싱에게 제인 소머즈를 도와준 적이 있냐고 물어왔다고 밝혔다. 결국 레싱은 영국과 미국의 출판제도의 약점과 기존 문학계의 비평가들의 약점을 증명하기 위해서 제인 소머즈라는 익명으로 두 권의 책을 발간한 것이다.

이 사건은 문학계의 큰 스캔들이 되었다. 미디어들이 레싱의 어느 소설보다도 더 큰 비중을 두어 이 사건과 폭로 내용을 다루었기 때문이다. 이미 정규적으로 노벨상 후보자로 언급되고 있던 레싱이 자신의 소설을 홍보하기 위해 전략적으로 이런 사건을 저지른 것이 아니냐는 의심도 받았다. 그러나 많은 비평가들은 5부작 『아르고스의 카노푸스 제국』으로 인해 위축감을 느낀 레싱이 돌파구로 사실주의 소설들을 썼고, 『황금 노트북』에서 안나 외에 엘라라는 또 한 명의 작가를 만들어냈듯이 해방감을 보다 극대화하기 위해 제인 소머즈라는 작가를 만들어 냈을 것이라고 주장하고 있다.

1986년, 1988년, 1989년에는 각각 레싱에 관한 중요한 비평서가 단행본으로 출간되었는데, 클레어 스프레이그와 버지니아 타이거가 편집한 비평 모음집 『도리스 레싱에 관한 비평 에세이』(1986)와, 캐리 캐플란과 엘렌 크로넌 로즈가 편집한 두 권의 책, 『도리스 레싱 : 생존의 연금술』(1988)과 『레싱의 『황금 노트북』을 가르치는 접근법』(1989)이 그것들이다. 『도리스 레싱에 관한 비평 에세이』는 레싱의 완벽한 연보, 중요한 신문 평, 주요 인터뷰들을 싣고 있으며, 특히 제인 소머즈 사건에 관한 설명을 담고 있다. 『도리스 레싱 : 생존의 연금술』은 레싱에 관한 주요 논문들과 1970년대와 1980년대의 레싱의 독자 계보를 설명한 서문을 싣고 있다. 『레싱의 『황금 노트북』을 가르치는 접근법』은 제목 그대로 『황금 노트북』을 읽을 수 있는 갖가지 방법과 작품 배경을 담고 있어, 학자들이 여전히 『황금 노트북』을 레싱의 가장 대표적인 작품으로 간주하고 있음을 보여준다.

1988년 레싱은 35번째 소설로 『다섯째 아이』를 출간하였다. 이 소설은 자연주의적이고 알레고리적인 괴기한 형태로 가득 차 있으므로, 사실주의 소설이나 과학소설을 기대하던 독자들을 또 다시 놀라게 하였다. 레싱은 이 소설을 우화로 쓴 것이 아니라 인간의 딜레마를 보여 주기 위해 썼다고 주장하였지만 비평가들은 에이즈, 유전자 연구, 영국 제국의 붕괴 등에 관한 우화로 읽었다. 또 다른 비평가들은 레싱의 꾸준한 주제인 모성에 관한 소설로 읽었으나, 클레인에 따르면 레싱은 이 작품의 주인공 벤의 부모인 데이비드와 해리엇이 완벽한 부모라는 점을 들면서 이런 해석 역시 부인하였다고 한다(*KC* 243~245).

1980년대 초반부는 레싱의 연구가 전 세계적으로 확대되던 시기였으나, 5부작 『아르고스의 카노푸스 제국』의 연이은 출간으로 인해 기존 독자들과 학자들이 매우 당황한 시기였다. 그러나 이들의 반응을 보면서 레싱이 이들보다 더 힘들어한 시기였고, 그래서 이 시기가 레싱의 30년의 작가 경력 중 가장 힘들었던 시기였을 것이라고 많은 비평가들이 짐작하고 있다. 그러나 레싱은 평생 그랬듯이 이 어려움에 공격적으로 대처했다. 제인 소머즈라는 익명으로 사실주의 소설들을 출간한 것이다.

레싱은 5부작 『폭력의 아이들』을 쓰던 도중 겪은 어려움을 실험소설인 『황금 노트북』을 집필함으로써 해소한 경험이 있다. 따라서 우주소설로 구성된 5부작 『아르고스의 카노푸스 제국』을 쓰면서 느낀 어려움을 이번에는 사실주의적 소설을 집필함으로써 돌파하려 한 것으로 보인다. 그리고 이와 동시에 자신의 우주소설을 이해하지 못하고 비판하는 비평가들의 잘못된 글읽기도 꼬집고 싶었던 것으로 보인다. 레싱의 짓궂은 의도는 적중하여 이 소설을 레싱의 작품이라고 알아본 비평가는 한 명도 없었고 레싱의 작품을 꾸준히 출간해주던 출판사까지도 출판을 거절하는 일이 벌어졌다. 결국 레싱은 자신의 사실주의적 소설만 높이 평가하고 그래서 그런 소설만을 쓰도록 요구하던 출판계와 비평계에 통쾌한 펀치를 날린 셈이 되었다. 그러나 레싱의 이런 행동은 그동안 인터뷰 중 간간이 있었던 레싱의 무례한 발언과 공공연하게 독자를 무시하는 태도, 비평가들과 학자들에 대한 경계심 및 폄하하려 드는 태도와 함께 일반 독자들과 기존 문학비평계에 큰 불만을 안겨 주었다.

레싱은 자주 자신이 페미니즘이나 맑시즘뿐 아니라 어느 이즘도 지지하지 않는다고 말하면서 자신의 글쓰기를 특정 범주에 넣으려는 어떤 시도에 대해서도 편협한 글읽기라고 비난하였다. 그리고 자신의 주제는 첫 작품인 『풀잎은 노래한다』부터 과학소설까지 변한 적이 없다고 말하면서 자신의 작품을 전체론적인 관점에서 해석할 것으로 요구하였다. 따라서 그녀의 작품에 열광하던 페미니스트들이나, 레싱의 혁명성을 찬양하던 맑시스트들 등 많은 독자들과 학자들은 이런 레싱의 태도에 종종 실망과 분노를 느끼지 않을 수 없었다.

레싱은 평생 철저하게 저항과 반항의 태도를 보인 작가였다. 자신의 부모와 자식에 대해, 그리고 제1, 제2의 고향이었던 아프리카와 영국에 대해 짙은 애증을 표현하고, 한때 열정적으로 가담했던 공산주의 운동과 사회주의 운동에 대해서도 찬반의 태도를 유지하며 출판계, 문학비평계, 일반 독자에 대해서는 항상 그들의 기대를 뒤엎는 자세를 고수하였다. 그녀의 이런 자세 때문에 레싱은 노벨상 수상자 명단에 자주 올랐음에도 불구하고 최종 결정에서는 번번이 탈락되었던 것으로 보인다.

레싱은 이처럼 스스로를 고립시키며 살았기 때문에 늘 고독해 보였으나 고양이들을 특히 사랑하여 1989년과 1991년 고양이에 관한 책, 『고양이는 정말 별나, 그리고 그 외의 고양이들』(1989)과 『고양이는 정말 별나, 특히 루퍼스는…』(1991)을 출간하였다.[3] 레싱은 『고양이는 정말 별나, 특히 루퍼스는…』에서 다음과 같이

---

3. 도리스 레싱의 '고양이'에 관한 저서들을 정리하자면, 1967년 *Particulary Cats*라는 제목으로 10장(章)의 에세이들을 발표하였고, 1989년 2장을 더 보태어 *Particulary Cats and More Cats*라는 제목으로 다시 출간하였다. 그 후 1991년 여기에 새로이 2장과 루퍼스를 다룬 1장을 보태어 *Particularly Cats… and Rufus*라는 제목으로 다시 출판하였다. 이 작품은 1998년 설순봉에 의해 『고양이는 정말 별나, 특히 루퍼스는…』이라는 제목으로 번역되었다. 레싱의 다른 번역으로는 1999년 정덕애가 번역한 『다섯째 아이』와 2003년도에 서숙이 번역한 『런던 스케치』, 그리고 2002년 이선주가 번역한 『생존자의 회고록』이 있다. 올해 김승욱에 의해 1994년도판 단편소설집 『19호실로 가다』가 『19호실로 가다』와 『사랑하는 습관』 두 권으로 문예출판사에서 번역·출간되었다.

말함으로써 자신의 고통을 드러내고 있다.

> 고양이들을 알면서, 고양이들과 평생을 함께한 후 남은 것은 인간들로 인해 겪는 슬픔과 완전히 다른 슬픔의 앙금이다. 즉 고양이들이 무기력하기 때문에 생기는 고통과 우리들 모두를 대신하는 죄의식이 복합되어 있는 슬픔의 앙금이다(*KC* 250).

위의 인용은 한편으로는 레싱 자신도 부드럽지 못한 타인들과의 인간관계로 인해 고통을 겪고 있음을 시사하고 있으며, 또 다른 한편으로는 1987년 출판한 『우리가 살기로 선택한 감옥』에서 밝힌 것처럼 레싱의 사고가 작은 인간 본위의 관점, 즉 인간 중심적 사고를 뛰어넘어 인간 종種의 생존 여부가 다른 종種들과의 관계에 달려 있음을 깨닫는 큰 생태학적 관점을 갖고 있음을 보여주고 있다.

레싱은 독자들에게 인간의 마음속 깊은 곳까지, 우주 밖까지, 그리고 다른 모든 생명체까지 시선을 확대하며 자신의 작품을 읽을 것을 요구하고 있다.

5. 1990년대의 비평적 수용 : 오독의 책임에 관한 공방

1990년 레싱의 연구에 중요한 두 권의 단행본이 발간되었다. 그중 한 권은 로렐라이 세더스트롬의 『여성 심리의 미세한 조정 : 도리스 레싱의 소설에 나타난 융의 패턴』이고, 나머지 한 권은 진 피커링의 『도리스 레싱의 이해』이다. 세더스트롬의 저서는 부제가 보여 주듯이 5부작 『아르고스의 카노푸스 제국』까지의 소설들을 정신분석학자인 융의 '개성화' 이론에 맞추어 분석하였는데, 이 책에서 주목할 만한 점은 결론 부분에서 레싱을 분석하는 비평가들의 어려움을 털어놓았다는 것이다. 세더스트롬은 레싱이 독자들에게 레싱 자신의 것을 포함하여 어떤 "권위적 설명"도 믿지 말도록 촉구하기 때문에 레싱 작품에 관한 "비평적 방향 지시"가 부족하며, 또한 레싱의 작품이 점점 더 "자의식적"이고 "엘리트주의적"이 되고 있어서 분석의 어려움이 있다고 주장하였다. 세더스트롬은 레싱의 우주소설들과 『다섯째 아이』 같은 후기 작품들의 중요성도 인정하지만, 캐플란과 로즈처럼 『황금 노트북』을 레싱의 가장 큰 업적으로 꼽고 있다. 피커링의 저서는 레싱의 경력부터 시작하여 『다섯째 아이』까지의 소설들을 차례로 소개한 입문서적인 특징을 가진 저서이다. 그러나 이 저서는 그동안 발간된 레싱 관련 저서들과 주요 논문들에 관해 짤막한 설명을 덧붙이고 있어 이전의 입문서들과 차별화된 중요성을 갖고 있다.

1990년대 초 레싱은 논픽션 저서를 연달아 출간하였다. 1991년에는 앞에서 말했듯이 『고양이는 정말 별나, 특히 루퍼스는…』을, 1992년에는 아프리카 방문에 관한 『아프리카의 웃음』을, 1994년에는 자서전 제1권인 『내 마음 속으로는』을, 1997년에는 자서전 제2권인 『그늘 속을 거닐며』를 출간하였다. 이들은 세더스트롬이 부재한다고 불평했던 "레싱 작품의 비평적 방향 지시"에 도움이 되는 소수의 "권위적 설명"으로 인정받고 있으며, 따라서 "어려운 레싱 연구"에 기여하는 귀중한 자료로 이용되고 있다. 1994년에는 레싱의 인터뷰를 모은 인터뷰집인 『도리스 레싱 : 대화』가 출간되었는데, 편집자인 얼 G. 잉거솔은 1960년대의 인터뷰부터 1993년의 인터뷰까지 문학과 관련된 인터뷰를 싣고 있어 이 저서 또한 소중한 참고 자료로 이용되고 있다. 이 인터뷰들은 영국과 미국뿐 아니라 독일, 프랑스, 말레이시아 등 세계 곳곳에서 이루어진 것들로, 잉거솔은 이 인터뷰집이 레싱이 대작가일 뿐 아니라 세계적인 작가이기 때문에 출간될 수 있었다고 밝히고 있다.

1994년은 또한 레싱에 관한 주요 비평서들이 출간된 해였다. 우선 마가렛 모앤 로우가 발표한 비평집 『도리스 레싱』은 『다섯째 아이』까지의 소설들을 페미니즘의 시각에서 분석하였다. 그런데 이 비평서에서 흥미로운 것은 『황금 노트북』의 「서문」 부분, 즉 레싱이 페미니즘적 시각으로 이 작품을 읽는 비평가들을 어리석다고 비난한 말을 인용하면서, 레싱이 언제나 비평가들에게 훈계하고 독자들을 지도하는 일을 해왔다고 비판한다는 점이다. 레싱이 어떤 독서 지침도 주지 않는다는 세더스트롬의 주장과는 정반대되는 입장에서 레싱이 오히려 독자들을 조종해왔다고 불평하고 있다. 레싱은 독자들이나 비평가들의 질문에 부인과 부정, 그리고 냉소적인 반응으로 대응하여 "컨트래리언"Contrarian이라고 불리곤 하였는데, 세더스트롬과 로우는 레싱의 이런 태도를 각각 "비평적 방향 지시를 해 주지 않는다"와 "비평의 방향을 조종하고 있다"로 해석하면서 정반대의 입장을 취하고 있는 것이다. 로우는 레싱이 진지한 작가로 대접받고 있고 책이 꾸준히 팔리는 까닭이 학자들의 연구 덕분인데도 불구하고 오히려 학자들을 꾸짖고 있으며, 심지어 자신을 홍보하는 잡지인 《도리스 레싱 뉴스레터》까지도 "컬트 분위기가 싫다"며 배척하고 있다면서 레싱을 혹독하게 비난하고 있다. 로우의 표현에 따르면 레싱은 한결같이 "내부인insider을 바깥으로 내모는 일"을 하고 있다. 다시 말하자면 내 편까지도 적으로 내몰고 있다는 말이다. 이 책은 페미니스트들과 레싱 사이의 갈등, 그리고 학자들과 레싱 사이의 갈등을 잘 설명하고 있다.

엘리자베스 마슬렌은 『도리스 레싱』(1994)이라는 제목의 소책자에서 바흐친의 '소설의 다성성 이론'을 토대로 하여 레싱의 전 작품을 설명하고 있다. 마슬렌은 레싱의 단편소설과 논픽션 작품들의 중요성에 대해서도 언급을 하는 차별성을 갖고 있다.

게일 그린은 『도리스 레싱 : 변화의 시학』(1994)에서 레싱 작품의 결말부분을 집중 연구하면서 레싱 작품의 진화에 대해 설명하고 있는데, 특히 흥미로운 부분은 레싱이 노벨상을 수상하지 못하는 이유가 비평가들의 편견 때문이라고 밝히고 있다는 점이다. 그린은 레싱이 신비주의와 과학소설로 선회한 것을 존 레너드가 표현한 것처럼 "백일몽을 꾸는 일"로 볼 수 없으며, 레싱에게 『황금노트북』류의 작품만을 요구하는 비평가들이 오히려 레싱을 오독하고 있는 것이라고 비난하고 있다. 또한 레싱에게는 유머감각이 없지도 않고, 문체가 형편없지도 않으며, 작품이 침울하지도 않다고 옹호하면서 레싱의 혁신성을 꾸준히 탐구할 것을 요구하고 있다.

샤디아 S. 파힘은 『도리스 레싱 : 수피즘의 평형과 소설의 형식』(1994)에서 레싱 작품에 대해 오독이 일어나는 주된 이유가 비평가들이 정치·사회적 측면과 심리·신비적 측면을 모두 통합하여 고려하지 않기 때문이라고 진단하고 있다. 따라서 파힘은 레싱의 초기 및 후기 작품들을 종합적으로 평가하기 위해 비평가들에게 랭과 융의 정신분석 이론뿐 아니라 수피즘의 철학에 대해서도 연구할 것을 제안하고 있다. 파힘은 특히 레싱이 의식의 세 개의 극인 '합리적'·'심리적'·'직관적'인 것 사이의 평형을 유지해야 복합적인 감각으로 삶을 바라볼 수 있음을 깨닫고 있으므로, 레싱의 초기 작품이 외적인 영역에 강조를 두고 있다면 후기의 작품들은 이에 대한 평형을 이루기 위해 내적 감각을 강화시키고 있다고 설명하고 있다.

1997년 뮈게 갤린은 『동양과 서양 사이에서 : 도리스 레싱 소설 속의 수피즘』에서 레싱 자신이 수피즘에 관한 관심을 숨긴 적이 없는 대작가였음을 전제로 하여 본격적으로 수피즘 및 수피즘과 레싱의 관계에 대해 연구한다. 1994년 파힘이 레싱의 사실주의에서 판타지로의 전환에 초점을 맞추었다면, 3년 뒤 갤린은 레싱의 등장인물의 정신적 탐구에 초점을 맞추는 차별성을 갖고 있다. 레싱이 수피즘에 몰두하기 시작한 시기는 자타가 인정하듯이 아랍계 문학을 탐독하기 시작한 1960년대이다. 따라서 그 이전 작품에도 신비주의적 성향이 엿보이지만 『사대문의 도시』부터 수피즘 사상이 담기기 시작하여 5부작 『아르고스의 카노푸스 제국』에서 절정에 이른다고 추정하는 갤린은, 레싱이 지나치게 교훈적이 되고 있어 미학적 기준으로부터 멀어지고 있다고 비평가들은 불평하지만, 오히려 이들이 레싱의 글을 읽는 데 필수적인 수피즘에 무지하고 소위 '오리엔탈리즘'에 젖어 있어 그런 불평을 하는 것이라고 비난하면서, 비평가들에게 동양사상과 신비주의에 관심을 갖고 동양과 서양 간의 대화에 귀를 기울이도록 충고하고 있다. 갤린은 레싱이 노벨상을 수상하였다는 소식을 듣고 소감을 밝히는 글에서 비록 레싱이 『황금 노트북』으로 노벨상을 수상한 것으로 보이지만, 이 작품은 레싱에게 여행의 목적지가 아니라 출발지 launching-pad로서의 의미를 갖고 있다고 말하고 있다.

필리스 스턴버그 페라키스 역시 1999년 그녀가 편집한 비평 모음집 『도리스 레싱 작품에 나타난 영적 탐구』에서 맑시즘이나 페미니즘 등 정치·사회적 시각보다는 영성靈性, spirituality을 기준으로 하여 주로 후기 작품들을 다룬 9편의 논문들을 선별하여 싣고 있다. 파힘이나 갤린과 달리 서양인들의 시각에서 레싱의 영성을 다루고 있는 이 비평집에서 '영성'은 동양적인 '평형'의 개념과 달리 개인적인 것과 사회적인 것의 통합, 인류와 무한한 것의 통합을 의미하고 있다.

레싱이 1990년대에 발표한 픽션으로는 1996년의 『사랑이여 다시 한번』과 1999년의 『마라와 댄』이 있다. 제인 소머즈 스캔들로 인해 『어느 좋은 이웃의 일기』와 『노인이 할 수 있다면…』의 주된 주제인 '노년'에 관한 레싱의 관심이 오랫동안 주목받지 못하였으나 『사랑이여 다시 한번』으로 레싱의 주요 주제로 다시 부각되었다. 레싱은 이미 『사대문의 도시』에서부터 노년의 화자를 등장시킴으로써 문학사적으로 부재했던 여성 노인의 정체성, 성생활 sexuality 등의 문제를 제기하였으나 비평가들의 관심을 받지 못하고 있었다. 레싱은 2003년에 발표한 단편집 『할머니』에서도 이 주제를 다시 다루고 있다.

1999년에 발표된 『마라와 댄』은 미래소설로 새로운 빙하기를 맞이한 지구, 특히 아프리카를 배경으로 하고 있다. 유괴당한 남매, 마라와 댄이 잃어버린 에덴동산을 찾아가는 여정을 담고 있어 레싱이 다시 『아르고스의 카노푸스 제국』류의 소설로 되돌아갔음을 보여준다. 그러나 2005년에 출간된 과학소설에 관한 비평서인 『과학소설에 관하여』에서 이 책의 저자이자 과학소설 비평가인 토머스 디쉬는 『마라와 댄』에 대해 "남녀를 막론하고 모든 인간의 운명인 잔인한 세월 때문에 레싱의 펜이 무디어졌다고밖에는 달리 이 책의 전반적인 결점에 대해 설명할 수 없다"고 혹평하고 있다.

1990년대의 레싱의 비평적 수용은 레싱에게서 열렬한 여성해방운동을 기대하는 컬트식의 열정이 이미 식은 후이므로 레싱을 읽는 일반 독자의 수는 감소한 반면, 학계에서는 그동안 레싱에게서 단점으로 여겨지던 사상적 측면, 즉 랭이나 수피즘 같은 비주류 사상의 영향을 받았다는 측면이 긍정적으로 성실하게 연구된 시기였다. 특히 비평가들이 기피하거나 무시했던 수피즘을 다룬 두 권의 비평서, 즉 파힘과 갤린의 저서들이 출판됨으로써 서양의 시각으로만 분석되던 레싱의 연구가 균형을 잡기 시작하였고, 레싱의 꾸준한 진화를 부정적 시각으로 보던 과거의 비평가들과 달리 그린이나 페라키스는 그 진화를 혁신으로 보고 성실하게 따라잡으려고 노력하였다.

그러나 레싱이 새로 발표한 작품들이 독자들의 기대와 어긋난 작품들이었기 때문에 전반적으로 레싱의 대한 관심은 줄어들고 있었다.

6. 오늘날의 비평적 수용 : 레싱 연구의 부활 가능성

21세기가 되어 80대의 고령에 접어들었으나 레싱은 여전히 집필을 계속하였다. 2000년 레싱은 『다섯째 아이』의 후속 작품인 『세상 속의 벤』을 발표하였는데, 『다섯째 아이』가 괴물 같은 아이의 탄생으로 단란했던 가정이 파괴되는 과정을 다루었다면, 『세상 속의 벤』은 청년으로 성장한 이 괴물이 사회에서 어떻게 받아들여지는지 그 과정을 탐색하고 있다.

2002년에는 『가장 달콤한 꿈』을 발표하고 레싱은 이 작품을 자서전인 『내 마음 속으로는』과 『그늘 속을 거닐며』의 후속 작품이라고 설명하였다. 앞의 두 권의 책으로 1962년까지의 자신의 삶에 대해 술회하면서 아직 생존해 있는 주변 사람들의 명예에 누가 되는 일을 막기 위해 그 이후의 일에 대해서는 쓰지 않겠다고 선언했었는데 이제 1960년대, 70년대, 80년대의 사건들을 소설로 대신하기로 했다는 것이다. 이 저서는 특히 거리 시위로 소란했던 1960년대에 영국의 급진적 좌파들이 위선과 이기심으로 어떻게 사회를 조종했는지 상세히 파헤치고 있다. 이런 주제는 이미 『폭력의 아이들』이나 『황금 노트북』에서 다루었던 것으로, 레싱은 이 작품에서도 공산당원인 쟈니의 허울 좋은 이론이나 거창한 웅변보다 쟈니의 전 부인인 프란세스, 쟈니의 어머니 줄리아, 쟈니의 의붓딸 실비아의 헌신적인 가족 돌봄이 사회의 더 큰 버팀목이 될 수 있다고 주장하고 있다. 이 작품에 대한 평은 "위대한 소설이 갖고 있는 사실주의와 역사의 진실성이 어색하게 혼합되어 있다"는 혹평부터 "80대라는 고령에도 불구하고 전후의 어떤 소설가들보다 더 큰 활력과 야심을 유지하고 있다"는 칭찬까지 다양했지만, 그동안 비평가들이 무엇보다도 레싱에게서 실험성을 가장 높이 평가하였다는 점을 고려해볼 때, 이 작품이 주제 면에서나 형식 면에서나 혁신적인 작품이 아니기 때문에 비평가들의 큰 관심을 끌지 못한 것은 당연한 일로 볼 수 있다.

2003년에 레싱은 단편집 『할머니』를 발표하고, 2005년에는 『마라와 댄』의 후속 작품 『댄 장군, 마라의 딸, 그리오, 그리고 스노우 독 이야기』를 발표하였다. 소설로서는 적절치 못한 제목으로 비난을 받은 이 작품에서는 『마라와 댄』에서 에덴동산을 찾아 헤맸던 마라와 댄이 성인이 되었고, 누나 마라는 딸을 낳다가 이미 죽은 상태이다. 마라의 죽음에 상심하여 무기력에 빠져 있던 댄은 부하인 그리오와 충실한 개 스노우 독, 그리고 마라의 딸인 타마르와 함께 새로운 유토피아 건설을 위해 툰드라로 가는 모험에 나선다. 이 작품 역시 "독자의 마음을 산란하게 만들지만 강한 흥미를 불러일으키는 소설"이라는《파이낸셜 타임즈》지의 호평부터 "언어가 신중하지 못하게 사용되었고 … 화자의 목소리가 … 종종 교훈적 경향에 빠진다"는 평까지 갖가지 반응을 불러일으켰으나 대작가 레싱에 걸맞은 주목을 끌지 못했다.

2007년 레싱은 페미니즘적 과학소설인 『클레프트』를 발표하였다. 그러나 페미니즘 학계에서 혹평을 받고 과학소설계에서는 거의 주목을 받지 못했다. 레싱은 인간의 최초의 선조가 여성이었을지도 모른다는 과학 기사에서 영감을 받아 여성이었던 인간의 선조가 어떻게 양성兩性으로 진화하게 되었는지 그 과정을 소설로 구성하였다. 대표적인 여성 과학소설가인 어슐라 르귄은《가디언 리뷰》지에서 이 작품에 대해 "남성성의 충격 때문에 깨어나 점점 의식이 고양되는 지각없는 여성들의 이야기, 즉 잠자는 공주의 이야기"일 뿐이라고 혹평하였다. 이 외에도 대체적인 반응은 대작가 레싱의 작품으로는 실망스러운 수준이니 레싱의 노벨상 수상 소식을 듣고 처음으로 레싱의 작품을 읽으려는 독자는 이 작품을 택하지 말라고 충고하고 있다.

지금까지 본 바와 같이 레싱은 많은 과학소설류의 작품들을 썼다. 그러나 과학소설의 목록 속에서 그녀의 작품을 찾기란 어렵다.[4] 레싱 자신도 『아르고스의 카노푸스 제국 : 고문서들』의 제1권 『시카스타』의 서문 격인 「몇 가지 소견」에서 과학소설이라는 명칭보다 우주소설이라는 명칭을 더 선호한다고 밝혔다. 자신이 과학에 관해 정식 교육을 받은 적이 없음을 항상 의식하고 있었기 때문에 과학소설이라는 명칭 사용을 꺼려했던 것이다. 비평가들 역시 레싱의 과학소설들을 과학소설로 부르기를 망설였는데, 그 이유는 과학보다는 판타지, 신비주의 등으로 가득 차 있기 때문이다. 레싱의 신비주의적 판타지 소설들을 과학소설로 볼 것인지에 관해서는 아직 여러 갈래의 의견이 있다. 앞에서 본 것처럼 레싱의 과학소설을 비중 있게 다룬 비평가 캐서린 피시번은 과학소설이라고 부른 반면, 2006년 『도리스 레싱의 우주소설에 나타난 정체성』이라는 단행본으로 레싱의 우주소설에 대한 면밀한 연구결과를 발표한 데이비드 워터맨은 책 제목이 보여 주듯이 우주소설이라는 명칭을 사용하고 있다. 캐서린 피시번이 레싱의 대표적인 과학소설 7권을 다룬 반면, 워터맨은 그 외에도 『할머니』에 수록되어 있는 「그 이유」(2003)에 대해서도 분석하였다. 이 작품이 5부작 『아르

---

4. 2002년 이선주는 레싱의 판타지 소설 『어느 생존자의 비망록』을 『생존자의 회고록』이라는 제목으로 번역하였다. 무엇보다도 이 책이 환상문학전집 속에 포함되었다는 사실이 고무적이다.

고스의 카노푸스 제국 : 고문서들』과 내용상 연결되어 있기 때문이다. 워터맨은 레싱이 글을 쓰는 목적이 "현재의 상황the status quo, 지배자들의 수사학, 부유한 자들의 자선 등에 의문을 제기하고, 제도적 폭력에 기반을 둔 사회의 기초와 그런 구조 속에서의 우리의 의미에 대해 의심하는 것"이라고 가정한 후 각 작품에서 등장인물들이 어떻게 사회가 강요하는 폐쇄적인 정체성에 저항하고 새로운 정체성을 정립해 나가는지 설명한다. 사실 피시번과 워터맨 둘 다 이 작품들에 대해 분석할 때 이들의 장르적 특성에 대해서는 크게 언급하고 있지 않기 때문에 레싱의 '과학소설'에 대해 심도 있게 분석한 비평서는 거의 없다고 해도 과언이 아니다.

2007년 10월 레싱은 뜻밖에도 노벨문학상을 수상하였고, 오늘날의 저명한 문학비평가인 해롤드 블룸은 이에 대한 소감을 묻는 AP 통신사 기자에게 "레싱이 지난 15년간 읽을 만한 작품을 쓰지 못했고 … 4류의 과학소설을 썼을 뿐"이라고 불평하였다. 이에 대해 과학소설계는 블룸이 과학소설이라는 장르를 폄하한 것이 아니라 레싱이 4류의 과학소설을 썼다는 사실에 분노한 것이라고 해명하였다. 반면 아담 로버츠는 과학소설계가 이처럼 레싱을 과학소설가로서 제대로 대접하지 않는 이유는 그녀가 아프리카 출신의 작가이기 때문이라고 주장한다. 아프리카는 과학이 아닌 마술이나 판타지와 더 잘 어울리기 때문이다.

2008년 레싱은 부모에 관한 저서 『알프레드와 에밀리』를 끝으로 은퇴 선언을 하였다. 이 작품은 1차 세계대전으로 인해 인생의 패배자로 전락한 레싱 자신의 부모에 관한 이야기를 담고 있는데, 이 이야기는 사실 5부작 『폭력의 아이들』과 자서전 『내 마음

속으로는』에서, 그리고 여러 다른 작품에서 부분적으로 언급된 적이 있다. 이렇게 평생 되풀이한 이야기를 마지막 작품으로 다시 쓰고 있다는 사실로 미루어 볼 때 이들 부모가 그녀의 삶에 얼마나 막대한 영향을 미쳤는지 새삼 깨닫게 된다.

1979년 조직된 '도리스 레싱 학회'는 지금도 여전히 활발하게 활동 중이며, 홈페이지에 따르면 최근에는 '젠더 문제,' '레싱과 성생활,' '퀴어 레싱,' '우주 속의 레싱,' '레싱과 정치의 끝,' '레싱과 인권' 등의 주제에 대해 토론하고 있다. 그렇지만 레싱의 노벨상 수상을 계기로 앞으로는 '레싱의 공헌에 대한 평가,' '레싱 개인이 영어권 전통을 어떻게 재정의했는가?' '레싱과 세계 문학과의 관계' 등에 관한 토론도 있을 예정이다.

2000년 이후의 레싱은 고령에도 불구하고 2008년 은퇴를 선언할 때까지 꾸준히 작품을 발표했으나 과거의 주제를 되풀이하고 있거나 과거 작품의 후속 작품을 쓰고 있어 이미 창작력이 상당히 고갈되어 있음을 보여준다. 2000년 이후 레싱을 다룬 단행본이 한 권에 불과하다는 사실 또한 학계의 연구도 소강상태에 이르렀음을 증명하고 있다. 그러나 스웨덴의 한림원은 2007년 노벨문학상 수상자로 레싱을 선정하였고 이를 계기로 하여 레싱에 관한 관심이 다시 살아날 가능성도 예상할 수 있다. 레싱의 과거 20년간의 작품은 "실망스러운 작품" 혹은 "읽을 만하지 못한 작품"들로 치부되어 진지하게 연구되지 못하였다. 무엇보다도 레싱의 과학소설은 아직 제대로 규명되지 못한 상태에 있다. 따라서 레싱에 대한 연구는 아직도 갈 길이 멀다.

7. 나가면서 : 이 시대의 위대한 무당에 대한 마지막 예우

레싱은 비록 88세에 노벨상을 받았으나 노벨상 이외의 많은 상을 수상한 작가이다. 1954년 서머셋 모음상을 시작으로 하여 1976년에는 외국인에게 주는 프랑스의 메디치상을 수상하였고 1980년대에는 영국은 물론 오스트리아, 이탈리아, 스페인의 주요 문학상을 수상했으며, 1990년대와 2000년대 초까지도 각종 수상의 영광을 누렸다.[5] 특히 1980년대에는 세계 곳곳에서 대작가로서 인정을 받았는데 그런 레싱이 1980년대가 아닌 2007년에 이르러서야 노벨상을 받은 이유는 무엇일까?

우선 레싱에 관한 인정이 문학비평계와의 시간적 엇박자로 지

---

5. 레싱이 수상한 상을 연대별로 정리하면 다음과 같다.

1954 : Somerset Maugham Award
1976 : Prix Médicis étranger
1981 : Austrian State Prize for European Literature
1982 : Shakespeare Prize by the Alfred Toepfer Foundation, Hamburg
1986 : WH Smith Literary Award
1987 : Palermo Prize
1987 : Premio Internazionale Mondello Letterario
1989 : Premio Grinzane Cavour
1995 : James Tait Black Memorial Prize
1995 : Los Angeles Times Book Prize
1999 : Premio Internacional Catalunya
2001 : David Cohen British Literary Prize
2001 : Companion of Honor from the Royal Society of Lietrature
2001 : Prince of Asturias Prize
2002 : S.T. Dupont Golden Pen Award
2007 : Nobel Prize for Literature

체되었다는 점을 들 수 있다. 페미니스트들의 『황금 노트북』에 대한 열정 덕분에 대중 작가의 이미지를 벗고 고전 작가로 인정받기 시작할 무렵인 1970년대 초 레싱은 페미니즘적 작품에서 탈피하여 과학소설 혹은 이념소설을 향해 방향을 틀고 있었고, 이 사실이 1970년대 대작가로서 인정받는 데 결정적인 장애가 되었다. 레싱과 비평계와의 엇박자는 이후에도 계속되어 레싱은 자신의 혁신적 변화를 제대로 평가하지 않는 비평계에 대한 섭섭함으로 제인 소머즈 스캔들을 일으키게 되고 이 사건은 1980년대에도 비평계가 레싱에게 등을 돌리게 되는 결정적인 계기가 되었다.

다른 중요한 이유로 레싱이 항상 소외된 자, 약자 혹은 하위 주체들의 편에 있었다는 점을 들 수 있다. 우선 레싱은 2차 세계대전 이후의 냉전시대에 자본주의 국가에 살면서 공산주의에 동조하고, 영국에 귀화한 작가임에도 불구하고 아프리카의 뿌리를 고집하였으며, 여성의 불안한 지위에 대해 고발하고, 1960년대부터는 동양인 이슬람의 수피즘에 몰두함으로써 서양 비평계와 학계를 당황하게 만들었다. 레싱의 작품을 분석할 때 정신분석학 틀을 사용하지 않을 수 없는데 레싱은 제도권 내의 정규 정신분석학이 아닌 제도권 밖의 소위 '안티-정신분석학'을 작품에 적용하였고, 과학소설이 아직 하위 장르일 때 과학소설 형식을 이용하여 자신의 수피즘 사상을 전달하려고 하였다.

또 다른 이유를 들자면 레싱의 소위 '컨트래리언'식의 대응방식을 들 수 있다. 사실 레싱은 기존 권위와 정체되고 안정된 모든 것에 대해 저항하고 도전하는 정신을 갖고 있었으며, 작품 또한 이런 정신을 반영하고 있었기 때문에 독자들로부터 열광적인 호응을 얻었다. 그러나 인터뷰나 연설을 할 때에도 상대방의 질문에 이런 도전 정신으로 대답하였기 때문에 독자나 비평계로부터 모든 것에 대해 반대나 부정으로 일관하며 내 편까지도 적으로 내모는 '컨트래리언'이라는 별명을 얻게 되었다. 레싱은 어떤 사상을 지지하다가도 그 사상이 틀렸다고 깨닫게 되거나(예를 들어 공산주의) 혹은 제도권에 수용되어 안정적 위치를 차지하게 되면(예를 들어 여성해방운동) 그 사상까지도 버리는 철저함도 갖고 있었다. 따라서 레싱의 사상의 흐름을 좇는 일이 얼마나 어려운 일이었을지 상상하기란 어렵지 않다. 1990년대에도 계속해서 레싱을 연구하던 학자들의 불평 중 일부는 바로 여기에서 기인한 것이라고 볼 수 있다.

2008년 7월 11일《타임》지의 기자 윌리엄 리 애담스와의 인터뷰에서 기자가 레싱에게 "노벨상위원회가 당신에 대해 '여성 경험을 서사시처럼 쓴 작가'라고 묘사했는데 이 묘사에 동의하느냐?"고 질문하자, 레싱은 "뭔가 말해야 하지 않았겠어요?"라고 대답하였다. 기자가 "그럼 그 묘사에 동의하지 않느냐?"고 재차 묻자, 레싱은 "동의하지 않아요. '이 작가에 대해 뭐라고 쓰지? 이 작가는 페미니스트라고 불리는 것을 싫어했는데?'라고 생각하다가 그렇게 갈겨쓰는 모습이 내 눈에 선하네요"라고 대답하였다. 이것이 바로 레싱의 일반적인 대응방식이다. 이런 레싱의 대응에 대해 노벨상위원회의 기분이 어떠했을지는 가히 짐작할 수 있다.

이 시간에도 많은 학자들은 왜 이 시점에 레싱이 노벨상을 타게 되었을까 자문을 하고 있을지 모른다. 블룸은 "정치적 배려" 때문이라고 했고, 2007년 10월 11일 자《타임》지에서 레브 그로스맨도 "지정학적" 안배 때문이라고 썼다.

우리는 현재 21세기에 들어와 있고 여전히 온난화 등의 환경 문제, 테러 문제, 인종 및 민족 간의 갈등 문제로 시끄러운 세상에 살고 있다. 레싱이 60년간 작품을 통해 해온 일은 바로 이런 갈등으로 인해 인류가 분열되고 결국에는 종말에 이를 수 있음을 경고한 일이다. 현재의 갈등 구조를 기정사실로 받아들이지 말고 회의하고 변화시켜야 참사를 막을 수 있다고 마치 세례 요한처럼 경고한 것이다. 그리고 여기에서 더 나아가 『사대문의 도시』의 마사처럼, 『어느 생존자의 비망록』의 화자처럼 새로운 세계를 가져올 수 있는 가능성이 있음을 일깨우려고 꾸준히 노력하였다. 따라서 이 논문은 노벨상위원회가 인류의 참사를 막기 위해 60년간 한결같이 경고하며 새로운 대안을 제시하려고 한 도리스 레싱을 이 시대의 위대한 무당으로 인정하였고, 이에 대한 예우로서 노벨상을 수여했다고 결론짓는다.

* 도리스 레싱의 작품과 도리스 레싱에 대한 문헌

A. 도리스 레싱의 작품 (연대순)

〈1950년대〉

The Grass Is Singing. London : Michael Joseph, 1950.

This Was the Old Chief's Country. London : Michael Joseph, 1951.

Martha Quest. London : Michael Joseph, 1952; New York : Simon & Schuster, 1964.

A Proper Marriage. London : Michael Joseph, 1954; New York : Simon & Schuster, 1964.

Going Home. London : Michael Joseph, 1957; New York : Ballantine, 1968.

A Ripple from the Storm. London : Michael Joseph, 1958.

〈1960년대〉

In Pursuit of the English. London : MacGibbon and Kee, 1960; New York : Simon & Schuster, 1961.
The Golden Notebook. London : Michael Joseph, 1962; New York : Simon & Schuster, 1962; New York : McGraw-Hill, 1963; London : Penguin Books, 1964.
African Stories. London : Michael Joseph, 1964; New York : Simon and Schuster, 1965.
Land-locked. London : MacGibbon & Kee, 1965; New York : Simon and Schuster, 1966.
The Four-Gated City. London : MacGibbon & Kee, 1969; New York : Alfred A. Knopf, 1969.

〈1970년대〉
Briefing for a Descent into Hell. London : Cape, 1971; New York : Alfred A. Knopf, 1971.
The Summer Before the Dark. London : Cape, 1973; New York : Alfred A. Knopf, 1973.
The Memoirs of a Survivor. London : Octagon Press, 1974; New York : Alfred A. Knopf, 1975.
Re : Colonized Planet 5, Shikasta. London : Cape, 1979; New York : Alfred A. Knopf, 1979.

〈1980년대〉
The Marriages Between Zones Three, Four, and Five. London : Cape, 1980.
The Sirian Experiments. London : Cape, 1981; New York : Knopf, 1981.
The Making of the Representative for Planet 8. London : Cape, 1982; New York : Knopf, 1982.
Documents Relating to the Sentimental Agents in the Volyen Empire. London : Jonathan Cape, 1983; New York : Knopf, 1983.
The Diary of a Good Neighbour. London : Michael Joseph, 1983; New York : Alfred A. Knopf, 1983.
If the Old could…. London : Michael Joseph, 1984; New York : Alfred A. Knopf, 1984.
The Diaries of Jane Somers. London : Michael Joseph, 1984; New York : Random House 1984.
The Good Terrorist. London : Jonathan Cape, 1985; New York : Knopf, 1985.
Prisons We Chose to Live Inside. New York : HarperCollins Publishers Inc.,

1987.
The Fifth Child. London : Jonathan Cape, 1988; New York : Knopf, 1988.
Particularly Cats and More Cats. London : Michael Joseph, 1989.

〈1990년대〉

Particularly Cats ... and Rufus. New York : Knopf, 1991.
African Laughter : Four Visits to Zimbabwe. New York : HarperCollins, 1992.
Under My Skin : Volume One of My Autobiography, to 1949. New York : HarperCollins, 1994. Reprinted. New York : Harper Perennia, 1995.
Love, Again. New York : HarperCollins, 1995.
Walking in the Shade : Volume Two of My Autobiography, 1949~1962. New York : HarperCollins, 1997.
Mara and Dann. London : HarperFlamingo, 1999.

〈2000년대〉

Ben, In the World. New York : HarperCollins, 2000.
The Sweetest Dream. New York : HarperCollins, 2002.
The Grandmothers. New York : HarperCollins, 2003.
The Story of General Dann and Mara's Daughter, Griot and the Snow Dog. HarperCollins, 2005.
The Cleft. HarperCollins, 2007.
Alfred & Emily. HarperCollins, 2008.

B. 도리스 레싱에 대한 문헌 (알파벳순)

Allen, Walter. *The Modern Novel in Britain and the United States*. New York : E. P. Dutton & Co. Inc., 1965. 197 & 267~77.
Bazin, Nancy Topping. "Androgyny or Catastrophe : The Vision of Doris Lessing's Later Novels." *Frontiers* 5, 1981. 10~15.
______. "The Moment of Revelation in Martha Quest and Comparable Moments by Two Modernists." *Modern Fiction Studies* 26, 1980. 87~98.
Brewster, Dorothy. *Doris Lessing*. New York : Twayne Publishers Inc., 1965.
Burkom Selma R. " 'Only Connect' : Form and Content in the Works of Doris Lessing." *Critique* 11, No 1 (1969) : 51~68.
______. "Wholeness as Hieroglyph : Lessing's Typical Mode and Meaning." Unpublished paper for MLA Seminar 46 : *The Fiction of Doris Lessing*, 1971.
Carey, Alfred A. "Doris Lessing : The Search for Reality : A Study of the Major

Themes in Her Novels." Ph.D. dissertation, University of Wisconsin, 1965.
Carey, John L. "Art and Reality in The Golden Notebook." *Contemporary Literature*, 14 (Autumn 1973) : 437~56.
Carol, Christ P. *Diving Deep and Surfacing : Women Writers on Spiritual Quest*. Boston : Beacon Press, 1980.
Cederstrom, Lorelei. *Fine-Tuning the Feminine Psyche : Jungian Patterns in the Novels of Doris Lessing*. New York : Peter Lang, 1990.
Drabble, Margaret. "Doris Lessing : Cassandra in a World Under Siege." *Ramparts* 10 (February 1972) : 50~54.
Draine, Betsy. *Substance Under Pressure : Artistic Coherence and Evolving Forms in the Novels of Doris Lessing*. Madison : University of Wisconsin Press, 1983.
Fahim, Shadia S. *Doris Lessing : Sufi Equilibrium and the Form of the Novel*. Houndmills : The Macmillan Press Ltd., 1994.
Fishburn, Katherine. *The Unexpected Universe of Doris Lessing*. Westport, CT : Greenwood Press, 1985.
Galin, Müge. *Between East and West : Sufism in the Novels of Doris Lessing*. Albany : State University of New York Press, 1997.
Gindin, James. "Doris Lessing's Intense Commitment." *Postwar British Fiction : New Accents and Attitudes*. University of California Press, 1962; Cambridge University Press, 1963.
Greene, Gayle. *Doris Lessing : The Poetics of Change*. Ann Arbor : The University of Michigan Press, 1994.
Holmquist, Ingrid. *From Society to Nature : A Study of Doris Lessing's Children of Violence*. Goteberg : Acta Universitatis Gothoburgensis, 1980.
Kaplan, Carey and Rose, Ellen Cronan(eds.). *Doris Lessing : The Alchemy of Survival*. Athens : Ohio University Press, 1988.
______. (eds.) *Approaches to Teaching Lessing's The Golden Notebook*. New York : The Modern Language Association of America, 1989.
Kaplan, Sydney Janet. *Feminist Consciousness in the Modern British Novel*. Urbana : University of Illinois, 1975. 136~72.
______. "The Limits of Consciousness in the Novels of Doris Lessing." In *Doris Lessing : Critical Studies*. Madison : The University of Wisconsin Press, 1974. 119~132.
Karl, Frederick. *A Reader's Guide to the Contemporary English Novel*. New York : Farrar, Strauss & Giroux, 1962; London : Thames & Hudson, 1963.
Klein, Carole. *Doris Lessing : A Biography*. New York : Carroll & Graf Publish-

ers Inc., 2000.
Marchino, A. Lois. "The Search for Self in the Novels of Doris Lessing." *Studies in the Novel*, 4 (Summer 1972) : 252~61.
Maslen, Elizabeth. *Doris Lessing*. Horndon : Northcote House Publishers Ltd., 1990.
McDowell, Frederick P. W. "The Fiction of Doris Lessing : An Interim View." *Arizona Quarterly*, 21, no. 4 (Winter 1965) : 215~45.
Morgan, Ellen. "Alienation of the Woman Writer in the Golden Notebook." *Contemporary Literature*, 14 (Autumn 1973) : 471~80.
Perrakis, Phyllis Sternberg. ed. *Spiritual Exploration in the Works of Doris Lessing*. Westport : Greenwood Press, 1999.
Pickering, Jean. "Marxism and Madness : The Two Faces of Doris Lessing's Myth." *Modern Fiction Studies* 26 (Spring 1980) : 17~31.
______. *Understanding Doris Lessing*. Columbia : University of South Carolina Press, 1990.
Porter, Nancy. "Silenced History-Children of Violence and The Golden Notebook." *World Literature Written in English*, 12 (November 1973) : 161~79.
Pratt, Annis and Dembo, L. S. *Doris Lessing : Critical Studies*. Madison : The University of Wisconsin Press, 1974.
______. "Women and Nature in Modern Fiction." *Contemporary Literature*, 13 (1972) : 476~90.
______. *Archetypal Patterns in Women's Fiction*. Bloomington : Indiana University Press, 1981.
Rowe, Margaret Moan. *Doris Lessing*. Houndmills : the MacMillan Press Ltd., 1994.
Rubenstein, Roberta. *The Novelistic Vision of Doris Lessing : Breaking the Forms of Consciousness*. Urbana : University of Illinois Press, 1979.
______. "Briefing on Inner Space : Doris Lessing and R. D. Laing." *Psychoanalytic Review* 63 (1976) : 83~95.
Sage, Lorna. *Doris Lessing*. London and New York : Methuen, 1983.
Schlueter, Paul. "Doris Lessing : The Free Woman's Commitment," in *Contemporary British Novelists*, ed. Charles Shapiro. Carbondale : Southern Illinois University Press, 1965. 48~61.
______. "A Study of the Major Novels of Doris Lessing." *Dissertation Abstracts*, 29, 3619~20A. Southern Illinois University Press, 1968.
______. *The Novels of Doris Lessing*. Carbondale : Southern Illinois University Press, 1973.

_____. (ed.) *A Personal Small Voice*. New York : Alfred A. Knopf, 1974.
Showalter, Elaine. *A Literature of Their Own*. Princeton : Princeton University, 1977. 298~319.
Singleton, Mary Ann. *The City and the Veld : The Fiction of Doris Lessing*. Lewisburg Pa : Bucknell University Press, 1977.
Spacks, Patricia Meyer. *The Female Imagination*. New York : Knopf, 1975.
_____. "Free Women." *Hudson Review*, 24 (Winter 1971~2) : 559~73.
Spiegel, Rotraut. *Doris Lessing : The Problem of Alienation and the Form of the Novel*. Frankfurt : Verlag Peter D. Lang, 1980.
Sprague, Claire & Tiger, Virginia. *Critical Essays on Doris Lessing*. Boston : G. K. Hall & Co., 1986.
_____. " 'Without Contraries is no Progression' : Lessing's The Four-Gated City." *Modern Fiction Studies*, 26 (Spring 1980) : 96~116.
_____. " 'Without Contraries is no Vision' : The Four-Gated City and The Dispossessed." Unpublished paper delivered at the 1978 MLA Doris Lessing Special Session.
Stitzel, Judith. "Reading Doris Lessing." *College English* 40 (1979) : 498~504.
Taylor, Jenny. ed., *Notebooks/Memoirs/Archives : Reading and Rereading Doris Lessing*. Boston and London : Routledge & Kegan Paul, 1982.
Thorpe, Michael. *Doris Lessing's Africa*. London : Evans Brothers, Ltd., 1978.
_____. *Doris Lessing : Writers and Their Work*. No. 230. London : Longman for British Council, 1974.
Vlastos, Marion. "Doris Lessing and R. D. Laing : Psychopolitics and Prophesy." *PMLA*, 91 (1976) : 245~58.
Waterman, David. *Identity in Doris Lessing's Space Fiction*. Youngstown : Cambria Press, 2006.

C. 기타 문헌 (알파벳순)

Cornillon, Susan Koppleman. *Images of Women in Fiction : Feminist Perspectives*. Bowling Green : Bowling Green University Press, 1972.
Thomas M. Disch. *On SF*. The University of Michigan Press, 2005.
Ellmann, Mary. *Thinking about Women*. New York : Harcourt Brace Jovanovich Inc., 1968.
Laing, R. D. *The Politics of Experience*. 1967. Reprint. New York : Harper and Row, 1972.

1부

벽 속 공간으로 상상력을 확장하다

『도리스 레싱 : 20세기 여성의 초상』(동문선, 2004)을 마치고 숨을 고르면서 이번 책을 무슨 작품으로 시작할 것인가를 고민하고 있을 때 가장 먼저 떠오른 작품이 『어느 생존자의 비망록』이었다. 이 작품은 레싱이 본격적으로 과학소설을 쓰기 시작하기 전인 1974년 발표된 작품으로, 레싱이 작가로서의 커리어 전기에 가장 몰입했던 가족 트라우마에서 해방될 가능성을 가장 잘 보여 주는 작품이다. 『도리스 레싱』에서 이 주제에 대해 충분히 다루었기 때문에 이번 책에서는 한 번 더 정리하는 정도로 시작 부분에서 다루는 것도 의미가 있어 보였고, 더욱이 이 작품이 레싱이 가족 트라우마에서 해방되는 과정을 세세히 보여 주고 있으므로, 새로운 도전에 앞서 과거를 청산하는 듯한 모양새가 새 책의 첫 작품으로 아주 적격인 것처럼 생각되었다.

이 작품이 적합하다고 판단한 또 하나의 이유는 장르적인 측면에서 과학소설로 급격히 방향을 선회하기 전에 징검다리 역할을 훌륭하게 수행한 판타지 작품이라고 판단했기 때문이다. 이 작품 다음으로 다루게 될 1980년대의 5부작 『아르고스의 카노푸스 제국』은 소위 '우주소설'로 외계인과 지구인을 다루기 때문에 이전의 레싱에게 익숙한 독자에게는 읽기가 다소 당혹스러울 수 있다. 반면 『어느 생존자의 비망록』은 판타지 소설이기는 해도 『사대문의 도시』에서 이미 다룬 미래의 대도시를 배경으로 하는 지구 멸망의 이야기를 다시 다루고 있기 때문에 독자들이 과학소설이라는 장르에 쉽게 적응할 수 있도록 도와줄 수 있다. 특히 판타지 공간으로 이용된 벽 속의 4차원적 공간은 문학을 전공하는 사람이라면 얼마든지 상상 가능한 범위 안에 있다. 더욱이 레싱이 이전 작품들에서 인간의 정신세계에 대한 탐구에 열중해 있었으므로, 벽 속의 공간으로 인간의 무의식 세계를 대신하는 설정은 이에 대한 확장으로 신선하면서도 충분히 설득력이 있어 보였다.

벽 속의 공간, 즉 판타지의 공간으로 들어가 트라우마를 해결하고 이것이 곧 현실세계의 문제 해결로 연결되는 이야기는 사실 판타지 소설 혹은 영화의 정석적인 플롯이다. 『이상한 나라의 앨리스』나 『오즈의 마법사』가 그 좋은 예가 될 것이다. 레싱의 경우 판타지 형식을 빌려 자신의 가족 트라우마를 청산하고 그런 개인의 노력이 전체 사회, 그리고 인류의 구원까지 이어질 수 있다고 주장하므로 규모나 차원이 더 크고 심오하다고 하겠다.

이 장에서는 이 판타지 소설이 앞으로 쓰게 될 과학소설의 전초전이라고 생각하여 우선 판타지 소설과 과학소설과의 차이점을 연구하고, 판타지 소설이나 영화가 항상 그렇듯이 이런 판타지 형식으로 레싱이 말하고자 한 내용이 무엇인지에 초점을 맞추었다. 특히 비평가들 사이에 이 해석을 두고 상반된 의견이 많았으므로 이를 정리한 뒤 본인의 의견을 결론으로 내세웠다.

판타지 소설이나 과학소설이나 가장 큰 특징은 현실과의 차이를 내세운다는 점이다. 판타지는 현실과 다른 시공간, 즉 그곳만의 법칙이 있는 곳에서 일어나는 일을 다루며, 그 세계가 현 세계보다 더 나은 세계인가 아닌가의 판단을 강요하지 않는다. 단지 '차이'를 강조할 뿐이다. 반면 과학소설의 세계는 현실 세계를 기반으로 하고 있으므로, 그려진 낯선 세계가 더 나은 세계인지 나쁜 세계인지를 따지는 '변화'를 강조하는 세계이다. 오늘날의 세계와 어떤 점이 달라졌고 그래서 어떤 결과를 낳고 있는가를 판단해야 한다. 이 장은 이 점에 착안하여 이 작품을 해석하며, 레싱이 이 작품 속에서 판타지의 공간을 '차이'의 공간에서 '해방'의 공간으로까지 확장시켰다고 주장하고 있다.

레싱의 소설은 시작과 끝부분이 연결되는 원圓 구조를 갖는 경우가 많다. 본인은 이 작품 역시 그런 원 구조를 갖고 있음에 주목하여 이 작품의 화자가 판타지를 겪은 후 그 경험을 독자에게 이야기해 주고 있다고 판단하였다. 따라서 이 작품의 결론 부분에서 화자는 판타지의 공간, 즉 벽 속의 공간으로 들어가지 않았고, 현실 세계에 남아 동시대 혹은 후세의 사람들에게 자신이 판타지 공간에서 얻은 깨달음을 전달하기 위해 이 비망록을 쓰고 있다고 주장하였다. 판타지의 공간이 화자를 포함한 여러 사람들 혹은 독자에게 갑갑한 현실에서 해방될 수 있는 가능성을 제시한다는 것이다.

2장

『어느 생존자의 비망록』

차이, 변화, 해방의 모색

1. 들어가면서

도리스 레싱의 1970년대 작품 『어느 생존자의 비망록』은 1980년대에 본격적으로 쓰게 될 과학소설을 예비하는 작품이다. 레싱은 5부작 『폭력의 아이들』의 마지막 작품 『사대문의 도시』에서 조심스럽게 「부록」으로 처리했던 '지구멸망과 새로운 질서의 태동'이라는 묵시록적 비전을 여기에서는 판타지와 과학소설의 테크닉을 이용하여 보다 과감하게 그려내고 있다. 그동안 추상적이고 모호하게 보이던 레싱의 주제와 이념들이 이 작품에서는 비현실적인 테크닉 덕분에 보다 명확하고 구체적으로 제시되고 있는 것이다. 그러나 레싱의 사실주의적 작품에 익숙하던 비평가들은 이 비현실적인 요소에 대한 해석에 혼란을 겪으면서 각양각색의 글읽기와 상반되기까지 한 평가를 내놓았다.

이 장은 레싱의 이전 작품들과 가장 차별적인 특징인 판타지와 과학소설적 요소에 초점을 맞춰 이 작품을 분석하려 하며, 이런 글읽기가 1980년대에 쓰게 되는 본격적인 과학소설을 설명할 수 있는 하나의 열쇠가 될 것으로 기대한다. 또한 이 장은 레싱이 이전 작품들에서는 모호하게 제시할 수밖에 없었던 '여성의 이상적인 성숙 과정', '바람직한 모녀관계', '진정한 여성성', '변화된 세계의 창조 가능성' 등의 주제들을 이 작품에서는 판타지와 과학소설적 테크닉 덕분에 보다 구체적이고 실험적으로 보여 줄 수 있었으며, 그 결과 현실에 대한 대안으로 탐색하던 '차이의 세계'와 '변화의 세계'가 여기에서는 '현실로부터의 도피의 공간'이 아닌 '현실로부터의 해방의 공간'으로 발전하고 있음을 강조할 것이다.

크노프Alfred A. Knopf사가 1974년 처음으로 이 작품을 출판했을 때 표지에 실은 글귀와 곧이어 발표된 잡지 《뉴스테이츠맨》지와 《타임》지의 평은 모두 미래 묵시록적인 내용에 주목하였고, 1981년 영화화된 작품도 그런 분위기를 주로 연출하였다. 1960년대와 1970년대는 영국이나 미국에서 '고갈의 위기를 겪고 있던 문학'Literature of Exhaustion에 새로운 가능성을 제공할 수 있는 대안 중 하나로 과학소설이라는 장르가 새롭게 주목받기 시작한 시기여서 고전작가의 반열에 드는 작가들까지도 이를 염두에 둔 새로운 시도를 모색하고 있었다. 따라서 위의 출판사와 잡지사가 이런 추세를 의식한 서평을 썼을 것으로 쉽게 추정할 수 있다. 반면 레싱의 연구가인 세더스트롬은 레싱 자신이 이 작품을 "자서전적 시도"(170)라고 묘사하였다고 전한다.

그 후 '미래소설'과 '자서전적 소설'이라는 지극히 상반되는 범주에 놓이게 된 이 작품을 놓고 레싱의 주요 비평가들은 다양한 평가와 해석을 내놓았다. 벳시 드레인 같은 비평가는 1983년 출판된 저서 『압력받는 내용』에서, 레싱이 『황금 노트북』 이후 사실주의 소설가로 만족하지 못하고 우화, 알레고리, 신화 등의 실험적인 테크닉을 사용하여 "정신적인 예언자"spiritual seer의 역할을 하려고 하지만, 특히 『어느 생존자의 비망록』에서는 독자들에게 소설 틀의 변형을 납득시키지 못하는 역부족을 드러내고 있다고 비판하였다(142). 마틴 그린은, 스프레이그와 타이거의 1986년에 출판된 논문 「제국의 운명 : 『어느 생존자의 비망록』」을 인용하면서 이 작품이 비정치적이고 비개인적이며 과거보다는 미래를 그리고 있으므로 레싱이 주장한 바와 달리 자서전적인 소설이 아니라는 주장에 동조한다(31).

1990년대에 들어서는 이 작품의 자서전적 성격을 등한시하던 비평가들이 작가의 의도를 존중하는 글읽기를 하게 되면서 이 작품에 관한 비평은 새로운 국면에 진입하였으나, 이런 글읽기에도 여전히 여러 문제점이 나타났다. 예를 들어, 융의 정신분석학으로 레싱의 작품을 읽는 로렐라이 세더스트롬은 주로 주인공의 '개성화 과정'에 초점을 맞추면서 이전 작품들과 이 작품 간의 차이에 주목하지 못하는 문제점을 안고 있으며, 게일 그린은 이 작품의 결말과 서두를 일치시키지 못하는 글읽기를 한 결과, 논문의 결론을 의문점들을 나열하는 것으로 대신하고 있다. 가장 최근의 비평인 데브라 래쉬케와 새론 R. 윌슨의 비평은 각각 정원과 검은 알의 이미지, 즉 이 작품의 세부적인 측면에 초점을 맞춰 결론을 유도하고 있고, 논지의 근거로 각각 중세나 동양의 신화와 T. S. 엘리엇의 『황무지』의 내용을 빌리고 있어 설득력을 감소시키고 있다. 특히 그린과 래쉬케는 이 작품에서 실제로 무슨 일이 일어나고 있는가에 대해 아는 것은 중요치 않다고 주장하는 왜곡적인 글읽기를 하고 있다. 이들 비평가들의 엇갈린 해석, 당황스런 반응, 왜곡적인 글읽기, 그리고 이 작품 자체보다는 타 작품이나 외부 자료에 의지하여 설명하려는 태도들은 한결같이 이 작품의 비현실적 요소에 대한 해석의 어려움에 기인한 것이므로 이 장은 바로 이 점에 초점을 맞추어 전체적인 의미를 조명하려고 한다.

근래에 들어 주류 문학의 범주 속에 진입하기 시작한 과학소설은 과거 대중문학으로 홀대받던 다양한 장르들을 포함시키면서 포괄적인 문학 장르로 발전하고 있다. 판타지(환상소설), 유토피아 소설, 경이소설驚異小說, a fiction evoking wonder 등이 이제는 과학소설의 하위 장르가 되면서 과학소설의 정의가 훨씬 포괄적이 되었다. 과학소설의 정의는 과학소설에 대한 평가만큼 굴곡진 역사를 갖고 있으나, 현재 유고슬라비아 출신의 다코 수빈의 것을 가장 권위적인 것으로 평가하고 있다. 문학비평가이자 과학소설가인 아담 로버츠에 따르면, 다코 수빈은 과학소설의 필요충분조건으로 "소외estrangement와 인식cognition이 존재하고 상호작용해야 하며, 주된 형식적 장치가 작가의 경험적 환경의 대안이 될 수 있는 상상적 틀이어야 한다"(7)고 제안한다. 작가의 경험적 환경에서 탈피하여 다른 새로운 논리적 질서를 창조해야 함을 강조한 것이다.

과학소설 작가이자 이론가인 제임스 건은 『사변에 관한 사색 : 과학소설의 이론』에서 과학소설과 판타지는 둘 다 새롭고 다른 요소를 기반으로 하여 "만약 ~라면 어떻게 될까?"what if?에 관해 사색하는, 즉 일상적 경험과의 단절을 의미하는 "단절의 문학"literature of discontinuity이라고 정의하면서 수빈과 비슷한 정의를 내리고 있다(8). 그리고 과학소설과 판타지를 구별하면서, 판타지가 일상적 경험의 규칙이 적용되지 않는 세계에서 일어나는 사건을 다룬다면, 과학소설은 "미래에 가능할 수 있는 것"what may be possible 혹은 "미지의 것"the unknown까지 일상적 경험이 확장된 세계에서 일어나는 사건을 다룬다고 설명하고 있다(10). 따라서 판타지가 자기만의 세계와 법칙을 만든다면, 과학소설은 현실세계와 그 법칙을 수용하며, 판타지의 기반이 심리적 진실이라면, 과학소설의 기반은 현 세계라는 것이다. 그 결과 판타지 문학은 그려진 낯선 세계가 더 나은 세계인가 더 나쁜 세계인가를 판단하지 않는 '차이'를 강조하는 문학이라면, 과학소설은 그려진 낯선 세계가 더 나은 세계인가 더 나쁜 세계인가, 그리고 무엇이 차이를 만드는가를 따지는 '변화'를 강조하는 문학이라고 구분한다(건 11~12).

이런 정의를 이 작품에 적용하자면, 이 작품에 삽입된 벽 너머의 4차원적 공간은 '판타지'의 세계이다. 이 비현실적 세계는 그 나름의 시간적·공간적 규칙을 갖고 있으며 주로 인물들의 심리적 리얼리티를 보여준다. 그러므로 그 공간은 선악을 구별하는 세계가 아니라 우리가 미처 깨닫지 못하는 진실(예를 들어 '무의식'의 세계)을 인식시켜 주는 공간이다. 반면 화자가 살고 있는 대재앙이 일어나기 직전의 미래의 대도시는 '과학소설'의 세계로, "그들"로 대변되는 억압세력의 부패와 무능함으로 종말의 위기에 처한 현실세계의 연장이다. 따라서 이 세계는 가치판단을 요구하는 세계이자 '변화'를 종용하는 세계이다.

그렇다면 가장 논쟁거리가 되고 있는 마지막 장면을 어떻게 볼 것인가? 이 작품에서 독자를 가장 당황하게 만드는 점은 주요 등장인물들이 판타지의 세계에서 현실세계로 나오는 것이 아니라 현실세계에서 판타지의 세계로 사라진다는 점과, 이때 주인공 화자의 위치가 어디인가 하는 점이다. 드레인은 등장인물이 판타지의 세계로 사라짐으로써 현실세계와 비현실세계의 중요성이 전복되지만, 그 타당성을 독자에게 납득시키지 못하므로 이 작품이 실패작이라고 평가하는 반면, 낸시 쉴즈 하딘은 주로 도덕적인 관점에서 "레싱의 후기 작품의 판타지 영역은 우리에게 동시대의 조건화를 깨고 나오라고 가르치는 구원적 비전의 소재지"라고 높이 평가한다. 하딘에 따르면, 조건화를 깨고 나올 때에 비로소 "우리에게 프로그램되어 있는 역할로부터 깨어날 수 있기 때문이다"(324, 325). 그 외에 이런 결말이 현실로부터의 도피일 뿐이라는 주장도 상당히 많다. 그리고 각각의 견해에 따라 주인공이 등장인물과 함께 판타지의 세계로 들어갔다, 들어가지 않았다 등등의 엇갈린 해석을 하고 있다.

앞에서 보았듯이 건은 판타지 문학을 "차이의 문학"이라고 보았다. 이 장은 여기에서 더 나아가 판타지 문학을 기존의 인식 지평에서 이탈하여 대안적 세계로 들어가도록 인도하는 '구원과 해방의 문학'이라고 정의하면서 등장인물이 사라져 간 초현실적 세계를 '도피의 공간'이 아닌 '해방의 공간'으로 읽으려 한다.

2. 차이의 공간으로서의 판타지

이 작품의 주인공은 시간적으로 미래에 위치해 있다. 익명의 일인칭 화자이기도 한 주인공은 중산층의 "초로의" 여성작가로 "그것"it으로 지칭된 대재앙을 겪고 살아남은 생존자이다. 다른 생존자들과 대재앙에 관해 대화를 나누곤 하던 주인공은 "당신"you으로 지칭되는 독자를 위해 자신의 경험에 관해 자세히 기록하기 시작한다. 따라서 화자의 기록은 최우선적으로는 사회의 비판이기에 앞서 위기의 순간에 깨달은 개인적인 '현현'epiphany을 전달하려는 목적에서 시작된 것이다.

> … 나는 지금 "그들이", "그들을", "그것이" 등등의 단어로 요약되는 공적인 압력과 사건들에 대해 말하려는 게 아니라 그 시절 그렇게도 긴박했던 나만의 발견, 그토록 강력한 경험이었던 나만의 발견에 대해 말하려고 한다.(*MS* 7)

대재앙의 발발 시기가 가까워지고 있음을 막연하게 깨닫고 있던 "그 시절" 화자는 생존을 위해 피난을 가야 하는가의 심각한 선택의 문제로 내몰리게 되자, 생명의 위협을 느끼는 사람이 쉽게 그러하듯이, 어느 고층 아파트 건물의 일 층에 있는 아파트에서 자신을 되돌아보는 사색에 빠져든다. 그런데 이 사색은 "그것"보다 더 오래전부터 주인공의 뇌리에서 떠나지 않던 '개인적 관심사'에 관한 것으로, 죽기 전에 혹은 세상에 종말이 오기 전에 해답을 얻고 싶은 화두에 관한 것이다.

레싱은 화자의 사색을 전달하는 기법으로 전통적인 사실주의적 서술행위가 아니라 판타지를 선택하였다. 미처 깨닫지 못했지만 항상 화자의 뇌리 속에 있던 화두를 아파트 벽 너머의 다른 세계(옆 아파트가 아닌 4차원적 공간)에서 일어나는 또 다른 삶, 존재, 소리 등으로 형상화함으로써 레싱은 독자에게 마치 판타지 영화를 보는 것 같은 환상을 만들어 준다.

어느 날 아침 화자는 햇빛이 쏟아지는 거실의 빈 벽에서 페인트 아래 숨겨져 있던 꽃, 잎사귀, 새들의 정원 문양이 선명하게 살아나는 모습을 보게 된다. 그런데 에덴동산을 연상시키는 이 정원은 쉽게 갈 수 있는 곳이 아니며, 그곳에 가기 위해서는 어떤 조건을 충족시켜야 함이 암시된다. 마치 부화 시간을 기다리는 알처럼, 자궁 속에서 분만 시간을 기다리는 태아처럼 어떤 때를 기다려야 하며, 기다리는 동안 벽 너머 세계의 또 다른 공간에서 울고 있는 어린아이를 찾아 달래야 한다. "그 울음소리는 친숙한 소리로 내[화자]가 일생동안 들었던 소리"(*MS* 12), 즉 자신의 울음소리이다. 그러니까 화자는 죽기 전에, 혹은 종말을 맞이하기 전에 자신의 과거를 돌아보며 어떤 치유의 과정을 거쳐야 하는데, 화자는 벽 너머의 세계를 두 번째로 방문했을 때 그곳에서 어떤 "존재"를 얼핏 보면서 그 치유에 성공을 할 경우 개인의 생존은 물론 인류 구원의 위업까지 달성할 수 있다는 확신을 갖게 된다. 5부작 『폭력의 아이들』에서 그랬듯이 이 작품에서도 레싱은 개인적 문제를 인류 전체의 문제로 확장하여 해결하려는 의도를 드러내고 있다.

화자의 치유의 장소가 될 벽 너머의 세계는 둘로 나뉘어 있다. 화자가 정원과 어떤 "존재"를 본 곳은 "보편적 공간"impersonal space으로 대안과 가능성의 공간, 즉 집단적 구원이 일어날 수 있는 곳이다. 반면 나머지 공간은 "개인적 공간"personal space이다. 이 공간에는 마치 커트 보네것의 『제5도살장』에 나오는 외계인의 시간 개념처럼 방마다 각기 다른 과거가 존재하고 있어, 화자는 이 각기 다른 방을 방문하면서 에밀리의 4살, 5살, 13살 때의 모습과 에밀리 어머니의 유아 때의 모습 등을 본다. 그러니까 이 공간은 이 공간만의 시간적·공간적 법칙이 있는 판타지의 세계로, 개인은 이 방에서 "순리, 필연"Necessity, 혹은 "작은 개인적 세계의 엄격한 법칙"(*MS* 150) 때문에, 다른 말로 표현하자면 출생 때부터 개인이 지고 태어나는 업보나 십자가 혹은 운명 때문에, 감옥에 갇힌 수인처럼 살고 있다. 개인의 성격, 사회성, 운명 등이 어린 시절의 가족관계에 의해 좌우된다고 주장하는 정신분석학적 논리의 공간인 것이다. 따라서 화자는 이 공간 속에서 울고 있는 과거의 자신을 찾아 그 울음의 원인을 이해하고 달래주어야 하는데, 레싱은 그 실행방법으로 또 하나의 판타지 요소를 도입한다.

화자는 어느 날 13살가량의 한 여자아이를 맡게 되는데, 한 중년의 남자가 홀연히 여자아이를 데리고 나타나 이제부터 화자가 그 아이의 보호자임을 선언한 뒤, 나타날 때와 마찬가지로 홀연히 사라진다. 그런데 그 남자는 아이를 맡기면서 "얘가 그 애입니다"(15)라고 말하므로, 이 아이가 화자가 풀어야 할 화두와 관련이 있음이 암시된다. 또한 이들이 나타날 당시 거실에 햇빛이 쏟아지고 있었고 아침이었다고 화자가 굳이 말함으로써 이들이 벽 너머의 세계에서 왔을 가능성을 시사한다. 화자가 벽 너머의 세계를 보거나 통과하여 방문한 때는 항상 거실에 햇빛이 가득 찬 아침이었기 때문이다.

화자는 이때부터 이 여자아이, 즉 에밀리 메리 카트라이트와 동거하며 위기의 시기를 헤쳐 나간다. 그런데 에밀리가 짐 속에 넣어 가지고 온 것이 테디 베어나 인형이 아닌 성경, 동물 사진첩, 과학소설 몇 권이라는 의미심장한 사실이 제시된다.

자신의 무의식 세계를 방문한 화자와, 에밀리라는 화자의 분신인 듯 보이는 여자아이와의 만남은 레싱이 이 작품으로 과거의 어느 작품보다 더 적극적으로 자서전을 쓰려고 시도하고 있음을 보여준다. 레싱의 전기나 자서전 그리고 다른 자서전적 소설인 『폭력의 아이들』과 이 작품을 비교해보면, 5부작 『폭력의 아이들』의 첫 작품인 『마사 퀘스트』의 마사나, 전기나 자서전 속의 레싱은 모두 에밀리처럼 13~14세경 부모를 떠나 독립을 하고, 유아시절 어머니의 사랑을 충분히 받지 못하여 불안과 반항으로 가득 차 있을 뿐 아니라, 자신이 부모에게 까다로운 아이였다는 인식에서 비롯된 죄의식도 갖고 있었다. 그러므로 에밀리나 이 작품의 화자는 모두 레싱의 분신들로 볼 수 있다.

…그녀[에밀리]는 뒤로 쓰러지며 넘어졌다. 마치 거센 물줄기나 세찬 바람이 지나간 듯이. 그녀[에밀리]는 바닥에서 뒹굴다가 얼굴을 바닥으로 향한 채 엄지손가락을 입에 넣고 누워 있었다.
거세게 나무라는 목소리가 계속 말을 하고 있었고, 영원히 계속될 것 같았다. 그 어느 것도 그 목소리를 막을 수 없을 테고, 이런 감정들 또한 막을 수 없으리라. 이 고통, 태어났다는 것 자체에 대한 이 죄의식, 이와 같은 고통, 곤혹스러움, 괴로움을 만들기 위해 태어났다는 그런 죄의식을 결코 사라지게 할 수는 없으리라. 그 목소리는 거기서 영원히 잔소리를 할 것이고, 결코 꺼질 수 없으리라. 그 소리가 기억 속에서 작아진다고 하더라도 그 혐오감과 분노는 영원히 남게 되리라. 자주 나[화자]는 일상생활에서 어떤 목소리, 감각의 경계 바로 너머에서 들려오는 쓰라리고 숨죽인 불만의 소리를 자주 듣곤 했다. 그 목소리는 벽 너머의 방 중 한 곳에서 들

렸고, 여전히 들리고 있으며, 언제나 들릴 것이다(*MS* 70, 필자가 강조하였음)

게일 그린이 적절히 지적하였듯이(148) 위의 인용에서는 문장의 주어가 "그녀"에서 어느새 "나"로 바뀌고 있으며, 이것은 분노·괴로움·죄의식 같은 감정의 소유자가 에밀리에서 화자로 자연스럽게 옮겨가고 있음을 보여준다. 에밀리의 괴로움을 마치 자신의 것인 양 통렬하게 이해하는 화자의 모습은 레싱이 자신의 감정을 에밀리와 화자, 두 인물에게 투사하고 있음을 자연스럽게 암시한다. 다시 말해 이 작품을 쓰던 당시 53~54세였던 초로의 레싱은 이 작품의 화자가 되어 어린 자신, 즉 에밀리를 키움으로써 자신의 마음의 병을 치유하고 있으며, 이와 동시에 또 하나의 평생의 화두, 어머니와 딸 관계의 문제도 함께 이해하려고 시도하고 있다고 해석할 수 있다.

화자의 집에 갓 도착한 에밀리의 모습은 『폭력의 아이들』의 마사의 이중적인 모습, 즉 한편으로는 빅토리아 시대의 여성관에 부합하는 착하고 단정하며 예의 바른 명랑한 소녀의 모습과, 다른 한편으로는 단단한 껍질 속에 숨으려는 방어적인 소녀의 모습, 둘 다를 보여준다. 순순히 복종하고, 화자의 비위를 맞추려는 듯 일과를 재잘거리며 이야기하는 에밀리를 보며, 화자는 그것이 에밀리의 본 모습이 아님을 간파한다. 이것은 레싱이 자서전 『내 마음속으로는 : 자서전 제1권, 1949년까지』에서 설명한 알터 에고alter ego, 즉 자신을 보호하기 위해 겉으로 내세우던 페르소나persona로, 화자는 좁은 방에서 웅크리며 자고 있는 에밀리를 보며 에밀리가 진정한 자신이 될 수 있는 작은 은신처가 있음을 다행으로 여긴다. 어머니에게 비난받고 배척당하며 비판만 받던 유아시절의 경험 때문에 자구책으로 명랑하고 착한 페르소나를 만든 에밀리를 보면서, 화자는 간섭하기보다는 묵묵히 "지켜보며 기다리는" 수동적인 보호자 역할을 수행한다. 이것은 레싱이 자신의 어머니에게 바라던 진정한 어머니의 모습이었다. 화자는 고민에 빠진 에밀리를 볼 때마다 직접적인 토론보다는 벽 너머의 "개인적 영역"에서 에밀리의 어린 시절의 장면들을 찾아다니며 간접적으로 에밀리를 치유하려고 노력한다.

화자가 벽 너머의 세계에 들어가서 하는 주된 일은 청소와 수선이며, 이런 작업은 새로운 질서를 준비하는 데 반드시 필요한 예비과정이다. 레싱의 수피즘에 주로 주목한 샤디아 파힘은 이 장면을 개인의 정신을 치료하는 과정으로 해석하면서, 분열을 겪는 개인이 통합된 인간으로 거듭나기 위해 장애가 되는 요소들을 청소하는 것이라고 주장한다(107). 들어가는 방마다 가구가 부서져 있거나 어지럽혀 있어 열심히 치우고 정리하고 수선하지만, 그 후 다시 가보면 또 어지럽혀져 있다. 그렇지만 이렇게 청소할 수 있는 곳은 "보편적 영역"으로, "가벼움, 자유, 가능성의 느낌이 있는 영역"(*MS* 41), "대안적 행동이 일어날 가능성이 있는 공간이자 그 가능성을 아는 곳"(*MS* 41)이며 희망을 잉태한 곳이다. 반면 화자가 에밀리의 성장의 고통을 지켜보며 찾아가는 벽 너머 세계의 "개인적 영역"은 폐소 공포증을 느끼게 되는 질식할 것 같은 공간이다. 화자는 어린 시절의 에밀리의 모습을 보면서, 다시 말해 자신의 어린 시절을 되돌아보면서, 자신의 무의식 속에 억압된 것이 무엇인지, 어머니·아버지·어린 남동생·자신으로 이루어진 핵가족 내의 가족관계가 어떤 것이었는지 감지한다. 그리고 더 나아가 당시 사회가 요구한 부부관계, 가족관계 등에 관한 관습, 외할머니, 어머니, 그리고 자신에게 계승되는 무정한 모녀관계의 원인 등을 이해한다.

판타지 세계로 방문을 거듭할수록, "보편적 공간"에서는 벽이나 바닥 사이로 새로운 풀이나 나무가 자라면서 점점 숲으로 변화되고, "개인적 영역"의 에밀리는 현실세계로 홀연히 나타나던 당시의 13세의 소녀로 점점 성장한다. 그리고 현실세계의 화자에게도 들릴 정도로 미치도록 괴롭히던 그 울음소리의 주인공이 에밀리가 아닌 에밀리의 어머니 것이었음이 밝혀지고, 화자가 그 아이를 안아 주고 달래 주면서, "개인적 영역"의 연속성continuity, 즉 외할머니·어머니·에밀리로 이어지던 연속성의 고리가 비로소 끊어지게 된다. "개인적 영역"이 절정에 이른 것이다.

이제 "개인적 영역"과 "보편적 영역" 사이의 벽은 허물어지기 시작하고, 화자는 벽 사이로 다니지 않고 방들 위에 위치한 채 여러 개의 방을 한꺼번에 볼 수 있는 파노라믹한 광경이 펼쳐진다. 개인의 문제는 가족의 문제이자 대대로 이어지던 악순환의 문제였고, 그 문제가 해결되자 "개인적 영역"이 유발시키던 폐소 공포증이 사라지면서 보편적인 문제의 해결로 나아간다. 새로운 싹이 돋아나던 "보편적 영역"은 층층이 겹쳐 있는 무한히 펼쳐지는 정원, 사방팔방으로 연결되어 있는 수로들, 정원을 가꾸는 정원사 등을 보여주면서 풍요로움과 너그러움의 세계로 형상화된다. 주로 정원 모티프에 초점을 맞춰 이 작품을 분석한 래쉬케는 레싱이 제시한 벽 너머 영역의 "개인적 공간"과 "보편적 공간"의 이항대립적 분리를 무시하면서 그 둘이 하나의 공간이라고 설명한다. 그리고 "벽에 둘러싸여 있던 정원"enclosed garden이 무한히 펼쳐지는 정원으로 변화한다는 점에 초점을 맞춰 이 정원의 변화와 상응하는 문화사회적 구조의 혁명이 가능함을 표현하고 있다고 주장한다(래쉬케 52~3). 그러나 이런 해석은 개인적 경험이 원형적 경험으로 확장되는 과정을 보여 주려는 레싱의 의도를 외면한 해석이다.

벽 너머의 세계라는 판타지를 이용하여 레싱은 현실세계와 다른 곳, 그곳만의 법칙이 있는 비현실 세계, 혹은 심리적 리얼리티를 그리는데, "개인적 영역"이 개인적 무의식 세계를 보여준다면, "보편적 영역"은 집단적 무의식 세계 혹은 원형적 세계를 보여준다.

3. 변화의 공간으로서의 과학소설

화자가 살고 있는 현실세계 역시 두 개의 공간으로 나뉘어 있다. 하나는 화자가 에밀리와 에밀리의 애완견 휴고와 함께 사는 아파트 내의 사적인 공간이고 다른 하나는 길거리, 즉 공적인 공간이다. 사적인 공간은 에밀리가 화자의 도움으로, 그리고 휴고의 사랑으로 여성적 자아를 확립해가는, 즉 성숙한 여성으로 성장해가는 공간이며, 공적인 공간은 종말의 위기에 처한 사회를 대표하는 공간으로, 이 작품에서는 핵폭발 같은 외부적 원인 때문에 종말이 초래되는 5부작 『폭력의 아이들』의 마지막 작품 『사대문의 도시』와 달리, 체제 내부의 붕괴로 인해 종말로 치닫고 있다. 레싱은 붕괴의 원인을 행동가이기보다는 "말만 내세우는 자"들인 무능한

"그들" 때문이며, 이들이 부패하여 국민의 안녕보다는 자신들의 안락만을 추구하고, 이에 항의하는 국민들에게 공권력만 휘두르는 전형적인 관료주의적 정치체제와 자본주의적 경제제도 때문이라고 설정한다.

갑자기 에밀리를 떠맡은 화자는 무거운 책임감에 도망가고 싶은 생각이 들기도 하지만, 에밀리가 종종 드러내는 누군가가 주입한 듯이 보이는 거짓 모습과 태도에 불안과 연민을 느끼고, 특히 연장자들이 젊은이들에 대해 책임을 져야 한다는 의무감 때문에 에밀리의 보호자로서의 임무를 끝까지 수행한다. 에밀리는 시간이 흐르면서 서서히 성장한다. 우선 몇 시간씩 창가에 앉아 창밖을 지나가는 사람들에 관해 평을 하곤 하는데, 그녀의 평을 들으며 화자는 에밀리가 자기 주변의 모든 사람을 위협적인 존재로 간주하고 있음을 간파한다. 부모에게서 비난과 비평을 들으며 자란 아이의 전형적 성격을 보이는 것이다. 화자는 에밀리의 행동과 태도를 관용으로 대함으로써 에밀리의 자기보호 심리와 폐쇄성을 누그러뜨린다.

반면 길거리의 세계는 고향을 떠나 피난길에 오른 방랑자 무리의 차지가 되었다. 에밀리는 용감하게 거리로 나가 패거리들과 어울리나, 휴고를 데리고서는 그들을 따라 피난길에 오를 수 없기 때문에 아파트로 되돌아오곤 한다. 그 후 다른 패거리들이 길거리를 지배하자, 이번에는 에밀리가 화자에게 허락을 구하지 않고 그들에게 다가간다. 화자는 에밀리가 더 이상 자신을 복종을 강요하는 권위적인 존재로 보지 않음을 깨닫게 된다. 에밀리의 마음의 벽이 그만큼 낮아진 것이다.

화자는 어린 여자아이에서 처녀로 성장해가는 에밀리에게 여성다운 옷을 입도록 권유하고, 이에 대해 에밀리는 화자가 자신의 외모를 비난한다고 억지를 부린다. 화자는 이때 노인인 자신은 이미 어린 시절을 겪은 반면, 경험이 부족한 에밀리는 노인의 생각을 읽을 수 없으므로, 자신이 먼저 에밀리를 이해해야 한다고 결심한다. 구세대가 신세대에게 먼저 관용을 베풀어야 함을 주장하는 것이다. 에밀리는 옷, 요리 등에 몰입하다가도 화자가 관심을 보이면 그만두고, 화자가 어린 에밀리의 장래에 대해 걱정을 하면 자신의 능력을 무시한다고 화를 내는가 하면, 게으름을 피우면서 계속 먹기만 하여 비만해지는 등등 반항의 사춘기를 겪는다. 그러면서도 에밀리는 낡은 옷을 다양한 형태의 옷으로 수선하면서 자기만의 정체성을 찾아가고 있음을 암시한다. 그리고 어느 날 화자에게 허락도 구하지 않은 채 화자의 옷장에서 마음대로 꺼내 입은 옷 위에 자신이 만든 옷을 껴입는다. 이것은 드디어 에밀리가 화자의 영향과 스스로의 판단을 잘 결합시킨 정체성을 확립하고, 그와 더불어 강력한 자기표현 능력을 갖게 되었음을 시사하며, 화자의 보호와 교육의 영향을 받았지만 자유로움도 함께 갖고 있음을 의미한다.

에밀리는 길거리에 새로 등장한 패거리의 리더 제랄드와 사랑에 빠지고 그와 함께 있는 시간이 길어질수록 화자와 휴고는 아파트 속에서 에밀리를 잃을까 노심초사하게 된다. 에밀리의 못생긴 애완견 휴고는 에밀리에게 무한한 사랑과 충성심을 보여 주는 존재로, 에밀리를 올바르게 성장시키는 또 하나의 디딤돌 역할을 한다. 에밀리와 휴고의 관계는 레싱이나 『폭력의 아이들』의 마사의 일생과 비교해볼 때, 레싱과 마사가 각각 이혼하면서 첫 남편에게 남겨 놓은 아이들을 상기시킨다. 에밀리는 제랄드 때문에 집을 오래 비우거나, 혹은 길거리의 패거리들을 위해 분주히 일을 하다가도 휴고에 대한 사랑과 염려로 다시 아파트로 돌아온다. 에밀리는 패거리를 따라 떠나고 싶을 때에도 휴고를 두고 떠날 수 없어 포기하고, 종말이 임박해지면서 식량이 더욱 부족해져 사람들이 아무 짐승이나 잡아먹게 되었을 때에도 화자와 함께 생명의 위협을 무릅쓰며 끝까지 휴고를 돌본다. 휴고는 몸집이 큰 개이지만 특수한 시대적 배경 때문에 보호받아야 하는 무력하기만 한 존재이다. 레싱과 소설 속 마사는 사랑과 자유를 위해, 그리고 공산당 당원으로 일하기 위해 아이들을 포기하였으나, 레싱은 이 자서전적 작품에서는 에밀리와 화자에게 끝까지 휴고를 지키게 함으로써 변화된 삶, 교정된 삶을 상정하고 있다. 레싱이나 마사를 공격적으로 대했던 어머니들과 다른 태도를 보이는 에밀리의 보호자 즉 화자의 보호를 받으며 에밀리는 레싱이나 마사의 삶과 다른 변화된 삶을 살게 된다. 애완견 휴고는 이 작품에서 화자와 에밀리 사이의 긴장을 풀어 주는 역할도 하며, 개이면서 고양이기도 한 동물로 그려지고 있어 인간의 가장 가까운 충성스러운 친구로서의 동물, 인간보다 더욱 인간적일 수 있는 동물을 대표한다. 반면 레싱의 수피즘에 관해 연구하는 뮈게 갤린은 새로운 창조를 위해서는 인간뿐 아니라 동물도 함께 진화해야 하므로 휴고라는 동물의 존재가 필요하다고 주장한다(80).

제랄드는 전통적인 남성성을 상징한다. 제랄드는 패거리의 리더로서 식량을 구하기 위해 이리저리 떠돌아다니고, 에밀리는 부모에게서 유기당한 아이들을 수용해놓은 제랄드의 집에서 아이들을 돌보며 가사를 꾸려 나간다. 이들은 전통적인 성 역할을 수행하고 있는 것이다. 그런데 제랄드에게 에밀리는 유일한 여자가 아니며, 시간이 흐를수록 여러모로 에밀리가 제랄드보다 더 유능하다는 것이 입증된다. 그러므로 화자는 그런 에밀리가 스스로 리더가 되지 않는 점을 의아해한다. 그리고 그것이 제랄드에 대한 에밀리의 사랑 때문이라고 깨닫는다.

> 문제는 그녀[에밀리]가 제랄드를 진심으로 사랑한다는 것이었다. 그를 향한 갈망, 그의 주목과 주시를 받고 싶은 갈망, 돌봐 주고 위안해 줄 사람이 되고 싶다는 욕구, 땅the earth과 연결해 주는 사람, 자신의 상식과 온기로 안정감을 줄 수 있는 사람이 되고 싶다는 욕구가 그녀에게서 공동체의 리더가 되는 데 필요한 추진력을 고갈시켰다. 그녀는 공동체 여성들의 리더가 되는 것 이상을 원치 않았다. 다시 말해 그의 유일한 여자가 되는 것 이상을 원치 않았다. (*MS* 108)

제랄드에 대한 에밀리의 사랑은, 한편으로는 에밀리가 여성 정체성의 중요한 구성요소인 생물학적인 요구에 갇혀 있음을 의미하며, 달리 말하자면, 세더스트롬이 "에로스의 힘"이라고 말한 것에 사로잡혀 있음을 뜻하며(179), 다른 한편으로는, 위의 인용에서 볼 수 있듯이, 여성의 사랑에는 또 하나의 차원, 즉 "땅과 연결시켜주는" 구원의 요소가 깃들어 있음을 의미한다. 이 차원은 레싱이 그리는 새로운 질서가 무엇인지를 보여주는 중요한 단초이기도 하다.

제랄드의 여인 중 한 명인 준을 보살피던 에밀리는 어느 날 준이 작별인사도 없이 다른 여자 패거리들을 따라 떠나버리자 큰 충격을 받는다. 에밀리는 준에 대해 처음에는 어린 동생처럼 생각하다가, 시간이 흐르면서 제랄드를 사이에 둔 연적戀敵으로, 연인을 남에게 빼앗긴 동병상련의 여성 동지로, 그리고 동성애의 대상으로 관계를 비약시키고 있었다. 여성들 사이의 우정과 동성애에 대한 믿음이 깨진 에밀리는 또 한 번의 정신적 성숙을 경험한다. 이 여자 패거리들은 페미니스트들을 암시하는 것으로, 레싱은 이들이 '아이들과 여자들을 보호할 수 있는 많은 정보를 지닌 효율적인 단체'라며 이전 작품에서보다 더 긍정적인 평가를 한다. 그러나 이들이 남성의 권위와 남성 조직을 비판하고 남성들이 하는 모든 일에 대해 비난하면서 다른 한편으로는 자기 패거리, 즉 페미니스트 일원이 행여 남성들에게로 갈까 봐 총력을 기울인다고 여전히 냉소적인 평가를 하고 있다(*MS* 160).

거의 공동화되어가는 대도시의 길거리는 시간이 흐를수록 점점 더 나이가 어린 패거리에 의해 점령되고, 마지막으로 지하에 살던 어린아이들, 부모를 가져 본 적이 없는 아이들이 길거리에 나타난다. 부모에게서 버려진 아이들과 달리 이들은 규칙이라는 것을 전혀 이해하지 못하고 언어로 지칭하는 것도 달라 의사소통도 통제도 되지 않는다. 제랄드가 이들을 패거리 안에 받아들이자 기존의 아이들은 떠나 버리고 지하의 아이들만 남게 된다.

에밀리는 이들이 통제하기에 벅찬 상대임을 깨닫게 되자 화자와 휴고가 있는 아파트로 돌아오고, 제랄드는 지하의 아이들과 함께 계속 생활한다. 제랄드는 에밀리에게 아이들을 함께 지도하자고 제안하나, 에밀리는 제랄드가 아이들을 지도하고 통제하는 것이 아니라 아이들의 요구를 들어주는, 다시 말해 아이들의 생활방식에 말려들고 있음을 지적하며 거절한다. 화자는 이런 변화된 모습을 보면서 에밀리가 젊은 여자가 겪는 사랑의 열병을 극복하고 자기만의 주체성을 확립했다고 깨닫는다. 에밀리는 이제 이성異性에 대한 열정으로 스스로의 판단을 거스르면서 자기 목소리를 내지 못하는 미숙한 여성 상태에서 벗어난 것이다. 화자는 어느새 자신이 에밀리를 돌보던 입장에서 오히려 에밀리가 자신을 돌보는 입장으로 바뀌었으며, 아파트의 주인이 자신이 아닌 에밀리로 바뀌었다고 깨닫는다. 화자는 또한 이때의 에밀리를 35~40세의 성숙한 여인의 모습이라고 묘사하는데, 이것은 이제 화자가 에밀리의 성장과 성숙을 통해 자신의 거의 전 일생을 돌아보았음을 의미한다. 자서전을 완성한 것이다.

거의 모든 사람이 떠난 동네에서 에밀리·화자·휴고는 생명의 위협을 받으며 하루하루 연명하고, 창밖으로 길거리에서 지하의 아이들이 사람들을 공격하는 장면을 목격한다. 이들은 살인을 자행할 뿐 아니라 그 시체를 먹고 있을 가능성까지 암시된다. 어느 날 지하의 아이들에게 돌세례를 받고 있던 제랄드를 에밀리가 구해 데려오고, 아이들의 최후의 공격을 예견하고 있던 어느 날 화자는 거실 벽이 허물어지면서 에밀리·휴고·제랄드가 벽 너머의 세계로 들어가는 모습을 본다.

아파트 내의 공간이 화자와 에밀리 사이의 돌봄의 관계, 그리고 에밀리와 휴고 사이의 충정의 관계, 그리고 더 나아가서 제랄드와 준이 끼어드는 복잡한 애정관계 등을 통해 개인적 성숙의 문제를 통찰하는 것이라면, 길거리의 공간은 레싱의 주요 주제인 사회

비판을 다루는 공간이며, 따라서 맑시즘적인 공간이다. 1960년대와 70년대의 영국은 핵공포와 군비축소의 요구, 좌우 이념의 대립, 자본주의의 폐해에 대한 불만과 항의, 여성해방운동, 환경운동 등으로 인해 길거리에서 시위가 끊이지 않던 시기였다. 특히 2차 세계대전을 겪지 않은 첫 세대인 십대 젊은이들이 거칠게 반항한 시대로, 구세대와 신세대 간의 갈등이 고조되던 시기였다. 레싱이 길거리의 패거리들을 십대의 어린 세대로 그리고, 지하의 아이들은 그보다 더 어린 10세 미만의 아이들로 그리고 있다는 점은 『어느 생존자의 비망록』에서 그리고 있는 길거리의 풍경이 레싱이 살고 있던 당대의 사회풍경의 연장선상에 있음을 시사한다. 따라서 레싱이 이들 청소년들의 반항과 통제 불가능성을 보면서 그 원인을 약자와 소외된 자를 돌보는 데 실패한 국가기관과 자본주의의 실패, 그리고 결손가정 등 온전치 못한 가정의 가족관계에서 찾고 있다고 해석할 수 있다. 그리고 이들을 변화시킬 수 있는 가능성의 한 모델로 에밀리에 대한 화자의 신뢰, 휴고에 대한 에밀리의 애정, 에밀리에 대한 휴고의 무조건적 사랑, 그리고 그에 따른 에밀리의 변화로 제시하고 있다.

4. 판타지의 또 하나의 역할 : 해방의 공간 만들기

이 장은 서론에서 판타지의 세계를 '차이의 공간'으로, 과학소설의 세계를 '변화의 공간'으로 규정하는 건의 정의를 이용하여 이 작품을 설명하지만, 여기에 그치지 않고 판타지를 '해방의 공간'으로 확장하여 해석할 예정임을 이미 밝힌 바 있다.

화자는 일찍부터, 다시 말해 에밀리가 아파트로 들어온 지 얼마 되지 않았을 때부터, 아파트 내의 삶과 길거리에서 벌어지는 사건들, 그리고 벽 너머의 세계에서 본 것들 사이에 어떤 연관관계가 있음을 감지하였다. 화자는 "거리의 사건들과 나[화자]와 에밀리 사이에서 일어나는 일이 벽 너머로의 방문과 어떤 관계가 있을지 모른다고 이해한 것은 바로 그 때쯤이었다"(40)고 말하면서 판타지의 세계와 과학소설의 세계가 상응관계에 있음을 암시한다. 이것은 현실세계의 에밀리의 성숙 여부를 벽 너머 세계에서의 화자의 행동으로 가늠할 수 있음은 물론이고, 현실세계의 종말 여부 및 화자 신변의 안전 여부 또한 벽 너머 세계의 진화상태와 연결 지어 판단해야 함을 시사한다.

앞에서 보았듯이 화자는 울고 있던 아기, 즉 유아기의 에밀리의 어머니를 안아 주었고 그 후로 벽 너머의 두 이질적 공간은 붕괴되어 통합되기 시작하였다. 현실세계에서는 가족 같은 화자와 휴고의 도움으로 그리고 길거리의 삶에서 체험한 여러 사회적 경험 덕분에 에밀리는 성공적으로 여성의 정체성을 확립하고 있으나, 이 성숙을 결정적으로 완성시킨 것은 화자가 벽 너머의 세계, 즉 에밀리의 무의식 세계를 방문하여 무정한 모성이 대대로 계승되는 연결고리를 끊어버렸기 때문이다. 이제 에밀리는 벽 너머의 세계로 되돌아갈 준비가 되었는데, 이때 돌아가는 공간은 "개인적 영역"이 아닌 "개인적 영역"과 통합된 "보편적 영역"이다.

에밀리가 벽 너머의 공간에서 현실의 세계로 나와 화자와 함께 동거하게 되면서 화자는 에밀리의 신체적·정신적 성장을 벽 너머 세계의 공간 상태와 견주며 해석하기 시작하였다. 성장을 완성한 에밀리가 다시 벽 너머의 세계로 돌아간 이후에도 이런 해석은 계속 적용되어야 하며, 이런 해석만이 작품의 결말이 소극적인 '도피' 혹은 '회피'가 아닌 적극적인 '해방'을 모색하고 있다고 강력하게 주장할 수 있다.

보다 자세히 설명하자면, 화자는 일찍이 "보편적 영역"에서 6면으로 된 방을 발견한 적이 있는데, 그 방에서는 사람들이 마치 퍼즐게임을 하듯이 카펫 도형의 빈 조각을 맞추면 그 도형이 생명을 받아 살아나곤 하였다. 화자는 에밀리 일생의 빈 조각이 에밀리의 어머니가 아직 아기였을 때 배설물을 갖고 놀다가 외할머니에게 야단맞던 장면이었음을 알게 되었고, 따라서 그 빈 조각이 메워진 지금 에밀리가 새 생명을 받을 수 있는 구원의 공간으로 돌아갈 수 있음을 깨닫는다. 에밀리는 휴고, 제랄드와 함께 벽을 통과하여 숲이 우거진 장막으로 들어가고, 화자는 그곳 잔디밭 위에 놓인 거대한 검은 알 주위에서 에밀리, 휴고, 제랄드, 에밀리의 부모, 지하의 아이들의 꼬마 리더 데니스 등이 서로 손을 잡고 환하게 웃는 모습을 본다. 이윽고 이들의 힘 덕분에 알이 깨지면서 카펫의 도형을 맞추던 사람들과 화자가 찾던 "존재"인 아름다운 여성이 나타난다. 그 여성은 완전히 다른 질서를 향해 나아가는 길로 인도하고, 이제는 모습이 변화된 에밀리와 잘생긴 모습으로 바뀐 휴고가 그 뒤를 따라간다. 그리고 그 뒤를 머뭇거리는 듯이 보이는 제랄드와 그를 따르는 지하의 아이들이 서둘러 달려간다. 이것이 화자가 벽을 통해 본 마지막 모습으로 그 직후 거실의 벽은 무너진다. 이 장면은 부정적이기보다 매우 긍정적인 것으로 해석될 수 있다. 대부분의 등장인물이 이미 떠나고 없는 현실세계의 마지막 장면이 종말의 비극을 맞는 듯이 그려지고 있으나, 이 점에 현혹되기 보다는, 오히려 새로운 질서를 맞이하는 듯이 보이는 벽 너머 세계의 결말에 비추어 현실세계에도 새로운 세계가 재창조되고 있다고 상상하는 것이 더 옳다. 그리고 그 새로운 세계가 이전 세계와 다를 뿐 아니라 새로운 질서를 가진 구원과 해방의 세계일 가능성이 크다는 것을 깨달아야 한다. 다만 이런 해석에 몇 가지 의문이 남는데 그에 대해 정리하고 더 나아가 해답까지 제시해보면 다음과 같다.

완전한 여성으로 성숙한 에밀리는 구원의 공간으로 들어갈 자격이 있다. 휴고 역시 오랫동안 인내하며 에밀리에게 충성을 다하였으므로 들어갈 자격이 있다. 그렇다면 제랄드와 지하의 아이들이 이들을 따라갈 수 있는 근거는 무엇인가?

제랄드는 20대 초반의 젊은 남성으로 전통적인 남성상을 보여주지만 다른 한편으로는 불안하고 고독한 리더의 전형을 보여준다. 모든 사람들이 지하의 아이들을 포기할 때에도 제랄드는 그들이 "단지 어린아이들일 뿐"(209)이라며 그 아이들을 끝까지 돌보려고 노력하는데, 이 과정에서 에밀리의 충고로 큰 깨달음을 얻는다. 세더스트롬이 "남성적 로고스의 상징(188)"이라고 부르는 제랄드는 길거리 공간에서 리더 노릇을 하면서 처음에는 권력이나 권위를 탐하였으나, 지하의 아이들의 생활방식에 동조하지 말고 오히려 그들의 방식을 올바르게 인도하라는 에밀리의 충고 덕분에 리더십은 권위를 행사하는 것이 아니라 희생하는 것이라는 점을 깨닫게 된다. 결국 제랄드는 생명의 위협을 무릅쓰고 지하의 아이들의 돌팔매까지도 감수하는 리더십을 발휘하였고 따라서 구원의 공간에 들어갈 수 있는 자격을 얻게 되었다.

지하의 아이들은 부모가 있어 본 적이 없는 아이들이다. 이들은 교정이나 치유를 하려고 해도 자력으로는 절대로 불가능하다. 따라서 에밀리나 제랄드 같은 사람들의 보호와 돌봄이 필요하다. 에밀리나 제랄드가 완전한 인격체로 성장해야 하는 이유는 바로 이런 소외된 자, 정신적·육체적 장애자들을 보듬기 위해서이다. 그러므로 이들은 제랄드와 에밀리를 매개체로 하여 구원의 공간으로 들어갈 수 있는 자격을 얻게 된다.

그렇다면 이 구원의 공간으로 인도하는 "존재"인 아름다운 여성은 누구인가? 화자는 벽 너머의 세계를 처음 방문한 순간부터 이 여성의 존재와 구원 가능성을 확신하고 있었다.

과학소설이 페미니즘과 밀접한 관계를 갖고 있음은 주지의 사실이다. 무엇보다도 과학소설이 '변화의 문학'이며 '대안을 제시하는 문학'이기 때문이다. 따라서 이 구원의 공간은 가부장제를 대신할 수 있는 세계, 여성과 남성의 고정된 역할이 정해지지 않은 곳, 남성의 권위나 여성의 의무 등의 젠더 정체성이 고정되지 않은 곳, 역할보다는 관계가 중요시되는 곳, 경쟁보다는 협동하는 곳 등등 현실세계에 대한 대안의 세계이자 해방의 공간이다. 이곳으로 이끄는 "존재"를 아름다운 여성으로 설정한 것은 한편으로는 그동안 대개의 종교 지도자나 정신적 지도자가 주로 남성으로 그려졌기 때문이고 다른 한편으로는 서구의 남성적 로고스를 대신할 상징적 존재, 현실세계와의 차이·변화·해방의 의미를 전달할 수 있는 상징적 존재는 필연적으로 여성이어야 하기 때문이다.

그러나 여기에서 더 나아가 이 여성을 '대지의 여신'이나 '가이

아'Gaia 같은 존재로 해석할 수 있는 가능성을 조심스럽게 제시할 수 있다. 우선 이 여성이 숲과 정원을 관리하고 주재하는 인물이며, 에밀리가 정원을 가꾸는 데 익숙하다든지, 사랑으로 제랄드를 땅the earth과 연결시켜 주려고 한다든지 등의 단초들로 레싱이 작품 곳곳에서 에코페미니즘적 세계관을 암시하고 있기 때문이다. 레싱은 이미 『마사 퀘스트』에서 '전체론적 세계관'holism을 제시한 바 있으며, 『어느 생존자의 비망록』에서도 화자가 "보편적 영역"을 방문했을 때 그 아름다운 여성의 존재를 어렴풋이 느끼면서 다음과 같은 '전체론적 세계관'을 표현하였다.

> 바닥에는 오염되지 않은 옛 세계의 풀과 꽃이 가득 피어 있었고, 문이 잎들과 하늘을 향해 활짝 열려 있는 이 방 저 방을 정처 없이 쏘다니다가, 나[화자]는 경계나 종결지가 없는 이곳이 매우 광활한 곳이라는 것을, 내가 이해했던 것보다 훨씬 넓은 곳임을 알게 되었다. 오래전 이곳이 두껍고 단단하게 서 있던 시기에, 그리고 숲과 기후로부터 보호를 받고 있던 시기에는 많은 사람들이 살고 있었으며, 그 많고 많은 사람들이 **하나의 존재**에 복종하고 있었다. 그들은 미처 깨닫지 못하고 있었지만, 그 존재는 그들이 숨을 쉬던 공기였고, 따라서 그들은 그 **전체**의 미세한 부분에 불과했다. 그들이 살고 죽는 일은 개인적 선택의 문제가 아니며, 한 장의 잎사귀를 구성하는 분자들의 운명과 운이 분자들 자신들의 것이라고 믿는 것만큼 무력한 일이었다. (*MS* 99, 저자는 대문자로 강조하였으나 여기에서는 굵은 활자로 처리하였음)

인간은 한 장의 잎사귀처럼 혹은 그 잎사귀 내의 분자처럼 지구 전체를 구성하는 미세한 일부분에 불과하며, 그 전체 체제의 움직임의 영향을 수용하는 무력한 존재일 뿐이라는 위의 인용은, 당시 영국에서 힘을 얻고 있던 환경운동과 그에 대한 이론적 근거로 러브록이 제시한 '가이아 이론'을 연상시킨다. 따라서 이곳의 주인인 듯이 보이는 아름다운 여성은 지구의 움직임을 주관하며 지구 전체를 마치 어머니처럼 돌보는 대지의 여신이다. 레싱이 1960년대와 70년대에 환경운동에 적극 참여했다는 사실로 비추어 볼 때 이런 해석은 더욱 큰 타당성을 갖는다.

5. 나가면서

이제 가장 논란의 대상이 되는 화자의 거취문제가 남는다. 이 장은 화자가 벽 너머로 가지 않았다는 결론을 내린다. 등장인물들이 들어간 공간은 종말의 위기에서 구원받는 구원의 공간인 동시에 보편적 공간, 즉 원형의 공간이므로, 이미 화자의 분신인 에밀리가 그곳으로 들어갔기 때문에 화자는 그 대안세계에서 해야 할 역할도 없고 대표할 인물도 없다. 오히려 화자는 현실세계에 남아 자신의 경험을 많은 사람과 공유해야 한다. 그것이 화자가 해야 할 역할이다. 화자는 마지막으로 본 벽 너머 세계에서 새로운 질서가 어떤 것이어야 하는지 보았다. 그러므로 비망록을 씀으로써 그것을 많은 사람에게 알려야 한다. 이런 의미에서도 에밀리의 마지막 모습은 기존 질서에서의 도피가 아닌 해방을 보여주는 모습이다.

이 작품의 시작 부분에서 화자는 현실공간의 연장선상에 있으며 대재앙의 생존자 중 한 사람의 신분으로 다른 생존자들과 자신들이 겪은 경험을 비교하고 있다. 그 경험이 어떤 사람에게는 커다란 파란 물고기의 모습이고 어떤 사람에게는 노란 물고기의 모습으로 각기 다르지만, 그 경험이 대단한 경험이었다는 사실은 공통적이다. 생존자로서의 화자에게서 주목하게 되는 한 가지 특징은 대재앙 직전의 "그 시절"에 고층 아파트에서 외롭게 살던 초로의 절제된 여성과 달리 수다스럽고 사교적이며 다소 과장과 상상을 즐기는 평범한 여성의 분위기를 풍긴다는 점이다. 불안, 걱정, 초조함에 시달릴 필요가 없는 치유된 여성의 모습인 것이다. 화자에게 대재앙 "그것"의 실체가 무엇이었든 간에 그녀는 이 재앙을 잘 견디어 생존에 성공하였고 이제는 행복을 논할 수 있는 여자가 되었다. 많은 비평가들이 이 작품에 관해 혼란을 느끼는 이유 중 하나는 이 작품이 『풀잎은 노래한다』나 『황금 노트북』처럼 원의 구조를 갖고 있으며 첫 부분에서 화자가 생존자로서 긍정적인 모습을 보이고 있다는 사실이 무엇보다도 이 작품의 낙관적인 결말을 시사하고 있음을 잊고 있기 때문이다. 따라서 생존자인 화자가 판타지 세계로 도피하였다거나, 이 작품이 레싱의 비관주의를 보여준다는 메리 앤 싱글튼의 주장(227)이나, 판타지 세계의 아름다운 여성이 화자라는 윌슨의 해석은 그리 설득력이 없어 보인다.

레싱은 무엇보다도 판타지와 과학소설이라는 비현실적인 장치를 이용하여 시간을 효율적으로 확장시켰다. 그 결과 유아 시절부터 초로의 여인의 모습까지 성장과 성숙의 과정을 담아내는 성공적인 자서전을 쓸 수 있었다. 『폭력의 아이들』의 다섯 권에서 다루었던 넓은 시간대를 한 권에 담으면서도 각 시간대의 문제와 토론

거리를 모두 포함시키고 있다.

현실세계와의 '차이'를 강조하는 판타지는 주인공의 과거뿐 아니라 무의식까지 담아내는 용기 노릇을 하고 있고, '변화'를 강조하는 과학소설의 공간은 인간의 성숙 과정, 올바른 가족관계 등을 보여줌과 동시에 가부장제, 정치 지도자들의 부패와 무능, 빈부의 격차, 부모들의 자식 유기 문제 등에 대한 사회비판의 장도 마련하고 있다. 그리고 마지막으로 대부분의 등장인물을 또 하나의 판타지 공간으로 인도함으로써 대안적 세계는 어떤 곳이어야 하는지 제시하고 있으며, 시작 부분에서 보인 화자의 치유되고 변화된 모습은 그 세계가 단지 대안을 제시하는 이상적 세계가 아닌 실제로 가능한 세계임을 암시한다. 따라서 이 공간은 '도피'의 장이 아닌 '해방'의 장이다.

영국의 대표적인 모더니즘 작가 조셉 콘래드는 대표작 『로드 짐』의 결말부분에서 주인공이 자의적으로 죽음을 받아들임으로써 구원받는 숭고한 모습을 보여 주었다. 반면 레싱은 등장인물들이 모두 현실세계에 남아 대재앙의 희생이 되지만 죽음으로써 오히려 구원을 받도록 『로드 짐』식 결말을 내놓기보다는, 판타지라는 새로운 장치를 이용하여 기존 질서와 다른 대안적 공간으로 등장인물을 이동시키는 과학소설적인 결말을 선보이고 있다. 과학소설의 형식을 이용하여 미래에는 가능할지 모르나 아직은 알 수 없는 세계까지 우리의 경험을 확장시킨 것이다. 따라서 과학소설을 이용한 포스트모더니즘식의 결말은 콘래드식의 결말보다 더 큰 염원과 희망을 담고 있다. 에밀리가 현실세계로 가져온 과학소설은 그 역할을 충분히 해낸 셈이다.

2부

우주인의
시각으로
지구를 바라보다

레싱의 과학소설 5부작 『아르고스의 카노푸스 제국』을 읽는 일은 그리 녹록한 일이 아니다. 그나마 다행인 것은 연대기적으로 연결되어 있는 『폭력의 아이들』과 달리 『아르고스의 카노푸스 제국』은 다섯 권의 소설에 연속성이 없어 앞뒤의 작품에 관한 배경 지식이 없이도 충분히 읽을 수 있다는 점이다. 다시 말하자면 각 작품은 매우 독립적이다. 제1권 『시카스타』는 과학소설 5부작의 배경을 제시하는 작품으로 레싱이 호칭한 "우주소설"의 틀 혹은 프레임을 알려 준다. 그러나 이 소설을 읽다 보면 과연 이 소설을 '우주소설'이라고 부를 수 있나 하는 의문이 든다. 배경은 우주이지만 우리가 아는 우주와는 다른 조건, 다른 법칙을 갖고 있기 때문이다. 우리가 고등학교 과학 시간에 배운 우주가 아니라 레싱이 만든 우주로, 과학적 지식과 관계가 없이 레싱이 오로지 자신의 신념을 펼치기 위해 만든 세계일 뿐이다.

따라서 레싱의 우주소설을 읽기 위해서는 레싱이 만든 우주의 원리와 법칙, 즉 이 작품의 노범novum [1]을 알아야 한다. 이 우주에 익숙해지기 위해 『시카스타』의 서문인 「몇 가지 소견」부터 자세하게 읽기 시작했고, 논문의 시작은 이 작품을 과학소설 혹은 '우주소설'이라고 부를 수 있는가의 의문부터 풀기 위해 이 작품의 장르 규명에 많은 지면을 할애하였다.

레싱은 무엇보다도 이 우주에 어떤 마스터플랜Master Plan이 있고 그 마스터플랜은 선한 의지를 갖고 있다고 전제한다. 그렇기 때

1. 아담 로버츠의 전의에 따르면, 'novum'(복수 nova)은 다코 수빈이 에른스트 블로흐의 「희망의 원리」에서 차용한 용어로, 과학소설과 전통적인 문학을 구별 짓는 '새로운 것' 혹은 '새로운 것들'을 의미한다.

문에 레싱이 아무리 절망적인 세상을 그리더라도 그 결론은 항상 긍정적이고 낙관적일 수밖에 없다. 『시카스타』는 지구의 탄생부터 멸망까지 대안 역사를 제공하고 『사대문의 도시』처럼 결국 다시 지구가 부활하는 과정을 그리고 있기 때문에 '레싱의 실낙원과 복낙원'이라는 제목으로 글읽기를 하였고, 이 소설을 유토피아 소설이라고 규정하였다. 다만 다른 작가들의 유토피아 소설과 달리 '에우토피아' 즉 '긍정적인 유토피아'를 지향한다고 세밀화하면서 '정체된 사회가 아니라 진화하는 사회'를 목표로 삼고 있다고 결론지었다.

제2권인 『제3, 4, 5지대 간의 결혼』은 『시카스타』에 대한 위의 결론이 옳았음을 확인시켜 주는 작품이다. 『시카스타』에서 제시한 우주와 그 법칙은 온데간데없고, '인간은 정체하지 않고 꾸준히 진화해야 한다'는 레싱의 철학이 주된 주제로 담겨 있기 때문이다. 이 작품의 배경인 제3, 4, 5지대는 제1권 『시카스타』의 동심원 지대와 별 관계가 없다. 『시카스타』에서는 제6지대가 거론되었고 이곳이 시카스타로 환생하려는 사람들의 대기 장소라고 설명되었을 뿐이다. 그러니까 『제3, 4, 5지대 간의 결혼』의 우주와 동심원 지대는 『시카스타』의 것과 별개의 것으로 보이며, 심지어 이 작품에서는 배경 자체가 중요해 보이지 않는다. 따라서 이 작품의 장르는 과학소설보다 판타지 소설에 더 가깝고, 레싱이 이 작품을 통해 말하려는 이념이 확실하기 때문에 알레고리 혹은 우화라고 보는 것이 더 정확하다.

레싱은 이 작품을 통해 우리 사회에서 흔히 보는 이항대립이 실은 확장해서 보면, 길게 배열되어 있는 스펙트럼의 일부를 잘라서 본 한 단면에 불과하므로, 모든 이항대립은 절대적인 반대 개념이 아니라 상대적인 차이의 개념이라고 제시한다. 그 예로 남녀의 이항대립관계를 설명하기 위해 제3지대는 유토피아적인 여성성의 지대, 제4지대는 권위적인 남성성의 지대, 그리고 제5지대는 야만적인 여성성의 지대로 설정한다. 그러니까 각 지대는 바로 옆 지대와 비교했을 때에만 이항대립관계가 성립된다. 그리고 제5지대보다는 제4지대가, 제4지대보다는 제3지대가 더 고양된 의식의 세계라고 설정하면서, 인간의 의식이 보다 더 높아지기 위해서는 정·반·합의 변증법적 진화를 거듭해야 한다고 주장한다.

레싱은 '인간 의식의 고양'이라는 목표 혹은 우주의 섭리를 달성하기 위해 일차적으로 제3지대의 여성성과 제4지대의 남성성의 통합을 도모한다. 제3지대는 이미 유토피아의 세계이지만 레싱은 이에 만족하여 정체하지 않을 것을 주장하므로 더 저급한 제4지대와의 결합을 명령한다. 상대적으로 더 저급한 것과의 결합을 통해 더 높은 지대, 즉 제2지대로 올라갈 수 있는 저력을 얻게 되는 것이다. 제3지대와 제4지대의 결합이 일어난 뒤에는 제4지대의 남성성과 제5지대의 여성성이 결합되도록 명령한다. 제3지대와 결합을 이룬 제4지대는 상대적으로 더 저급한 제5지대와의 결합을 통해 더 높은 단계로 진화할 수 있는 기회를 얻는다. 이것이 레싱이 말하는 변증법적 정·반·합이고 진화이다. 레싱에게 이처럼 진화는 진보이며, 우주의 섭리는 인간이 거듭되는 진화를 통해 진보해야 한다는 것이다.

이 작품의 또 하나의 특징은 레싱이 그린 제2지대가 어떤 곳이냐 하는 점이다. 이 지대는 남성성과 여성성의 이항대립이 내파되는 곳, 다시 말해 젠더에서 해방되는 곳, 젠더·섹스·인간중심주의 등등이 의미가 없어지는 통합된 공간으로, 『어느 생존자의 비망록』에서 본 '해방'의 공간과 유사한 곳이다. 따라서 레싱은 여성이나 남성이라는 젠더에서 해방되어 인간으로서 의식이 고양되는 것을 우주의 섭리라고 파악하고 있다. 레싱은 제2지대를 제1지대가 아닌 제2지대로 명명하면서 이곳에 머물지 않고 또 상승할 수 있는 여지도 남겨놓고 있다.

반면, 제3권 『시리우스 제국의 실험』과 제4권 『제8행성의 대표 만들기』는 과학소설이라는 명칭에 걸맞게 과학지식을 레싱 나름대로 이용한 작품들이다. 『시리우스 제국의 실험』은 현대 생물학을, 『제8행성의 대표 만들기』는 현대 물리학을 이용하여 주제를 구성하면서, 레싱은 자연과학과 인문사회과학이 융합된 사고를 하도록 권유한다. 요즘 우리 사회에서도 융복합적 사고가 급부상하면서 지식대통합적 사고를 제안하는데, 레싱의 융합적 사고와 오늘날 현대 사회가 요구하는 융합적 사고에는 근본적인 차이가 있다. 현대 사회가 요구하는 융합적 사고는 첨단 기술이 하루가 다르게 개발되고 실용화되는 현실에 대응하여 이에 대한 도덕적 검증이 필요함을 깨닫는 일이라고 볼 수 있는 반면, 레싱의 융합적 사고는 지금까지 과학적으로 설명하지 못했던 사고, 그러나 인간이 직관에 의해 파악했던 사고들이 새로운 과학이론들 덕분에 과학적으로 옳은 사고였음을 확인하는 일이다. 현대의 융합적 사고가 인문사회과학으로 과학기술의 문제점을 보완하려 한다면, 레싱의 사고는 과학기술을 이용하여 인문사회과학을 뒷받침하려 한다는 것이다. 그러니까 이 둘의 사고의 근본적 차이는 과학기술과 인문사회학적 사고 중 어느 것을 우위에 두느냐에 있다.

진화는 레싱에게 빼놓을 수 없는 주요 주제로 5부작 『폭력의 아이들』의 마지막 작품 『사대문의 도시』에서부터 제시되었다. 『사대문의 도시』는 지구에 대재앙이 찾아오고 어느 섬에 생존하게 된 아이들이 새로운 세계에 적응할 수 있도록 생물학적 진화를 이루고 있는 것으로 대단원의 막을 내리는데, 이때의 생물학적 진화는 영적 진화를 갈음하는 것으로, 인간이 지구상에서 자멸하지 않으려면 영적 진화를 이루어야 함을 의미한다. 그러니까 생물학적 진화가 영적 진화의 전의轉義로 사용된 것이다.

반면, 과학소설 5부작 『아르고스의 카노푸스 제국』은 『폭력의 아이들』과 달리 우주에서 지구를 바라보기 때문에 인간을 만물의 영장이 아닌 지구의 여러 생물 중 하나로 보고 있다. 지구의 운명이 우주의 순리에 따라 부침을 겪고 있고 인간의 생존도 이에 달려 있으므로, 인간이 도태되지 않고 생존하려면 생물학적 진화를 이루어야 한다. 따라서 이 작품에서는 생물학적 진화가 보다 과학적으로 제시된다. 지구가 생물학적 다양성을 유지하면서 인간종이 평화롭게 살기 위해서는 어떤 진화를 이루어야 하는가? 이것이 레싱이 이 5부작에서 사색하려는 화두이다.

우선, 레싱은 우주에는 마스터플랜, 즉 순리가 있고 이 순리는 선하다고 가정한다. 둘째로, 레싱은 생물학적 진화로 '육체적, 지능적 진보'를 나타내며, 영적인 진화는 '우주의 목적과 질서를 이해하는 것'을 뜻한다. 따라서 '진화에는 아무 목적도 정해진 방향도 없다'는 유물론적 진화론과는 완전히 다른 진화론을 주장한다. 레싱은 『시리우스 제국의 실험』에서 앰비언 2세의 모험을 통해 과학기술의 폐해를 인식하게 만들고, 결국은 시리우스 제국의 정치제도를 바꾸는 계기로 만들면서, 생물학적인 진화와 영적인 진화가 평형을 이루어야만 진정한 진화를 이룰 수 있다고 역설한다.

『제8행성의 대표 만들기』는 인간의 죽음과 인간 종의 멸종을 다루고 있는데, 여기에서는 인간이 죽고 인간 종이 멸종을 한다고 해도 우주의 법칙에 의해 다른 곳에서 다시 부활 혹은 생존을 이어나가며, 축적된 정보 혹은 유전자가 계속해서 유전된다고 현대 물리학을 이용하여 설명하고 있다.

이 책에서는 『아르고스의 카노푸스 제국』의 제5권이자 마지막 작품인 『볼련 제국의 감성적 관리들에 관한 문서』는 다루지 않았다. 앞의 4권에서 누누이 주장했던 제국의 부침, 즉 역사의 부침에 대해 말하고 있고, 어느 사건을 짧은 시각으로 볼 때와 긴 시각으로 볼 때 평가가 달라질 수 있다는 것이 이 작품의 주제이기 때문이다. 따라서 이 작품에 대한 분석보다는 5부작 『아르고스의 카노푸스 제국』 전체를 조명하면서 과학소설 장르가 작가 레싱에게 어떤 의미인지 밝히는 논문으로 대신하였다. 이 논문에서는 레싱이 고령에 이르러 과학소설로 도피했다는 주장이 근거 없음을 밝히면서 오히려 작가로서의 도전이고 위대한 도약이라고 결론을 맺었다.

3장

『시카스타 : 식민화된 제5행성에 관하여』

레싱의 '실낙원'과 '복낙원'

1. 들어가기

도리스 레싱의 5부작 과학소설 『아르고스의 카노푸스 제국 : 고문서』의 제1권 『시카스타 : 식민화된 제5행성에 관하여』는 『황금 노트북』 만큼 레싱의 실험성을 보여 주는 의미 있는 작품이다. 그런데 비평가들과 학자들은 이 작품을 이전 작품들처럼 또 하나의 고전적 문학작품으로서 내용에 초점을 맞추는 연구를 하였지, 과학소설이라는 형식 틀에는 깊이 천착하지 않았다. 이들이 과학소설이라는 장르의 문학성을 인정하는 데 주저한 면도 있고, 레싱의 과학소설이 진정한 과학소설인가에 대한 의문도 끊임없이 사방에서 제기되었으며, 이 작품의 구조가 너무 복잡하고 낯설어 내용에 관한 정확한 파악도 힘들었기 때문이다. 과학소설계에서도 이와 비슷한 이유들을 구실삼아 레싱의 과학소설에 크게 관심을 보이지 않았다.

반면 레싱은 과학소설에 대해 소설의 미래를 짊어질 잠재력이 큰 장르라는 확신을 갖고 있었다. 1978년 이 책의 서문을 대신하여 쓴 글 「몇 가지 소견」에서 자신이 과학소설 장르의 소설을 쓴 것은 시대적 요구에 부응한 일이라고 쓰고 있다.

> 소설가들이 사실주의 소설의 구속을 깨뜨리고 있다고 사방에서 말할 정도로 이제 이것은 평범한 일이 되어 버렸다. 주위에서 보이는 모든 일들이 매일매일 더 황당해지고 더 환상적이 되고 있으며 믿을 수 없게 되어 가고 있기 때문이다.
>
> …
>
> … 현재 과학소설과 함께 우주소설은 문학의 가장 독창적인 부문을 구성하고 있다. 우주소설은 새로운 것을 만들어내는 동시에 위트가 있는 — 종류를 막론하고 — 모든 글쓰기에 활력을 불어넣고 있다. 그러므로 나는 이[과학소설]에 대해 은인인 체하거나 무시하려는 문학 학자들과 전문가들은 비난받아야 마땅하다고 말하곤 했다(*SH* xi~x).

위의 인용을 보면, 소설가들이 '고갈의 문학'을 운운하며 독창적인 문학작품을 쓰기가 어려워졌음을 탄식하던 때에 레싱은 소설의 새로운 미래가 과학소설에 있다고 믿었다. 과학의 비상한 발전과 발맞춰 인간의 문학적 상상력 역시 확장되어야 한다고 믿었고, 특히 1970년대는 미소 냉전시기로 이 두 국가 간의 우주경쟁이 한창이었던 시기였으므로, 레싱은 이를 반영하듯이 지구를 벗어나 우주에서의 국가 간의 제국주의적 경쟁을 소설의 소재로 삼았다. 그러나 레싱의 모험은 주류 문학계와 과학소설계 양편으로부터 제대로 평가를 받지 못했다.

과학소설에 관한 연구는 과학소설에 대한 올바른 정의 문제가 상당한 비중을 차지한다. 과학소설에 대해 정확하게 규정하기가 어렵고, 어떻게 정의할 것인가에 관한 의견들이 진화를 거듭했기 때문이다. '과학소설'이라는 명칭 때문에 작품 속에 반드시 과학이나 과학기술 등이 중요한 요소로 들어가야 하는지 혹은 '과학'을 인간의 인식 전체로 확대 해석해야 하는지 등의 의문들이 오랫동안 해결되지 않았고, 학자들마다 과학소설과 판타지, 과학소설과 유토피아 간의 경계선 긋기에 관한 의견이 제각각이었다. 레싱의 과학소설에 대해서도 어떤 장르로 구분해야 할 것인지에 관해 비평가들 사이에서 의견이 분분하였다. 레싱 자신도 과학에 관한 전문지식이 부족함을 잘 알고 있었기 때문에 과학소설이라는 명칭보다 '우주소설', '판타지', '유토피아 소설' 등으로 불리기를 선호하였다. 따라서 이 논문은 과학소설이라는 장르와 이 작품의 실험성을 연관시켜 연구할 예정이다.

낸 보우맨 앨빈스키는 『영미소설에 재현된 여성들의 유토피아』에서 레싱이 1969년 발표한 작품 『사대문의 도시』의 「부록」부터 유토피아 장르에 몰두했으며, 이것은 1983년 발표한 5부작 과학소설 『아르고스의 카노푸스 제국 : 고문서』의 다섯 번째 작품 『볼련 제국의 감성적 관리들에 관한 문서』까지 계속되었다고 말한다. 또한 1974년 출간한 작품 『어느 생존자의 비망록』이 유토피아 장르로 불릴 수 있는 첫 작품이라고 주장한다(147). 『사대문의 도시』의 「부록」에서는 사실주의 방식으로 화자가 원인을 알 수 없는 폭발로 인해 종말이 도래했음을 알리고 그 후의 복구과정에 관해 묘사하는 반면, 『어느 생존자의 비망록』에서는 판타지 형식을 빌려 3차 세계대전의 발발과 그 후 안정된 세계까지 그리고 있기 때문이다.

반면 『시카스타 : 식민화된 제5행성에 관하여』는 과학소설 혹은 우주소설의 형식을 빌려 지구의 종말을 경고하는데, 이 작품에서는 앞의 작품들과 달리 지구 밖의 존재를 가정하여 그 시각으로 서술하면서 과학소설의 특징을 더욱 강화하고 있다.

벳시 드레인Betsy Draine은 레싱 연구에서 중요한 비평서이자 『시카스타』에 관한 첫 긍정적 해설을 싣고 있는 『압력받는 내용』[1]에서 판타지와 과학소설의 기본적인 차이에 대해 다음과 같이 정리한다.

> 과학소설은 그 이름이 의미하듯이 과학에 그 근거를 둔다. 모든 형태의 판타지는 독자가 현재의 현실에 비추어 사실이 아니라고 인식하는 상황들을 가정한다. 과학소설은 이미 받아들여진 과학적 사실들과 이론들을 아직까지는 알려지지 않았지만 그럴듯한 상황들에까지 논리적으로 연장하는 그런 형태의 판타지를 서사의

---

1. Betsy Draine, *Substance Under Pressure,* Madison : The University of Wisconsin Press, Ltd., 1983. 이 비평서의 제목인 *Substance Under Pressure*는 『시카스타』의 첫 페이지에서 인용된 것으로 보인다. 레싱은 우주에 관해 설명하면서, "This is a catastrophic universe, always; and subject to sudden reversals, upheavals, changes, cataclysms, with joy never anything but the song of substance under pressure forced into new forms and shapes." 즉 "이곳은 언제나 대이변이 일어나는 우주이다 그래서 갑작스런 전복, 융기, 변화, 격변을 겪지만, 이런 변화는 새로운 형태와 모습을 띠도록 압력받는 물질들의 즐거운 노래에 불과하다"고 말하고 있는데, 드레인은 이 문장에서 '압력받는 물질'을 떼어내어 비평서의 제목으로 썼다. 우주의 '압력받는 물질'은 '만물'을 망라하는 매우 포괄적인 의미이지만, 비평서의 제목으로서의 '압력받는 물질'은 레싱이 자신의 글쓰기 내용에 새로운 형식을 부여하기 위해 꾸준히 노력함을 말하기에 적합하지 않으므로 '압력받는 내용'으로 번역하였다.

기초로 삼는다. 과학소설에서는 과학적 논리의 요구가 상황을 통제하고 사건들에 방향을 제시하는 반면, 다른 판타지 형태에서는 서사의 전제와 전개가 종교적 혹은 철학적 믿음 혹은 비합리적 공포나 욕망에 의해 통제된다. 따라서 과학소설은 초자연적이기보다는 자연적이 되려고 애쓰며, 신성하기보다 세속적이 되려고, 비합리적이기보다 합리적이 되려고, 철학적·종교적·신비적이기보다 경험적이 되려고 애쓰며, 개인의 정신 속으로 파고들거나 하나님 혹은 다른 정신적 실재를 향해 상승하려 하지 않고 우주의 탄탄한 현실을 향해 밖으로 향한다(드레인 146).

위의 설명은 레싱이 자신의 소설을 과학소설이라고 부르기를 꺼리고 과학소설계에서는 레싱의 소설에 대해 큰 관심을 보이지 않는 이유를 잘 설명한다. 오랫동안 과학소설에 관한 정통한 정의로 간주되어 온 로버트 스콜스의 "최근의 과학을 함축하면서 지각하게 된 인간 상황을 허구적으로 탐험하는 일"이라는 정의도 과학소설에서 과학적 지식이 필수적임을 밝히면서, 과학소설에 과학적 요소는 필수적인 반면, 초자연적 요소는 금기시됨을 확인하였다. 이에 반해 레싱의 과학소설은 과학적 사실과 이론에 서사의 기반을 두고 있기보다는 자신의 철학적 사고를 설명하기 위해 과학소설의 틀을 이용하고 있는 듯이 보이며, 초자연적인 색채도 강하다. 레싱 또한 이 점을 잘 알고 있었으므로 1981년 마가리트 본 슈발츠코프와의 인터뷰에서 자신의 과학소설을 다음과 같이 설명하였다.

나는 이런 책들을 과학소설이라고 분류하지 않을 겁니다. 이 책들은 '과학' 다시 말해서 과학적 지식과 과학기술과 큰 관련이 없어요. 그런 것은 과학기술에 대해 진정으로 잘 아는 동료들에게 맡기겠어요. 나는 오늘날 실천되는 그런 과학에 대해서는 회의적이에요. 내일에만 관심이 있지 모레에 대해서는 관심이 없는 그런 근시안적인 학문이지요. 아니에요. 제 소설은 가장 진실되고 가장 정확한 의미의 판타지 혹은 유토피아 소설이에요. 그러니까 오웰과 헉슬리보다는 토머스 모어와 플라톤과 더 관계가 있지요. 내 소설들은 오늘 발생할 일들에서 끌어낸 우화들이지요(잉거솔 107).

드레인과 레싱 자신의 설명에 따르자면 『시카스타』는 '판타지'에 가깝다. 그러나 오늘날 과학소설에 관한 연구가 심화되면서, 엄격했던 초기의 정의가 점차 변화하고 있다. '과학' 자체의 객관성이 의심받고 있는 요즈음 '과학'을 자연과학에 국한하지 않고 인간의 인식 전체로 확장하여 해석하려 하고, 초자연적인 요소도 과학소설의 금기사항이 아니라 매력적인 요소로 간주하려는 경향이 짙어지고 있다.

따라서 이 장은 우선 본 소설의 내용을 자세히 분석하면서 이 작품이 과연 과학소설인지, 혹은 우주소설이나 판타지, 유토피아 소설인지, 단순한 우화인지, 혹은 과학소설의 하위 장르인지 등에 관해 규명할 것이며, 이런 틀이 이 작품에서 어떤 의미를 갖고 있는지, 레싱의 의도는 무엇인지에 관해 연구할 것이다.

> 독립된 단행본으로 쓸 참이었기 때문에 완성되면 이 주제와는 결별하게 될 것이라는 믿음으로 『시카스타』를 시작하였다. 그러나 다 쓴 후 나는 다른 책과 다른 단편소설을 쓸 만한 아이디어에 사로잡혔고, 그 소주제들 때문에 더 큰 가능성과 더 큰 영역 속으로 해방되는 느낌이 들어 흥분하게 되었다. 내 힘으로 새로운 세계를 만들었거나 발견한 것이 분명했다. 이 새로운 세계는, 개개인의 운명은 말할 것도 없고, 작은 행성들의 운명까지도 한낱 우주 진화의 여러 양상에 불과한 그런 세계였다. 여기에서 우주의 진화란 은하수의 제국들, 즉 카노푸스 제국, 시리우스 제국, 그리고 이들의 적이자 범죄자 행성 샤맷을 갖고 있는 푸티오라 제국 간의 경쟁과 영향력을 말한다(*SH* ix).

위의 인용에서 알 수 있듯이 레싱이 만든 '노범'novum, 즉 '새로운 세계'는 우선 일반 우주과학소설처럼 우주에 인류 외의 다른 생명체가 존재한다는 우주관에 의존한다. 또한 인류는 우주 전체에서 미미한 존재에 불과하며, 그 운명이 우주 질서의 변화에 종속된다고 전제한다. 전체론을 우주에까지 확장하여 적용한 것이다. 은하수에는 세 제국, 즉 덕망 있고 조화로운 카노푸스 제국, 과학기술을 신봉하는 시리우스 제국, 그리고 이 제국들의 적이자 범죄자 행성인 샤맷을 갖고 있는 푸토리아 제국이 서로 대립해 있고, 이 세 제국은 진화의 환경이 가장 좋은 카노푸스 제국의 제5행성 시카스타, 즉 지구를 서로 식민지로 만들 계획을 세우고 있다. 이

은하수의 최고의 목적이자 목표가 "영원히 진화하는, 목적의식이 있는 자손들의 창조"이기 때문이다(*SH* 35). 생명의 진화는 과학소설에서 가장 선호되는 과학원리이자, 레싱의 묵시록적 소설에서 가장 큰 희망원리이다.

따라서 『시카스타』의 노범은 지구가 낙원을 잃고 다시 찾는 과정, 즉 '실낙원'과 '복낙원'의 과정을 지구인의 관점에서 조명하는 것이 아니라 지구 밖에서 바라본다는 점이며, 이런 타락과 멸망이 지구인들에 의해 자초된 것이 아니라 우주 속 배열 이상의 문제로 생긴 것이라는 관점 그 자체이다.

이 작품은 두 부분으로 구성되어 있는데, 첫 부분은 시카스타 행성을 실험대상으로 삼아 그곳에서 일어나는 생명체의 진화과정에 주시하면서 긴급할 때는 개입하여 진화의 방향을 바꾸거나 종의 멸종을 막으려는 카노푸스 제국의 관리들의 서술 내용이고, 후반부는 시카스타 행성에서 진화된 종, 즉 인간들의 서술 내용이다.

이 작품이 과학소설임을 내세울 수 있는 특징 중 하나는 창조론에 진화론을 결합시켜 인류 탄생 및 타락의 신화를 탈신화하는 작업을 하고 있다는 점이다. 레싱은 「몇 가지 소견」에서 많은 과학소설 장르의 소설들이 그러하듯이 『시카스타』의 출발점이 『구약성서』라고 밝혔다. 그러나 『구약성서』의 「창세기」에는 하나님이 우주·지구·빛·육지·바다를 만드셨고, 인류를 포함한 다양한 생명체를 창조하셨다고 쓰여 있으나, 『시카스타』에서는 이미 지구가 창조되어 있고 별의 폭발로 생명체가 다양해지는 중이며 소위 '에덴동산'을 형성하는 중이다.

이 행성[시카스타]에서의 수백만 년의 세월은 우리의 측정으로는 수백 년의 세월에 속했다. 이 행성은 상당한 잠재력을 갖고 있는 것으로 간주되었다. 왜냐하면 이 행성의 이전 역사가 급속한 타락, 정체의 시기였던 만큼 갑작스러운 변화, 급속한 발전을 보였기 때문이다. 이 행성에게는 어떤 기대도 할 수 있을 것 같았다. 그러나 안다르좌에 있던 한 개의 별이 폭발하면서 그로 인해 연장된 발광에 쪼이게 되자 이 행성은 수천 년간의 침체의 시기를 겪게 되었다. 그리하여 이에 대해 보고를 하도록 파견단을 보냈다. 이 행성은 비옥한 땅이었지만 대부분 습지였다. 식물이 자라고 있었지만 그 지역 특유의 것들이었고 큰 변화 없이 안정적이었다. 습지에는 다양한 도마뱀들이 서식하고 있었고, 육지에는 작은 설치류들, 유대류들, 원숭이들이 서식하고 있었다. 이 행성의 결점은 기대수명이 짧다는 것이다. 우리의 경쟁국인 시리우스 제국은 이미 그들의 종을 여기에 심어놓았다. 그 종들이 아직 멸종되지는 않았지만 이전에는 정상이었던 기대수명이(수천 년) 바뀌어 고작 수년을 살게 되었다. (물론 나는 시카스타의 시간 측정법으로 말하고 있다.)

…

시카스타에 파견된 관리가 곧 종의 놀라운 변화를 보고해왔다. 뿌옇게 김이 솟아나는 습지로 된 그 비옥한 행성이 변화로 뒤끓고 있었다. 특히 원숭이들은 각종 변종들, 즉 기형과 괴물을 낳고 있었는데, 그중에는 위대한 징조를 보여 주는 극적인 변종들도 있었다. 그리하여 식물, 곤충, 물고기의 모든 생명체가 번성하게 되었다. 우리는 이 행성이 같은 부류의 행성들 중에서 가장 결실 있는 행성으로 변하고 있는 중임을 알고 있었고, 그래서 바로 이때 이 행성을 '결실 있는,' '번영하는'의 뜻을 지닌 '로핸다'라고 명명하게 되었다(*SH* 14~5).

시카스타는 에덴동산의 조건을 갖추었고 따라서 로핸다로 불리게 된다. 때마침 여러 식민지 중 하나인 한 행성이 사라질 위기에 놓이자, 카노푸스 제국은 그 대안으로 시카스타 행성을 택하여 종의 진화를 시험하게 된다. 카노푸스 제국은 제10행성의 주민들 중 자원자들을 로핸다로 이주시켜, 이 행성의 원주민이자 원숭이에서 진화 중인 원주민 종들과, 새로 이주할 종들 간의 공생관계를 만들기로 한다. 이렇게 이주를 시킨 후 천 년 뒤의 기록은 원주민들이 사냥을 하는 수준까지 진화하였고, 이주된 종, 즉 거인들은 원주민들에게 경작과 언어사용을 가르치고 있음을 알려 준다. 거인들은 원주민들을 교육시켜 카노푸스 제국의 조화로운 성질을 전수받은, 스스로의 힘으로 세계를 책임질 수 있는 온전한 인간으로 성장시킬 예정이고, 이 임무를 완성하면 다른 곳으로 떠나기로 되어 있었다.

이렇듯 이 작품은, 과학소설들이 흔히 그렇듯이, 은하수의 어떤 존재가 지구를 어떤 과학원리를 실험하기 위한 실험대상으로 삼고 있다는 전제 속에서 이야기를 끌어가고 있다. 창조론의 입장에서 말하자면 그 존재는 하나님으로, 하나님께서 인간들을 실험대상으로 삼고 계시는 것이다. 그런데, 이 작품에서 내세우는 과학원리가 다윈의 진화론인 것을 고려해볼 때, 어떤 초월적 존재를 상정한다는 것은 이 작품에 과학적 진화론 또한 완벽하게 적용되고 있지 않음을 반증한다. 레싱은 창조론과 진화론을 불완전하고 교묘하게 접목하고 있는 셈이다.

우연한 사고나 사건으로 인해 우주의 질서가 바뀌고, 그에 따라 어떤 초월적 존재가 불가피하게 개입하여 진화의 방향이나 속도를 바꾸게 되며, 그럼으로써 우주의 모든 구성원이 영향을 받는다는 설정은 모든 일부분들이 전체의 영향을 받는다는 '전체론적 사고'가 이 작품 전반에 깔려 있음을 암시한다.

주지하다시피, 이 작품은 꾸준히 『구약성서』를 차용함으로써 시카스타 행성의 이야기가 우리의 이야기임을 상기시킨다. 『구약성서』에도 거인들이 등장하는데 그 등장 장면을 보면,

> 인류가 지구 전체에 퍼지고 인간 처녀들이 태어나고 있을 때, 초자연적인 존재들이 이 처녀들의 아름다움을 알게 되었고 그리하여 자신들이 좋아하는 처녀들을 취하였다. 그러자 하나님께서 말씀하시길, "나는 백성들이 영원히 살도록 허락하지 않을 것이다. 그들은 죽는 존재가 될 것이다. 지금부터 그들은 120년 이상 살지 못할 것이다"고 하셨다. 그 시절 그리고 그 후까지 지구상에는 인간 여성들과 초자연적인 존재들의 후손인 거인들이 있었다. 그들이 오래전에 있었던 위대한 영웅들과 유명한 사람들이었다.
>
> 하나님께서 지구상의 모든 사람들이 얼마나 사악하고 그들의 생각이 늘 얼마나 악한지 아시게 되자 그들을 지구상에 만들어 놓은 것을 후회하셨다. 하나님께서는 회한으로 가득 차 말씀하시길, "내가 창조한 이 백성들과 동물들 그리고 새들 또한 모두 쓸어버릴 것이다. 왜냐하면 내가 이들을 만든 것을 유감스럽게 생각하기

때문이다"고 하셨다. 그러나 하나님은 노아에게는 만족하셨다(「창세기」 6장 1절~8절).

위의 인용을 『시카스타』에 대입하면, "초자연적인 존재들"은 카노푸스 제국의 관리들이고, 거인들은 카노푸스 제국이 시카스타로 이주시킨 거인들일 것으로 유추가 가능하다. 레싱은 이 거인들이 인간 영웅 혹은 유명 인사들의 조상이라고 설명하고 있다.

과학소설 이론의 대가로 인정받고 있는 다코 수빈의 과학소설에 관한 정의를 인용하자면, 과학소설은 '필요·충분조건으로 소외와 인식이 존재하면서 서로 상호작용해야 하는 문학 장르이며, 주된 형식적 장치로는 작가의 경험적 환경의 대안이 되는 상상적 틀을 가진 문학 장르'이다. 그러나 여기에서의 '인식'은 과학소설의 제1 원리인 '과학'을 자연과학에만 한정하는 것이 아니라 인간의 인식 전체로 확장하는 의미를 갖는 것으로 해석되고 있으며, '소외'는 습관이 되어 익숙해진 것들을 낯설게 만들어 객관적이고 비판적으로 평가하는 것을 뜻한다. 다시 말하자면, 흔히 '인식적 소외'로 표현되는 이 정의는, 과학소설이 작가가 속해 있는 현실과 다른 세계를 창조하되 현실세계를 비판해야 하므로, 현실과 다르면서도 연속성 또한 존재해야 한다는 것이다. 이 원리에 따르면 『시카스타』는 완벽한 과학소설이다. 레싱은 우리가 받아들인 인류 탄생 및 타락의 신화를 '인식적 소외과정'을 통해 다시 사고하도록 만들고 있으며, 주된 형식적 장치가 작가의 경험적 환경의 대안이 되는 상상적 틀을 갖고 있기 때문이다.

더욱이 이 작품은 앞에서도 말했듯이 전반부가 인간의 관점이 아닌, 시카스타를 돌보도록 파견된 카노푸스 제국의 관리, 즉 조호의 보고서 형식을 취하면서 인간이 아닌 우주 속 존재의 관점에서 이야기되고 있으므로, 독자는 이중으로 인식적 소외과정을 겪게 된다. 인류 탄생 및 타락의 과정이 외부인의 시각으로 다시 쓰이고 있기 때문에 독자는 인간임에도 불구하고 인간을 객관적으로 볼 수 있는 상당한 거리, 소위 '미적 거리'를 확보하게 된다. 다시 말하자면 독자는 『시카스타』를 읽으면서 마치 외계인이 된 듯이 객관적 거리를 유지하게 되며, 동시에 익숙한 우리들의 이야기임을 깨달으면서 비판적으로 자신의 주위를 돌아보게 된다. 이것이 바로 과학소설이라는 장르가 하는 일이다.

거인들의 로핸다 이주가 완전한 정착기로 접어들면서 로핸다의 여러 상황은 바람직하게 돌아가고 이에 카노푸스 제국은 로핸다에 로크장치를 설치하게 된다. 로크장치는 카노푸스 제국과 로핸다 사이의 소통을 돕는 전송장치로, 로핸다는 이 장치를 통해 '우리라는 느낌을 주는 물질'(SOWF, *SH* 73)을 제공받는다. 이 물질은 하나님의 은혜와도 같은 것으로, 개개인은 자신의 이해관계보다는 전체의 이해관계 속에서 자신을 생각해야 한다는, 레싱이 주장하는 인간의 존재 목적의 체현이다. 로크장치가 SOWF을 꾸준히 공급할 수 있다면 카노푸스 제국의 관리가 시카스타 행성까지 올 필요도 없다. 즉 이 상태의 로핸다는 하나님과 완벽하게 소통하는, 즉 하나님의 은혜를 넘치게 받는 유토피아의 상태이다.

그러나 샤맷 행성의 스파이들이 시카스타 행성의 일부를 식민지로 만들어 로핸다에 퇴행성 질병을 퍼뜨린다. 이 퇴행성 질병이란 여러 단계의 진화를 거치도록 만들어진 초월적 존재의 마스터플랜과의 조화 속에서 자신을 평가하는 것이 아니라, 자신을 개개인으로 인식하는 것을 말한다(*SH* 38). 레싱이 이전 작품들에서 다루었던 '집단'과 '개인'의 문제를 『시카스타』에서는 새로운 시각과 해설로 풀어내고 있다.

SOWF를 공급하던 로크장치도 스파이들이 훔친 전송기의 교란으로 인해 기능이 약화되기 시작하면서 이 질병은 나날이 정도가 심해진다. 조호는 이 참사disaster가 별들의 배열에 문제가 생겼기 때문에 가능했다고 보고한다. 즉 'disaster'는 'dis-aster'로 '별에 잘못이 생겼다'라는 뜻이라는 것이다(*SH* 21). 성격이 매우 다른 카노푸스 제국과 시리우스 제국은 서로에게 무심하였고, 푸티오라 제국은 샤맷의 지배로 제 구실을 못하고 있었으므로, 샤맷이 이 틈새를 타고 시카스타 행성을 점령하였으며, 결과적으로 이 세 별들의 배열에 문제가 생긴 것이다.

이제 로핸다의 거인과 인간들은 퇴행성 질병에 걸림으로써 부조화와 반목에 빠지게 되었고 따라서 에덴동산에서 쫓겨나게 된다. 레싱은 이처럼 인간의 타락을 "인간이 '우리'라는 정체성을 잃은 채 자신을 '개개인'으로 보게 되면서 불행해지기 시작한 것"(*SH* 38)이라고 해석하고 있다.

카노푸스 제국은 이 위기를 해결하기 위해 시카스타로 관리를 보낸다. 외계의 존재들이 시카스타 행성에 들어가는 방법에는 두 가지가 있는데 직접 우주선을 타고 가는 방법 외에 제6지대를 통하여 들어가는 방법이 있다.

레싱은 시카스타 행성이 6개의 동심원 지대로 둘러싸여 있으며, 가장 바깥쪽부터 5개의 지대는 시카스타의 끌어당기는 힘으로부터 자유로워 통과하기가 수월하나 가장 안쪽에 있는 제6지대는 시카스타의 독기의 영향을 받는 곳이므로 통과하기가 쉽지 않다고 설명하고 있다. 자기 탐닉이나 의지박약, 망각으로 인해 구원받지 못한 인간들이 다시 태어나기 위해 대기하는 곳이기 때문이다. 이런 설정은 물리학에 도전하는 것으로, 과학보다는 오히려 관념적·윤리적 성격을 가진 것으로 보인다. 카노푸스 제국의 관리 조호는 두 번째와 세 번째로 지구를 방문할 때 이곳을 통해 들어간다. 그리고 이때 '설화를 만드는 사람이자 노래를 만드는 사람'인 데이비드와 딸 사이스의 후손 벤을 다시 만나는 것으로 설정하고 있어, 한편으로는 『구약성서』를 암시하면서, 다른 한편으로는 불교의 윤회사상도 차용하고 있다. 레싱은 하나님의 사절들이 인간세계에 반복해서 내려오는 것 외에도 마치 불교의 윤회사상처럼 구원받지 못한 인간들도 구원받을 때까지 영원히 인간으로 계속 태어나는 것으로 설정하고 있다.

조호는 거인들을 만나 이들 거인들의 임무가 끝났으니 시카스타 행성을 떠나야 한다고 알린다. 그러나 $\frac{2}{3}$가량의 거인들만 우주선을 타고 시카스타 행성을 떠나고 퇴행성 질병에 걸린 나머지 $\frac{1}{3}$ 정도의 거인들은 명령에 저항하며 숨어 버린다. 조호는 원주민들에게도 곧 닥칠 고난에 대해 알리기 위해 데이비드와 함께 모든 형태의 도시를 방문하며 도시를 떠나도록 종용한다.

이제 로크장치도 실패하고 거인들도 떠나자 원주민들은 도시를 벗어나 야만인의 생활로 돌아가게 된다. 조호는 마치 모세처럼 데이비드와 그의 딸 사이스에게 카노푸스 제국의 계명을 가르치고, 시카스타의 곳곳을 돌아다니며 이것들을 알리도록 임무를 부여한다. 카노푸스 제국은 로크장치를 통해 '우리라는 느낌을 주는 물질'(SOWF)을 시카스타 행성에 제공했으나, 즉 유토피아를 제공했으나, 그 장치가 고장이 나는 참사로 인해 동물의 수준으로 떨어지게 되었으므로 이를 다시 돌리는 길, 혹은 적을 이기는 유일한 방법은 서로 사랑하고 돕는 것, 서로 동등하게 지내는 것, 서로의 물건이나 물질을 취하지 않는 것이라고 데이비드와 사이스를 교육시키면서 그가 떠나 있는 동안에도 계속해서 원주민들을 교육시키도록 당부한다. 이것으로 조호의 1차 방문은 끝난다.

조호가 떠난 뒤 특수 조사팀이 시카스타 행성을 방문하여 보고서를 작성한다. SOWF의 부족으로 시카스타 행성에는 전쟁까지는 아니더라도 개개인들 혹은 소집단 사이에 단기간에 걸친 적대감 혹은 부조화가 퍼지고 있으며, 소수가 다수를 희생시키는 사유재산 제도가 시작되고 다수는 소수의 하인이나 노예가 되었다.

시카스타 행성이 위험한 지경에 빠졌다고 판단한 카노푸스 제국은 시카스타 행성의 진화에 또다시 개입하기로 결정한다. 카노푸스 제국은 동부지역에서 5명의 남성, 제10행성에서 5명, 제27행성에서 5명을 선발하여 이들을 다섯 그룹으로 나눈 후 다섯 곳으로 보내어 그곳에서 엄선된 여성들과 교배시킨다.

그 후 이들의 후손은 훌륭한 종種이 된 것으로 판명되었으나, 시카스타를 방문한 카노푸스 관리는 홍수가 임박했음을 인지한다. 레싱은 또다시 노아의 홍수, 바벨탑 등의 『구약성서』의 이야기들을 차용하면서 카노푸스 관리들의 계속된 경고에도 불구하고 인류가 하루하루 타락하고 있음을 보여준다.

결국 조호는 첫 번째 방문 후 3만여 년이 지난 후 『구약성서』

의 아브라함의 시기이자 도시 파괴의 시기에 시카스타를 두 번째로 방문하여 SOWF의 양이 더욱 줄어들었고 그에 따라 인간의 타락이 더욱 심해졌음을 확인한다. 특히 무계획적으로 우발적으로 태어나는 아이들, 적은 수의 부자들이 수많은 노예들과 하인들을 소유하며 부리는 행태, 자신의 아름다움의 노예가 된 여자들, 여자들을 아름다움의 정도에 따라 대접하고 아이들에 대해서는 그들의 발전 가능성, 이름, 속성에 따라 대접하는 남자들을 목격한다. 시카스타를 바라보는 조호는 연민과 슬픔을 느끼는데, 이로써 외계의 존재인 조호도 인간과 비슷한 속성을 갖게 되었음을 드러낸다.

데이비드의 후손을 발견한 조호는 인간의 사악한 삶 때문에 모든 도시가 파괴되는 일이 일어나지 않도록 새로운 지시를 내린다. 구원을 받으려면 사치를 절제하고 소박한 삶을 살며 타인들·동물들·땅을 잘 돌보고, 무엇보다도 카노푸스 제국의 지시에 복종하도록 충고한다. 조호의 보고서 외에 여러 번에 나뉘어 삽입된 카노푸스 제국의 저서 「시카스타의 역사」는 마치 『구약성서』의 예언자들처럼 조호 외에도 많은 카노푸스의 관리들이 수천 년에 걸쳐 시카스타를 방문하여 주민들에게 카노푸스의 마스터플랜을 상기시키곤 했다고 밝힌다. 그러나 이 선지자들은 인간들의 무지함과 건망증으로 인해 오히려 정신 이상자로 간주되곤 하였다.

레싱은 지구를 포함한 만물이 우주의 거대한 질서의 지배를 받는다는 우주관, 다윈의 진화론 등을 이용하여 인류 탄생 및 타락의 신화를 탈신화시키는 작업을 하고 있으며, 오늘날 지구 멸망의 위기에 몰려 있는 인류 고난의 원인 또한 과학적·논리적으로 설명하고 있다. 반면 인류가 타락하게 된 직접적인 이유로 '우리라는 느낌을 주는 물질'의 감소, 즉 인간 사이의 유대감의 감소가 원인이라고 주장하고 있기 때문에 관념적·윤리적 색채도 강하게 띠고 있다는 비판도 받고 있다. 또한 일부 비평가들은 비록 레싱이 과학소설의 틀을 이용하고 있다 하더라도 자신의 사상을 보다 명확하게 나타내려는 목적이 더 뚜렷하므로 이 소설을 '이념소설'로 분류할 것을 주장하고 있다. 그러나 과학소설의 경우 작가는 어떤 이념을 신봉하는 가상 사회를 그리게 되고, 동시대 사회에 관한 폭로에 덧붙여 이상사회를 제시하므로, 정도의 차이는 있을지언정 과학소설은 '이념소설'의 성격을 띠지 않을 수 없다.

3. 대안 역사 형식을 통한 오늘날의 병폐현상 진단

앞에서 보았듯이 레싱은 기독교에서 받아들이고 있는 인류 탄생 및 타락 신화를 과학적 우주관을 통해 탈신화시켰다. 그러나 레싱은 『구약성서』에 있는 인류 탄생 및 타락의 과정을 단지 과학적으로 풀이한 것이 아니라 몇 부분을 발췌하거나 수정하여 적용하였으며 서구의 종교나 신화 외에 다른 문화권의 종교와 신화도 차용하여 나름대로 역사를 재창조하였다. 따라서 이런 사실로 볼 때 이 작품은 과학소설이 흔히 쓰는 대안 역사의 형식을 빌렸다고 볼 수 있다.

작가가 과거의 역사를 자신의 관점에서 새롭게 조명하는 역사소설과 달리 어느 시점의 역사나 사건을 사실과 다르게 극화시킬 때 이런 소설을 '대안 역사'라고 부르며 과학소설의 하위 장르로 분류한다. 과학소설에 대한 비평이 '과학'이나 '과학기술'의 존재 여부로 과학소설을 정의하는 수준을 이미 뛰어넘은 것이다. 독자는 '대안 역사'를 읽으며 어느 시점 혹은 어느 사건이 실제 역사와 다르게 설정되었고 그에 따른 결과가 무엇인지 주목하면서 또 다른 독서의 재미를 느끼게 된다. 앤디 던컨은 '대안 역사'를 쓰는 가장 유명한 작가 중 한 사람인 해리 터틀도브의 말을 인용하면서 '과학소설'과 '대안 역사'의 차이를 다음과 같이 설명하고 있다.

> 역사의 중지점breakpoint을 만드는 것은… 대안 역사를 쓰는 게임의 반쪽에 불과하다. … 나에게 더 흥미로운 나머지 반쪽은 그렇게 가정함으로써 발생된 변화이다. 과학소설과 대안 역사가 만나는 곳도 바로 이 두 번째 부분이다. 두 장르 모두 우리가 아는 세계와 다른 어떤 세계를 논리적으로 추정하려고 노력한다. 모든 형태의 과학소설은 현재나 가까운 미래의 변화를 가정하고, 그 변화가 더 먼 미래에 미친 영향을 상상한다. 반면 대안 역사는 더 먼 과거의 변화를 상상하고 그 변화가 가까운 과거와 현재에 끼친 영향을 조사한다. 두 경우 테크닉은 같지만 그 테크닉이 적용된 시간에서 차이가 난다(던컨 211).

『시카스타』를 터틀도브의 정의에 따라 분석하면, 레싱은 인류의 탄생 및 타락 과정을 카노푸스 제국의 진화 실험 계획의 일부로 해석하면서 다시 썼으며, 오늘날 인류에게 닥치고 있는 일들을 카노푸스 제국의 시각으로 설명했다. 다시 말하자면, 시카스타 행성은 이브의 유혹과 그에 따른 아담의 배반 때문이 아니라 우주

속 행성들의 배열 이상으로 인해, 그리고 조화의 국가, 카노푸스 제국과의 소통 단절 때문에 생긴 SOWF 물질의 부족으로 인해, 에덴동산과 같은 로핸다에서 타락하였다. 그 결과 시카스타인들은 오늘날의 지구가 보이는 병폐 현상과 그리 다르지 않은 모습으로 고통을 받게 되었다.

시카스타의 병폐 현상을 보자면, 이 작품의 출발점이 『구약성서』였다고 밝혔듯이, 레싱은 우선 종교의 문제점부터 짚고 있다. 카노푸스의 관리들이 마스터플랜에 대해 상기시키고 우주로 돌아가자, 시카스타의 사제들이 그것을 자신의 이해관계에 따라 왜곡시키고 마치 군대처럼 제도화하여 폭력을 휘두르고 있으며, 여러 종파로 갈라지거나 새로운 종파들이 생겨나고 있다. 이렇게 조각조각 분열되는 현상은 종교에 그치지 않고 정치에까지 확대되어, 각각의 이해관계를 대변하는 정당들이 난립하고 있으며, 국가주의 또한 범람하고 있다. 도처에서 가속화되고 있는 이런 종교적·정치적 분열 현상은 SOWF의 부족 때문인 것으로 간주되고 있다.

과학 또한 가장 최근에 생긴 종교 중 하나로, 과학자들은 과학기술, 새로운 생활방식 등을 만들며 자만에 빠졌으나, 이제 이들은 자신들의 왜소함과 자신들이 땅을 오염시켰음을 깨닫고 있다. 레싱은 과학자들이란 가까운 미래만 볼 수 있을 뿐 먼 미래를 보지 못한다고 비난하고 있다.

레싱은 『사대문의 도시』에서부터 꾸준히 세대 간의 차이에 대해 다루었는데 여기에서도 또 다른 시각으로 이를 설명하고 있다. 레싱은 인류의 긴 탄생 과정을 새롭게 해석하면서 인류의 수명이 오랜 과거와 달리 크게 단축되었다고 자세히 설명하는데, 문제는 바로 이렇게 인간의 수명이 단축되었음에도 불구하고 인간이 수천 년의 수명을 갖고 있었을 때에나 적합할 그런 기대를 아직도 간직하고 있다는 점이다. 인간들은 기껏해야 80년을 살 수 있으나 800년을 살 것으로 알고 있다가 중년에 들어서면 그동안의 삶을 돌아보며 짧은 허망한 꿈이었음을 발견하게 된다. 반면 젊은이들은 자신들 세계의 모든 병폐가 부모들의 책임이라고 생각한다. 그들은 종種으로서의 자신들의 역사를 알지 못하고 따라서 자신들이 처해 있는 상황의 원인을 제대로 알지 못하므로, 자신들이 받은 교육을 총동원하여 부모 세대를 비난한다. 따라서 인간의 문제를 풀기 위해서는 긴 역사를 돌아보면서 근원적인 원인 파악부터 해야 한다. 그리고 이것이 레싱이 이 작품을 쓰면서 하고 있는 일이기도 하므로 『시카스타』 또한 『황금 노트북』처럼 메타픽션적인 성격도 갖고 있다고 해석할 수 있다.

레싱은 『사대문의 도시』의 주요 등장인물인 린다 콜드리지를 이 작품에 다시 등장시켜 정신병에 걸렸다고 진단받은 사람들이 사실은 남들과 다른 시각기관과 청각기관을 가진 것이며 따라서 일반 사람들이 보거나 듣지 못하는 것을 보거나 들을 뿐이라고 또다시 주장하고 있다. 일반 사람들은 우주의 5%만을 인지할 수 있기 때문에, 자신과 다른 것 혹은 그 이상의 것을 보거나 듣는 사람들을 이상하다고 혹은 미쳤다고 여긴다. 애인과 결별한 뒤 괴로워하던 중 갑자기 자신이 20피트 위에 떠서 자신을 바라보는 경험을 하는 정신분열증에 걸린 앤도 등장시키는데, 이 이름은 『황금 노트북』의 안나를 연상시킨다. 린다는 정신과 의사인 허버트에게서 자신과 다른 환자들의 경험들을 기록하라는 지시를 받은 후

갑자기 우리 세계를 바라보는 또 다른 세계가 존재할지 모른다는 생각을 하게 된다. 그리고 박스 속에 또 다른 박스가 있는 차이니즈 박스처럼 우주가 그렇게 구성되어 있을지 모른다고 생각하며 웃는다. 카노푸스 제국의 관리들, 즉 지구 밖의 시점 이용과 지구를 둘러싸고 있는 동심원들의 가정 등이 바로 이런 사고에서 창조된 것임을 알 수 있다. 레싱은 현대인들의 병폐를 지구 밖으로부터 새롭게 객관적인 시각으로 보려고 노력하고 있다.

레싱은 이 시대의 또 다른 병적 현상으로 마약복용 문제를 들고 있는데, 시카스타인들은 SOWF가 감소되기 시작하자 삶의 고통을 달래기 위해 마약이나 그와 상응하는 약들을 복용하고 있으며, 그동안 자신들을 지탱해 주던 사상·신념들을 버리고 있다.

시카스타는 지구의 현대사처럼 제1, 2차 세계대전을 치르고, 두 개의 거대한 독재국가인 미국과 소련의 이데올로기 싸움과 군비경쟁으로 인해 혼돈에 빠진다. 하늘에는 인공위성이 바닷속에는 잠수함이 상대방을 감시하고 있고 몇 초 만에 도시를 잿더미로 만들 수 있는 무기를 서로에게 겨냥하고 있다. 레싱은 우주 밖에서 이 행성을 보면 완전히 미친 종種을 바라보는 것과 같을 것이라고 말하고 있다.

그러나 여기에서 한 가지 주목할 점은 이 두 제국이 어떤 이데올로기를 표방하든 묘사하는 언어만 다를 뿐 근본적으로는 동일한 목적으로 동일한 일을 수행하고 있다고 보는 레싱의 관점이다. 근현대사를 연구하며 시시비비를 따지는 역사학자들과 달리 레싱은 이 둘이 근본적으로 동일한 속성을 가진 초강대국에 불과하다고 주장하고 있다.

레싱은 『시카스타』를 쓰면서 인류의 탄생 및 타락 과정을 달리 묘사하기 위해 대안 역사 형식을 빌렸다. 따라서 오늘날의 병폐 현상에 대한 해석도 달라졌다. 이전 작품들에서는 부모를 포함한 바로 전 세대의 사람들에게 비난을 퍼부었고 폭력적이고 통제 불가능한 젊은이들에게도 공격을 퍼부었으나, 이 작품에 와서는 세상을 흑백논리로 보던 시각을 거두었다. 오히려 힘든 삶을 살고 있는 인간들에게 동정과 연민의 시선을 보내고 있는 듯이 보인다. 오늘날의 병폐의 원인을 인간들의 잘못으로 돌리기보다는 우주 밖의 어떤 초월적 존재와의 단절로 인해 생긴 일로 해석하고 있으며, 따라서 일부 비평가들은 이 작품을 '결정론적'이라거나 '도피주의적'이라고 비난한다. 그러나 그런 해석보다는 레싱이 오늘날의 병폐를 객관적으로 분석하면서 근원까지 문제를 추적하여 치료책을 제시하려 했다고 보는 편이 더 옳은 분석으로 보인다. 그리고 대안 역사라는 틀은 진단과 치료, 이 두 개를 동시에 수행할 수 있는 효과적인 장르라고 생각된다.

4. 유토피아 소설 형식을 통한 복낙원

앞에 인용한 글에서 이미 보았듯이 레싱은 자신의 '우주소설'을 올더스 헉슬리의 『멋진 신세계』나 조지 오웰의 『1984년』보다는 토머스 모어의 『유토피아』나 플라톤의 『국가론』과 더 관계가 깊은 유토피아 소설로 규정하였다. 따라서 다코 수빈의 유토피아 정의를 참조하여 이 작품이 유토피아 소설로 간주될 수 있는지 살펴보도록 한다.

유토피아는 인간의 공동체와 유사한 특정한 공동체를 언어로 구성하는 것이다. 이 공동체에서는 사회·정치적 제도, 규범, 개인 간의 관계 등이 작가가 속한 공동체보다 더 완벽한 원리에 따라 조직된다. 이런 구성은 대안적 역사 가설에서 생긴 소외에 기초한다 (모일란 76).

앞에서 보았듯이, 『시카스타』는 로핸다라는 이상사회에서 추락한 시카스타가 다시 낙원을 되찾아 가는 과정이며, 대안적 역사 가설에 의해 생긴 소외에 기초하여 쓰였으므로 수빈이 정의하는 유토피아 소설의 분류에 잘 들어맞음을 알 수 있다.

『시카스타』의 전반부의 대부분은 카노푸스 제국의 관리들의 보고서나 역사책의 형태로 기술되고, 따라서 이들의 시각에 익숙해 있는 독자는 시카스타 행성을 마치 우주에서 바라보듯이 거리를 두고 바라보았다. 그러나 후반부는 인간들, 특히 인간으로 환생한 조호, 즉 조지 셔번의 여동생 레이첼 셔번과 조지의 쌍둥이 남동생 벤자민 셔번, 중국인 관리 첸 류, 레이첼이 돌본 고아 카심 등의 시각으로 쓰였다. 이런 구성은, 환언하자면, 전반부에서는 이질감 혹은 소외감을 확립하고 있다면, 후반부에서는 연속성 혹은 동질감을 인식시키려는 레싱의 의도를 엿보게 한다. 따라서 후반부는 이 이야기가 결국 우리의 이야기임을 확실하게 환기시키고 있다.

후반부의 화자들은 인간이므로 전반부의 화자이자 외계인인 조호보다 제한된 정보를 갖게 되며 독자보다도 제한된 정보를 갖고 있다. 따라서 이미 조호의 시각에 익숙해진 독자들은 아이러니하게도 인간 화자들의 좁은 시야 때문에 이들에 대해 또 다른 색깔의 거리감을 느낀다. 다시 말하자면, 독자는 레이첼과 벤자민이 조호가 제6지대에서 만난 릴라와 벤이고, 이들이 조호와 함께 시카스타로 환생했음을 알고 있으나, 레이첼과 벤자민은 평범한 인간이므로 그런 사실을 알 수 없으며 카노푸스 제국의 존재조차도 모른 채 살고 있다. 따라서 독자는 후반부를 읽으면서 자신과 거의 동시대를 살아가는 인간들의 이야기임에도 불구하고 또 다른 성질의 인식적 소외감을 느끼게 된다. 이 작품에 몇 겹의 인식적 소외가 작용하고 있는 것이다.

조호는 벤과 함께 쌍둥이 조지 셔번과 벤자민 셔번으로 태어나고, 릴라는 2년 뒤에 여동생 레이첼 셔번으로 태어난다. 조지는 인간 부모로 아버지 사이몬과 어머니 올가를 택하는데, 그 이유는 조부모 중 할아버지가 2차 세계대전 때 폴란드에서 영국으로 이민을 온 유태인이기 때문이다. 사이몬과 올가는 영국의 계급사회에 염증을 느껴 아프리카로 이주하였고, 아프리카에서 아프리카 원주민과 아랍인들을 돌보며 그들과 함께 생활하고 있다. 이런 설정들로 조지는 백인이면서도 유색인종을 대변할 자격을 갖추게 된다.

이 작품이 쓰인 연도가 1979년인 만큼 레싱의 미래에 대한 상상은 1980년대부터 시작된다. 1980년대 각 도시는 부富를 주로 전쟁 준비에 쏟아부어 젊은이들의 대량 실업 문제에 직면하게 되고 나날이 새로 개발되는 과학기술로 인해 실업률도 꾸준히 증대되었다. 도시들이 젊은이들의 무절제한 폭력과 파괴로 속수무책이 되자 전문가들은 인구 억제에 대해 연구하게 되고 경찰의 감독·벌금·투옥의 강도는 점점 더 높아졌다. 더욱더 많은 젊은이들이 군대로 보내졌고, 그 결과 이들을 통제하기 위해 대중 심리학, 군중 통제, 군대 심리학 등의 학문이 점점 더 정교해졌다.

젊은이들로 구성된 군대들은 지도자들을 몰아내고 자율적인 교육을 행하였으며, 이 청년 군대는 시카스타 전 지역으로 퍼져 세계를 장악하였고, 전염병과 기근, 수질오염과 공기오염으로 인해 시카스타는 안전한 곳이 거의 없게 되었다.

특히 유럽의 몰락이 두드러지고 이미 초강대국이 된 중국은 유럽에 관한 정보를 입수하며 유럽을 전멸시킬 계획을 진행시키고 있다. 유럽 담당 중국관리인 첸 류는 레이첼이나 벤자민처럼 인간이므로 제한된 정보만을 가진 채 유럽을 유색인종의 좁은 시각으로 바라본다. 앞에서 본 분열·반목·파벌주의 등의 고질적인 문제가 인종 학살로, 그리고 이제는 유럽인 몰살 기도로 심화된 것이다.

『시카스타』의 후반부의 클라이막스는 유색인종이 백인종을 기소하는 모의재판이다. 지구의 근현대사의 불행했던 크고 작은 사건들에 대해 가장 큰 책임을 지고 있는 인종이 서구의 백인종이므로 이런 사실을 홍보할 겸 백인종을 공개적으로 비난하는 모의재판을 서구 문명의 발상지인 그리스에서 열기로 한 것이다. 백인종을 변호하는 변호사로는 카노푸스 제국의 관리이자 조호의 동료인 타우픽으로 선정되는데, 타우픽과 조호는 시카스타 행성의 종말이 가까워지자 제6지대를 통해 시카스타로 환생하여 중요한 역할을 맡도록 임무를 부여받았다.

타우픽은 조호보다 일찍 존 브렌트-옥스포드로 태어났으나, 유능함 외에 야심 또한 갖고 있어 국민 전체가 아닌 어느 정당의 이익을 대변하는 의원이 되는 등 자신에게 주어진 임무를 수행할 능력을 제대로 발휘하지 못했다. 중년이 된 그는 북부 국가들의 연합 의회에서 백인종을 대표하도록 제의를 받았다. 반면 조지로 환생한 조호는 유색인종을 대표하여 백인종을 기소하는 검사 역을 맡는다.

조지는 모의재판 동안 아프리카인·인도인·중국인 등 그동안 백인종에게 핍박받은 인종들의 대표를 증인으로 불러 증언을 듣는다. 그러나 존은, 인도인들의 경우 동포인 천민계급을 매우 모질게 핍박하였고, 아프리카인들의 경우 노예로 팔려갈 때 아랍인들이 노예상인이었으며 같은 흑인종인 아프리카인들이 동포들을 팔아넘겼음을 지적하면서, 이 모의재판의 성격을 인종 대 인종의 재판이 아니라 인간이 다른 인간에게 저지른 만행의 규탄으로 변질시킨다. 그리고 이때 하늘에 비행기들이 나타나 폭격을 가하면서 재판은 중단되고 이 폭격으로 변호사 존이 사망한다. 결국 3차 세계대전이 발발하고, 주요 도시들이 폭발하여 죽음의 먼지로 변해 버렸다. 북반구의 거의 전 지역이 폐허가 되고 땅은 오염되었다. 지하에 은신처를 만들어 놓았던 지배 계층의 사람들 중 소수와 우연히 피신해있던 소수의 사람들이 살아남았다. 이 전쟁이 발발하고 수십 년이 지난 후 생존한 사람들의 숫자는 전 인구의 1%에 불과했다.

조지를 포함한 생존자들은 역경 속에서 서로 돕는다. 인구가 줄어들자 다수를 먹이기에 부족하던 SOWF의 양이 이들에게는 충분한 양이 되고, 따라서 SOWF를 충분히 섭취한 사람들은 조지와 비슷한 사람들로 변모한다. 그리고 이와 같은 사람들의 숫자가 계속 늘어난다. 그동안 시카스타의 악행·폭력·분열 등 악의 기를 제공받으며 번성하던 샤맷은 멸망하게 되고, 우주는 다시 조화를 찾게 되었다. 시카스타에서도 과거의 로핸다처럼 갖가지 형태의 새로운 도시들이 건설되기 시작하고, 그 도시에서는 주민들이 방문객들을 환대하고 인간과 동물들이 격의 없이 화합하며 살아간다. 조지의 명령에 따라 레이첼과 수잔나가 돌보며 키운 고아 카심은 여러 도시를 돌아보면서 모든 것이 달라지고 새로운 방식대로 운영되고 있음을 본다. 더 이상 싸움도 비난도 살생도 없다. 제정신이 든 시카스타인들은 그동안 자신들이 저지른 일과 본 일을 믿을 수 없고, 자신들이 왜 그렇게 미친 짓을 했는지 이해할 수 없다. 카심은 이런 인간들을 보면서 "저는 항상 살인과 파괴를 일삼았던 우리 조상들, 그 불쌍한 동물-인간들에 대한 생각을 멈출 수 없어요. 그들은 그러지 않을 수 없었어요"(*SH* 364)라는 연민의 결론을 내린다.

이처럼 레싱은 인간들이 3차 세계대전이라는 대참사를 겪은 후 지구에 다시 유토피아를 재건하는 작품을 그렸다. 레싱이 그린 유토피아는 디스토피아가 아니라 독자가 살고 있는 곳보다 훨씬 나은 사회, 즉 조화와 평화의 세계이기 때문에, 앨빈스키는 레싱의 유토피아utopia를 디스토피아dystopia의 반대 개념인 에우토피아eutopia, 혹은 톰 모일란의 용어에 따라, 긍정적 유토피아라고 부른다.[2]

---

2. Tom Moylan, 74. 톰 모일란은 『더럽혀지지 않은 하늘의 조각』 74쪽에서 다음과 같이 'utopia,' 'eutopia,' 'dystopia,' 'anti-utopia' 등을 구별하여 정리하였다.
utopia : 상당히 상세하게 묘사된, 존재하지는 않으나 시간과 공간상으로 정상적으로 위치가 정해진 사회.
eutopia 혹은 긍정적 utopia : 상세하게 묘사된, 존재하지는 않으나 시간과 공간상으로 정상적으로 위치가 정해진 사회이며 저자가 동시대의 독자에게 독자가 그러나 여기서 주목해야 할 점은 레싱이 이전 작품들을 통해 변화 혹은 진화를 최고의 불변의 진리라고 주장했듯이, 이 작품에서도 토머스 모어나 플라톤의 유토피아 같은 정체된 완벽한 사회를 그리고 있지 않다는 점이다. 레싱이 이 작품에서 묘사하는 새로운 도시는 로핸다의 도시와 같으면서도 다르다. 예를 들어, 로핸다 시절 조호가 찾아간 원의 도시는 "완벽한 원형이어서 더 이상 확장이 불가능"(*SH* 31)했으나, 새로 건설되는 도시들에서 카심이 발견한 원의 도시는 원에 "부채꼴의 모서리들이 달려 있고, 그 굽이치는 모서리들은 정원"(*SH* 359)이라고 말하고 있어, 과거로의 정확한 회귀가 아님을 증언하고 있다. 조지 역시 이 도시들이 "기능적"(*SH* 362)이라고 밝히고 있어 새로운 도시들이 과거의 도시들과 달라졌고 진화했으며, 앞으로도 더 진화할 가능성이 있음을 암시한다.

5. 나가기

레싱은 60세에 가까운 고령의 나이에도 불구하고 주로 남성들,

살고 있는 사회보다 상당히 나은 사회로 간주하도록 의도된 사회.
dystopia 혹은 부정적 utopia : 상세하게 묘사된, 존재하지는 않으나 시간과 공간상으로 정상적으로 위치가 정해진 사회이며 저자가 동시대의 독자에게 독자가 살고 있는 사회보다 상당히 나쁜 사회로 간주하도록 의도된 사회.
anti-utopia : 상세하게 묘사된, 존재하지는 않으나 시간과 공간상으로 정상적으로 위치가 정해진 사회이며 저자가 동시대의 독자에게 유토피아주의나 혹은 어떤 특별한 eutopia에 대한 비판으로 간주하도록 의도된 사회.
'dystopia'는 부정적 유토피아인 반면 'eutopia'는 긍정적 유토피아로 표기되고 있다.

그리고 젊은이들의 전유물로 간주되던 과학소설이라는 장르에 도전하였다. 과학에 관한 깊은 지식이 반영되지 않아 과학소설로 불리기보다 우주소설로 불리기를 바라는, 혹은 우화로 읽어달라는 겸양을 보였지만, 레싱의 『시카스타』는 과학소설로 불리기에 손색이 없다.

우선 우주 속의 존재를 상상하여 지구의 문제를 객관적으로 볼 수 있는 '인식적 소외'를 만들었고, 창조론에 진화론을 결합하여 인류 탄생 및 타락의 신화를 탈신화하는 작업을 하였으며, 지구 및 인류의 역사에 대한 대안 역사를 만들어 오늘날의 병폐를 근원까지 추적하여 그 치료책을 제시하고, 결국에는 잃었던 낙원을 다시 찾는, 환원하자면 더 나은 세계를 건설하는 긍정적 유토피아를 이룩하였다.

레싱의 주제는 첫 작품 『풀잎은 노래한다』부터 큰 변화 없이 제국주의 문제, 계급 문제, 가족 및 여성 문제, 세대차의 문제, 환경 문제, 문학 혹은 예술 창작의 문제 등을 다루었다. 차이가 있다면 이 주제들을 어떻게 효과적으로 다룰 것인가에 대한 레싱의 끊임없는 실험과 도전일 것이다. 따라서 1974년 레싱은 자신의 오랜 주제이자 반복적으로 다루었던 문제, 즉 가족 특히 모녀간의 관계를 판타지 형식을 이용하여 『어느 생존자의 비망록』을 완성하고, 이 성공에 힘입은 레싱은 여기서 더 나아가 과학소설이라는 형식에 도전한 것으로 보인다.

앤디 던컨은 「대안 역사」에서 최고의 대안 역사는 우리가 이 세상을 바꿀 수 있음을 상기시킨다고 하였다(218). 레싱은 이 작품에서 대안 역사의 형식을 빌려 인간이 자신을 개체로 생각하여 이기적으로 행동하기보다는 전체 속의 일부라는 의식 속에서 항상 조화를 염두에 두고 행동한다면 더 나은 세계를 만들 수 있다고 설득하고 있다. 에드워드 제임스는 「유토피아와 반유토피아」에서 과학 소설가들이 유토피아 소설에 대해 비난하는 이유가, 유토피아 소설이 정체된 사회를 목표로 삼고 있고, 작품 속의 엘리트들과 그들이 완벽하다고 주장하는 제도들이 개개인들에 가하는 폭정을 막을 수 없기 때문이라고 주장한다(제임스와 멘델슨 220~222). 그러나 레싱은 완벽하지만 정체된 그런 사회나 제도를 제안하지 않는다. 어떤 완벽한 특정 제도를 제시하기보다는 인간이 함께 어우러져 살 수 있는 마음가짐을 제시하고 있으며, 게일 그린의 표현을 빌리자면 '의식의 고양'consciousness-raising을 목표로 삼고 있다. 또한 새 낙원에서 새로이 탄생하는 도시들은 로핸다 시절의 도시들과 비슷하지만 진화된 요소도 내포하고 있어 레싱이 그린 'eutopia,' 즉 긍정적 유토피아는 정체된 사회가 아니라 진화 중인 사회임을 암시한다.

앤디 던컨과 에드워드 제임스의 논문들이 실려 있는 『과학소설』은 대안 역사와 유토피아 소설을 과학소설의 하위 장르로 분류하면서 과학소설 장르가 이 두 형식을 자유롭게 차용하고 있음을 시사하는데, 레싱이 이 두 가지 형식을 잘 이용하고 있으므로, 이런 사실 또한 이 작품이 과학소설임을 증명한다.

그러나 이 책에 대한 글읽기를 끝내면서 몇 가지 의문들이 떠오르는 것을 피할 수 없다. 젊은 시절 그렇게도 자신이 속한 사회에 불만스러워하고, 모든 권위에 반항적이며, 타협을 모르던 레싱이 이제는 인간의 어리석은 행위, 불행, 딜레마 등을 긴 역사의 편린으로 보고 있는가? 어떤 특정인의 잘못이 아니라 역사의 수레바퀴 속에서 피할 수 없는 운명이라고 보는 것인가? 젊은 시절 그렇게도 제국주의의 횡포에 비난을 퍼붓던 레싱이 우주의 제국들을 가정하고 지구를 그들의 식민 행성으로 설정한 이유는 무엇인가?

판타지와 유토피아 소설을 구분하는 한 가지 방법으로 판타지는 개인적 경험을 다룬다면 유토피아 소설은 대중 혹은 종種 전체를 다루는 장르라고 흔히 말한다. 고령에 다다른 레싱은 이제 개개인이 아닌 종種으로서의 인간을 보다 멀리서 보다 큰 시각으로 바라보고 있고, 선한 하나님을 포함한 선한 권위를 인정하는 듯이 보이며, 3차 세계대전을 겪을 지경에까지 이른 지구인 전체에게 경고를 보내는 동시에 자신들을 우주 밖에서 보듯이 객관적으로 돌아보면서, 삶의 의미는 무엇이고 인간의 운명은 무엇인지 등의 질문을 스스로에게 던질 수 있도록 계기를 마련해 주는 듯이 보인다.

밀튼이 『실낙원』에서 인간의 자유 의지와 하나님의 섭리가 공존함을 그렸듯이, 레싱 또한 이제 초월적 존재의 권위를 부분이 전체에게 복종해야 할 필요성과 연관 지어 사고하는 듯이 보인다. 『어느 생존자의 비망록』에서도 에밀리에 대한 화자의 인내심과 포용심을 통해 레싱이 자신과 화해한 듯한 여운을 남기는데, 『시카스타』에서는 더 나아가 인류 전체를 연민의 시선으로 바라보면서 인류와 초월적 권위가 화해한 듯한 인상을 짙게 풍긴다.

4장

『제3, 4, 5지대 간의 결혼』

레싱이 제안하는 여성적 비전

1. 들어가기

1970년대 도리스 레싱은 주제의 고갈에 빠진 현대소설의 돌파구로 과학소설이라는 장르에 주목하게 되고, 1980년대에 들어 본격적으로 과학소설 5부작 『아르고스의 카노푸스 제국 : 고문서』를 연이어 발표하였다. 전문적인 과학교육을 받은 적이 없는 60대의 여성 고전 사실주의 소설 작가가 과학소설 장르에 도전한다는 것이 큰 모험이기 때문에 문학계에 적지 않은 반향을 일으켰으나, 독자들의 반응은 냉담하였다. 특히 고심 속에 탄생한 제1권 『시카스타』(1979)에 관한 반응은 레싱과 가까운 지인들에게서까지 자신의 사상을 지나치게 주입한다는 비판을 받았다.

반면 제2권 『제3, 4, 5지대 간의 결혼』(1980)은 레싱이 매우 쉽게 써내려간, 그리고 특별히 애착을 느끼는 작품으로, 전기 작가 클레인의 말에 따르면, 독자들에게서도 "매력적"(232)이라는 관대한 평을 받았다. 레싱은 한 인터뷰에서 이 작품이 우화적 성격의 작품임에도 불구하고 현실이 잘 반영된 작품이며, 다른 별에서 온 듯한 남성과 여성이라는 이질적인 종種들을 희극적으로 다른 작품이라고 피력하였다(잉거솔 57).

『제3, 4, 5지대 간의 결혼』은 그 모태라고 할 수 있는 『시카스타』에게서 배경의 틀만을 차용할 뿐 전혀 다른 소재와 주제를 다룬 알레고리 형태의 이념소설이다. 『제3, 4, 5지대 간의 결혼』은 『시카스타』가 상정하고 있는 우주 질서를 그대로 답습하고 있는 듯이 보이지만, 명확하게 설명된 것은 제3, 4, 5지대가 속해 있는 행성이 시카스타와 마찬가지로 6개의 동심원 지대로 둘러싸여 있다는 점뿐이다. 그런데 이 동심원 지대라는 배경조차 일반적인 과학소설이나 이 5부작의 나머지 네 작품의 것들과 달리 과학적으로 분석해야 할 대상이기보다 이 작품의 주제를 잘 표현할 수 있는 설정으로만 간주하는 것이 더 적절하다. 이 작품의 전체적인 성격이 과학소설보다는 알레고리나 우화에 더 가깝다고 판단하는 것도 이런 이유 때문이다. 지구의 탄생부터 오늘날까지의 지구의 대안 역사를 제안하는 『시카스타』에서는 지구의 운명과 이 작품의 노범인 우주 질서가 긴밀한 연관관계에 있으나, 『제3, 4, 5지대 간의 결혼』에서는 역사적·사회적인 현실은 배제된 채 신화적 시공간 속에서 마치 우화처럼 남녀 간의 사랑을 제시하고 그 의미에 대해 연구하고 있다.

알레고리 형태의 픽션은 독자들에게 표면의 문자 밑에 숨겨진 도덕적·철학적·이념적·종교적 의미를 찾도록 독려하는 일종의 해석과정을 요구한다. 모든 종교가 모범설화들을 전파하며 신앙심을 전수하듯이, 모든 문화도 설화나 민요를 만들어 전파하면서 그 사회가 지지하는 삶의 자세를 전수한다. 『제3, 4, 5지대 간의 결혼』에서도 이 작품의 화자이며 동시에 제3지대의 기록자·시인·작곡가·기억자 중 한 명인 루지크는 마치 전설처럼 제3지대의 여왕과 제4지대의 왕과의 결혼 및 출산 과정, 그 후 발생한 제4지대의 왕과 제5지대의 여왕과의 결혼과 출산 등에 관해 서술한다. 그리고 이 알레고리 픽션을 읽는 독자들은 루지크의 서술 행위를 통해 남녀 간의 이상적인 결합·가족·양육·여성적 비전 등의 페미니즘적 문제에 관해 심사숙고하게 된다.

레싱은 페미니즘 작가로 분류되는 것을 혐오하였음에도 불구하고 여성으로서의 개인적인 경험을 바탕으로 꾸준히 여성 문제를 다룬 작가이다. 사실 이 작품이 출판된 1980년은 페미니즘 운동의 제2의 물결의 여파가 아직 생생하던 시기였다. 1960년대의 시민권 운동과 결합하여 미국을 중심으로 일어난 페미니즘 운동의 제2의 물결은 페미니즘의 정치적 세력화를 목표로 정하고, 미국에서는 베티 프리단·케이트 밀렛·슐라미스 파이어스톤이, 영국에서는 줄리엣 미첼·저메인 그리어·에바 파이지스 등이 강력한 여성운동을 형성하여 주로 가부장제에 대한 도전을 실천하였다. 제2의 물결시대의 페미니즘 운동은 소위 급진적 페미니즘 운동으로 대표되는데, 이 운동은 여성해방이라는 목표 아래 여성 문제의 근원이 계급의 문제에 있는 것이 아니라 여성이 갖는 생물학적 특수성으로 인한 남성 지배에 있다는 입장을 견지하였다. 급진적 페미니스트들이 제의하는 이에 대한 해결책은 다양하다. 그러나 크게 두 가지를 들자면, 우선 여성을 생물학적인 명령에서 해방시키자는 것과 다른 하나는 양성적인 사람, 즉 (좋은) 남성성과 (좋은) 여성성을 모두 구현하는 사람 또는 남성성과 여성성이 혼합된 그런 사람이 될 것을 권장한다는 점이다. 그리고 당시로서는 이에 대해 가장 독창적인 의견을 제시한 급진적 페미니스트가 바로 슐라미스 파이어스톤이다.

이 장에서는 1970년 슐라미스 파이어스톤이 자신의 대표적 저서이자 급진적 페미니즘의 고전서인 『성의 변증법』에서 밝힌 미래에 관한 비전vision을 연구하면서, 『제3, 4, 5지대 간의 결혼』에 표현된 레싱의 페미니즘 사상과 비교할 것이다. 레싱이 『성의 변증법』과 관련하여 언급한 자료를 찾을 수는 없지만, 레싱이 당시의 페미니즘 사상의 동향에 관해 잘 알고 자기만의 사상체계도 가진 것으로 사료되며, 레싱의 페미니즘적 사상체계가 가장 잘 드러난 작품이 바로 『제3, 4, 5지대 간의 결혼』이기 때문이다. 결국 이 장은 이 작품에 드러난 레싱의 여성적 비전을 파이어스톤의 것과 비교하면서 레싱이 생각하는 남성성과 여성성·남녀관계·성·출산·가족·양육에 관해 연구할 것이다.

2. 경계 짓기 : 여성성 대 남성성

이 작품의 무대, 즉 시카스타로 추정되는 행성은 『시카스타』처럼 6개의 동심원 지대로 둘러싸여 있고, 그중에서 제3, 4, 5지대가 『제3, 4, 5지대 간의 결혼』의 주된 무대이며, 제2지대와 제6지대는 추상적인 장소로 등장한다. 각 지대는 지리상의 차이로만 경계 지어진 것이 아니라 사회조직·의식 양태·문화·언어, 심지어 공기까지 다른, 매우 배타적이고 대립적인 관계에 있다. 여주인공 알·이스Al·ith 1의 고향인 제3지대는 페미니스트들이 꿈꾸는 이상적인 세계로 자유와 풍요를 누리고 있어, 인접해 있는 제2지대와 제4지대에 대해 무관심으로 대하고 있다. 더 높은 곳에 위치한 제2지대는 푸른 안개로 둘러싸인 신비의 장소로, 제3지대 주민들은 감히 근접할 생각을 하지 않고 있다. 반면, 제4지대는 제3지대보다 지리적으로 사회적으로 열악하여 경계선을 넘을 때에는 몸을 보호하기 위해 보호 장치를 착용해야 한다. 제4지대는 군국주의적이고 가부장적인 왕이 군림하는 위계질서가 확고한 세계로, 풍요로운 제3지대를 올려다보거나 영향을 받지 않도록 국민들에게 헬멧을 착용시키고 있다. 특히 여성에 대한 억압이 심하여 여성들은 비밀리에 지하 모임을 갖고 있다. 반면, 제5지대와의 경계에는 원시적인 제5지대의 주민들이 약탈을 자행하지 못하도록 강력한 군대를 주둔시키고 있다. 제5지대에는 원시적이고 야만적인 부족들이 살고 있고 여왕이 군림하고 있다. 제6지대는 제5지대보다 더 위험한 지옥 같은 곳으로만 언급되어 있는데, 이 행성의 지리적인 특성상, 각 지대는 바로 인접한 지대에 사는 주민들만이 구체적인 실상을 알 수 있다. 제3지대와 제5지대는 여왕이, 제4지대는 왕이 통치하고 있어 제3지대는 긍정적인 여성성의 지대, 제5지대는 야만적인 여성성의 지대, 그리고 제4지대는 일반적인 남성성의 지대로 해석하도록 설정되어 있다.

이 작품을 읽으며 독자는 자연스럽게 인접 지대 간의 반목을

---

1. 이 작품의 주인공 이름 알·이스는 이 작품의 판타지적 성격을 감안할 때 『이상한 나라의 앨리스』(*Alice's Adventures in Wonderland*)를 연상시키나, 레싱이 수피즘의 영향을 받은 점을 감안하여 아랍계 학자 뮈게 갤린(Müge Galin)은 Al · Ith의 이름이 'Alif'를 연상시키며, Alif는 아랍계 시인들이 선호하는 아름다운 소녀 이름이라고 한다. 그 뜻은 '하나님의 아름다움 전체가 의인화된, 내가 사랑하는 여자(the Beloved)'이다(142~3).

여성성과 남성성의 대립으로 해석하게 된다. 그러나 이 작품의 줄거리가 남성성과 여성성을 상징하는 두 지대 간의 대립과 결혼이 아닌 세 지대 간의 대립 및 결혼으로 구성되어 있다는 점, 그리고 이들 지대가 한 행성의 동심원으로 구성되어 있어 제3지대의 사람이 제5지대로 가기 위해서는, 혹은 제5지대의 사람이 제3지대로 가기 위해서는 반드시 제4지대를 통과해야 한다는 점 등으로 미루어 볼 때, 레싱이 이 세 지대 간의 결혼을, 즉 남녀 간의 결합 문제를 일종의 변증법으로 다루고 있음을 상정할 수 있다.[2]

이 작품은 철저하게 격리되어 있던 제3지대와 제4지대에 제3지대의 여왕과 제4지대의 왕이 결혼해야 한다는 신탁과도 같은 명령Order 3이 내려오면서 시작된다. 제3지대에서 전해 내려오는 노래들의 구절들, "넷이 셋 속으로 들어갈 수 없어라." "셋은 넷 앞에 온다네"(*MZ* 11) 등이 예증하듯이, 이 두 지대는 서로에 대해 거부와 경멸의 감정으로 대하고 있었으므로, 이들 간의 결혼 명령은 양 지대 모두에게 충격이다. 이 두 지대는 자신들에게 왜 그런 명령이 내려졌는지 이해하지 못하나 거부할 수 없으므로 결혼을 진행시킨다. 그리고 두 지대에 인간을 포함한 동물들이 수태를 하지 못하

---

2. 대표적인 레싱 연구가 벳시 드레인 역시 이 점을 간파하여 "블레이크[윌리엄 블레이크]의 궁극적 통합이라는 비전을 레싱이 변증법적 수준으로 확장시켰다"고 쓰고 있다(161).

3. 여기에서 명령(Order)을 내리는 주체는 제공자(Providers)로 명명되어 있는데, 이는 제1권 『시카스타』의 우주 질서를 참고했을 때 카노푸스 제국을 의미하는 것이 아닌가 사료되며, 카노푸스 제국이 시카스타 행성의 탄생, 파멸, 부활 등에 관여한다는 점을 참조할 때 이 명령은 하나님의 섭리, 신의 신탁 등에 준하는 것으로 추정할 수 있다.

는 문제가 일어나고 있었음이 드러난다. 지대 간의 혹은 남녀 간의 소통 부재가 모든 생물의 불임을 초래하고 궁극에는 이 두 지대의 존립까지 위협할 수 있음을 시사하는 것이다. 또한 정신적이고 사회적인 문제가 육체적이고 생물학적인 문제로 비화하고 있음을, 즉 정신과 육체가 하나로 연결되어 있음을 암시하고 있다. 따라서 이 작품을 에코페미니즘의 관점에서 읽고 있는 제인 그로버는 이 작품에는 인간들 간에, 인간과 동물 간에, 인간과 자연 혹은 환경 간에, 그리고 인간과 정신 간에 복잡한 관계망이 존재한다고 주장한다.

이 작품의 주인공이자 제3지대의 여왕 알·이스가 살고 있는 제3지대는 급진적 페미니즘의 유토피아에 가깝다. 파이어스톤은 『성의 변증법』에서 다음과 같은 미래의 비전을 제안하는데, 첫째는 여성을 생물학적 생식의 지배에서 해방시키고 출산과 양육의 역할을 사회 전체가 담당하도록 할 것, 둘째 모든 사람에게 경제적 독립과 자결권을 부여할 것, 셋째 여성과 어린이를 사회에 완전히 통합시킬 것, 넷째 성적 자유를 보장할 것 등이다(238~41). 파이어스톤이 말하는 "성의 변증법"은 남성성을 대변하는 '테크놀로지의 양식'과 여성성을 대변하는 '미학적 양식'을 통합하여 성의 이분법이 제거된 '양성성의 문화'를 창조하는 것을 말한다. 캐롤라인 배셋은 파이어스톤에 관한 최근 논문에서 파이어스톤이 그리는 이상적 사회를 "성차가 더 이상 문화적으로 문제가 되지 않는 사회, 그리고 기술적인 것(남성적인 것)과 미학적인 것(여성적인 것)이 모두 구식이 된 사회," 곧 "양성적 문화"(메르크와 스탠포드 87)의 사회라고 규정한다.

레싱은 5부작 『폭력의 아이들』과 『황금노트북』에서 여성이 가정과 사회에서 겪는 억압의 경험을 묘사한 바 있다. 그러나 『제3, 4, 5지대 간의 결혼』에서는, 『폭력의 아이들』의 마지막 작품 『사대문의 도시』에서부터 조금씩 상상해내던 여성적 비전을 보다 과감하게 제시하는데, 이 비전은 파이어스톤의 것과 매우 유사한 페미니즘적인 유토피아로, 대표적인 레싱 연구학자 데이비드 워터맨도 이 작품의 제4지대에 대해서는 "전형적인 남성적 공간"(60)이라고 규정하는 반면, 제3지대에 대해서는 보다 "양성적인 공간"(60)이라고 계설한다.

파이어스톤은 임신과 출산을 경험하는 여성에게 그만큼의 보상을 해주어야 한다고 제안하는데, 『제3, 4, 5지대 간의 결혼』의 제3지대에서는 여성이 정당하게 군주로 통치하고 있고, 양육에 관해서 남녀 모두 똑같이 책임을 진다. 생물학적인 부모, 즉 이 작품에서는 유전자-부모Gene-Father, Gene-Mother와 더불어 정신-부모Mind-Father, Mind-Mother가 함께 자신의 아이뿐 아니라 남의 아이도 돌보기 때문에 성적性的 소유가 배제되고 부모와 자식 간의 억압관계도 제거되었다.

> 과거 임신했었을 때 — 얼마나 조심스럽고 사려 깊게 오랜 기간의 신중한 선택으로 임신을 했던가 — 그녀[알·이스]는 임신을 확신하자마자 아기에게 이로운 영향력을 미칠 수 있는 여러 명의 남자를 선택하였다. 이들은 자신들이 왜 무슨 목적으로 선택되었는지 잘 알고 있었으므로 그녀와 협조하여 태아에게 축복과 은총을 내려 주었다. 이 남자들은 그녀의 마음속에서 그리고 그녀의 지대의 기록

속에서 특수한 자리를 차지하고 있다. 그들은 유전자-아빠와 똑같이 아이들의 아빠였다. 이 지대의 모든 아이들에게는 이처럼 정확히 선택된 정신-아빠들이 있었는데, 이들은 유전자-아빠들만큼 책임감을 갖고 있었다. 이들은 함께 그룹을 이루어 유전자-엄마와 그 아이를 돌볼 여자들과 함께 자신들을 공동-부모라고 생각해서 언제나 아이가 필요로 할 때마다 집단적으로 개인적으로 영원히 도와주었다(*MZ* 72).

파이어스톤의 가장 혁명적인 사상은 성생활sexuality을 생물학적 출산에서 해방시키고, 생물학적 가족family보다는 사회학적 가구household의 개념으로 가정을 구성할 것을 주장한다는 점인데, 위의 인용에서 볼 수 있듯이 레싱도 혈연적 권력 관계보다는 함께 어울려 살며 필요할 때 도와줄 수 있는availability 관계를 더 중시함을 보여주고 있다. 파이어스톤은 'family'라는 단어가 어원상 로마시대에 가장이 아내, 자식 그리고 노예를 지배하는 사회집단을 의미했음을 상기시킨다. 알·이스는 제3지대의 군주일 뿐 아니라 50명 이상의 아이들의 어머니로, 이 중 5명의 생물학적 어머니이고 나머지 아이들에게는 정신적 어머니일 뿐이지만, 이 아이들은 모두 같은 권리를 가진 채 공동체를 이루며 살아간다.

제3지대의 또 하나의 특징은 법을 강요하는 세계나 논리적 사고의 세계가 아니라 마음속으로 법의 소리를 듣는 직관의 세계(*MZ* 74)라는 점으로, 여기에서는 다른 사람들과의 의사소통이 텔레파시로 이루어지고 따라서 임신한 사실 같은 것은 본능적으로 깨닫는다. 알·이스는 처음으로 제4지대를 방문한 후 고향으로 돌아가던 길에서 만난 제3지대의 주민 요리에게 자신의 임신여부를 묻는데, 제3지대 출신인 알·이스가 자신의 임신 여부를 알지 못한다는 것은 이미 정상 상태에 있지 않음을 보여준다. 요리는 자기가 이미 두 번의 유전자-아버지였고 일곱 번 정신-아버지였으며 5년 후에는 한 번 더 유전자-아버지가 될 예정이라고 말하면서, 비록 아버지이지만 임신이 될 경우 처음부터 임신 사실을 깨닫게 된다고 말한다(*MZ* 73). 알·이스와 요리와의 장면은 제3지대에서는 아버지도 임신·출산·양육 모든 과정에 똑같이 참여함을 시사한다. 따라서 알·이스가 제4지대에서 살면서 아들 아루시를 출산할 때 아이의 아버지인 벤 아타[4]가 함께 있지 않았다는 데 분노한 것은 당연한 일이다. 아기의 출산은 제3지대에서는 축복의 시간인데 반해, 제4지대에서는 고통의 시간이고 따라서 아기는 태어나자마자 울음부터 터뜨린다. 알·이스에게서 가장 큰 영향을 받은 제4지대의 여성 다빕은 후에 제4지대의 왕 벤 아타에게 아버지가 육아에 참여해야 하는 이유에 대해 다음과 같이 설명한다.

> '그러나 벤 아타, 모르시겠어요? 마을과 도시에 남자 어른이 없잖아요. 늙은이들, 병든 자들, 아이들밖에 없다구요. 남자아이들을 여자가 키우고 있어요. 걔네들이 열 살이나 열한 살쯤 되면 남자들 무리 속에 넣어지고, 그러면 어머니와 여자형제에게 반감을 갖게 되지요. 당신도 분명히 알고 있을 거예요, 벤 아타. 여자밖에 모

---

4. 갤린은 'Ben Ata'라는 이름에 대해 터키어로 'ata'가 '조상'을 의미하며 'ben'은 '나'를 의미한다고 쓰고 있다(143).

르고 산 남자아이들은 어른이 되기 위해서는 여자에게 등을 돌려야 해요. 그들 속에 너무나 많은 여성이 있기 때문이지요. … 여자에게 양육된다는 것은 군인의 나라를 키우는 거예요. 여자에게 부드럽게 대하지 못하고 경멸감으로 모질게 대하는 남자들의 국가를 키우는 거지요'(*MZ* 249).

제4지대처럼 여자만이 남자아이의 육아를 담당하고 그 아이들이 어린 나이에 군대에 들어가야 할 경우, 그 아이들은 여자를 억압하는 가부장적 사회를 만들 수밖에 없다.

페미니즘적 유토피아에 근접한 제3지대의 사회 조직과 의식 양태는 제4지대의 가부장적인 왕 벤 아타에게는 충격적이다. 알·이스에게서 권위에 대한 위협을 느낀 벤 아타는 성교mating는 자식을 갖기 위한 것 이상의 행위(*MZ* 46)라는 알·이스의 말에 그녀를 겁탈한다. 벤 아타에게 성은 자기 권위의 확인·소유·일종의 오락·생식방법 등 이기적·배타적·권위적 성질을 가졌을 뿐이다.

이상적인 사회를 이루고 있는 제3지대는 자신들의 지대를 "조화," "풍요," "유쾌함"으로 규정짓는 반면(*MZ* 14), 제4지대는 모든 국민이 전쟁 준비에 몰두해 있는 가난한 나라로 그려지고 있어, 레싱이 남성성을 논리적·합리적 등 긍정적으로 그리기보다는 호전적·권위적 등 부정적으로 그리고 있음을 보여준다. 벤 아타는 어린 시절부터 군대 캠프에서 성장하여 자신의 집보다 캠프가 더 편하며, 알·이스와 함께 있을 때에는 그녀의 가벼움과 편안함 때문에 불편을 느낀다. 제3지대가 자유의지의 세계라면 제4지대는 강요와 명령의 세계이다. 따라서 제4지대는 제3지대의 자유세계에

물들지 않도록, 그리고 허약한 여성성과 타협하지 않도록 제3지대를 올려다보는 것을 금지하기 위해 모든 국민들에게 무거운 헬멧을 쓰도록 법으로 규제하고 있다.

알·이스는 제4지대의 건장하고 똑똑한 여성 다빕에 대해 평하면서, 제3지대에서는 지도자감이라 할 만큼 유능한 여성이 제4지대에서는 남편의 노예로 살고 있음을 애석해한다. 그녀의 이름 '다빕'은 '매를 맞아 부드러워진 것'이라는 뜻으로 이 가부장적 지대에서의 여성의 위치를 대변한다.

제3지대와 제4지대 간의 또 다른 차이점은 알·이스는 주민들과 소통하며 사랑받는 군주일 뿐 아니라 마치 어머니인 양 주민들이 키우는 가축까지도 돌본다는 점이다. 알·이스는 짐승들과 마치 친구처럼 의사소통을 하는데, 이는 인간의 삶과 동식물의 삶이 함께 연결되어 있음을 작품을 통해 꾸준히 주장해온 레싱의 전체론적 사상의 또 다른 발현이다.

제3지대의 사회체제와 여왕인 알·이스가 그렇게 완벽하다면, 왜 제4지대의 왕과 결혼하라는 명령을 받고, 왜 제3지대에 사는 동식물도 불임을 겪게 되었을까? 레싱은 급진주의 페미니스트들의 유토피아에 문제가 있다고 파악한 것은 아닐까?

자족감 속에서 살고 있던 알·이스는 처음으로 제4지대에 내려갔다가 돌아오면서 자신에게 어떤 과오가 있기 때문에 제4지대의 왕과 결혼하도록 명령을 받았음을 깨닫기 시작한다. 그리고 그 순간 그동안 잊고 살아온 제1, 2지대에 관해 생각하게 된다.

…그러나 그녀는 모든 지식들의 기초라고 할 수 있는 지식, 즉 모

> 든 것은 엉켜있고 섞여 있고 혼합되어 있어서, 모든 것은 하나이며 따라서 잘못된 개체 같은 것은 없고 있을 수도 없다는 지식을 잃어버리지는 않았다. 잘못된 것이 있다면 그것은 틀림없이 모든 사람의 속성일 것이고, 모든 지대의 모든 사람의 속성일 것이다 ― 두말할 필요 없이 그 지대들 너머에 있는 모든 사람의 속성일 것이다. … 그녀는 퍽 오랫동안은 아니지만 그 지대들 너머에서 무슨 일이 일어나고 있는지에 대해 생각하지 않고 있었다. … 그 문제라면 그녀는 제1지대와 제2지대에 관해 거의 생각하지 않고 있었다(*MZ* 77).

제3지대의 문제, 즉 유토피아의 문제는 현실에 만족하여 더 이상의 진화를 추구하지 않는다는 점이다. 알·이스는 자기만족, 자아도취의 상태에서, 즉 유토피아의 삶에 안주하여 더 높은 곳인 제2, 제1지대로 상승하기 위한 노력을 하지 않았고, 자신보다 하위에 있는 제4지대에 대해서도 경멸로 대했기 때문에 제4지대로 떨어지는 벌을 받게 되었음을 깨닫는다. 화자인 루지크는 이런 깨달음의 장면을 "어둠으로의 하강"이라고 부르며 기록자들이 선호하는 장면이라고 말한다. 알·이스는 제4지대의 왕 벤 아타와의 결혼이 완전해져야 제2지대로 갈 수 있음을 깨닫고 다시 벤 아타에게로 돌아간다. 루지크는 알·이스의 이런 깨달음을 "타자성의 자극 없이는, 다시 말해 그것들이 사악한 자들의 자극이라 하더라도 그런 자극이 없이는, 즉 건강·온전한 정신·지각 등의 숨은 이면이 갖고 있는 끔찍한 에너지가 없이는, 어느 것도 성취되지 않거나 성취될 수 없다"(*MZ* 243)고 표현한다. 대립관계에 있는 대립항의 자극이 있어야 발전할 수 있고, 즉 진화할 수 있고, 변증법을 촉발시킬 수 있다.

레싱은 페미니즘적 유토피아를 그리겠다는 목표로 글쓰기를 하는 어슐라 르귄·조앤나 러스·마지 피어시·마가렛 앳우드 같은 다른 페미니스트 작가들과 달리, 먼저 제3지대를 페미니즘적 유토피아로 제시한다. 그러고는 이 유토피아에도 한계가 있음을 밝히고 그보다 높은 의식 상태로 나아갈 것을 제안한다. 어떤 완벽한 유토피아를 제안하든 목표 자체가 중요하기보다는 끊임없는 진화 추구가 더 중요하다고 생각하기 때문이다.

3. 경계 허물기 : 성의 변증법

제3지대에서 제4지대로 하강해야 할 필요성과 중요성을 인지한 후 제 4지대로 돌아온 알·이스는 벤 아타에게 일방적이지 않은 동등한 성관계에 관해 가르치고 이를 통해 그들은 완전한 결혼과 임신을 달성한다. 이는 『폭력의 아이들』에서 분열증에 시달리던 주인공 마사 퀘스트가 토머스 스턴과의 완전한 육체적 합일을 경험하면서 정신적 통합의 계기를 마련한 것과 상통한다. 알·이스는 벤 아타와의 동등한 신체적 합일에서 더 나아가 제4지대의 모순점들을 지적하면서 제4지대와 벤 아타 왕의 의식 개혁에 착수한다. 알·이스가 제4지대에 내려옴으로써 제2지대로 갈 수 있는 발판을 마련했듯이 벤 아타에게도 적대감과 혐오감으로 대하는 제5지대에 관해 재고할 수 있도록 발판을 마련해 주는 것이다.

알·이스는 벤 아타에게 제4지대에서는 모든 남성들이 전쟁 준비에 몰두하고 있으나 실제로 심각한 전쟁은 존재하지 않으며, 전쟁 준비로 인해 국민들이 가난에 허덕이고 있음을 인식시킨다. 제4지대에서는 남자는 전쟁 준비, 여자는 가사돌보기 등으로 성별에 따른 노동 분배가 철저하지만, 제3지대에서는 전쟁 준비 같은 것은 없으며 남녀 모두 가사를 나누어 하고 있어 경제적으로 효율적이고 그래서 사회 전체가 풍족하다고 벤 아타를 설득한다. 벤 아타는 새로운 시각으로 자신의 지대를 보게 되면서 변화하기 시작한다. 그토록 경멸하던 "여성화"(*MZ* 199)를 겪고 있는 것이다.

한편 알·이스에게도 변화가 일어난다. 제3지대를 방문할 때마다 알·이스는 자신이 "새로운 물질"(*MZ* 141)을 받아들였으며 따라서 심신이 변하고 있음을 느낀다. 제3지대의 주민들까지도 이질적이 된 그녀를 알아보지 못한다. 알·이스의 여동생이자, 알·이스를 대신해서 제3지대를 통치하고 있는 멀티·Murti·는 변한 알·이스 때문에 제3지대가 오염되지 않도록 알·이스를 배척한다. 알·이스에게 제3지대는 이미 그녀의 영역이 아니다.

제4지대의 억압당한 여자들에게서 도와달라는 요청을 받은 알·이스는 다빕의 안내로 여자들의 비밀 모임에 참석하여 그들의 의식儀式에 동참한다. 그들이 부르는 노래는 제3지대에서는 오래전에 잊힌 노래로, 알·이스가 제2지대에 관심을 갖게 되면서 애타게 찾던 노래이다. 제3지대의 여성들은 "정체"停滯(*MZ* 175)에 빠져 '더 높은 곳을 향해 진화해야 함'을 노래하는 노래들을 잊고 살았지만, 제4지대의 여성들은 억압상태에서 벗어나려는 염원으로 비밀리 모여 '의식 고양의 필요성'을 노래로 부르고 있었다.

알·이스의 부탁을 받고 제3지대에서 진화의 노래를 찾던 멀티·

는 결국 찾는 데 성공하지 못한다. 이런 설정을 통해 레싱은 멀티·를 더 높은 의식상태로 진화하지 못하는 인물로 만들고 있다. 그러나 루지크는 알·이스를 통해 제3지대에서도 변화가 일어나고 있다고 전한다. "알·이스의 설화는 결국 하나의 지대에서 일어나는 일이 나머지 지대에도 영향을 미친다는 것을 모두에게 가르쳤다"(*MZ* 176). 제4지대의 여자들이 제3지대의 산을 보기 위해 감수한 고통과 노력은 제3지대에도 영향을 미쳐 제3지대에서도 "새로운 정신"(*MZ* 177)이 나타나고 있음을 보여 주는 표시들이 나타나고 있다. 그러나 알·이스가 제4지대로 떠나는 희생을 통해 다시 평화를 찾은 제3지대에서는 대다수의 주민들이 알·이스를 아픈 과거로 치부할 뿐이다. 이들은 알·이스가 제3지대를 위해 희생했음을 잊어버렸다.

제4지대에서 임신기간을 보내고 아들 아루시를 출산하면서 알·이스는 제4지대의 여성들처럼 사랑과 소유의 개념이 하나로 합쳐진 감정, 남편과 자식에게 애증을 함께 느끼는 감정을 경험한다. 제3지대 출신의 세련된 여성 알·이스가 다빕과 크게 다르지 않은 여인이 된 것이다. 이제 알·이스와 벤 아타, 두 사람의 결혼으로 제3, 제4지대의 주민들에게 변화가 일어났고, 알·이스와 벤 아타에게도 변화가 일어났다. 그리고 두 사람의 결혼을 통해 둘을 모두 닮은 아들도 태어났다. 신탁의 뜻이 완성된 것이다.

이제 또 하나의 신탁이 도달한다. 알·이스는 제3지대로 돌아가야 하고, 벤 아타는 제5지대의 여왕과 결혼해야 하며, 제4지대에 남아야 하는 아들 아루시는 알·이스와 6개월간 함께 보낼 수 있다.

제4지대의 영향을 받아 진화한 알·이스는 제3지대를 떠나올 때와 달리 남편 벤 아타와 아들과 이별할 때 크게 슬퍼하지만, 신탁의 뜻대로 제3지대로 돌아온다. 그러나 알·이스는 "나는 여기 사람이 아니야, 나는 어디에도 속하지 않아. 나는 어디 사람이지?"(*MZ* 235)라고 자문할 정도로 자신이 이미 제3지대에서 추방자임을 깨닫는다. 그리고 이 깨달음은 그동안 꿈꾸었던 제2지대로의 상승을 실천하도록 만든다. 알·이스는 진화란 경계선 밖으로 쫓겨나 어느 영역에도 속하지 않을 때 비로소 이루어짐을 체현하고 있다. 벤 아타의 경우에도 제5지대의 여왕과의 결혼을 통해 제4지대와 제5지대간의 경계선을 허물게 된다.

벤 아타와 제5지대의 여왕 바쉬[5]의 만남은 바쉬가 군인들에게 전쟁포로로 잡혀오면서 이루어지는데, 알·이스와의 첫 만남이 겁탈로 끝난 데 반해, 전쟁포로임에도 불구하고 벤 아타는 바쉬를 겁탈하지 않는다. 이는 벤 아타가 알·이스에게서 큰 영향을 받아 변모하였고 특히 사고할 줄 아는 사람이 되었음을 의미한다. 벤 아타는 바쉬에게 약탈과 도둑질을 포기하고 제5지대를 제4지대처럼 질서정연한 체제로 바꾸도록 설득한다. 벤 아타에게 제5지대가 방종, 무정부 상태를 나타낸다면, 바쉬에게 제4지대는 법이자 자족상태이다. 이번에는 제4지대의 남성성이 법과 질서를, 제5지대의 여성성이 원초적인 탐욕·무정부 상태 등을 의미하고 있는 것이다. 벤 아타는 자신에게 알·이스가 자족상태로 보였던 것을 생각하며

5. 갤린에 따르면 'vahshi'는 'wild, ferocious, savage, bestial, brutish' 등을 의미한다고 한다(142).

모든 것이 상대적임을 깨닫는다. 젠더는 절대적인 개념이 아니라 상대적인 개념일 뿐이다. 변모한 벤 아타의 지시에 따라 제4지대의 모든 남자들은 평생이 아닌 2년간만 군복무를 하게 되고, 이것은 그의 장군 잔티가 불평하듯이 군국주의의 포기를 의미한다. 벤 아타의 변화를 받아들이지 못하는 잔티도 멀티처럼 진화하지 못하는 인물이다. 벤 아타가 이렇게 사고할 줄 아는 사람으로 변했기 때문에 제5지대의 여왕 바쉬에게서 곧 존경을 받게 되고, 이 둘 사이에서 딸이 잉태된다. 아루시와 이 딸은 후에 결혼하여 제3, 4, 5지대를 통합하여 통치하게 될 것이다. 이런 식으로 변증법적 진화가 되풀이된다면 남성성과 여성성은 점차 그 차이를 잃게 될 것이다.

신탁이 완성되어 바쉬를 떠나 제4지대로 돌아온 벤 아타는 아들 아루시에게 제3지대의 산을 보는 법을 가르치고, 제3지대를 올려다본 사람에게 내리던 벌도 폐지한다. 여자들의 비밀 모임에는 남자들도 참여하게 되었다. 다빕을 포함한 제4지대의 여성 스무 명은 자신들이 획득한 개혁에 만족하여 아루시를 데리고 제3지대로 알·이스를 만나러 떠난다. 그들은 제3지대에서 자신들이 환영받으리라는 확신에 차서 떠나지만, 환영은커녕 비웃음만 사게 되고, 더욱이 알·이스가 제3지대에서 더 이상 여왕이 아니라는 사실에 놀란다. 이들은 마구간에서 일을 하며 제2지대로 갈 준비를 하고 있는 알·이스를 찾아낸다. 제4지대의 여자들은 고향으로 돌아가며 자신들의 방문이 잘못된 것이었음을 깨닫는다.

이들의 방문은 이들이 알·이스와 벤 아타의 결혼의 의미, 즉 신탁의 진정한 뜻을 제대로 파악하지 못한 데서 생긴 오판이었다. 우선 이들의 결혼이 제4지대의 개혁을 가져왔으나, 이것은 더 큰 뜻을 달성하기 위한 수단이자 과정일 뿐 목표가 아님을 알지 못했다. 알·이스가 제4지대의 왕과의 결혼에 응한 것은 개인적인 삶을 위해서가 아니라 자신의 지대를 위한 결정이었고, 궁극적으로는 모든 지대 간의 소통을 촉발시키기 위한 것이었다. 제4지대의 여성들에게 제3지대가 목표이었듯이 알·이스에게는 제2지대가 목표임을 이해하지 못했던 것이다.

주디스 버틀러를 포함한 많은 해체주의적 성향의 비평가들은 정체성이나 젠더가 고정된 것이 아니라 끊임없이 변화하는 과정 중에 있다고 주장하는데, 레싱 또한 당대 급진적 페미니스트들이 제안한 정체된 유토피아보다는 더 높은 의식상태로의 끊임없는 진화 추구를 여성들을 위한 궁극적인 비전으로 제시하고 있다. 레싱은 당대의 페미니스트들을 제4지대의 여성, 즉 유토피아를 쟁취한 여성들과 중첩시키면서, 그들의 노력을 높이 평가하는 동시에 그들의 편협한 비전 또한 넌지시 꼬집고 있다.

한편 제3지대의 주민들도 제3, 4지대 간의 결혼의 의미를 제대로 이해하지 못하고 있다. 멀티·는 알·이스가 벤 아타와 결혼했기 때문에 평화롭던 제3지대가 혼란을 겪었다고 오히려 비난한다.

제4지대에서도 알·이스와 벤 아타와의 결혼이 잘못된 것이었다고 말하면서 차라리 제5지대의 여왕 바쉬가 그들의 참된 여왕이라고 말한다. 신탁의 명령에 따라 알·이스를 방문한 벤 아타는 그녀에게 자신과 바쉬와의 결혼생활에 대해 담담히 이야기하고, 이로써 이들의 삼각관계가 조화를 이루었음을 보여준다. 레싱은 페미니즘적 유토피아를 제시한 후, 남성들에게 이런 유토피아를 모델로 삼도록 일방적으로 요구하거나 과학기술 같은 물리적 방법을 이용하여 양성성을 달성하도록 주장하는 것이 아니다. 그보다는 벤 아타와 알·이스가 달성한 것처럼 서로가 의식의 변화를 겪는 성의 변증법을 정체된 페미니즘적 유토피아의 대안으로 제시하고 있다.

어느 날 알·이스는 제2지대로 올라가고, 추종자들이 그 뒤를 따른다. 경계가 뚜렷했고 그래서 소통이 없었던 제3, 4, 5지대는 이제 소통이 활발한 곳으로 변모되었다.

> …제4지대의 사람들이 제3지대에 매료된 후 평생을 살러 찾아왔듯이 그녀[알·이스]의 다른 친구들도 그와 똑같은 방식으로 사라졌다 — 물론 자주 있는 일은 아니었지만 언제나 그런 사람은 있었다. 그리고 다빕이 바로 그런 사람이었다.
> 제5지대에서 제4지대로 꾸준한 이동이 일어났다. 그리고 제4지대에서 제3지대로의 이동도 있었고 — 그리고 우리 지대에서 그 위로의 이동도 있었다. 정체停滯 밖에 없던 곳에 가벼움·신선함·의문·재창조, 그리고 영감이 있게 되었다. 그리고 경계선은 폐쇄되었다.
> 이제 우리에게는 다음과 같이 보인다.
> 이동이란 일방적인 것이 아니다. 결코 아니다.
> 예를 들어, 우리의 노래와 설화들이 — 우리에게 그런 것처럼 — '저 아래' 물 많은 지역에서도 유명하다. 그뿐만 아니라 제5지대의 모래 진영과 사막의 불가에서도 그 노래와 설화들을 부르고 있고 그래서 그 소리가 들리고 있다(*MZ* 298~9).

알·이스는 제2지대로 올라갔고, 다빕은 제3지대로 올라왔다.

그리고 이들뿐 아니라 많은 사람들이 제3, 4, 5지대를 쌍방향으로 오가고 있다.

앞에서 밝혔듯이 이 작품은 알레고리 형태의 이념소설이다. 레싱은 이 결말로 이항대립의 경계를 허물고 소통하는 것뿐 아니라, 상대적 개념에 불과한 여성성과 남성성이 반복적으로 서로 절충하고 타협하여 변증법적 통합을 이루어 가고 있음도 의미하고 있다.

4. 레싱의 여성적 비전

『제3, 4, 5지대 간의 결혼』과 레싱이 1974년에 발표한 판타지 소설 『어느 생존자의 비망록』에는 판타지적인 요소 외에도 여러 유사점이 존재하는데, 그중 하나가 작품의 화자들이 이 이야기들을 후세의 사람들에게 정확히 전달하기 위해 글쓰기를 하고 있다는 점이다. 『어느 생존자의 비망록』의 화자가 마치 세례 요한처럼 자신의 경험을 후세에게 알리며 경고해야 했듯이, 루지크는 제3지대와 제4지대, 양쪽에서 오해받고 있는 여왕 알·이스를 다시 기억시키고 역사 속에 바로 세우기 위해 이 글을 쓰고 있다. 또한 알·이스의 모범설화를 전달함으로써 여성들에게 희망을 주고 있다.

또 다른 공통점은 『어느 생존자의 비망록』에도 『제3, 4, 5지대 간의 결혼』의 제2지대처럼 여주인공이 사라지는 해방의 공간이 존재한다는 것이다. 두 작품 모두에서 매우 추상적으로 모호하게 그려져 있긴 하지만, '개인적인 공간'과 '보편적인 공간'이 하나로 합쳐지는 곳이고 레싱의 전체론적 세계관이 실현되는 공간이라는 점에서 공통적이다. 차이점을 찾는다면 후자의 작품이 보다 구체적으로 젠더의 문제를 다루고 있기 때문에 그와 관련하여 여성해방의 공간이라고 해석할 여지도 갖고 있다.

파이어스톤이 『성의 변증법』에서 제안한 출산과 양육에 관한 남녀 공동의 책임의식, 가정을 가구의 개념으로 대체할 것, 성적 자유의 보장 등은 『제3, 4, 5지대 간의 결혼』의 제3지대에서 이미 실현된 것들이므로, 이 지대를 앞에서 페미니스트들의 유토피아라고 불렀다. 그러나 파이어스톤도 레싱도 이 수준에 만족하지 않고, 현재에는 불가능해 보이는 더욱 혁명적인 사상으로 나아가고 있다. 파이어스톤은 과학과 기술은 남성성을, 문화와 예술은 여성성을 연상시킨다며, 이 중 어느 한쪽에 편중된 문화가 아니라 '테크놀로지의 양식'과 '미학적인 양식'을 통합하여 성의 이분법을 제거한 양성적 문화를 창조할 것을 주장하였다. 그러면 남성성과 여성성이라는 범주들이 없어지고 물질-반물질이 폭발하여 문화 자체만이 남는다는 것이다. 그리고 이것을 달성하기 위해 파이어스톤은 여성을 생식에서 해방시킬 것과 사이버네이션cybernation[6]의 개념을 주장하는데, 많은 비평가들은 이 지점을 다나 해러웨이의 사이버페미니즘의 시발점이라고 지적한다. 그러나 과학기술을 이용한 인공적인 생식기술로 남자와 여자 모두 생물학적인 구속에서 해방시킬 수는 있겠으나, 이것이 과연 여성에게 한층 높은 유토피아를 가져올지에 대해서는 의문시되고 있다. 생식 능력이 오히려 여성의 무기라고 생각하는 관점도 있고, 남성성으로 여겨지는 과

---

6. 파이어스톤은 인간이 노동과 임금과 맺어온 오래된 관계를 변형시키면서 기계들이 점점 더 복잡해지는 기능들을 떠맡게 될 미래의 세상을 "사이버네이션"이라고 부르고 있다.(193)

학기술에 의지하여 해방을 꿈꾸고 있어 다시 원점으로 회귀하는 듯이 보이기 때문이다.

반면 레싱이 『제3, 4, 5지대 간의 결혼』의 제2지대를 통해 꿈꾸는 한층 진화된 유토피아는 파이어스톤이 주장하는 것보다 추상적이긴 하지만, 더 포괄적이고 더 숭고해 보인다. 이제 여성성의 껍질을 벗은 알·이스가 인류를 위한 비전을 향해 도약하고 있는 듯이 보이기 때문이다.

파이어스톤과 레싱의 여성적 비전을 아도르노와 블로흐의 표현을 빌려 비교한다면, 이 두 사람은 「무엇인가가 실종되어 있다」라는 토론에서 '진부한 형태의 유토피아'와 '혁명적 형태의 유토피아'를 구별하였다. '진부한 형태의 유토피아'는 "지배적인 사회질서에 뿌리박은 채로 그것을 확인하거나 완벽하게 만들려 하므로, 이 유토피아에서는 이미 가능하지 않은 것이 없고 이미 알려지지 않은 것이 없는" 유토피아인 반면, '혁명적 형태의 유토피아'는 "완전하게 새로운 것을 추구하며, 따라서 아직 가능하지 않은 유토피아"라고 주장하였다(배셋 96). 이 정의를 따르자면 파이어스톤의 유토피아, 즉 과학기술에 의지하는 유토피아는 '진부한 형태의 유토피아'에 속하는 반면, 완전히 새로운 것을 추구하는 레싱의 유토피아는 '혁명적 형태의 유토피아'이다.

레싱은 알·이스가 궁극적으로 도달하는 제2지대에 대해 멀리서 보면 푸른 안개가 끼어 있는 곳이고 가까이 가서 보면 푸른 불꽃과도 같은 곳이라고 묘사하고 있다. 수많은 별이 있는 곳이고 눈에는 보이지 않는 어떤 존재들로 가득 차 있는 곳인데, 마치 등에 혹이 달린 난쟁이나 바람으로 만들어진 소녀처럼 "그중 몇몇은 옛날이야기·노래·설화 등에서 곧장 튀어나온 것 같다"(*MZ* 241). 알·이스는 동화에 나오는 짐승들, 그리고 자신의 죽은 말 요리도 그곳에서 살고 있으리라고 생각한다. 따라서 벳시 드레인이 말하듯이 "하나님의 세계He" 혹은 "빛의 세계"(*MZ* 166) 다시 말해 '천국'이라고 볼 수 있으나, 이 작품이 알레고리 형태의 이념소설인 점을 감안할 때 이곳을 사후의 세계로 보는 해석보다는 레싱이 상상하는 여성적 비전 혹은 인류의 비전이 실천되는 세계로 보는 것이 더 합당하다.

알·이스가 제2지대로 올라가려고 할 때마다 숨을 쉴 수 없어 괴로워하고, 죽은 말 요리가 그곳에 있을 것이라고 상상하기는 하지만, 알·이스가 오랜 수행 끝에 그곳으로 갈 수 있었으며 진화된 알·이스가 가는 곳으로 설정되어 있음을 고려할 때, 그곳은 인간이 무거운 육체의 껍질을 벗어버리고 불꽃같은 존재가 되는 곳, 즉 생물학적 구속에서 해방되는 곳, 혹은 파이어스톤이 표현한 것처럼 물질과 반물질이 폭발하는 곳, 니콜 워드 주브가 주장하는 "탈개인화" 혹은 "중립성"(131)의 장소, 혹은 주디스 버틀러가 주장하는 젠더/섹스의 구별이 내파되는 곳 등등으로 추정할 수 있다. 버틀러는, 사람들은 흔히 인간의 정신이 생물학적 몸에 갇혀 있어 성(섹스)의 구속을 받는다고 생각하나, 실은 몸이 언제나 이미 사회적·사법적 규범에 얽매여 있으므로, 섹스가 젠더를 억압하기보다는 오히려 젠더의 지배를 받는다고 단언한다. 제2지대는 몸을 구속하는 사회적·사법적 규범에서 자유로운 곳으로 보이고, 몸 자체가 영혼과 하나가 된 것처럼 보이므로, 젠더/섹스의 구별, 더 나아가 인간/동물, 생물/무생물의 구별조차 의미가 없는 곳으로 보인다.

레싱은 이 작품을 통해 여성성과 남성성의 양극성을 겪은 후 변증법적으로 통합하여 궁극적으로는 젠더를 초월하는, 혹은 젠더에서 해방되어 제2지대로 나아가는 여주인공을 상상하였다. 또한 정신세계의 나태함이 동식물계의 전반적인 불임을 초래할 수 있다고 설정하여 몸과 정신세계가 떨어질 수 없는 하나임도 주장하였다. 서로 폐쇄적이던 지대 간의 소통을 원활하게 만들도록 어떤 절대적인 존재로부터 거부할 수 없는 신탁이 내려오는 것으로 설정하여 인간, 동물 등 전체 생물뿐 아니라 온 우주가 서로 얽혀 있다는 전체론적 사고도 펼치고 있다. 따라서 제2지대는 젠더·섹스·인간중심주의 등이 의미가 없어지는 통합된 공간이다. 궁극적으로 레싱의 여성적 비전은 모든 인간을 위한 비전이자 동식물 더 나아가 무생물까지 아우르는 우주적 비전이다.

5장

『시리우스 제국의 실험』에 나타난 진화에 관한 시각

1. 들어가기

『시리우스 제국의 실험』(1981)은 도리스 레싱이 1979년부터 쓰기 시작한 과학소설 5부작 『아르고스의 카노푸스 제국 : 고문서』의 세 번째 작품이다. 레싱의 전기 작가 클레인에 따르면, 이 5부작의 첫 작품이자 모태인 『시카스타 : 식민화된 제5행성에 관하여』(1979)와 두 번째 작품 『제3, 4, 5지대 간의 결혼』(1980)을 발표한 뒤 레싱은 애독자 존 레너드로부터는 "무엇 때문에 이런 소설을 쓰는가?" 그리고 수잔 라드너로부터는 "무슨 이야기를 하는 것인지 통 이해할 수 없다"(231~2) 등 찬사보다는 대체로 비판적인 평을 들었다고 한다. 게다가 과학소설이 과학과 과학적 논리에 근거를 두어야 하는가의 문제와 더불어 이 5부작을 '과학소설'로 부를 수 있는가의 문제도 제기되었다. 이에 대해 레싱은 자신의 과학소설들이 과학적 논리에 근거하여 쓰인 작품이 아니므로 '우주소설'로 불러 주길 바라면서 다음과 같이 말하였다.

나는 이런 책들을 과학소설로 분류하지 않을 겁니다. 이 책들은

'과학' 다시 말해서 과학적 지식이나 과학기술과 큰 관련이 없어요. 그런 것은 과학기술에 대해 진정으로 잘 아는 동료들에게 맡기겠어요. 나는 오늘날 실천되는 그런 과학에 대해서 회의적이에요. 내일에만 관심이 있지 모레에 대해서는 관심이 없는 그런 근시안적인 학문이지요… 내 소설들은 오늘날 발생하고 있는 일들에서 끌어낸 우화들이에요. 예를 들자면, 제3권 『시리우스 제국의 실험』에서 저는 오늘날 과학자들이 '복제'라고 부르는 것을 무색하게 만들면서 유전학 실험에 대해 묘사하고 있지요(잉거솔 107).

레싱은 자신의 소설들이 '과학소설'이기보다는 "오늘날 일어나고 있는 일들에서 끌어낸 우화"라고 표현하고 있다. "오늘날 일어나고 있는 일들" 중에는 현대의 정치·사회 분야에서 일어나는 일들뿐 아니라 현대 과학에서 일어나는 일들도 포함시키고 있는 듯이 보인다. 특히 제3권 『시리우스 제국의 실험』에 대해 설명하면서, "오늘날 과학자들이 '복제'複製, cloning라고 부르는 것을 무색하게 만들면서 유전학 실험에 대해 묘사하는" 시도라고 표현하였는데, 여기에서 레싱이 말하는 '복제'는 장기이식 같은 생명연장 기술을 지칭하는 것으로 사료된다. 레싱은 이렇듯 자신의 작품 속에 현대 과학에 대한 비판도 담고자 하였다. 그러나 그동안 레싱의 이런 의도를 간파한 비평가는 없었다.

『시리우스 제국의 실험』의 모태라고 할 수 있는 첫 작품 『시카스타 : 식민화된 제5행성에 관하여』는 우주에 인류 외의 다른 생명체가 살고 있고, 세 제국들이 대립해 있는데, 이 제국들의 권력 투쟁으로 인해 식민행성들과 그 주민들의 운명이 좌우된다는 '노범'

혹은 '새로운 세계'를 제시한다. 그 식민행성 중 하나가 제5행성으로 '로핸다' 혹은 '시카스타'로 불리며 지구를 대표한다. 따라서 이 행성의 주민, 즉 인간이라는 종種은 우주 전체에서 볼 때 우주질서의 변화에 종속되는 미미한 존재에 불과하다. 이런 새로운 우주질서 속에서 제1권 『시카스타』는 지구의 대안 역사를 제시한다.

제2권 『제3, 4, 5지대 간의 결혼』은 판타지 소설로 같은 행성, 즉 시카스타를 둘러싸고 있는 동심원 지대에서 일어나는 사건을 다루고 있지만 이 작품에서 이런 배경은 내용상 큰 의미가 없다. 역사적·사회적 현실은 배제한 채 신화적 시·공간 속에서 남녀 간의 사랑을 연구하고 있기 때문이다. 따라서 세 제국의 권력관계로 되돌아가 인간 종에 대해 연구한 『시리우스 제국의 실험』이 『시카스타 : 식민화된 제5행성에 관하여』의 적자嫡子인 셈이다.

레싱은 청소년기에 반항심으로 정규 교육을 마치지 못했고 과학소설 연작 『아르고스의 카노푸스 제국 : 고문서』를 쓸 때에는 60대로 접어든 고령의 나이였다. 자신의 과학지식에 부족함을 느꼈던 레싱은 이 5부작을 과학소설보다는 '우주소설'로 불러주도록 요청하곤 하였고, 비평가들도 굳이 과학과 연결시켜 분석하려 들지 않았다. 그러나 제4권 『제8행성의 대표 만들기』(1982)는 레싱이 입자 물리학을 기반으로 하여 썼음을 명확하게 보여 주고 있기 때문에, 저명한 레싱 연구가 캐서린 피시번은 『도리스 레싱의 예상불가능한 우주』(1985)에서 그 작품이 현대 물리학을 기반으로 쓰였다고 주장하였다. 레싱의 과학소설들이 과학탐구의 결과물임을 인정하기 시작한 것이다. 따라서 제3권 『시리우스 제국의 실험』 역시 진화론과 사회생물학을 참조하여 쓰였음을 유추해볼 수 있다.

더욱이 이 과학소설 연작을 쓰기 시작한 때는 1970년대 후반부로 1975년 저명한 곤충학자이자 진화이론가 에드워드 오스본 윌슨이 『사회생물학 : 새로운 종합』을 발표하고 세상의 주목을 끌게 되는 시기와 일치한다. 영국의 《타임》지는 "사회생물학을 1977년 8월 1일 자 커버스토리로 실으면서 '당신이 왜 그런 행동을 했는지' 설명할 수 있는 새로운 행동과학"(케이 156 재인용)이라고 소개하여 대중의 이목을 끌었다. 사회생물학의 부각은 곧 사회생물학 논쟁을 낳게 되어 지식인들의 촉각을 세우게 하였는데, 논쟁의 가장 큰 핵심은 '민중을 위한 과학' 연구회가 주장한 사회생물학의 '유전자 결정론'과 '생물학 환원주의'였다.

레싱이 에드워드 윌슨, 스티븐 제이 굴드, 리처드 르원틴 같은 생물학자들과 이들의 논쟁에 대해 알고 있었는지에 관해 확인해주는 자료는 없다. 이 사회생물학 논쟁이 곧 페미니스트들의 주요 논쟁으로 비화되었다는 점과 이 당시만 해도 생소한 '사회생물학'이란 단어를 직접 사용했음을 고려할 때[1] 레싱이 이들에 대해 알고 있었을 가능성이 크며, 설령 모르고 있었다 하더라도 『시리우스 제국의 실험』을 이런 관점에서 읽는 것은 의미가 있어 보인다. 제목인 '시리우스 제국의 실험'은 보다 정확히 말해서 '시리우스 제국의 사회생물학 실험'이기 때문이다.

이 과학소설 시리즈를 쓸 당시 레싱은 이미 30년간 집필활동을 해온 중견작가의 위치에 있었고 그녀가 다룬 중요 주제 중 하나

---

1. 레싱은 이 작품에서 'biosociology'(33쪽, 245쪽, 253쪽, 271쪽)와 'sociobiology'(181쪽)의 두 개의 용어를 사용하며 '사회생물학'을 표현하고 있다.

가 '영적 진화'였다. 많은 레싱 학자들은 레싱이 1960년대부터 인류의 '영적 진화'에 헌신하도록 가르치는 수피즘의 영향을 받기 시작했다고 말하고 있으며, 특히 『아르고스의 카노푸스 제국 : 고문서』가 그 영향을 가장 많이 보여주는 작품이라는 데 동의한다. 1969년 발표된 『사대문의 도시』에서는 지구의 종말 이후 새로운 기관이 진화된 새로운 인간 변종을 탄생시킴으로써 '생물학적 진화'로 '영적 진화'를 대신하였다. 즉 '생물학적 진화'를 '영적 진화'의 전의轉義, trope로 사용한 것이다.

『아르고스의 카노푸스 제국』에서 레싱은 종種으로서의 인간을 연구하고 있기 때문에 '생물학적 진화'에 초점을 맞추면서 보다 과학적인 접근방법을 사용한다. 찰스 다윈의 진화론과 당시에 선풍을 일으킨 윌슨의 사회생물학 개념이 엿보이는 레싱의 진화에 관한 관점들은[2] 그녀의 기본적인 세계관과 어울려 레싱 고유의 진

2. 진화론에 관한 논의를 보다 명확히 구별하기 위해 사회생물학, 다윈의 진화론, 사회적 다윈주의 간의 차이점에 대해 설명하자면, 다윈의 진화론의 요지는 1) 생물은 필요 이상으로 자손을 낳는다 2) 개체 간에는 변이가 일어난다 3) 이들은 경쟁한다 4) 환경에 보다 잘 적응하는 개체가 확률적으로 생존하게 된다 5) 자연은 이런 방식으로 생존력이 강한 개체를 선택한다 등이고 여기에 진화가 장기간에 걸쳐 일어나며 서서히 점진적으로 일어난다는 조건이 첨가된다. 사회적 다윈주의는 다윈의 진화론을 인간 사회에 적용하여 가장 강한 자나 적합한 자가 사회 속에서 번성할 것이고 약한 자나 부적합한 자는 도태될 것이라고 주장하였다. 사회적 다윈주의는 경쟁을 강조하고 식민주의나 제국주의를 옹호하는 이론으로 자주 악용되었으며 특히 문학에서는 자연주의 사조와 함께 사회결정론으로 해석되었다. 사회생물학은 다윈의 이론에 입각하여 인간을 포함한 모든 동물의 사회적 행동을 체계적으로 연구하는 학문으로, 넓은 의미의 사회적 다윈주의의 한 지류로 간주될 수 있다. 다만, 사회적 다윈주의가 '경쟁' '적자생존' '도태'의 개념들을 강조한다면 사회생물학은 '이타주의' '유전자 결정주의' 등의 개념을 강조한다.

화론을 구축한다. 레싱의 세계관은 근본적으로 전체론적인 것이어서 진화가 우주 전체의 질서와의 조화 속에서 궁극적인 목표를 향해 나아가고 있다고 주장한다. 따라서 진화에는 정해진 방향이 없으며 진보와 무관하다고 주장하는 다윈의 진화론과 이 점에서 가장 큰 차이를 보인다.

레싱은 영적인 것과 물질적인 것의 상호작용으로 평형을 이루도록 가르치는 수피즘을 따르고 있으므로, 그녀에게 '생물학적 진화'는 '영적 진화'가 수반된 것이어야 한다. '영적 진화'가 수반되지 않은 '생물학적 진화'는, 예를 들어, 정신적 만족이 없는 상태에서 생명 연장을 하는 것처럼 아무런 의미가 없다. 따라서 레싱은 생물학적 사고를 인간의 사회행동까지 확장하여 지식대통합을 이루려는 사회생물학적 접근방법에는 관심을 기울이지만, 인간의 사회행동을 생물학적 해석으로 환원시키는 생물학 환원주의에는 반기를 든다. 레싱은 또한 인간의 차이점이 특정한 유전자로 기인한 것이기보다는 문화나 사회적 환경에 의해 더 큰 영향을 받는다고 믿기 때문에 유전자 결정론자들에게도 반대한다. 유전자 결정론자들은 계급·인종·성에 따른 지위·부·권력의 불평등이 자연에 의해 주어진 생물학적 특성 탓이라고 주장하였고, 바로 이 점 때문에 페미니스트들과 포스트콜로니얼리스트들에게 인종차별과 성차별을 옹호한다는 공격을, 그리고 진보주의자들에게 보수적 이데올로기를 유포한다는 비난을 받았다.

윌슨은 지구상에 존재하는 모든 사회적 동물을 조사하러 다른 행성에서 동물학자가 온다면 인문학이나 사회과학은 모두 인간이라는 한 영장류에 관해 연구하는 사회생물학에 불과할 것이라고 말한다. 그는 또한 "사회학과 기타의 사회과학들은 여러 가지 인문과학들과 마찬가지로 머지않아 현대적 종합에 포함되어 생물학에서 파생된 분과들 중 마지막 분과가 될 것"(22)이고, "사회생물학이 할 일 가운데 하나는 사회과학들의 기초를 다시 체계화하여 이들의 주제를 현대적 종합에 끌어들이는 것"(22)이라고 주장하는데, 그가 사용하는 '통섭' 혹은 '지식대통합'이라는 용어는 레싱이 장기적인 안목에서, 그리고 보다 큰 시각으로 세계와 인간을 바라보도록 제안하는 '융합'confluence과 유사하지만 차이도 있어 보인다.

따라서 이 장은 이 작품 속에 나타나 있는 진화에 관한 레싱의 시각들을 다윈의 진화론과 윌슨의 사회생물학과 비교하면서 관찰한 다음, 레싱이 주장해온 영적 진화와 어떻게 관련되는지 연구할 것이다.

2. 세 제국의 사회생물학 실험

『시리우스 제국의 실험』의 배경인 은하수에는 도덕적으로 완벽한 존재를 상징하는 카노푸스 제국, 과학기술을 신봉하는 시리우스 제국, 그리고 이 제국들의 적이자 범죄자 행성 샤맷을 갖고 있는 푸티오라 제국이 서로 대립해 있다. 이 세 제국은 은하수에서의 패권 장악을 위해 행성들을 식민지화하고 이들 식민행성들의 주민을 자신들의 목적에 맞게 이용하기 위해 사회생물학 실험을 단행한다. 카노푸스 제국은 제1권 『시카스타』에서 밝혔듯이 "영원히 진화하는, 목적의식이 있는 자손의 창조"(35)를 목표로 사회생물학 실험을 하고 있고, 시리우스 제국은 자국 국민들에 봉사할 저급한 노동력 확보를 위해, 샤맷은 자신의 세력, 즉 악의 세력을 퍼뜨리기 위해 실험을 하고 있다.

따라서 레싱은 카노푸스 제국의 실험에 대해서는 성공 사례로 제시하는 반면 카노푸스 제국을 시기하는 시리우스 제국의 실험에 대해서는 실패 사례로 제시한다. 우선 카노푸스 제국은 진화 환경이 완벽한 제5행성을 종의 '강제 진화' 실험 장소로 택하여 제10행성의 주민들 중 자원자들을 제5행성 즉, 이름이 '결실 있는' '번영하는'의 뜻이었던 로핸다로 이주시켜 원숭이로부터 진화 중인 원주민 종과 공생관계를 만들었다. 다시 말해 식민자들인 제10행성의 거인족들을 아직은 동물 상태인 원주민들 곁에 살게 하면서 기술이나 지식을 전수해 주며 원주민들과 이상적인 멘토/멘티의 관계를 맺어 주는 등 상호적인 이득을 보도록 조성한 것이다. 이 두 종은 진화하면서 모두 신장이 커지고 수명이 길어지며 거의 비슷한 수준의 기술을 습득하는 등 이 실험은 두 종 사이의 차이를 거의 없애는 성공적인 것으로 판명된다. 한 종이 다른 종을 지배하는 것이 아니라 상생의 조화로운 관계를 이룬 것이다. 무엇보다도 카노푸스는 로핸다의 원주민들을 "근본적으로"(*SE* 70) 바꿔놓았다고 레싱은 쓰고 있는데, 이것은 원주민들을 동물 수준에서 인간의 수준으로 진화시켰음을 말한다. 카노푸스 제국이 이룩한 공생관계는 레싱이 유토피아를 상징하곤 했던 아름다운 수학적 도시를 건설하는 것으로 결실을 맺는다. 이것은 레싱이 그리는 식민자와 피식민자 간의 이상적 관계의 체현이다.

그 후 예기치 못했던 우주질서 배열의 이상으로 로핸다가 악에 물들게 되자 카노푸스 제국은 로핸다에서 철수하게 되고, 이때 거인족들을 로핸다에서 제11행성으로 이주시킨다. 거인족들은 그곳에서도 곤충족들과 "서로 보완"(*SE* 126)하면서 함께 "전체"(*SE* 128)를 만들어가는 균형적인 관계를 이룬다. 제10행성의 거인들은 로핸다에서 발휘했던 자신들의 '이타적 행동'[3]이 궁극적으로 그들의 안녕에 도움이 되었으므로 다른 환경으로 이전되었을 때에도 그런 '이타적 행동'을 되풀이한다. 사회생물학적 관점에서 볼 때 이타적 행동이 유전되고 있는 것이다. 이 행성에서는 텔레파시로 의사소통을 하는 곤충족이 거인족, 심지어 시리우스인들보다도 더 우위의 진화단계에 있는 것으로 설정되어 있다. 자신보다 열등했던 로핸다 원주민과의 공생관계에 성공한 제10행성의 거인족들이 이번에는 더 우월한 곤충족과의 공생관계에서도 성공을 이룬 것인데, 이것은 『제3, 4, 5지대 간의 결혼』의 제3, 4, 5지대 간의 변증법적 결합을 연상시킨다. 제10행성의 거인족들이 카노푸스가 지향하는, 다시 말해 레싱이 상정한 이상적인 진화를 거듭하고 있는 것이다. 거인족의 '생물학적 진화'는 '영적 진화'가 수반된 진화이다.

다윈은 "진화에는 아무 목적도 정해진 방향도 없다"(굴드 13 재인용)는 유물론적 진화론을 주장하나, 레싱은 이 점에서는 다윈의 진화론에 동조하는 듯이 보이지 않는다. 곤충족을 거인족보다 진화 면에서 더 우위에 있다고 설정하고 있는 점에서는 다윈에게

---

3. 사회생물학에서 말하는 '이타적 행동'(altruism)은 좁게는 '타자의 이익을 위해 수행된 자기 파괴적 행동'이라고 정의되지만, 넓게는 '한 실재의 유전자가 다른 실재의 복지를 증진시키는 영향을 가질 때 그 실재의 행동'도 이타주의에 속한다고 말한다. 이 작품에서 레싱은 '자신들 목전의 이익만을 추구하는 것이 아니라 공동의 선(善)을 위해 결합하는 상호 호혜적인 행동'이라는 뜻으로 사용하고 있다.

가까이 다가가고 있다. 다윈은 '고등'동물, '하등'동물 등의 분류를 쓰지 않을 것을 주장하였다. 구조적인 복잡성이나 이질성의 증가를 진보로 규정하는 것이 일반적인 견해이지만, 다윈은 진화의 정도를 생물과 환경 사이의 적응성이 증가되는 정도로 판단하기 때문이다. 따라서 다윈은 진화는 곧 진보라는 사상에 반대한 셈이다. 반면 사회생물학자 윌슨은 제자 최재천과의 최근 인터뷰에서 "진화를 거치면서 소위 진보라고 일컬을 만한 변화가 일어난다고 주장"(「사회생물학의 대부」)하였는데, 바로 이런 차이점 때문에 다윈의 진화론과 달리 사회생물학은 진보지향적 진화론이라는 비판을 받고 있다. 그렇다면 여기에서 레싱이 말하는 '진보'와 생물학에서 말하는 '진보' 사이에 어떤 차이가 있는가라는 의문이 나온다.

53개의 식민행성을 거느린 거대한 제국 시리우스는 자신들의 실험이 연이어 실패하자 카노푸스 제국의 성공 비결을 알고 싶어 한다. 카노푸스 제국은 시리우스 제국에 모든 정보를 제공함에도 불구하고 시리우스 제국은 카노푸스 제국의 언어를 제대로 이해하지 못하고 시기심과 의심으로 왜곡되어 있어 오판을 거듭한다.

> 카노푸스 제국은 제10행성 출신의 식민자들과 원숭이들 간의 '공생관계' 때문에 식민자들의 발전이 신속하고 바람직할 것이라고 우리[시리우스 제국]에게 말했다. 그리고 원숭이들 또한 이익을 얻게 될 것이라고 말했다. 우리는 이 '공생관계'가 이로운 문화교류를 뜻함을 알고 있었다. 그리고 보다 구체적으로 말하자면, 우월한 이민자들이 원숭이들을 하인으로 사용하면서 보다 숭고한 임무를 수행할 수 있도록 해방되는 것이라고 이해했다(*SE* 24).

카노푸스 제국이 '강제 진화' 실험으로 얻고자 하는 것은, 다양한 종들이 여러 진화 단계를 거치면서 초월적 존재의 마스터플랜을 이해하고 그것과 조화를 이루는 가운데 서로 어울리고 소통하며 살아가는 공생관계이다. 이것이 바로 카노푸스 제국이 말하는 '공생관계'의 뜻이고, 레싱이 말하는 '진화'나 '진보'의 목표이다. 그러나 시리우스 제국은 카노푸스 제국의 설명에도 불구하고 이것을 이해하지 못한다. 그들은 자본주의적 '진화'와 '진보'를 목표로 하기 때문이다.

시리우스 제국에게 카노푸스의 사회생물학 실험 계획은 "비경제적이고 반생산적인 행정력의 낭비"(*SE* 19)이며 "감성적"(*SE* 19)인 행동이다. 시리우스인들에게 '강제 진화' 실험은 보다 "즉각적이고 실용적인"(*SE* 19) 것으로 식민행성의 하등동물들을 자신들의 필요에 맞게 진화시켜 어느 행성에서나 즉각적으로 노예나 하인으로 부릴 수 있게 만드는 제국주의적 계획이기 때문이다. 시리우스는 인간이 진화의 최고 정점이자 진보를 나타내는 증거라고 생각하며, 따라서 인간보다 열등한 동물들을 이용하는 것은 당연하다고 생각한다. 또한 인종들 간에도 유전적 차이가 있어 고급 인력과 단순 노동력 등으로 구별한다. 이것은 사회생물학이 더욱 극단적이 되어 나타난 우생학적 사고를 반영한다. 이처럼 레싱은 인간 및 문화 집단에 등급을 부여하면서 유럽인들을 진화의 맨 위 수준에 놓았던 유럽의 식민주의자들에 빗대어 시리우스 제국을 비난하고 있다. 유럽인들은 결국 나치즘과 파시즘을 낳는 과오를 저질렀는데, 시리우스 제국도 마치 과거 제국주의자들이 소위 '열등' 인종에게 생체실험을 했듯이, 자신의 목적에 맞는 수준의 개체군을 만들기 위해 식민행성의 주민들에게 '사회생물학적' 실험이나 '우생학적' 실험을 단행한다.

시리우스 제국은 은하수 내에서 필적할 대상이 없을 정도로 자신들의 과학기술의 발전이 최고에 달하였다고 자부한다. 그러나 과학기술의 발전은 수십억 인구의 실업을 낳고 이들에게서 삶의 목적을 앗아갔다. 소위 "시리우스 제국의 어둠의 시대"(*SE* 27)를 가져왔고 국민들에게 "실존주의적 문제"(*SE* 82)를 안기게 되었다. 많은 국민들이 무차별적인 폭력을 휘두르고, 이유를 알 수 없는 역병이 돌며, 신경병 증세가 유포되는 등 집단 정신병 증세를 보인다. 시리우스는 과학과 과학기술 덕분에 물질은 풍요로워진 반면 정신세계는 빈곤해진 현대 문명세계를 대표한다. 레싱은 과학기술이 인간 문제의 장기적인 해결책이 될 수 없으며 단기적인 안락만을 가져올 것이고, 오히려 그로 인한 폐해는 과학기술이 발전하기 이전보다 더욱 심각할 것이라고 경고하고 있다. 그렇지만 시리우스가 고안해낸 해결책은 단기적인 정책으로 인구를 급격히 감소시키는 것, 우주로 세력을 팽창시키는 것, 그리고 이에 필요한 사회생물학적 실험을 단행하는 것 등 근본적인 대책이 되지 못한다. 따라서 이 작품에서 레싱은 사회생물학을 "자본주의를 재생산하는 학문"(해러웨이 44)이라고 주장한 해러웨이의 견해에 동의하는 듯이 보인다.

시리우스 제국은 자국의 특권층 시민들을 위해 힘든 일을 해줄 개체군들이 필요하므로 새로 발견한 제24행성의 토착종(발견할 당시에는 유인원 상태) 즉, 적응력이 우수한 롬비족을 이용하기로 한다. 이들을 훈련시키고 감시할 인원들로는 체격이 비슷한 제

22식민행성 출신의 기술자들을 선발하고, 이들에게 롬비족들에게 어떤 차이나 우월성을 보이는 행동을 하지 않도록 교육시킨다. 이전의 다른 실험에서 열등한 종들이 급속한 사회적 진화과정을 겪으면서 사회적 불평등에 저항하는 폭동을 일으킨 적이 있었기 때문이다. 롬비족은 철저한 감시와 감독 아래 제23식민행성에서 힘든 작업을 마친 뒤 같은 종류의 육체노동을 하도록 로햔다 남반부의 제1대륙으로 보내진다. 그런데 고향인 제24식민행성과 물리적 환경이 유사한 로햔다에 처음 도착했을 때 유인원인 롬비족은 고향에 온 것으로 착각하여 감사의 눈물을 흘리고 부족이 함께 모여 하늘을 쳐다보면서 춤을 추고 자축을 하였다. 이들은 자신들보다 더 진화된 종들의 진화된 행동을 본 적이 없다. 그러니까 이들의 문화적 행동과 의식은 학습된 것이 아니라 이들의 자연적·사회적 환경의 변화로 생긴 자연적인 집단행동과 집단 심리에서 비롯된 것이다. 그 후 이들을 관찰하기 위해 남반부의 제2대륙의 평원에 감시자들 없이 정착시킨 후 얼마 시간이 흐른 뒤 그동안 어떤 변화가 있었는지 관찰하는데, 개체로서의 롬비족은 자신들이 제24행성에서 잡혀왔고 힘든 육체노동을 한 기억은 잊었지만, 하나의 인종으로서는 그 기억을 간직하고 있었음이 밝혀진다. 그동안 그들의 언어가 진화하고, 노래와 설화 속에 그들의 모든 역사가 담겨 있으며, 이런 노래와 설화들을 서로 교환할 수 있는 잔치와 축제를 정규적으로 열고 있었기 때문이다. 제23행성에서의 나쁜 기억 때문에 익힌 음식과 의복을 금지하는 문화도 갖고 있고, 이들을 이주시킬 때 남녀 성비를 2:1로 했기 때문에 여성들이 입법자가 되고 구애의식求愛儀式도 발달하였다. 그들만의 역사가 담긴 문화를 만들어낸 것이다. 그리고 시리우스 제국은 롬비족에게도 "보다 높은 것"(*SE* 50)을 갈구하는 본능, 즉 '영적 진화'의 본능이 내재해 있음을 알게 된다 "우리는 이런 통제할 수 없는 내재된 욕구가 어떻게 이런 식으로 발전할 수 있는지 예견하지 못했었다."(*SE* 50) 시리우스 제국의 관리들이 이해할 수 없었듯이 이런 내재된 욕구, '영적 진화'에 대한 요구는 생물학적 진화론으로는 설명 불가능하다. 오랜 노예 생활에 젖어 노예의 모든 속성을 갖추게 된 롬비족은 잔치에 취해 있는 동안 우주선에 태워져서 다음 일터인 제25행성으로 옮겨진다. 진화 환경이 좋지 않은 제25행성으로 이주된 롬비족은 일천 년 이상 제22행성 출신의 기술자 없이 홀로 정착하게 되자 빨리 진행되던 진화를 멈추고 그들의 고향인 제24행성의 원주민 수준의 진화를 하고 있었다. 인적·물리적 환경이 달라지자 이들에게서 "보다 높은 것"을 향한 본능이 발견되지 않고, 게다가 더 진화된 인종에게 받는 학습이나 모방 기회가 사라지자 진화를 멈추었다. 결국 이들의 실험은 실패라는 결론이 내려진다. 레싱은 거인족 실험과 롬비족 실험을 대조시켜 이들의 성패를 가른 원인이 '생물학적 진화'에 걸맞은 '영적 진화' 요구를 충족시켰는가에 있다고 암시한다.

시리우스 제국의 최고 관리 앰비언 2세는, 카노푸스 제국의 제10행성 출신의 거인족들과 로핸다 원주민들의 실험이 성공하여 원주민들이 상당한 진화를 이루어냈다고 확인한 뒤, 로핸다의 북반구에는 진화를 촉진시키는 무엇인가가 있고, 자신들이 실험 소재로 롬비족과 제22행성 출신의 기술자들을 선택한 것이 잘못이었다고 결론짓는다. 그리하여 다음 실험으로 로핸다의 북반부에 있는 작은 원주민 부락을 통째로 남반부로 옮겨 정착시키는 실험을 단행한다. 시리우스 제국은 이번에는 카노푸스 제국처럼 이들을 하인이나 노예로 부리지 않고 자유로이 살게 내버려 둔다. 그러나 "비간섭"(*SE* 63) 정책에 따라 학습 기회를 갖지 못한 원주민들은 더 진화하지 못하고 오히려 배운 것을 잊고 있었다. 그 후 이들에게 학습 기회를 제공하는 실험도 단행했으나 결과는 실패로 밝혀진다. 이들이 실패한 원인은 무엇인가?

레싱은 다양한 사회생물학적 실험을 예로 들면서, 인간의 진화는 생물학적 유전만으로 설명될 수 없으며, 후천적 학습으로 유전적 한계를 어느 정도 극복할 수 있으나, 이때 멘토와 멘티의 관계 또한 큰 변수로 작용한다는 등 생물학적 결정론을 부인하고 있다. 거인족은 원주민들과 공생관계를 이루며 학습 기회를 가졌고 롬비족은 노예처럼 부려졌다. 멘토였던 거인족이 사라진 뒤 원주민 종은 자유와 학습 기회가 주어져도 그것들을 이용하지 못했다. 따라서 자연적 환경의 차이보다는 사회적·심리적 환경의 차이가 카노푸스 제국의 실험과 시리우스 제국의 실험의 성패를 가른 것으로 보인다.

시리우스 제국은 또한 과학기술의 발달로 인해 생긴 국민들의 '실존주의적' 문제를 해결하기 위해 여러 일자리를 만들지만 이때에도 문제 해결에 실패하는데, 앰비언 2세는 다음과 같은 결론을 얻는다.

> 하나의 인종 혹은 종족 혹은 종이 일단 쾌적한 삶으로 인해 그리고 안락한 삶을 누리고 있다는 믿음에 의해 연약해지면, 후에 그런

> 개체들은 자신들의 몸을 활발하게 사용하는 데는 육체적으로 적응할 수 있지만, 매우 소수의 유연한 개체들을 제외하고 정신적으로는 이런 적응이 거의 불가능해진다. 육체의 병이 아닌 의지의 병인 자기-연민이 그들의 질병이 될 것이기 때문이다(*SE* 66 레싱의 강조).

다시 말하자면, 이 작품에서 실험 대상이 되고 있는 유인원 이상의 고등 동물에게는 육체 외에 정신이 존재하여, 정신이 안정을 얻을 때 즉, 삶의 목적을 찾았을 때에는 생물학적 진화가 발생하고 적응도가 높아지며, 정신이 불안정해지면 진화가 둔화되고 적응도가 떨어져 도태될 수 있다는 것이다. 인간은 복잡한 정신세계를 갖고 있어 동물실험 결과로 해석하는 데 무리가 있다는 학자들의 견해에 레싱은 동조하고 있다.

『아르고스의 카노푸스 제국 : 고문서』의 제1권 『시카스타 : 식민화된 제5행성에 관하여』에서 그랬듯이, 로핸다의 북반부를 점유한 카노푸스는 로핸다에 카노푸스와의 소통을 돕는 '로크장치'를 설치하여 카노푸스의 정기가 충만한 풍성하고 아름다운 유토피아로 만들지만, 일만 년가량이 흐른 뒤 예기치 못했던 우주질서의 변화로 로크장치는 고장이 나고 카노푸스 제국과의 소통이 어려워져 '퇴행성 질병'을 앓기 시작한다. 레싱은 생물들의 진화를 소재로 이 작품을 쓰고 있지만 궁극적으로는 우주의 질서가 모든 것을 지배하며, 이 질서가 깨지면 그 구성원인 모든 생물과 무생물이 변화를 겪게 된다는 '전체론'적 세계관을 이 작품에서도 되풀이하여 주장하고 있다.

은하수에는 로핸다를 식민지화한 카노푸스와 시리우스 외에

세 번째 제국 푸티오라가 있다. 그 제국에는 감옥으로 사용한 샤맷이라는 행성이 있었고, 이 행성의 범죄자들이 푸티오라 제국을 장악하여 마치 해적들처럼 카노푸스와 시리우스의 영토를 침범하고 있었다. 로크장치가 제구실을 못 하게 되어 푸티오라 제국과 샤맷인들이 세력을 펼치게 되자 카노푸스와 시리우스는 오랫동안 로핸다에서 철수하게 된다. 시리우스는 재앙 이후에도 제5행성을 계속 '로핸다'로 부르지만, 카노푸스는 재앙 이후의 로핸다를 '깨어진, 망가진'을 뜻하는 '시카스타'로 부른다. 시카스타는 푸티오라의 지배 아래에서 진화 혹은 퇴행을 계속하는데, 다윈의 진화론을 따르자면, 시카스타는 로핸다에 적응하여 계속 번식하는 푸티오라의 입장에서는 진화 중이고 기세가 줄어드는 카노푸스와 시리우스의 입장에서는 퇴행 중이다. 반면 레싱은 이것을 퇴행이라고 부름으로써 진화에 어떤 방향성 혹은 목표가 있음을 상정한다.

우주정책이 바뀌어 로핸다에서 다시 유전공학 실험을 재개하게 된 시리우스는 실험동물 중 일부가 샤맷인들에 의해 납치되자 그들을 찾아오도록 최고관리인 앰비언 2세를 신권정치의 국가 그락콘크란파틀로 보낸다. 그곳에 잡혀 있는 노예들의 감옥을 보며 실험동물들을 가두어 놓은 시리우스의 막사들을 떠올린 앰비언 2세는, 자신들의 실험과 실험동물을 객관적으로 바라볼 수 있는 능력 즉, 시리우스 제국을 객관적으로 판단할 수 있는 능력을 갖기 시작한다. 게다가 카노푸스 제국을 대표하는 클로라시는 앰비언 2세에게 시리우스의 실험대상이었던 동물들이 도망쳐서 다른 종들과 교배하였고, 그 결과 로핸다의 지배 인종master race에 주위 동물들을 자신의 목적에 맞게 순응시키는 유전자가 흐르고 있다고 말한다. 앰비언 2세는 "시리우스 제국의 토대이자 선량한 정부의 기초"(*SE* 252)였던 이런 실험이 실은 쓸모없고 사악한 것이었고 게다가 샤맷의 나쁜 기 때문에 더욱 악화되고 있음을 발견한다. 샤맷의 실험실에서는 지구력을 시험하기 위해 실험 대상들을 죽을 때까지 헤엄을 시키는 실험, 뜨거운 물에 반응하는 정도를 측정하기 위해 솥에 넣고 불을 지피는 실험, 장기臟器를 실험하기 위해 여성의 유선을 등이나 대퇴부에 이식해놓은 실험 등이 이루어지고 있었고, 앰비언 2세는 이런 실험을 보면서 혐오와 죄의식을 동시에 느낀다. 앰비언 2세는 그런 실험을 자행하고 있는 실험자들이 실험동물의 육체적·심리적 고통에 무심함에 놀라면서 자신 또한 그동안 위선자였음을 자각한다. 그리고 실험 대상 중 저항하는 동물을 보면서 '고등'동물이 '하등'동물을 자기 목적에 따라 실험하고 있으나 '하등'동물이 정직성이나 솔직함에서 즉, 도덕성에 있어서는 '고등'동물보다 더 우월할 수 있음을 느낀다. 생물학적 등급과 정신적 등급이 일치하지 않음을 깨닫는 것이다.

앰비언 2세는 시리우스로 돌아오자 실험동물의 사용을 제한하는 법을 제정해 통과시킨다. 그리고 다음과 같은 의문을 갖는다.

> … 속屬이란 왜 존재하는가? 그 기능은 무엇인가? 하는 일은 무엇인가? 우주의 조화 속에서 속이 하는 역할은 무엇인가?
> 이런 점에서 내가 순리에 따라서라는 카노푸스의 공식 혹은 신조 혹은 마음의 습관에 근접하고 있음이 알려지게 될 것이다(*SE* 273 레싱의 강조).

앰비언 2세는 종種이나 속屬은 무계획·무목적으로 번식하고 생존하고 진화하는 것이 아니라 전체 혹은 우주 속에서 한 부분을 차지하면서 특정한 역할을 수행하고 있으며, 순리나 필연을 따르고 있다고 깨닫는다. '더 높은 타자성으로의 확장' 그리고 '우주의 순리에 대한 깨달음'이 레싱이 말하는 '영적 진화'이다.

시리우스 제국의 기반이었던 과학기술의 폐해를 깨달은 앰비언 2세는 심경의 변화를 겪게 되고 이는 곧 시리우스 제국의 정치적 변화로 이어질 것으로 암시된다. 앰비언 2세의 변화가 시리우스 제국의 진화를 낳을 것이고, 이것은 처음부터 카노푸스의 의도였고 치밀한 계획이었다. 이것을 달리 해석하자면, 레싱은 시리우스의 정치제도, 즉 앰비언 2세를 포함한 다섯 사람으로 구성된 과두체제를 하나의 유기체로 보고 그중 하나의 구성원인 앰비언 2세의 변화를 돌연변이로 해석하면서, 결국 시리우스 제국이 카노푸스의 목적에 맞게 진화하는 것으로 그리고 있다. 이때의 시리우스의 진화는 '생물학적 진화'와 '영적 진화'가 어우러진 진화이다.

레싱은 이 작품에 동물에서 인간으로 진화하는 과정, 생물들이 다양해지는 과정, 지구의 지축이 기울어져 계절이 생기게 되는 사건 등 풍부한 생물학적 사고와 사건들을 담고 있으나 그것으로 복잡한 인간 본능과 인간 사회를 모두 설명할 수 있다고 보고 있지는 않다. 특히 이 작품 속의 여러 사회생물학 실험은 '자연선택' '적자생존' 등의 진화론을 따르고 있으나, 유사한 실험도 다른 결과를 낳게 함으로써 사회생물학으로 인간의 복잡하고 특이한 성질을 모두 설명할 수 없다는 주장에 동조한다. 오히려 인간이 점점 더 악해지는 것을 생물학적으로 설명하기보다는 샤맷의 나쁜 기가 퍼지고 있기 때문이라고 주장하면서 사회생물학의 근간을 부정하고 있다. 바로 이런 결론 때문에 대표적인 레싱 연구가인 벳시 드레인, 낸시 탑핑 베이진, 뮈게 갤린 등은 "레싱의 우주소설은 기본적으로 의도상 종교적이고 도덕적이며, 과학이론은 그녀의 도덕적 비전을 강화할 수 있는 정도에서만 과학적이다"(갤린 177)라고 결론짓는다. 그러나 이런 해석이 어느 정도로 레싱의 작품에 관한 올바른 글읽기인지는 의심스럽다. 레싱은 이 작품에서 과학적 지식만으로는 인간과 세계에 대한 통찰이 불충분하므로 인문·사회학적 통찰까지 함께 이루어져야 한다고 주장하며, 더 나아가 생물학 환원주의로 치닫고 있던 사회생물학에 대한 비판까지 시도하고 있기 때문이다.

3. 시리우스 제국의 영적 진화

『아르고스의 카노푸스 제국』의 제1권과 제3권의 공통점은 앞의 상당 부분이 우주질서와 로핸다의 자연적·사회적 배경에 관한 설명이고, 소위 '주인공'들의 활동은 중간 부분이 되어서야 시작된다는 것이다. 레싱의 과학소설은 이념소설이자 알레고리이기 때문에 줄거리나 등장인물들 간의 인간적인 관계는 부차적인 문제이다. 이 두 작품 모두 표면상으로는 제국들을 대표하는 관리들이나 식민행성들의 주민들이 주인공처럼 보이나, 실제 주인공은 어떤 방향성을 갖고 진행하는 우주, 그리고 그에 맞춰 진화하는 지구와 인간 종이다. 그리고 줄거리는 이 방향성을 이해하는 카노푸스가 그렇지 못한 다른 제국들과 식민행성들을 깨우치는 과정이다. 제

1권에서는 지구를 대신하는 시카스타의 주민들을 깨우치려 했고, 제3권에서는 경쟁국인 시리우스 제국을 깨우치려고 한다.

『시리우스 제국의 실험』은 1인칭 화자이자 시리우스 제국의 다섯 명의 최고 관리 중 한 명이며 중년의 여성인 앰비언 2세가 "사건의 역사보다는 마음의 역사를 기록"(*SE* 329)한 것으로, "우리[시리우스]와 카노푸스 간의 관계라는 특정한 관점을 강조"(*SE* 26)하면서 앰비언 2세의 심리적 변화과정을 기록한 것이다. 그러나 이 작품의 등장인물들은 개인이기보다는 자기가 속한 제국을 대표한다. 앰비언 2세는 시리우스를, 클로라시와 나자르는 카노푸스를, 그리고 타프타는 푸티오라를 대표하는 최고 관리들이다. 따라서 이 작품은 결국 이 네 인물을 통해 세 제국 간의 관계를 다루고 있다고 볼 수 있다.

환언하자면, 패전국인 시리우스 제국이 승전국인 카노푸스 제국에 복종하면서 열등감·시기심·의심 등 때문에 반쪽의 복종을 하지만, 푸티오라의 위협 속에서 종국에는 카노푸스에 완벽하게 굴복하게 되는 과정을 그리고 있다. 그런데 이때의 굴복은 물리적 굴복이 아니라 우주의 조화를 깨닫게 되면서 얻게 되는 일종의 '영적 진화'이다.

시리우스 제국은 과학기술의 강국으로서 물질적인 진보를 상징하고, 카노푸스 제국은 영적·도덕적 평형상태를 향한 정신적 진화를 상징한다. 이 작품의 첫 장부터 시리우스는 경쟁국인 카노푸스에게서 진실과 사실들에 대한 정보를 얻지만 열등감 때문에 판단력이 흐려져 이를 신뢰하지도, 이해하지도 못한다. 더욱이 이 두 제국 사이에는 언어 이해의 수준 차이가 있어 의사소통도 어렵다.

그 회의에서 카노푸스 제국이 제10 식민행성의 자원자들을 발전 시켜 안정시키고 그들의 진화를 이용하여 자신들의 제국을 진보시 킬 것을 제안했다는 말을 들었을 때, 우리가 이 말로 이해한 것은 고작 우리가 우리 영토와 연결시켜 연상했던 그런 종류의 발전, 안정, 진화, 진보였다(*SE* 23 레싱의 강조).

위의 인용은 두 제국 모두 '발전,' '안정,' '진화,' '진보' 같은 단어들을 사용하고 있으나 의미하는 바는 다름을 보여준다. 시리우스 제국은 자신들의 과학기술이 은하수에서 최고라고 자부하지만 실상 이것은 카노푸스의 과학기술을 제대로 이해하지 못하는 데서 오는 오판이다. 카노푸스의 과학기술은 "미묘하고 무한히 다양하며 눈에 잘 보이지 않는다"(*SE* 81). 예를 들어 시리우스가 로핸다를 방문할 때 첨단 과학기술의 우주선을 타고 나타나지만, 카노푸스는 로핸다에 살고 있는 생물의 몸으로 환생한다. 시리우스나 카노푸스는 둘 다 영원히 생명을 연장하며 살 수 있지만, 시리우스가 몸의 장기를 대체함으로써 생명을 연장하는 반면, 카노푸스인들은 죽음을 거치면서 마치 의복처럼 헌 몸을 버리고 새로운 몸으로 갈아입는다. 그리고 남녀의 젠더를 마음대로 선택하여 태어난다. 덕분에 카노푸스는 타자의 입장에서 세상을 볼 수 있고 상대방을 잘 이해할 수 있는 이점을 갖는다. 그 결과, 카노푸스가 식민행성의 주민들과 만날 때에는 시리우스와 달리 그들과 더 잘 어울리고 소통하며 그들의 문화도 더 잘 이해한다. 따라서 카노푸스는 상대방을 이용하거나 착취하기보다는 자연스럽게 상생의 원리를 따른다. 새론 디그로는 이런 이유 때문에 레싱이 과학소설 시리즈에서 "환생을 이용하여 주관적 경계와 위계질서를 허물고 있다"(42)고 쓰고 있다.

타자의 입장이나 전체의 입장에서 생각하지 못하고 이기적이며 단편적인 사고에 얽매여있는 시리우스 제국에게 과학기술은 심각한 '실존주의적 문제'를 낳는 반면, 시리우스 제국보다 작지만 비슷한 정도의 인구를 갖고 있는 카노푸스 제국에서는 '실존주의적 문제'가 발생하지 않는다. 시리우스가 카노푸스에게 적정한 인구를 어떻게 유지하느냐고 묻자 카노푸스는 "'욕구에 따라' 혹은 '필요에 따라'"(*SE* 84) 유지한다고 대답한다. 후에 시리우스는 이것이 자신들이 이해하는 소문자의 '욕구'need나 '필요'necessity가 아니라 대문자의 '요구'Need, 대문자의 '순리'Necessity임을 깨닫는다. 대문자의 요구와 순리는 일시적인 욕구나 필요가 아니라 장기적으로 기능하는 '순리'이자 '필연'이다. 앰비언 2세는 카노푸스의 대표인 클로라시와의 우정을 통해 서서히 "더 높은 타자성"(86)으로의 문이 열림을 느낀다.

앰비언 2세는 로핸다에서 만나자는 클로라시의 요청에 따라 코시라는 도시로 가고 거기에서 클로라시 대신 카노푸스의 또 다른 대표인 나자르를 만난다. 나자르는 도덕성의 표상인 카노푸스인임에도 불구하고 엘릴레라는 여성의 유혹에 굴복하여 타락한 상태이고, 앰비언 2세는 그가 유혹에서 벗어나 고향으로 돌아갈 수 있도록 돕는다. 이때 나자르는 앰비언 2세에게 "각각의 완전함은 곧 정반대의 것이 되며, 그 정반대의 것이 바로 샤맷"(*SE* 173)이라고 말한다. 이것은, 한편으로는 마치 달처럼 무엇이든지 완벽해지면 그다음에는 일그러지기 마련임을 뜻하는 것이며, 또 다른 한편으로는 선한 존재도 악을 거친 다음에야 비로소 진정한 선으로 재탄생된다는 변증법적 진화를 뜻한다. 따라서 악도 어떤 기능을 하고 있다. 앰비언 2세는 또한 나자르와의 만남을 "시리우스의 관리로서의 그녀의 모든 것에 대한 도전"(*SE* 185)이었다고 말하는데, 그 이유는 앰비언 2세가 이때 앰비언 2세라는 실체와 시리우스의 관리라는 실체 간에 분리가 일어나기 시작했음을 느꼈기 때문이다. 이후부터 앰비언 2세는 유혹에 빠지거나 퇴행하려 할 때마다 마음속에서 '시리우스'를 속삭이는 카노푸스의 소리를 듣는다. 이것은 앰비언 2세가 시리우스의 관점에서 벗어나 카노푸스의 시각으로 사물이나 사태를 보기 시작했다는 의미이다.

앰비언 2세는 그 후 그락콘크란파틀 왕국의 감옥에 갇혀 있다가 사형당하기 직전 로디아라는 여자로 환생해있던 나자르에게 구원되어, 그녀와 함께 로디아의 왕국이자 민주주의의 국가인 릴라노스로 떠난다. 릴라노스는 카노푸스의 정기를 받아 태어난 완벽한 왕국으로 로디아가 여왕으로 통치하고 있으나 "돈이 그 자체로 상품이 될 수 있도록 허용하자"(*SE* 223) 즉 자본주의가 번성하자 붕괴하기 시작한다. 앰비언 2세가 이곳에 도착한 시기는 마침 여왕 로디아가 군중에게 살해당하면서 릴라노스가 완전히 몰락하는 때이다. 악의 화신이자 푸티오라의 대표인 타프타가 새로운 통치자로 등장하고 앰비언 2세에게 함께 릴라노스를 재건하자고 제의한다. 앰비언 2세는 이 유혹에 빠지지만 타프타와 함께 군중 앞을 행진하여 정부 건물로 들어선 순간 갑자기 환상에서 깨어나 도망친다. 나자르가 샤맷의 유혹에 빠지는 것을 목격했던 앰비언 2세가 이제는 자신의 타락(*SE* 242)을 경험한 것이다. 앰비언 2세는 악에 물드는 일이 매우 사소한 일에서 시작됨을 깨닫는다(*SE* 245). 이 깨달음은 진화가 작은 돌연변이에서 시작된다는 다윈의 말을 상기시킨다. 이제부터 앰비언 2세의 본격적인 진화가 시작된다. 레싱은 제2권 『제3, 4, 5지대 간의 결혼』에서도 한 단계 진화하기 위해서는 그 전에 하강을 겪어야 함을 보여 주었는데, 이제 하강을 경험한 앰비언 2세 역시 상승할 준비를 마쳤다.

실험동물의 고통을 깨달은 앰비언 2세가 실험동물의 사용에 관한 법을 제정하여 통과시킨 후, 클로라시의 부름으로 나자르와 함께 로핸다의 위기를 막기 위해 로핸다로 가는데, 앰비언 2세는 이번에는 카노푸스의 기술을 빌려 샤즈빈 여왕으로 환생한다. 그리고 자신의 생각과 다르게 행동하는 즉, 시리우스식 판단과 어긋나는 행동을 하고 있는 자신을 발견한다. 시리우스식 판단으로는 이미 위기에 처한 왕국이 더욱 위태로워질 것이므로 더 이상 피난민을 받아들여서는 안 되지만, 샤즈빈 여왕의 입을 통해 나온 말은 "그들을 들어오게 하라"(*SE* 288)는 명령이었다. 앰비언 2세·클로라시·나자르, 이 세 사람들은 지혜를 동원하여 막강한 몽고인들의 침입에서 국민들을 구해내고, 그 와중에 클로라시와 앰비언 2세는 죽음을 경험한다. 이들 세 사람은 협동하여 이와 비슷한 일들을 반복하고, 그러는 사이에 시리우스에서의 앰비언 2세의 평판은 나날이 나빠진다. 앞에서도 볼 수 있었듯이 이 작품에는 수많은 일화들이 등장하는데 이들은 시간상으로나 지리상으로나 단절된 단편적인 이야기들로, 이 작품의 주된 줄거리를 구성하고 있다기보다는 카노푸스가 앰비언 2세를 교육시키는 단편적 교육 프로그램들이다.

과두정치 체제의 시리우스 제국은 앰비언 2세를 포함한 다섯 명의 최고 관리가 통치하고 있으며, 이들은 "전체이자 하나의 유기체인 시리우스라는 몸을 구성하는 기관器官, organ들인"(*SE* 296) 듯이 매우 친밀하다. 레싱은 시리우스 제국을 마치 하나의 유기체인 양 설명하고 있다. 하나의 유기체를 구성하는 기관들처럼 이들 최고 관리들은 대화 없이도 상대방의 생각이나 감정을 알 수 있었으나 최근 그중 가장 진보주의자인 앰비언 2세가 카노푸스와 오랜 친교를 맺으면서 이들로부터 멀어졌다. 앰비언 2세를 제외한 네 명의 최고 관리들은 위태로워지는 시리우스 제국을 보면서 앰비언 2세에게 "그룹이나 전체를 생성한 다음, 체제에 반대하는 구성원을 키우는, 다시 말해, 전체 구성원들과 다른 사고를 발전시키는 메커니즘 혹은 기계장치가 무엇이냐?"(*SE* 315)고 묻고, 이에 대해 앰비언 2세는 "사회 변화를 불러오는 메커니즘"(*SE* 315)이라고 대답한다. 앰비언 2세는 이미 시리우스 제국의 문제점을 보았고 사회 변화의 당위성도 깨달았다. 그리고 "시리우스 제국에서 변화가 일어나도록 야기시키는 것이 카노푸스 제국의 장기적 목표이었음"(*SE* 311)도 깨닫는다. 카노푸스는 시리우스라는 하나의 유기체 내의 한 개의 기관에 돌연변이를 일으켜서 더 이상 적응할 수 없게 된 이 유기체를 더 잘 적응할 수 있도록 진화시키고 있었다. 엠비언 2세는 시리우스 제국이라는 유기체에서 돌연변이를 일으킨 하나의 기관이다. 그런데 엠비언 2세의 진화는 '더 높은 타자성으로의 확장'이라는 '영적 진화'이므로, 이제 시리우스는 '생물학적 진화'와 '영적 진화'의 평형을 이루게 된 것이다. 카노푸스의 의도를 깨달은 앰비언 2세는 로핸다로 가던 중 카노푸스의 크리스탈을 본다.

그것은 "나[앰비언 2세]에게 노래를 불러 주었고, 모든 것이 재생된다는 희망의 메시지를 보냈다"(*SE* 320). 이 크리스탈은 레싱이 "의식이 확장된 상태"를 나타내는 이미지로 『어느 생존자의 비망록』(1974)에서는 '검은 알'로 형상화하였고, 『제3, 4, 5지대 간의 결혼』에서는 '제2지대'로 형상화하였다. 앰비언 2세는 이 희망의 메시지 때문에 "마음의 평형"(*SE* 320)을 찾는다. 마지막으로 로핸다를 둘러보는 앰비언 2세는 2차 세계대전을 향해 치닫고 있는 로핸다에서 점점 더 강력해지는 타프타도 만나고 훌륭한 건물을 짓고 있는 나자르도 만난다. 나자르는 앰비언 2세에게 "아직도 우리[카노푸스]가 실패를 다룬다고 믿을 수 있는가?"(*SE* 327)라고 묻고 앰비언 2세는 "그렇지 않다"(*SE* 327)고 대답한다. 카노푸스는 단기적으로는 실패를 하고 있는 듯이 보일 수 있으나 궁극적 진리를 향해 서서히 성공적으로 나아가고 있는 것이다. 그리고 이것은 레싱이 진화에 대해 갖고 있는 관점이기도 하다.

앰비언 2세와 나머지 네 명 동료들과의 관계는 마치 도입 부분의 앰비언 2세와 카노푸스의 관계와 흡사한 상태가 되어, 앰비언 2세가 동료들에게 모든 정보를 제공함에도 불구하고 불안에 휩싸인 동료들은 자신들에게 아무 말도 해주지 않는다고 비난한다. 앰비언 2세는 1년간 책을 써서 이에 대한 답을 하기로 하고 동료들은 앰비언 2세를 요양소인 식민화된 제13행성으로 보낸다. 여기에서 화자 앰비언 2세의 서술은 끝나는데, 결국 이 작품의 대부분은 앰비언 2세가 요양소에서 정신과 치료를 받으며 쓴 비망록이고, 그 다음 내용은 앰비언 2세의 네 명의 동료들이 시리우스 제국 전체에 보내는 경고장과 앰비언 2세가 동료 중 한 사람인 스태그룩에게 보내는 답장이다. 경고장의 내용은 앰비언 2세의 비망록이 허가도 받지 않고 유통되고 있다고 경고하는 것이고, 답장의 내용은 시리우스 도처에서 혁명이 일어날 조짐을 보이고 있으며, 항상 한마음이던 네 명의 동료들이 따로따로 앰비언 2세를 면회하고 있고, 앰비언 2세가 자신의 비망록이 널리 유포되도록 여러 조치를 취했다고 말하고 있다. 앰비언 2세의 영적 진화가 시리우스의 정치·사회적 진화로 변모되고 있는 것이다. 앰비언 2세의 생물학적 진화에 관한 사고의 전환이 영적 진화를 낳았고, 그 결과 정치·사회적 변혁이 가능해졌다.

4. 나가기

레싱이 『사대문의 도시』에서 '생물학적 진화'가 일어난 아이들을 그려냈을 때에는 '구舊세계'가 멸망하고 '새 세계'가 도래했으며 새 세계에 맞는 '영적 진화'를 이룬 새 인종이 탄생했음을 알리는 전의trope로 사용한 것이었다. 그러나 과학소설 연작 『아르고스의 카노푸스 제국』에서는 우주·행성·생물·인간의 진화 등 '생물학적 진화' 자체를 다루면서 '영적 진화'와 대비시킨다. 앞에서 보았듯이 레싱에 따르면 '영적 진화'는 '보다 높은 것에 대한 갈망,' '우주의 목적과 질서를 이해하는 것,' '타자로의 확장' 등의 정신적 성장을 상징하고, '생물학적 진화'는 '육체적·지능적 진보'를 나타낸다. 이 작품에서 열등한 유기체의 '생물학적 진화' 실험은 실험자들의 물질적 진보나 생명 연장 등의 도구로 사용되었으나, '영적 진화'를 도외시한 채 '생물학적 진화'만 추구할 경우 피실험자들의 진화가 멈추거나 인간들이 '실존주의적 문제'나 '정신적 붕괴'에 빠지는 한계를 드러냈다. 레싱은 이런 설정으로 '생물학적 진화'와 '영적 진화' 간의 평형 상태를 이룰 것을 주장하고 있다.

샤디아 S. 파힘은 그의 저서 『도리스 레싱 : 수피즘의 평형과 소설의 형식』(1994)에서 "수피즘 철학의 기본 신조는 의식의 합리적 양태와 비합리적 양태 사이의 평형을 달성하는 것이며, 다시 말하자면, 합리적 양태와 균형을 이룰 의식의 '직관적' 양태를 개발함으로써 이해의 균형을 회복하는 것이다"(파힘 13)고 설명하고 있다. 따라서 파힘에 따르면 레싱의 신비주의는 순전히 종교적이기보다는 여러 인식 수준을 서로 보완하고 풍요롭게 만들어 실재를 지각하는 범위를 더욱 넓혀 준다. 레싱은 『시리우스 제국의 실험』에서 진화에 대해 숙고하면서 생물학적 측면과 영적인 측면, 즉 물질적 측면과 정신적 측면을 모두 종합하여 사고하고자 노력하는데, 이런 사고를 다음과 같이 시각적으로 표현하고 있다.

> 인간의 삶에는 발생하는 모든 것들이 마치 함께 흘러가는 듯한 시기가 있다. 각 사건, 각 인간, 혹은 그냥 흘려들었던 말까지도 전체의 한 양상이 되는 즉, 융합을 이루는 듯한 시기가 있다. 이런 융합 속에서는 그 근원들이 과거로 되돌아가고 앞으로 미래로 뻗어나간다(*SE* 85).

레싱은 서로 무관해 보이던 여러 개의 사건이나 인간, 말들이 실은 서로 연관되어 있고, 그리고 과거의 것들이 실은 미래를 예견하는 것이었고 현재의 어떤 것이 과거의 어떤 것을 이해시키는 등

등의 일이 발생한다고 말하고 있다. 결국 모든 것이 마치 거미줄처럼 얽혀 있으며 따라서 한 부분만을 보고 판단하면 오판에 이르기 쉽다. 부분을 모두 종합한다고 해서 전체가 될 수 없다고 흔히 말하듯이, 전체 속에서 부분을 생각하는 것이 더 진실에 가깝다는 것이다. 앰비언 2세는 비망록을 쓰면서 자신이 좀 더 일찍 카노푸스의 말을 신뢰하고 신중히 생각했더라면, 이라는 표현과 '뒤늦게 깨달았다'라는 'hindsight'이라는 단어를 자주 쓰고 있다. 이렇게 레싱이 말하는 "융합"에는 시간적·공간적 개념이 모두 포함되어 있으며 개인적인 것과 집단적인 것, 과학적인 것과 영적인 것을 모두 망라하여, 전체 속에서 부분을 생각할 것을 주장하고 있다.

그런데 에드워드 윌슨이 'consilience'의 개념을 설명할 때도 "강에 비유하면서 여러 작은 냇물이 모여 큰 강을 이루듯이 서로 다른 학문 분야에서 밝혀진 진리들이 한데 모여 하나의 강령을 만들 수 있다"(김동광 외 2명 17 재인용)고 표현하였다고 한다. 그러나 윌슨의 '통섭'이 생물학의 관점 속에 인문학과 사회과학을 포함시켜 사고하고자 하는 수직적 지식대통합이었다면, 레싱의 '융합'은 그동안 익숙해 있던 인문학적이고 사회학적 사고에 자연과학적 시각을 덧붙여 진리를 탐구하려는 시도로 보인다. 따라서 윌슨이 '생물학적 환원주의'라고 비판받았듯이, 레싱도 '수피즘 환원주의'나 '인문학적 환원주의' 혹은 '정신적 환원주의'psychic reductionism라고 비판받을 소지가 있다.

레싱의 과학소설 5부작 『아르고스의 카노푸스 제국 : 고문서』의 다섯 작품 중에서 제1권 『시카스타 : 식민화된 제5행성에 관하여』와 제2권 『제3, 4, 5지대 간의 결혼』에 관한 연구는 많은 반면

『시리우스 제국의 실험』에 관한 연구는 적다. 그나마 그 연구들도 화자 앰비언 2세를 중심으로 하여 서술 기법에 초점을 맞춘 것이 대부분이다(벳시 드레인 ; 진 피커링 ; 로렐라이 세더스트롬 ; 캐서린 피시번 ; 데이비드 워터맨). 그러나 제목이 증명하듯이 사회생물학적 실험의 의미에 대한 해석을 생략한 채 이 작품에 대한 글읽기를 하는 것은 레싱이 의도하는 융합적인 사고를 외면하는 일이다. 물론 레싱이 사회생물학에 관한 깊은 과학지식이 있었다고 생각하기 어렵고, 이 작품에 나타나 있는 실험과 실험 결과가 생물학적으로 얼마나 정확한가를 평가하기는 더욱 어렵다. 레싱은 제1권 『시카스타 : 식민화된 제5행성에 관하여』에서 설정한 지구 주위를 둘러싼 동심원 지대들이 물리학 법칙에 위반된다는 비판을 받기도 하였다. 레싱은 『시리우스 제국의 실험』의 「머리말」에서 "빨간 난쟁이, 하얀 난쟁이, 그들의 기억 거울, 동력이 반反중력인 그들의 우주로켓, 그들의 수행원인 해드론, 글루온, 피온, 렙톤, 뮤온, 그리고 맵시 있는 참 쿼크들과 다채로운 색깔 쿼크들에 관한 이야기를 쓰고 싶다"고 말하면서 "그러나 우리가 모두 물리학자일 수는 없다"(*SE* 12)고 덧붙인다. 이 작품을 통해 레싱이 시도한 것도 사회생물학 원리나 이 원리의 오류를 정확히 밝히기보다 한 가지 전문지식의 눈으로 볼 때 인류에게 끼칠 수 있는 해악을 경고하려는 것이다. 레싱은 과학적인 것, 사회적인 것, 영적인 것을 모두 통합하여 세상을 볼 것을 주장하고 있고, 이번 장의 가장 큰 의의는 레싱의 이런 의도를 간파하였다는 점이다.

6장

『제8행성의 대표 만들기』

현대 과학을 이용한 '죽음'과 '멸종'에 관한 해석

1. 서론

도리스 레싱의 과학소설 5부작 『아르고스의 카노푸스 제국』의 네 번째 작품 『제8행성의 대표 만들기』(1982)는 두 번째 작품 『제3, 4, 5지대 간의 결혼』(1980)처럼 레싱이 만들어 놓은 가상 공간 속에서 일어나는 단편적인 이야기를 다룬 작품이다. 1950~60년대에 쓴 사실주의적이고 자서전적인 성격의 5부작 소설 『폭력의 아이들』과 달리 『아르고스의 카노푸스 제국』은 다섯 작품들 간에 연속성이나 연계성이 적기 때문에 굳이 5부작으로 묶은 이유가 무엇인지 그리고 왜 다섯 작품으로 구성되어야 했는지에 대해 합의된 타당한 설명이 아직 없다. 따라서 이 과학소설 5부작은 각 작품에 대해 독립적으로 평가하는 것이 일반적이며, 특히 독립적인 성격이 강한 『제3, 4, 5지대 간의 결혼』과 『제8행성의 대표 만들기』가 더욱 그러하다. 『제3, 4, 5지대 간의 결혼』이 어떤 초월적 존재가 제3지대 여왕과 제4지대 왕과의 결혼, 그 후 제4지대 왕과 제5지대 여왕과의 결혼을 명령하고, 주인공들이 그 명령을 실천하는 과정에 관한 묘사이자 결혼의 의미에 대해 숙고하는 내용이라면, 『제8행성의 대표 만들기』는 카노푸스 제국의 식민행성 중 하나인 제8행성에 빙하기가 닥쳐오고 그에 따라 주민들과 생물들이 모두 절멸해가는 과정을 묘사하면서 '죽음'과 '멸종'의 의미에 대해 숙고하는 내용이다. 레싱은 이 두 작품을 통해 인간사에서 가장 중요한 '결혼'과 '죽음'에 대해 고찰하고 있는데, 이 두 작품 간의 가장 큰 차이는 『제3, 4, 5지대 간의 결혼』이 순수하게 철학적으로 '결혼'에 대해 숙고하고 있다면, 『제8행성의 대표 만들기』는 현대 과학을 이용하여 '죽음'을 설명함으로써 지나치게 신비주의적이라는 비판에서 벗어나려 했다는 점이다.

레싱은 1987년 책으로 출판된 강연집 『우리가 살기로 선택한 감옥』에서 인간이 자신을 객관적으로 돌아보기가 얼마나 어려운가를 반복해 주장하면서 "우리가 다른 종種들의 행동을 관찰하듯이 그만큼 초연하게 우리 행동을 관찰할 수 있는지"(5)에 대해 묻고 있는데, 이 과학소설 다섯 작품 속에서 우리가 찾을 수 있는 중요 공통점이 있다면 그것은 개체로서의 인간보다는 종種으로서의 인간에 관해, 그리고 인간 종의 탄생과 진화, 결혼, 사망 등에 관해 외부자의 시각으로 조망하고 있다는 점이다. 다시 말하자면 이 5부작은 지구인이 아닌 외계인의 시각으로 쓰인 우주소설이며, 따라서 인간은 어떤 행성에 서식하는 한 종의 유기체로서 관찰되고 있다. 그러나 과학소설은 '소외'와 '인식'이 상호작용해야 하는 장르이다. 이 5부작이 일견 외계인의 시각으로 본 유기체로서의 인간에 관한 이야기이므로 독자는 관찰자인 외계인과 동일시하여 판단하려 들지만, 결국 관찰대상인 인간 종이 곧 자신들이며 따라서 이들의 이야기가 곧 자신들의 이야기임을 깨닫게 된다. 『제8행성의 대표 만들기』도 겉으로는 은하수의 어느 작은 행성에 닥친 빙하기에 관한 이야기이지만 실상은 이 지구에서 살아가는 인간들에게 언젠가 닥칠지 모르는 죽음과 멸종에 관해 재고하도록 만든 이야기이다.

제8행성에 이변적인 기후 현상으로 빙하기가 찾아오자 자연환경이 바뀌면서 이 행성에 서식하는 생물 종들이 진화를 하다가 멈추고 결국에는 절멸하기에 이른다. 인간 종도 절멸을 피할 수 없는데 그럼에도 불구하고 레싱은 제8행성의 주민들의 대표들이 결국 다른 행성에 생존하게 되는 것으로 설정함으로써 '대표란 무엇인가' 그리고 '죽음이란 무엇인가'에 관한 새로운 시각을 제안한다.

레싱의 과학소설은 이전의 사실주의 작품만큼 문학비평계의 찬사를 받지 못했다. 자신의 사고를 주입하고 있어 딱딱하고 이념적이며, 과학에 관한 지식이 없는 일반 독자는 물론 인문학이나 사회학을 연구하는 학자들에게도 어렵게 느껴지기 때문이다. 이렇게 제대로 평가를 받지 못했던 레싱의 과학소설의 진가를 처음으로 제대로 인정한 비평가가 캐서린 피시번이다. 그녀는 『도리스 레싱의 예상 불가능한 우주』(1985)에서 판타지 소설을 포함한 총 7권의 과학소설에 관해 분석하였는데, 7개의 장章 대부분은 서술기법에 초점을 맞추었고, 과학을 이용한 글읽기는 제4권 『제8행성의 대표 만들기』에 관한 제6장으로 제목이 「순리와 신물리학」이다. 피시번은 과학계를 부정적인 시각으로 묘사하던 레싱이 이 작품에서 처음으로 자신의 작품에 사용된 이미지와 논지들이 현대물리학에서 온 것임을 인정했으며, "과학과 과학기술에 인간의 진화 및 구원의 대리인 역할을 맡겼다"(121)고 주장한다. 피시번은 대표들의 '생존'을 '구원'으로 해석하면서 레싱이 그동안 사용해온 초자연적인 묘사들에 관해 과학적으로 설명해줄 수 있는 원리들을 처음으로 제시하고 있다고 보고 있다. 그러나 바로 앞 작품인 『시리우스 제국의 실험』(1981)에서도 현대 생물학을 이용하여 진화에 관해 그리고 그 철학적·사회적 의미에 대해 사고한 바 있다. 따라서 이 장에서는 그에 대한 연속으로 사회생물학의 견지에서 '유전자'와 '죽음'에 대해 탐구하고 더 나아가 현대물리학적 시각을 이용하여 '죽음' 혹은 '생존'에 대해 사고할 예정이다.

이 작품의 분석에 사회생물학적 시각을 차용하는 이유는, 레싱이 이 작품 속에서 인간 종은 육체적으로 절멸하지만 '대표'라고 불리는 어떤 존재들이 후대까지 생존하고 있다고 설정하고 있으며, 이 작품의 제목 또한 '제8행성의 대표 만들기'인 것으로 판단해볼 때, 여기에서 말하는 '대표'가 생물학에서 말하는 '유전자'의 전의轉義이며, 절멸된 종의 '유전 정보'가 '유전자'를 통해 후대까지 전달되는 과정을 보여주는 것이 아닌가 사료되기 때문이다.

이 작품은 "당신은 빙하기에 카노푸스 제국의 대리인들이 우리에게 어떻게 보였는지 묻고 있다"(*MRP* 11, 161)는 문장으로 시작하고 또한 끝난다. 여기에서 "우리"는 살아남은 제8행성의 대표들이고, "당신"은 이들이 이주해있는 또 다른 행성 즉, 이 작품의 내용상 로햅다일 것으로 추정되는 행성의 주민들인데, 로햅다는 이 5부작의 이전 작품들의 주요 무대였다. 보다 자세히 설명하자면, 이 작품은 생존하여 로햅다로 성공리에 이주한 혹은 구원받은 제8행성의 대표들이 로햅다 주민들에게 혹은 자신들의 후세에게 자신들의 경험을 들려주는 내용이다. 절멸한 종의 유전 정보가 후대까지 전달되는 과정을 보여 주고 있는 것이다. 다른 한편으로는 사망한 대표들이 다른 행성에 생존해 있음을 상정하고 있으므로, 이들이 생물학적으로는 죽음을 겪었으나 물리학적으로는 완전히 사라진 것이 아니라 다시 '육화' 혹은 '환생'한 것으로 해석할 여지도 보여주고 있다. 따라서 이런 점들을 현대 생물학과 현대 물리학을 이용하여 설명할 예정이다.

현대 생물학인 사회생물학의 이해를 돕기 위해서는 에드워드 오스본 윌슨의 『사회생물학 : 새로운 종합』(1975)과 유전자에 관한 최고의 설명서인 리차드 도킨스의 『이기적 유전자』(1976)를 참고할 예정인데, 주된 논점은 유전자의 실체규명 및 철학적 의미와, 진화가 집단의 이익을 위한 것인가 혹은 개체를 위한 것인가의 의문에 집중될 것이다.

현대 물리학에 관한 이해를 돕기 위해서는 베르너 하이젠베르크의 『하이젠베르크의 물리학과 철학』(1958), 데이비드 봄의 『전체와 접힌 질서』(1980), 그리고 프리초프 카프라의 『현대 물리학과 동양사상』(1975)을 참고할 예정인데, 카프라는 현대 물리학인 양자역학이 "우주를 물리적 대상들의 집합으로서가 아니라 통일된 전체의 여러 가지 부분들 사이에 있는 복잡한 관계망으로 보게"(185)하는 전체론적 세계관을 발견하였다고 주장한다. 따라서 이 장의 주된 논점은 레싱의 전체론과 현대 물리학의 전체론과의 비교가 될 것이며, 또한 '죽음'의 의미에 관한 현대물리학적 해석이 될 것이다.

2. 현대 생물학 : 의식이나 정보 유전의 과학적 근거

레싱은 이미 과학소설 연작 『아르고스의 카노푸스 제국』의 제3권 『시리우스 제국의 실험』에서 "종이란 왜 존재하는가? 그 기능은 무엇인가? 무슨 일을 하는가? 전全 우주의 조화 속에서 어떤 역할을 하는가?"(273)에 대해 사고하였다. 레싱에게 생물의 다양한 종들은 우주라는 전체의 궁극적 조화를 위해 반드시 필요한 부분들이며 인간 종도 예외가 아니다. 따라서 생물의 진화는 순전히 우연한 사건이나 무작위적인 것이 아니라 어떤 궁극적인 목적이나 목표, 방향성을 갖고 있다. 이렇듯 레싱은 도덕성이 가미된 우주관을 갖고 있었고, 이 점이 다윈의 진화론이나 윌슨과 도킨스 같은 사회생물학자들의 관점과 가장 크게 어긋나는 점이다.

『제8행성의 대표 만들기』에서도 레싱의 이런 관점은 계속되어 인간 종을 포함한 모든 생물은 우주라는 전체 속에서 어떤 기능을 하고 있는 한 부분이며, 이들의 진화 역시 어떤 목적을 향해 진행되는 과정이다. 카노푸스의 관리 조호는 이 작품의 화자이자 제8행성 주민들의 대표인 덱에게 "우리의 제국[카노푸스 제국]은 제멋대로가 아니며 이기적인 통치자들의 결정이나 과학기술의 무계획적인 발전으로 이루어진 것이 아니다. … 우리의 성장, 우리의 존재, 즉 현재의 우리는 한 개의 단위요, 통일이자 전체이다"(*MRP* 80)라고 말한다. 그리고 여기에서 더 나아가 카노푸스 제국 위에 더 크고 완벽한 존재가 있어 카노푸스 제국 역시 그 존재의 명령 혹은 어떤 순리 같은 것을 따르고 있다고 밝힌다. 그러므로 카노푸스 제국도 거대한 우주질서의 일부인 제8행성 주민의 절멸을 막을 수 없으며 순리에 역행할 수 없다. 레싱의 이런 전체론적 세계관은 운명론적이거나 결정론적이라고 비난받을 소지를 갖고 있다. 그러나 레싱은 이런 세계관을 현대 생물학과 현대 물리학을 차용하여 설명함으로써 논리적·과학적 설득력을 보완하고 있다.

현상만을 다루는 후진적인 학문으로 폄하되던 생물학이 현대에 들어와 새로운 기술인 유전자공학 기술을 발전시키면서 가히 혁명이라고 부를 만한 변화를 겪었다. 생물학이 정량적인 학문으로 바뀌고, 유전자 더 나아가 게놈에 관한 정보를 파악하면서 생명의 신비를 파헤치는 '판도라의 상자'에 도전한다는 자부심도 갖게 되었다. 진화도 자연스럽게 '유전자의 역사적 변화'라고 불리게 되었다. 사회생물학의 효시라고 할 수 있는 저서 『사회생물학 : 새로운 종합』에서 윌슨은 "생물의 주요 기능은 다른 생물을 재생산하는 것이 아니라 유전자를 재생산하는 것이며, 따라서 생물은 유전자의 임시 운반자로서의 역할을 수행하고 있을 뿐이다"(윌슨 20)라고 주장하였고, 리차드 도킨스는 『이기적 유전자』의 도입 부분에서 "생명에는 의미가 있는가? 우리는 무엇 때문에 존재하나? 인간이란 무엇인가?"(도킨스 19)라고 질문하면서 "우리는 … 유전자의 생존기계"(도킨스 45)라고 단정 짓고 있다. 레싱 또한 『제8행성의 대표 만들기』에서 절멸해가는 주민들을 바라보면서 "우리가 미래로 나아가는 경로가 아니라면 그리고 이 미래가 지금의 우리의 모습, 현재의 우리 모습보다 더 나을 수 없다면, 과연 우리는 무엇인가?"(*MRP* 57)라고 묻고 있는데, 레싱도 인간을 포함한 모든 종들이 보다 진화된 종을 퍼뜨리기 위해 존재하며, 자신의 유전자를 계승시키기 위해 존재한다고 주장하고 있는 듯이 보인다. 그러나 유전자를 생존기계로서만 보는 도킨스와 달리 레싱에게 유전자는 궁극적으로 우주의 질서를 따르고 그 메시지를 전달하는 매개체이다.

사회생물학자들과 그 이전의 생물학자들 간의 큰 의견 차이 중 하나는 진화가 종 또는 집단의 이익을 위해서 일어나는가 혹은 개체의 이익을 위해서 일어나는가에 관한 것이었고, 그에 대해 도킨스는 "개체의 이익"(도킨스 20)을 위해서라고 답하면서, "자기 이익의 기본 단위는 종도, 집단도, 엄밀하게는 개체도 아님을 논하려고 한다. 그것은 유전 단위인 유전자"(도킨스 33)라고 주장한다. 따라서 이런 그의 의견이 개인과 사회의 이항대립적 관계에 관심을 쏟아왔고 전체론적 입장에서 개인보다는 사회를 우위에 놓고 있는 레싱의 사고와 어떻게 관련되는지 이 작품에 관한 글읽기를 통해 탐구할 예정이다.

제8행성의 주민들은 앞 작품인 『시리우스 제국의 실험』에서 자주 그랬듯이 카노푸스 제국이 보다 진화된 인종을 만들기 위해 여러 행성의 주민들을 교배하여 제8행성에 이주시킨 인종이다. 그러나 카노푸스가 자신의 설계대로 만든 제8행성의 주민들은 카노푸스 제국조차 예상치 못한 우주 속 배열의 변화로 운명이 바뀌게 되었다. 제8행성이 "안정과 느린 성장"(*MRP* 28)을 할 것으로 예상했으나 그렇지 않게 되자 카노푸스 제국은 이 주민들을 로핸다로 이주시킬 계획을 세웠다. 그렇지만 로핸다 역시 카노푸스 제국이 예상한 것과 달리 더디 발전하게 되었다. 카노푸스 제국이 제8행성의 주민들과 교배시켜 "조화로운 전체"(*MRP* 28)로 만들 계획이었던 로핸다의 종이 기대한 만큼의 진화를 이루지 못했기 때문이다. 로핸다로 이주하는 일이 불가능해지자 카노푸스의 대리인들은 제8행성의 주민들에게 만리장성을 떠올릴 정도의 거대한 벽을 짓도록 명령한다. 이 벽은 빙하기가 도래하여 몰려오게 될 얼음을 막기 위한 방어벽이다. 그러나 완성되었을 당시의 이 거대한 벽은 제8행성의 "업적이자 진보이며 요약이고 정의定義, definition"(*MRP* 13)라고 불릴 정도의 훌륭한 건축물로, 제8행성이 진보의 최고조에 달하였음을 상징한다.

그러나 최고조에 달하였다는 것은 이제부터 축소되어야 함을 의미한다. 가득 차면 비워야 하기 때문이다.

> 우리는 더 이상 다른 방식으로 발전하고 있지 않았고, 우리의 부富도 증가하지 않고 있었다. 우리는 더 이상 과거처럼 우리의 자원을 언제나 증대시킬 수 있을 것으로 기대할 수 없고, 우리의 생활방식을 언제나 보다 미묘하고 멋지게 창의적으로 만들 수 있다고 기대할 수도 없었다(*MRP* 13).

이 문명은 이미 절정에 달하였다. 그리고 퇴행의 시작을 알리는 신호처럼 이 행성에 눈이 내리기 시작한다. 온 세상이 하얗게 변하면서 주민들은 이전에는 자신들이 환경과 잘 조화를 이룬다고 생각했으나 이제는 자신들이 추하게 보이기 시작한다. 자연환경과의 조화가 깨진 것이다. 이제 이 행성에서 생존하려면 다시 말해 환경에 적응하려면 이 행성의 생물들은 진화해야 한다.

새로운 종의 동물들이 생겨나고 새로운 종의 이끼들이 생겨났다. 인간 종 즉, 제8행성의 주민들은 카노푸스의 지시대로 빙하기에 대비하기 위해 주거지의 구조 변경, 식량 확보, 거대한 벽의 관리 등의 대책을 마련한다. 제8행성에서는 지구와 반대로 대륙이 대부분을 차지하고 있어 바다가 귀하다. 따라서 바다가 신성시되고 물고기는 잡아먹지 않았으나 식량수급에 문제가 생기자 신성시되던 물고기도 잡아먹게 되었다. 외부의 변화가 서서히 내부의 변화, 즉 의식의 변화를 가져오고 있는 것이다. 제8행성을 통치하던 대표들의 직분에서 중요함의 순위도 달라졌다. 눈과 얼음으로 식물들이 자라지 않게 되자 눈이 내리기 전보다 동물들을 사육하는 역할이 농작물을 키우는 역할보다 훨씬 더 중요해졌다. 이 행성에는 50명의 주민 대표가 있는데, 이들은 직분에 따라 이름이 정해진다. 따라서 직분이 바뀌면 이름도 바뀐다. 화자인 '나'는 '대표 중의 대표'의 신분으로 이름이 덱인데, 역할은 『제3, 4, 5지대 간의 결혼』의 화자 루지크처럼 역사가이자 기록자이지만, 기록자가 되기 이전에 건설자 등 여러 직분을 거쳤다. 이렇게 대표들의 이름을 그 직분에 따라 부르는 것은 요즈음 우리가 유전자를 '암유전자' '생식유전자' 등으로 분류해 부르고 있음을 상기시키며, 인간에 대해 평가할 때 개인 인격체로서의 중요성보다 기능이나 역할을 중시하고 있음을 보여준다.

사람들이 눈 속에 갇혀 지내고 식량이 부족해지자 도둑질이 성행하고 살인까지 일어나게 된다. 대표들은 식량감을 찾기 위해 제8행성의 극지방까지 덱, 과실 재배자인 클린, 가축 사육자인 마알, 그리고 젊은이들 중에서 선발된 처녀 알시와 청년 노니로 구성된 원정대를 보내는데, 남극이나 북극 탐험대의 힘든 여정을 상기시키는 이들에 대한 묘사로 레싱은 빙하기에 접어든 제8행성을 실감 나게 표현한다. 이 여정 중에 안전과 안정을 원하는 중년의 대표인 덱이나 클린, 마알과 달리 젊은 알시와 노니는 과감한 모험을 감행한다. 이때 덱은 종말을 앞둔 기성세대가 젊은 세대를 바라보며 느끼는 감정을 다음과 같이 묘사한다.

> 하나의 종, 인종이 위협을 받을 때에는 우리 육신의 물질 속에 박혀 있는 충동과 필요들이, 극한 상황이 우리에게서 진실을 쥐어 짜내지 않았더라면 결코 알 필요도 없었을 방식으로 자기의 뜻을 과감하게 표현한다는 사실을 우리 즉, 나이 든 사람들은 배우고 있었다(*MRP* 38).

극한 상황에 부딪혔을 때 나오는 "우리 육신의 물질 속에 박혀 있는 충동과 필요," 이것이 바로 진화를 부추기는 어떤 추진력으로 추정되며, 주변 환경이 새롭게 변하면 젊은 세대들은 기존 세대와 달라져야 하고 즉, 진화되어야 하고, 따라서 몸속의 유전 정보가 바뀌어야 한다.

속수무책의 엄청난 추위 속에서 50명의 대표들은 활력을 잃고 수동적이 되어가는, 다시 말해 퇴행을 겪고 있는 주민들을 위해 모든 노력을 기울이지만 "그런 노력이 개체로서의 우리들[자신들, 즉 대표들]과는 아무런 관계가 없다"(*MRP* 70)고 느낀다. 반면, "가능성에 대한 지식, 미래에 대한 잠재력을 보존하는,"(*MRP* 63) 자신들이 "과거의 우리[제8행성주민]이자 미래의 우리"(*MRP* 63)라고 말하면서, 제8행성의 주민들이 절멸되더라도 자신들, 즉 대표들이 미래와의 연결고리가 될 것임을 강력히 시사한다. 즉 대표들이 미래로 유전될 유전자 혹은 '자기 복제자'의 기능을 하고 있음을 암시한다. 도킨스에 따르면 유성생식을 하는 생물체가 자기 복제자인 것이 아니라 "모든 생명의 근본적인 단위 및 원동력 즉, 유전자가 자기 복제자"(도킨스 389)이다.

카노푸스 제국은 주민들에게 로핸다로 이주하게 될 것이라는 희망을 주었었고 따라서 주민들은 카노푸스의 우주선을 타고 로핸다로 이주할 날만을 기다리고 있었다. 그러나 카노푸스 제국은 단열재나 식량 같은 물질만 날라다 주고 종국에는 대리인 조호만을 파견하여 제8행성 주민들의 희망을 꺾어버렸다. 최후의 날에 임박하여 찾아온 조호는 이주 방법이나 생존방법에 관해 알려주기는커녕 덱에게 "대표가 된다는 것이 무엇인지 생각해본 적이 있는가"(*MRP* 74) 같은 선문답禪問答을 시작한다.

덱의 '대표론'에 따르면 우선 대표란 어떤 그룹을 대변하는 사람이며, 대표 선발은 우연이고 무작위로 이루어진다. 덱은 클린과 마알과 함께 카노푸스 제국에 선발되어 제10식민행성을 참관한 적이 있고 그 여행에서 돌아와 제8행성주민들에게 바깥세상에 대해 알려준 적이 있는데, 당시 자신들이 선발된 이유 역시 "평범함"(*MRP* 76)이었다고 기억한다. 덱은 50명의 대표들 중에서 선발된 5명의 '대표 중의 대표'에도 속해 있는데, 이것 역시 편의상 뽑힌 것이며 자신이 선발된 것은 우연이었다고 말한다. 정치 지도자처럼 우수한 사람이 추대되는 것이 아니라, 즉 개체의 우수한 인자가 유전되는 것이 아니라, 평범함 혹은 보편성이 유전되는 것이다. 환언하자면 중요한 것은 우수한 영도력이 아니라 대표성이다. 강한 자가 살아남는 것이 아니라 살아남은 자가 강한 것이다.

그렇다면 이들은 어떻게 멸종에서 살아남을 수 있는가? 카노푸스 제국의 입장에서 볼 때 다른 행성으로의 이주 방법에 우주선을 타고 가는 것만 있는 것이 아니다. 우주선을 이용한다는 것은 과학기술을 이용하는 것인데, 카노푸스에게는 그 외에도 과학을 이용한 생존방법 즉, 후에 조호가 "죽는 방법에는 여러 가지가 있다"(88)고 말한 것처럼 "새로운 지식"(88)이 있음을 암시한다.

덱은 조호와 선문답을 하면서 '나'는 개체의 '나'가 아님을 불현듯 깨닫는다. 덱은 거울 속에서 자신이 조상에게서 물려받은 특질들을 바라보면서 자기 대신에 자기와 비슷한 수많은 비슷한 사람들이 태어날 수 있었음을 기억한다. 자신은 이들을 대신해서 대표로 태어난 것이다.

> 보세요, 여기에 당신[조호]이 있어요. 내 속에 말이에요. … 왜냐하면 나[덱]라는 느낌, 나에 대한 느낌, 나, 덱이 여기에 있어라는 느낌은 유전자들의 기회가 다르게 왔더라면 당신의 느낌이었을는지도 몰라요(*MRP* 111 레싱의 강조).

내가 나인 것은 우연이고 확률의 문제이다. 따라서 "나 여기 있어"라는 느낌은 내 것이 아니라 공유된 것이며 공유된 것이어야 한다. 레싱은 이런 사고 속에서 '나'를 '나의 집합'me-ness이라고 부른다. '나의 집합'이란 개체로서의 '나'가 아니라 '나와 조금씩 색깔이나 등급이 다른 모든 것들'을 망라해서 지칭하는 말이다. '나'는 '나의 집합'의 대표일 뿐이다. '나'는 "하나의 개체이지만 동시에 수많은 개체들의 복합체"one but a conglomerate of individuals이다. 이것은 유전자 속에 개인 무의식뿐 아니라 집단 무의식 같은 원형적 지식도 포함되어 있음을 암시한다. 칼 융의 정신분석학에 입각하여 레싱의 작품들을 분석하는 로렐라이 세더스트롬은 레싱이 융의 개인 무의식과 집단 무의식을 모두 이용하는데, 개인 무의식이란 한 개인의 역사로 인해 억압된 모든 요소를 포함하는 반면, 집단 무의식은 어떤 기본적이고 영원히 반복되는 정신 패턴들에 대한 '기억'을 상속받은 것이라고 정의한다(세더스트롬 9).

조호는 덱에게 "당신이 누워 꿈꾸고 있을 때 당신이 꾸는 꿈이 오로지 당신 것이라고 상상하는가?"(*MRP* 83)라고 물으면서 덱이 문자 그대로 '대표'임을 깨우친다. "하나의 인간, 즉 개인은 너무나도 많은 사람을 대표하도록 만들어졌다."(*MRP* 89) 따라서 "나에게서 '나'란 나 자신의 것이 아니며, 나 자신의 것일 리 없다. 그것은 공유된 보편적 의식意識이어야 한다."(*MRP* 90) 이렇듯 레싱은 과학소설 시리즈 『아르고스의 카노푸스 제국』에서 개체로서의 의식과 종으로서의 의식이 불가분의 상태에 있음을 제시하고 있다.

조호는 덱에게 과거 카노푸스 제국이 제8행성 주민들에게 해주던 교육을 기억시키는데, 카노푸스 제국은 그 당시 여러 지식을 전수하였다. 우선 제8행성 주민들에게 영양羚羊을 죽이도록 명령을 하고 대표들은 그 명령을 따르면서 죄의식에 시달렸다. 조호는 그 짐승의 사체와, 주민들을 기쁘게 해주던 "그 짐승의 매력, 다정함, 우아함, 동작"(*MRP* 86) 사이에는 아무런 관계가 없으며, 짐승의 정신은 사체에 있는 것이 아니라 영양이 뛰어놀던 언덕, 바람이 소용돌이치던 풀밭, 숲속에 있다고 말했다. 이것은 육신이 유전자의 운반자일 뿐이라고 강조하는 도킨스처럼 육신과 정신의 분리를 주장하기보다는 '나' 속에는 여러 개의 '나'가 조합되어 있고 즉, '나의 집합'이므로, 죽음이란 그중 하나를 버리고 다른 하나를 취하는 것일 뿐임을 주장하는 것이다.

유일한 희망이었던 방어벽이 무너지고 카노푸스 제국으로부터 구원의 손길도 기대할 수 없게 된 제8행성의 주민들은 세상의 종말을 받아들이면서 무기력 속으로 빠져들고, 대표들은 그들을 찾아다니며 일깨우고 격려한다. 그리고 그러는 동안 자신들의 "분자 하나하나 원자 하나하나가 변화되고 있었음"(*MRP* 136)을 깨닫는다.

이제 식량도 떨어져 50명의 대표들과 조호는 빙하기 속에서 찾아오는 작은 여름의 혜택을 얻기 위해 극지방으로 가지만 이제 더 이상 여름도 찾아오지 않는다. 추위를 피해 함께 웅크리고 있는 대표들은 키울 가축도 지을 집도 없어졌으므로 즉, 역할이 없어졌으므로 이름 또한 없어졌다. 개체로서의 존재 가치가 없어진 이들은 조호에게 자신들의 이름이 무엇인지 묻는다. 그리고 한 덩어리로 뭉쳐서 무거운 육신을 끌며 이동하던 이들은 드디어 죽음을 맞이한다.

그러나 죽은 대표들은 완전히 소멸된 것이 아니라 어떤 새로운 존재가 되었고 이들에게 죽은 청년 노니까지 합류한다. 이들 무리 속에는 온갖 기능을 하던 대표들이 포함되어 있었고 카노푸스의 관리 조호도 포함되어 있다. 이들은 자신들이 보고 있는 것이 무엇인지 어디에 있는지 의문을 제기하면서 자신들이 보고 있는 것이 "수많은 가능성들"(*MRP* 160)임을, 다시 말하자면 자신들이 될 수도 있었을 무한한 가능성 속을 헤엄치고 있음을 깨닫는다. 그리고 "나라는 느낌"(*MRP* 160)이 거주할 집이 이미 되었을 수도 있고 앞으로 될 수 있는 모든 조합의 유전자 창고를 본다. 그리고 제

8행성의 극지방에 도달한 이들은 그곳에서 제8행성을 떠나 새로운 행성에 도착한다. 이들은 여러 개의 '나' 중 또 하나의 '나'를 선택한 것이다. 이 새로운 행성도 카노푸스 제국이 주민들을 돌보고 가르치는 카노푸스의 식민행성이다.

레싱은 현대 생물학이라는 "새로운 지식"을 이용하여 이들 대표들이 '죽음'과 동시에 육신이 제거된 채 그 정수精髓, essence가 유전자 정보로 응축되어 후세로 유전되고 있음을 보여 주고 있다. 이들은 빙하기의 경험으로 인해 한층 진화된 정보를 후세에 전달하고 있을 것이다. 따라서 레싱이 작품 내내 계속 질문하던 '사고' '감정' '의지'가 있는 곳이 바로 물체들의 정수精髓라고 할 수 있는 '대표' 혹은 유전자이다.

도킨스가 강조하듯이 진화는 '종'의 이익을 위해서가 아니라 '개체,' 더 정확히 말하자면 '유전자'를 위해서 일어나지만, '나'가 '나의 집합'의 대표임을 제시하는 레싱의 진화론에 따르면, 유전자 정보는 개인 무의식인 동시에 집단 무의식이다. 샤디아 파힘은 이것을 "개인 무의식과 집단 무의식 간의 화해"(파힘 152)라고 부르고 있으며, 마가렛 모앤 로우는 "진화하는 집단을 효과적으로 보여주고 있으나 여전히 개체성을 포기하지 못하고 있다"(로우 90)고 해석하고, 데이비드 워터맨은 "개인 무의식과 집단 무의식이 분리될 수 없는 보편적 정체성"(워터맨 105)이라고 보고 있으며, 수잔 왓킨스는 "개인적 물리적 존재와 집합적 정신적 존재 간의 경계선 넘기"(왓킨스 93)라고 읽고 있다.

3. 현대 물리학 : 육화 혹은 환생의 과학적 근거

레싱은 『아르고스의 카노푸스 제국』의 제1, 2, 3권을 통해서 '생물과 무생물을 포함한 우주의 만물이 서로 얽혀 있는 하나'라는 전체론적 사상을 반복 표현하였는데, 제4권에 와서는 이 사상을 극미極微의 세계까지 확대하여 사색한다. 즉 원자물리학의 세계까지 연결하여 사색하고 있다.

레싱 학자들은 레싱의 전체론적 세계관이 1960년대부터 심취하게 된 동양의 신비주의 수피즘의 영향 때문이라고 말하곤 하는데, 물리학자이자 동양 명상의 수련자인 프리초프 카프라도 저서 『현대 물리학과 동양사상』에서 현대 물리학도 전체론적 사상을 향해 나아가고 있음을 증언한다. 그에 따르면 동양 신비주의는 "우주란 영겁토록 움직이고, 살아 있고, 유기적이며, 정신적인 동시에 물질적인 하나의 불가분의 실재이다"(카프라 42)라고 깨닫고 있으며, 현대물리학자 역시 "이 세계를 불가분, 상호작용, 부단한 운동의 구성 분자로 이루어진 하나의 체계로 보면서, 인간 존재도 이 체계의 불가결한 일부분"(카프라 43)이라고 인식하고 있다.

20세기가 시작된 후 처음 30년간 물리학의 전 상황이 급진적으로 변화하면서, 특히 상대성 이론과 원자물리학이 뉴턴적 세계관의 모든 주요 개념들, 예를 들어 절대 공간과 절대 시간이라는 개념, 기본적인 고체 입자, 물리 현상의 엄격한 인과성, 자연에 관한 객관적 기술記述이라는 이상理想 등등을 무참히 깨부수게 되었다(카프라 89~90). 상대성 이론은 시간과 공간의 전통적 개념을 변화시켰으며, 원자물리학은 견고한 물질적 실체라는 개념을 무너뜨렸다. 현미경의 발달로 극미의 세계에 대해 알아가면서 우리가 느끼는 감각의 세계가 환상에 불과한 것이 되었다. 카프라는 우리의 감각보다는 명상과 직관으로 판단하는 것이 더 진실에 가까울 수 있다고 제안하면서 그런 점에서 현대 물리학이 점점 동양사상을 닮아가고 있다고 주장한다. 레싱 역시 이 작품 속에서 원자물리학의 일부인 양자론을 이용하여 감각의 세계를 해체하고 그동안 반복하여 그려내던 직관의 세계를 이론화한다.

덱은 현미경을 통해 깨달은 바를 조호에게 설명하면서 자신이 중요한 발견을 했다고 말하는데, 그것은 우리가 느끼는 견고성solidity에 의문을 제기하는 것으로, 인간은 자신이 견고하다고 느끼지만 즉, 질량이 있고 면과 곡선이 있는 형태를 갖고 있으며 밀도密度 또한 갖고 있다고 느끼지만, 현미경을 통해 보았을 때 이 견고성은 환상에 지나지 않는다. 왜냐하면 현미경을 통해 본 핵은 양성자와 중성자로 분해되고 이 핵 주위에는 양성자와 같은 수의 전자가 둘러싸고 있으며, 이 전자들은 상당히 떨어진 상태에서 운동을 하고 있기 때문이다.

> '핵이 있어요 — 어떤 사물의 핵. 그러나 그것은 자꾸 분해가 됩니다. 그리고 그 주위에는 어떤 춤 혹은 맥박 같은 것이 있지요? 그러나 이것 즉 핵과 진동 사이의 공간이 너무나 광대하고 광대해서 내가 느끼는 견고성이란 제가 알기에는 아무것도 아니에요. … 제 고유의 눈으로 보지 않은 시각으로 볼 때 저는 전혀 조밀하지도 견고하지도 않아요.'(*MRP* 91)

극미의 세계에서는 우리가 느끼는 견고성 혹은 무게, 무거움은 우리의 환상일 뿐이다.

견고성, 부동성, 영원함 — 이것은 고작 제8행성의 눈을 가진 우리가 사물들을 보는 방식이야. 카노푸스는 말했었지, 어디에도 영원함, 불변함은 없다고, 이 은하수에도 우주에도. 움직이고 변하지 않는 것은 없다고. 우리가 돌멩이를 볼 때에도 춤과 흐름으로 보아야 한다고. (*MRP* 26)

조호는 견고성에 대한 환상 이외에 객관성도 환상에 불과함을 일깨운다. 현미경 속에서 세포와 분자들이 일종의 춤으로 사라져 버린다는 덱의 말에 조호는 "당신이 관찰하는 방식에 따라 수정되는 춤"(*MRP* 91)이라고 교정해 주면서, 관찰자의 주관에 따라 모든 것이 달라진다고 깨우친다. 현대 물리학 역시 과학의 객관성이라는 환상을 무너뜨렸는데, 하이젠베르크는 주장하기를, 아원자subatomic 실험에서는 관찰자와 피관찰자 사이에 반드시 상호작용이 존재하게 되어 주관성이 개입되므로 "우리가 관찰하는 바는 자연 그 자체가 아니라, 우리 방식대로 문제를 제기한 자연이다"(하이젠베르크 45)라고 말한다. 고전 물리학에서 주장하던 객관성을 부정하고 주관성이 필연적으로 개입됨을 인정한 것이다.

데이비드 봄은 『전체와 접힌 질서』에서 양자론의 네 가지 특징을 고려할 것을 주창한다. 우선 전이의 불연속성으로, 계界가 초기 상태, 중간 상태, 최종 상태를 연속적으로 거친다는 고전 물리학적 사고에서 벗어나야 하며, 둘째, 물질은 서로 다른 실험조건에서 때로는 파동처럼 때로는 입자처럼 움직이지만, 어떻게 보면 언제나 둘 다인 것처럼 움직인다. 셋째, 모든 물리 상황은 파동함수로 기술되지만, 파동함수는 개별 대상이나 사건, 과정의 실제 성질과는 직접적 관련이 없다. 오히려 물리 상황에 잠재해 있는 성질을 기술한다고 보아야 한다. 파동함수를 보면 특정 조건 아래 관측된 통계모음에서 서로 다른 잠재성이 발현될 확률측도를 알 수 있다. 그러나 개별 관측에서 무엇이 일어날지 예측할 수는 없다. 마지막으로, 양자론에서는 공간을 두고 떨어져 있어 상호작용하지 않는 사건들도 어떤 상관관계에 있다. 이런 관계를 인과 관계로 설명할 수 없다(봄 170~1) 등이다. 이 네 가지 고려 사항은 이 작품의 결말을 이해하는 데 반드시 필요한 개념들이다.

레싱은 대표들이 육체적으로 사망했으나 이들이 다른 곳에서 다시 육화된다고 설정하고 있으며, 사망이라는 초기 상태와 환생이라는 최종 상태에 대해서만 확실하게 표현할 뿐 중간 상태에 대해서는 우리의 감각세계를 뛰어넘는 묘사로 처리하고 있다. 즉 사건의 발생에 대해서만 확신할 수 있을 뿐 그 과정에 대해서는 확실하게 알 수 없음을 전제하고 있다.

양자론은 분자의 구조와 전자의 운동으로 물체의 견고성이 환상임을 입증하였고, 현대 물리학의 최대 스캔들이라고 할 수 있는 원자들의 이중성 즉, 때로는 '입자'이고 때로는 '파동'일 수 있는 모순의 발견으로, 아원자적 상태에서는 물질이 어떤 확실한 장소에 확실하게 존재하는 것이 아니라 '존재하려는 경향'임을 나타내며, 원자적 사건들은 확실성 있게 한정된 시간에 한정된 방식으로 발생하는 것이 아니라 '발생하려는 경향'을 보이는 것임을 증명하였다(카프라 97). 따라서 우리는 원자적 사건을 결코 확실하게 예언할 수 없다. 단지 그것이 어떻게 일어날 것 같은가를 말할 수 있을 뿐이다. 이것이 하이젠베르크의 '불확정성 원리'이며, 원자물리학의 모든 법칙이 확률로 표현되는 이유이다.

상대성 이론은 질량이 어떤 실체 같은 것과는 아무 관계없는 에너지의 한 형태임을 밝힘으로써(질량-에너지 등가원칙), 어떤 계界가 닫힌계일 때 즉, 에너지가 손실되지 않는 마치 그물망처럼 얽힌 계일 때 질량이 에너지로 변할 수 있으며 에너지 또한 질량으로 변할 수 있다는 질량-에너지 보존법칙을 주장하였다. 우주에서 질량 에너지의 총량은 언제나 일정하게 유지되기 때문이다. 이 과학원리는 그 후 신비주의나 불교에서 '영생'을 이론화하는 것으로 간주되고 있다. 레싱은 제8행성의 대표들이 생물학적으로 죽은 후에도 새로운 눈으로 자신들의 사체를 보고 있으며, 무거웠던 육신을 벗어던진 채 가볍게 움직이고 있다고 묘사하고 있다. 이들은 곧 자신들이 다양한 모양들 사이를 헤엄치고 있음을 깨닫는데, "얼마 안 가 그들은[대표들은] 이 무한히 많은 다양한 모양들이 눈꽃송이임을 알게"(*MRP* 156) 된다. 이들이 눈의 결정結晶들의 세계, 다시 말해, 극미의 세계 속으로 들어간 것이다. 이들은 눈꽃송이 사이를 떠다닐 정도로 분자나 원자 혹은 입자의 크기로 작아졌고 눈꽃송이 사이를 헤엄쳐 "그 구역 혹은 영역"(*MRP* 157)에서 벗어난다. 그리고 자신들의 사체가 분해되고 있음을 본다. 그러나 그들은 완전히 사라진 것이 아니다.

> 옛 모습을 잃었다 하더라도 우리는 여전히 어떤 것이었으며, 개체들의 집단이지만 하나의 통일체로서 계속 함께 움직이고 있었다. 그리고 우리는 물체 즉, 어떤 한 종류의 물체의 여러 양상이어야 했고 틀림없이 그러했다. 왜냐하면 비록 모든 것이 미끄러지고 섞여

들어가 언제나 더 작게 되더라도 물체, 물질, 혹은 유형의 것의 그물망 속에 있으므로 물체이자 물질이기 때문이다. 우리들은 자신들을 실존자로 인식하고 있었다. 다시 말해 우리는 느낌이고 사고이며 의지였다. 이것이 우리의 새 존재의 그물망이자 씨줄이고 날줄이었다. … 이제 하나의 양상은 이미 제8행성의 물리적 물질 속으로 사라져버렸다. 그리고 또 하나의 양상이 나왔는데, 매 순간 우리의 눈이 바뀌면서 우리는 계속해서 새로운 무대 혹은 새로운 시간의 일부가 되었다. (*MRP* 158 레싱의 강조)

현대물리학적으로 사고할 때 이들은 분해되었고, 그리고 다른 곳에 어떤 다른 것으로 존재하게 되었다. 우리는 그 사실만 안다. 그 중간 상태에 대해서는 알 수 없다. '불확정성의 원리'가 주장하듯이 우리가 규명할 수 없는 과정을 거쳐 최종 상태가 된 것이다. 전체론적 사고에서 보자면 복잡하게 얽혀 있는 우주의 그물망 속에서 어느 한 곳에 일어난 하나의 사건은 다른 곳에서 다른 사건을 초래하고, 하나의 사라짐은 하나의 등장을 유도한다. 질량-에너지 보존법칙도 같은 것을 설명하고 있다. 레싱은 여기에서 그물망처럼 얽혀 있는 세계 즉, 에너지가 빠져나가지 못하는 닫힌계界를 가정하고 있기 때문에 이들의 운동에너지는 온전히 질량으로 전이될 수 있다. 제8행성의 대표들은 그들의 육신을 제8행성에 버려두고 떠나왔고 새로운 곳에서 새로운 육신을 갖게 되었다.

이 작품은 앞에서도 말했듯이 "당신은 빙하기에 카노푸스 대리인들이 우리에게 어떻게 보였는지 묻고 있다."(*MRP* 11, 161)라는 문장으로 시작되고 끝난다. 조호는 대표들과 토론하면서 제8

주민들의 멘토 겸 가이드 역할을 하였고 결국 생존의 약속을 지킨 셈이기 때문에 새 행성에서도 같은 역할을 계속하고 있다.

제8행성의 입장에서 볼 때 제8행성의 주민들은 사망했고, 따라서 이들의 죽음은 절멸이며 멸종이지만, 카노푸스의 입장에서는 우주의 긴 진화 속에 있는 하나의 작은 에피소드에 불과하다. 레싱은 하나의 사건도 장기적 시각으로 보느냐 단기적 시각으로 보느냐에 따라 다르며, 극대의 관점에서 보느냐 극미의 관점에서 보느냐에 따라 그리고 어떤 위치의 관찰자의 시각으로 보느냐에 따라 다름을 표현하고 있다. 따라서 누가 어디에서 누구의 시각으로 보느냐에 따라 다르므로 완전한 객관성이란 존재하지 않는다. '죽음,' '절멸,' '멸종'은 이런 다양한 시각으로 볼 때 사라짐이 아니라 '이동'이고 '전이'이고 '과정'일 뿐이다.

4. 결론

『제8행성의 대표 만들기』는 레싱 연구가들에게 분석하기 까다로운 작품이었던 것으로 보인다. 피시번이 '주민들의 전멸'을 '구원의 전 단계'로 해석했듯이, 레싱은 이 작품을 다른 작품들처럼 매우 긍정적으로 결론짓고 있음에도 불구하고, 많은 학자들은 레싱의 의도는 제쳐둔 채 혹평을 하거나 부정적이고 암울한 작품이라고 단정 지었다. 예를 들어 벳시 드레인은 『압력받는 내용』(1983)에서 이 작품의 결말 부분을 "deus ex machina"(기계신)(177)라고 평하였는데, 'deus ex machina'는 '가망성이 없어 보이는 상황을 해결하기 위해 동원되는 힘이나 사건'을 말한다. 이전 작품들에서 레싱이 지나치게 황당한 결말을 짓고 있다고 비평가들에게 비난받았기 때문에 이 작품에서는 과학이론을 동원하여 설명하고 있음에도 불구하고 여전히 똑같은 평을 듣고 있는 것이다. 캐리 캐플란은 레싱이 식민행성의 주민들을 카노푸스 제국의 허수아비로 만들면서 지나친 고통을 주고 있다고 폄하하고 있고(캐플란 154), 로렐라이 세더스트롬은 제8행성이 죽음을 향해 나아가면서 대표들이 순진한 행복감에서 불가피성을 수용하는 쪽으로 진화하도록 강요당하고 있다고(세더스트롬 201) 쓰고 있다. 그렇지만 이 작품은 식민행성의 주민들을 고의로 억압하는 제국주의적 작품이거나 '죽음'이나 '멸종'의 불가피성을 주창하는 묵시록적 작품이 아니다. 오히려 '죽음'이나 '멸종'도 궁극적 조화를 향해 나아가는 우주 전체의 진행이자 진화의 일부라고 재차 확인하는 작품이며, '개인'보다는 '집단'을 우위에 두던 레싱이 '개인'과 '집단' 간의 경계를 내파시키면서 이 둘이 결국 불가분의 하나임을 이론화한 작품이다. 그리고 이 작품 전체를 통해 자신의 직관을 현대 과학을 이용하여 설명하려고 노력하였으며, 자신이 과학소설 연작을 시작할 때 의도한 것처럼 더 커지고 넓어진 시야로 인간과 세계를 보려고 시도한 작품이다.

데이비드 봄은 『전체와 접힌 질서』의 제1장 「전체와 조각내기」에서 "사람들은 예술, 과학, 기술, 그리고 인간사 전체를 여러 전문 분야로 나누고서는 이들이 원래 그렇게 분리되어 있는 것이라고 생각한다"(봄 27)고 쓰고 있는데, 레싱 연구가들을 포함한 많은 문학 연구자들도 그런 생각을 하고 있는 듯이 보인다. 과학이나 과학기술, 그리고 심지어 과학소설에 대해서도 이해하려고 노력하기에 앞서 혐오감부터 내세우기 때문이다.

레싱은 기독교 전통의 서양문화에 뿌리박고 있지만 이와 다른 자신만의 우주관을 고집하면서, 『아르고스의 카노푸스 제국』의 제1권 『시카스타』와 제3권 『시리우스 제국의 실험』에서는 '환생'을 자신의 우주관에 포함시키고, 특히 후자의 작품에서는 '환생'을 고도의 미묘한 '과학기술'이라고 불렀다. 그리고 『제8행성의 대표 만들기』에서는 '환생'의 개념을 현대 과학으로 뒷받침하고 있다.

사회생물학적으로 볼 때 '환생'은 유전자 정보가 후세에 전달되는 것이며, 현대물리학적으로 볼 때 '환생'은 분자 혹은 입자로 분해되어 생긴 어떤 에너지가 시공간을 알 수 없는 곳에서 다시 질량으로 변화되는 것이다. 아이러니하게도 이 작품에서 레싱은 육체를 다루는 생물학적 사고로 육신이 사라진 후 '정보' 혹은 '정신'이 전달되는 상황을 설명하고 있고, 비감각적 사고를 다루는 물리학으로는 '정신'이 다시 '육신'을 얻게 되는 과정을 설명하고 있다. 따라서 이런 사고로 그동안 육신을 희생시키며 정신만을 강조한다는 레싱의 오명은 어느 정도 해소될 수 있을 것으로 보인다.

봄은 '이론'theory이라는 단어가 '보다' 또는 '구경거리가 되다'를 뜻하는 그리스어 '테오리아'theoria에서 왔으며, '극장'theatre과 뿌리가 같음을 강조하면서, '이론'이란 세계를 바라보는 하나의 방식, 즉 '통찰방식'이라고 주장한다. 그러니까 레싱은 세계를 바라보는 자신의 '통찰방식'의 과학적 근거를 마련하기 위해 현대 생물학과 현대 물리학의 원리들을 이용한 셈이고, 레싱이 차용한 현대 생물학이나 현대 물리학의 모든 이론적 근거는 최종적인 진실이기보다는 진실로 나아가는 과정이다.

레싱은 『제8행성의 대표 만들기』의 「후기」에서 어느 지인이 사망한 다음 날 이 작품을 탈고했다고 말하는데, 이때 인간이 피할 수 없는 죽음과 우주의 불가지론에 대해 다시 한번 숙고한 듯이 보인다.

> 우리는 우리 자신에 대해 충분히 알고 있지 못하다. 다시 말하자면, 우리 자신들의 삶이나 우리 인생의 어느 사건이나 어느 시기가, 다른 사람들에서? 혹은 동물들에서? 혹은 숲이나 대양 혹은 바위에서? 진행 중인, 즉 우리 세계에서 혹은 심지어 다른 곳에 있는 세계에서 혹은 다른 곳에 있는 차원에서 진행 중인 진화와 해프닝의 유사물이나 은유 혹은 메아리가 아닌지 충분히 궁금해하지 않는다(*MRP* 190).

위의 인용은 레싱이 노년에 들어서도 어느 누구보다도 폭넓은 사색을 하고 있었음을 증언하고 있다. 그러므로 이 작품은 캐리 캐플란이 주장하듯이 노년에 접어든 레싱이 "체념"resignation과 패배주의defeatism에 빠져 쓴 작품이 아니다. 오히려 섀론 디그로의 주장처럼 새로운 것에 대한 "기대"anticipation의 마음으로 이 작품을 쓴 듯이 보인다(디그로 40). 무엇보다도 '죽음'이나 '멸종'을 '파멸'이나 '종말'보다 '과정'으로 받아들이고 있기 때문이다. 그리고 레싱이 이 작품에서 시도한 '자신의 세계관을 과학적으로 설명하기' 역시 성공한 것으로 보인다. 이전 작품들의 환상적인 결말에 대해 부정적인 평가를 했던 것과 대조적으로 이 작품의 결말에 대해서는 과학적 원리를 기반으로 이해하려고 노력하는 비평가들이 늘었기 때문이다. 그러나 물질계에서 발생하는 많은 현상들을 아직도 '불확정성의 원리'로 설명을 해야 하는 실정이나 확률이나 통계로 발생 경향이나 존재 경향을 설명해야 하는 등등 우리는 아직도 이 세계, 이 우주에 대해 모르는 것이 너무 많다. 레싱을 포함한 우리 모두 직관을 이용하든 과학 원리를 동원하든 알려고 노력하는 과정 중에 있을 따름이다.

7장

과학소설 5부작 『아르고스의 카노푸스 제국』

도리스 레싱의 문학적 도약

1. 들어가기

사회주의적 사실주의 작가로, 그리고 페미니즘 작가로 각광받던 도리스 레싱이 1970년대에 들어서 판타지와 과학소설로 방향을 틀기 시작한다. 1979년 제1권 『식민화된 제5행성 시카스타에 관하여』로 시작된 과학소설 5부작 『아르고스의 카노푸스 제국 : 고문서』는, 1980년 제2권 『제3, 4, 5지대 간의 결혼』, 1981년 제3권 『시리우스 제국의 실험』, 1982년 제4권 『제8행성의 대표 만들기』 그리고 1983년 제5권 『볼련 제국의 감성적 관리들에 관한 문서』의 발표로 완성된다. 레싱과의 인터뷰를 모아놓은 대담집인 『도리스 레싱 : 대화』에 따르면, 레싱은 1987년까지도 과학소설 연작을 다섯 권으로 끝낼 작정이 아니었던 것으로 보인다(166). 그러나 레싱은 끝내 제6권을 쓰지 않았고, 1999년에는 우주소설이 아닌 미래소설을 발표한다. 레싱이 다섯 권만으로도 과학소설 시리즈에 충분한 완성감을 줄 수 있다고 생각한 것인가?

레싱에게 과학소설 연작은 오랫동안 '목에 가시' 노릇을 한 것으로 생각된다. 기존 독자들은 과학소설이 발표될 때마다 페미니즘 계열의 사실주의 소설이 아니라는 데 당황했고, 과학소설 애독자들은 레싱의 과학소설들이 지나치게 어렵다는 반응을 보였다. 주류 문학계에서는 당시만 해도 '하위 장르'sub-genre로 폄하되던 과학소설에 거부감을 보이고 과학소설계에서도 레싱을 환영하는 분위기가 아니었다. 섀론 디그로는 "주류 문학계와 과학소설계 사이의 변덕스러운 관계 때문에 레싱의 장르상의 이동이 제대로 주목받지 못하게 되었다"(40)고 주장한다. 그동안 레싱의 작품에 호의적이던 비평가들은 과학소설에 관해 전혀 이해하지 못하는 비평들을 발표하여 레싱을 분노케 하였다. 레싱은 이런 반응에 부응하려는 듯 1983년과 1984년에 사실주의 작품인 『어느 좋은 이웃의 일기』와 『노인이 할 수 있다면…』을 발표하였다. 그러나 특기할 만한 점은 이들을 '도리스 레싱'이 아닌 '제인 소머즈'라는 익명으로 출간하였다는 사실이다. 레싱은 '도리스 레싱'이라는 이름이 갖고 있는 특권을 배제한 채 객관적으로 평가받기 위해서라는 이유를 댔지만 비평가들은 그동안 그녀를 서운하게 만들었던 문학비평계에 강한 타격을 가하기 위한 행동이었다고 평한다. 또한 슬며시 사실주의 작품으로 돌아오기 위한 장치였다고 평가하는 비평가도 있다. 어쨌든 이런 사건과 비평들은 레싱의 과학소설이 레싱 자신에게는 물론 비평가에게도 '목에 가시'였음을 잘 보여준다.

레싱의 인터뷰 모음집의 출간자 잉거솔에 따르면 과학소설에 관한 비판 중에서도 레싱을 가장 분노케 한 것은 "왜 과학소설로 도피했는가?"(169)라는 질문이었다고 한다. 레싱에게 과학소설 연작은 또 하나의 '도전'이자 '도약'이었음에도 불구하고, 비평가들은 이 작품들이 "노화를 겪으면서 죽음에 가까워지고 있는 레싱이 이에 대해 탐구하기 위해 쓴"(스프레이그 12) 작품들이라고 결론지었고, 따라서 "체념과 패배주의"(캐플란과 로즈 155)에 해당되는 일종의 '도피'라고 해석하였다. 특히 캐리 캐플란은 과학소설 연작과 이전 작품들 사이의 "단절이 젊음 및 성장에서 노년 및 체념으로 이동했음을 반영한다"(152)고 설명하였다. 반면 디그로는 레싱이 과학소설 연작으로 장르상의 이동을 한 것이 "체념"이 아니라 "기대"expectation(40)에서 나온 행동이라고 주장하였다. 과학소설 연작을 둘러싼 전반적인 비평계의 기류는 "레싱이 평생 갖고 있던 사회불복종 성향nonconformity이 고작 엉뚱함eccentricity으로 결국 위축되고 만 것인가 혹은 활기찬 처녀지virgin territory로 치고 나간 것인가"(딕슨 2)의 대조적인 판단으로 요약된다.

이 장은 사실주의 작가로 명성을 누리던 레싱이 고령의 나이에 과학소설을 창작한 것이 도피의 행동인지 혹은 도전의 행동인지에 관한 논쟁에서 도전의 행동이었다는 주장에 편을 들며 출발한다. 작가가 자신의 나이의 영향을 받는 것은 당연한 일이다. 고령에 이르면 사물이나 사건을 보는 시각이 달라질 수 있고 소재나 주제도 달라질 수 있다. 또한 창작 능력이 쇠퇴할 수도 있고 더 원숙해질 수도 있다. 그러나 어느 작가가 고령의 나이에 들었다고 해서 그 작가의 새로운 시도를 깊은 연구도 하지 않은 채 노쇠로 인해 사고 능력이 한계에 다다랐다고 몰아가는 것은 옳지 않다. 이 장은 레싱의 시도가 창작 능력의 쇠퇴로 인한 도피가 아니며, 고령으로 인한 원숙도 아니라고 판단한다. 오히려 레싱이 평생 해온 또 하나의 도전이며, 노령에 따른 원숙의 수준을 뛰어넘는 위대한 도약이었다고 결론지으며 출발한다. 따라서 이 장은 레싱의 과학소설 연작이 어떤 측면에서 큰 도약인지를 밝히는 연구이다.

2. 개인을 넘어서다

레싱은 1983년 11월 스티븐 그레이와의 인터뷰에서 "나는 늙어가고 있어요. 제 생각에 사람들은 늙어갈수록 모든 것에 대해 훨씬 덜 개인적이 되는 것 같아요"(잉거솔 118)라고 말한 바 있다. 젊었을 때에는 모든 힘든 사건들을 자신만이 특별히 겪는 일로 생각하지만 나이가 들면 다른 사람들도 같은 상황에 처할 수 있고 그렇게 되면 같은 대응을 했을 것이라는 생각이 든다는 것이다. 노년이 되면 사람들은 그만큼 어떤 사건을 볼 때 더 거리를 두게 되고 더 초연하게 그리고 객관적으로 바라볼 수 있게 된다. 그리고 다른 사람이 겪는 고통도 마치 내가 겪은 듯이 이해할 수 있게 된다. 노년이 가져오는 일반적인 원숙함의 근원이 여기에 있을 것이다. 처녀작부터 자서전적 성격이 짙은 작품을 썼던 레싱은 초로에 이르러 이런 깨달음으로 과학소설 5부작을 쓰기 시작하지만, 이렇게 되기까지에는 레싱의 처절한 투쟁과 노력이 있었다.

레싱은 처녀작 『풀잎은 노래한다』(1949)부터 시작하여 5부작 『폭력의 아이들』(1950~1969), 『황금 노트북』(1962) 그리고 판타지 소설 『어느 생존자의 비망록』(1974)에 이르기까지 개인적 경험을 소재로 자서전적인 작품들을 썼다. '아프리카에서의 식민자의 경험,' '제국주의에 대한 혐오,' '공산주의자의 활동과 환멸,' '어머니와의 갈등,' '결혼, 출산 등 여성 고유의 경험,' '이혼녀의 양육 경험,' '여성 직장인의 경험' 등 그녀가 겪은 고유의 경험들은 '개인과 집단의 관계,' '정신분열증과 그 치유를 위한 통합 추구,' '수피즘을 통한 정신적 평형 추구,' '의식의 변화를 통한 사회적 변화 추구' 등의 주제로 반복해서 표출되었다. 오랜 시간을 통해 반복적으로 그러나 조금씩 다른 시각으로 이런 주제들을 형상화하던 레싱은 어느덧 세월이 흘러 자신을 설득하는 데 어느 정도 성공한 듯이 보인다. 그중 몇몇 문제에 대해서는 치유에 이른 듯이 보이기 때문이다. '어머니와의 갈등'이라는 소재를 예로 들자면, 『폭력의 아이들』의 제1권에서 불거진 어머니에 대한 증오가 완결편인 제5권을 완성하면서도 해결되지 않은 채 미제로 남게 되지만, 『어느 생존자의 비망록』에 이르러서는 그 오랜 갈등관계가 풀리는 것처럼 보인다. 1인칭 화자 역할을 하는 '나' 즉 레싱이 자신의 분신인 에밀리라는 여자아이를 양육하게 되고, 벽 속의 공간에서 울고 있는 아이가 에밀리가 아닌 에밀리 어머니인 것을 발견하게 되면서, 에밀리 어머니에 대한 이해를 통해 에밀리, 그리고 자신의 어머니에 대한 이해에까지 도달한다. 그리고 어머니에 대한 해묵은 원망과 그로 인해 시달리던 죄의식까지 떨쳐버릴 수 있게 된다. 이런 개인적 문제의 해결은 오랜 시간에 걸친 힘든 노력의 결과인 만큼 레싱에게 보편적인 사고로 도약할 수 있는 계기가 된다. 그 결과 레싱은 벽 너머의 판타지 공간 속에서 둘로 나뉘어 있던 개인적 영역과 보편적 영역을 하나로 통합하고, 모든 주요 등장인물들을 그 공간 속으로 들어가도록 처리하면서 대단원의 막을 내린다. 레싱은 이제 '어머니와의 갈등'이라는 죄의식에서 벗어났을 뿐 아니라 획기적인 '정신적 성장'을 이루게 되고, 개인적 영역에서 나와 보편적 영역으로 들어갈 준비를 마쳤다. 그러니까 1979년 시작된 과학소설 연작은 레싱이 '개인의 고통'이라는 무거운 짐을 내려놓고 인간을 '개인' 혹은 '개체'가 아닌 '인간 종'種으로 다루기 시작했음을 알리는 작품이다. 따라서 과학소설 연작은 레싱이 개인을 뛰어넘어 보편의 세계로 큰 도약을 시도하는 비상飛翔의 장이다.

인간 종을 초연하고 객관적으로 다루기 위해 레싱은 과학소설 연작의 모태인 『시카스타』에서 우선 지구 밖에 외계인이 있다고 가정하고 그들의 시각 즉, 외부적 시각으로 지구와 인간을 바라보도록 설정하였다. 인간을 보다 객관적으로 바라보기 위해 지구의 역사 전체, 즉 탄생부터 3차 세계대전의 발발과 그 이후까지의 역사를 외계인의 시각으로, 특히 지구의 탄생과 진화에 개입한 카노푸스 제국의 관리의 시각으로 바라보고 있다. 더욱이 이 작품의 서사는 보고서나 역사책의 형식으로 기록되어 있기 때문에 감정이 최대한으로 배제되어 있다. 그런데 지구의 탄생에 개입하고 지구의 진화를 선의에서 돕고 있던 카노푸스 제국은 인간이 타락의 길을 걷게 된 것이 퇴행성 질병에 감염되었기 때문이며, 다시 말해 "인간이 '우리'라는 정체성을 잃은 채 자신을 '개개인'으로 보게 되면서 불행해졌기 때문"(38)이라고 진단한다. 인간이 불행해지는 것은 자신을 '인간 종'의 일원으로 객관적으로 바라보지 못하고 '개체'로 보기 때문이라는 것이다. 카노푸스 제국은 이런 질병의 확산을 막기 위해 로크장치를 설치하여 '우리라는 느낌을 주는 물질'(SOWF)을 제공하였으나 그 장치가 고장 나는 참사가 발생하여 지구는 걷잡을 수 없이 타락한다. 레싱은 오늘날 인간이 직면해 있는 여러 문제들, '물질주의와 자본주의의 병폐,' '세대 간의 갈등,' '환경 문제,' '국가, 성, 인종 간의 대립,' '정신병의 확대' 등의 문제들이 무책임한 이기주의의 결과이며, 인간이 마치 지구 밖에 서 있는 것처럼 지구를 객관적으로 바라본다면 그리고 인간들을 종으로 바라본다면 즉, '나'가 아닌 '우리'의 개념으로 바라본다면 해결될 것이라고 제안하고 있다.

레싱은 과학소설 연작을 쓰기 이전에도 개인과 집단 간의 관계에 관해 꾸준히 탐구하고, 개인 심리와 집단 심리를 구별하여 관찰하였으며, 특히 칼 융의 집단 무의식에 큰 관심을 기울였다. 『폭력의 아이들』의 마지막 작품인 『사대문의 도시』(1969)에서는 정신분열증에 시달리던 주인공 마사가 개인 무의식보다 더 깊숙이 마음속에 숨어 있는 원형적인 집단 무의식과 대면함으로써 인격 통합을 이루는 모습을 보여 주었다. 『시카스타』의 서문인 「몇 가지 소견」에서도 레싱은 "소설가들뿐 아니라 일반 사람들도 주도적인 집단 심리over-mind [1] 혹은 원초적 심리Ur-mind [2] 혹은 무의식에 플러그를 꽂는 일이 가능하다"(ix)고 말하면서 과학소설 연작에서도 계속 집단 무의식을 다룰 예정임을 밝힌 바 있다.

레싱은 인간이라는 종은 무리를 지어 살던 동물에서 진화되었기 때문에 여전히 사회적 동물의 성향을 보인다고 누차 강조하면서, 자연히 집단 심리의 측면에서 인간을 연구해야 한다고 주장한다. 예를 들어 제3권 『시리우스 제국의 실험』에서 다양한 종들의

---

1. 'overmind'는 과학소설에서 쓰이는 용어로 'The leading or controlling mind in a groupmind,' 즉 '집단 심리에서 주도적이거나 지배적인 심리'를 지칭한다. (네이버 사전)
2. 'Ur-mind'는 심리학에서 사용되는 용어로 'The primitive, subconscious, latent, or unconscious mind; instinct' 즉 '원초적, 잠재의식적, 잠재적, 무의식적 심리 : 본능'을 지칭한다. (네이버 사전)

사회생물학 실험을 통해 레싱은 개인 심리보다 집단 심리가 더 영향력이 있다고 주장한다. 고도의 과학기술을 자랑하며 자본주의적 목적에 이용하는 시리우스 제국은 식민행성 제24행성의 토착종이자 유인원 상태의 롬비족의 노동력을 착취하기 위해 이들을 납치하여 노동력이 필요한 제23식민행성으로 보낸다. 그리고 제23식민행성에서 오랫동안 고된 육체노동을 시킨 뒤 고향인 제24행성과 물리적 환경이 비슷한 로핸다로 보낸다. 그 후 시리우스 관리들이 이들을 관찰했을 때 이들 각 개체는 자신들이 제24행성에서 잡혀왔고 제23행성에서 힘든 노동을 했음을 잊고 있었지만 하나의 인종으로서는 그 기억을 간직하고 있음이 밝혀진다. 그동안 그들의 언어가 진화하였고 노래와 설화 속에 그들의 모든 역사가 담겨 있었기 때문이다. 그들 각 개체의 고통이 집단 고유의 문화로 응축되었고 이 문화는 그들의 후세에 전달될 것이다. 따라서 레싱은 인류의 문제를 해결하기 위해서는 언어와 문화 분석을 통해 집단 심리를 연구할 것을 주장한다.

그러나 레싱이 말하는 집단 심리가 모두 긍정적인 측면만 갖고 있는 것은 아니다. 레싱은 집단 심리를 미숙한 집단 심리와 원초적인 집단 심리로 구별하여 사용하는데, 이 두 가지 집단 심리가 모두 과학소설 연작에서 다루어지고 있다. 그중 미숙한 집단 심리는 진화가 덜 된 인간 집단의 것으로, 레싱이 『우리가 살기로 선택한 감옥』(1987)의 「집단 심리」의 장章에서 자세히 설명하고 있다. 이 수준의 인간들은 자신들을 자유로운 존재라고 생각하지만, 그들이 속해 있는 집단의 사상에 젖어 있어 그 집단과 반대되는 독립적인 의견을 주장하기가 매우 어렵다. 『시리우스 제국의 실험』

에서 앰비언 2세가 5인의 과두정치 체제 속에서 다른 최고 관리들과 분리되어 사고하는 것이 힘들었던 이유도 이들 5인이 마치 하나의 유기체처럼 사유와 행동을 공유하고 있었기 때문이다. 이 작품은 카노푸스 제국이 시리우스 제국의 사상에 젖어 사고의 마비를 겪고 있는 앰비언 2세를 교육시켜 자기가 속해 있는 체제에 반항하도록 만드는 내용으로, 구속적인 집단 심리의 틀을 깨고 진화할 것을 주장하는 작품이다. 그런데 마지막 작품인 『볼련 제국의 감성적 관리들에 관한 문서』에서 레싱은 그와 상반되는 사례를 제시하고 있다. 카노푸스의 관리 인센트는 앰비언 2세를 교육시켰던 클로라시와 나자르보다 더 감성적인 관리로, 악의 화신 샤맷 행성을 대표하는 크롤걸의 선동적인 웅변에 쉽게 동요되고 자신도 선동적인 웅변가로 변모하는 성향을 보인다. 자신이 카노푸스 제국에서 교육받았던 내용에서 쉽게 이탈하는 것이다. 클로라시는 인센트를 정신병원과 호텔 방에 수용하여 여러 요법으로 치료를 하고, 인센트는 결국 회복된 듯이 보인다. 그러나 이 소설이 "불행히도 나[클로라시]는 불쌍한 인센트에 대해 지나치게 낙관했었다. 그는 재발했다. 크롤걸을 개혁시키는 것이 자신의 임무라고 확신한 그는…"(179)이라는 구절로 끝나는 것으로 보아, 인센트가 또다시 크롤걸의 수사학적 유혹에 굴복할 것임을 암시하고 있다. 앰비언 2세가 결국 카노푸스 제국의 순리에 순응하게 되는 것과 대조적으로 인센트는 또다시 샤맷의 유혹에 굴복하여 카노푸스의 순리에서 벗어나고 있다. 이 둘은 모두 자신들이 오랫동안 속해 있던 집단 심리의 틀을 깨고 있으나 레싱은 옳고 그름을 일방적으로 적용하는 것이 아니라 사례별로 다르게 적용하고 있다. 그리고 레싱은 이 작품을 통해 선동적인 웅변가들에 의해 쉽게 흥분하는 대중들의 군중 심리도 보여줌으로써 가장 미숙한 집단 심리의 병폐도 제시한다. 이렇듯 레싱은 미숙한 집단 심리를 탐구할 때에도 여러 대조적인 사례와 정도가 다른 사례를 병치하여 독자들이 편파적인 관점을 갖지 않도록 균형을 잡고 있다.

반면, 레싱에게 원초적인 집단 심리는 개인 심리보다 더 깊숙이 자리 잡고 있는 주도적인 집단 심리로, 마치 유전자처럼 후세에 유전된다. 『제8행성의 대표 만들기』에서 레싱은 후세에게 유전되는 집단 심리를 유전자라는 은유로 표현한다. 빙하기를 겪은 제8행성의 주민 대표들의 고유한 경험과 그로 인해 얻은 정보가 육체의 소멸 후에도 후대에 전달되는데, 이때 이 정보는 개인적 정보가 아니라 집단적인 유전 정보이다. 레싱은 최후까지 생존해있던 제8행성의 대표들이 죽음을 맞이한 후 분해되어 다시 '육화'되는 과정을 묘사하면서 '나'란 개체는 '나의 집합'me-ness의 대표일 뿐임을 주장한다. 레싱에 따르면 '나의 집합'이란 개체로서의 '나'가 아니라 '나와 색깔이나 등급이 조금씩 다른 모든 것들'을 망라해서 지칭하는 용어이다. 우리들은 우리와 비슷한 사람, 다시 말해 비슷한 유전자를 가진 수많은 사람들을 대신하여 이 세상에 태어났다. 수많은 유전 정보가 보관된 유전자 창고에서 우연히 어떤 조합이 이루어져 '나'가 태어났을 뿐이다. 따라서 '나'는 수많은 '나'의 대표이다. 레싱은 '나'를 "하나의 개체이지만 동시에 수많은 개체들의 복합체"one but a conglomerate of individuals라고 말한다. 후세에게 전달되는 정보 속에는 개인 심리뿐 아니라 집단 심리까지 포함되어 있다. 그동안 '개인 심리'와 '집단 심리'를 구별하여 사용하였고, 이들 간의 관계에 대해 연구하던 레싱이 결국에는 이들이 하나임을 선언한 것이다. 이것은 모든 것이 '하나이자 통합이자 전체'이며 그물망처럼 얽혀있다는 전체론적 사상을 갖고 있는 레싱에게 당연한 귀결일 것이다.

레싱은 과학소설 연작을 통해 개인 심리보다는 집단 심리에 더욱 초점을 맞춰 인간을 조명하고 있으며, 결국에는 개인 심리 역시 집단 심리 속에 녹아 있다고 주장하고 있다.

3. 타자의 관점에서 바라보다

레싱은 어린 시절을 아프리카에서 보냈다. 영국 출신의 아버지가 가족을 이끌고 남로디지아(지금의 짐바브웨)로 이민을 갔고 거기에서 식민자의 위치에서 피식민자들을 노예로 거느리며 농장을 운영했기 때문이다. 그러나 농장 운영은 뜻대로 되지 않았다. 가난한 식민 계층에 속하게 된 레싱은 『풀잎은 노래한다』에서 마치 자신이 식민 계층과 피식민 계층의 경계지대에 있었던 것처럼 표현하고 있다. 사실 그녀의 경제적인 위치에 대해서는 그렇게 판단할 수 있으나 정치적으로나 사회적으로는 레싱이 식민 계층에 속해 있던 것을 부인할 수 없다. 레싱은 한 인터뷰에서 『풀잎은 노래한다』의 원주민 주인공 모세가 개인으로 그려지기보다는 아프리카인의 정수精髓, essence를 보여준다는 평가에 대해, 백인들은 피식민 계층이었던 원주민들을 개개인으로 보지 않았다고 대답하여(잉거솔 100) 그녀가 원주민들에 대해 잘 알지 못하고 있음을 드러냈다. 그녀의 자서전에서도 원주민과 거의 접촉이 없었다고 밝히고 있다.

원주민들은 백인에게 그랬던 것처럼 그녀에게도 '타자'the Other였다.

레싱은 청년기에 아프리카에 있을 때부터 인종 사회이자 계급 사회의 부조리에 반발하며 사회주의 활동을 시작하였고, 따라서 이론상으로 가장 취약 계층인 원주민들의 권익을 위해 일해야 함을 잘 알고 있었다. 그러나 피식민 계층인 아프리카 원주민들과 실질적인 교류를 거의 시도하지 않았고, 그녀가 참여했다는 사회주의 운동이라는 것도 백인들과 정치 회합에 참석하는 것이었으며, 원주민들을 위해 정치활동이나 사회활동을 실제로 수행한 경력이 거의 없다. 흑인차별 제도colour bar를 뛰어넘기가 워낙 어려웠으므로 언제나 아프리카 원주민들과는 일정한 거리를 둘 수밖에 없었기 때문이다. 이것은 후에 작가가 되어 아프리카를 소재로 작품을 쓰게 된 레싱에게 일종의 멍에가 된 것으로 보인다.

영국으로 귀화하여 작가가 된 레싱은 '아프리카'라는 이국적이고 이색적인 소재 덕분에 일찍 인정을 받게 되었다. 출판사는 레싱에게 계속 같은 소재의 작품을 쓰도록 권유하였으므로 레싱은 영국의 제국주의에 대해 자신의 입장을 확고하게 정립할 필요를 피할 수 없게 되었다.

그녀의 초기 주요 작품, 즉 『풀잎은 노래한다』와 5부작 『폭력의 아이들』에 등장하는 아프리카와 원주민들은 식민 계층의 젊은 백인 여성의 시각으로 다루어졌고, 이 백인 여성은 식민 계층과 피식민 계층으로 나뉘어있던 불평등 사회에서 통합을 꿈꾸고 있었으므로, 아프리카의 자연경관을 '통합'의 상징으로 이상화하였다. 실질적이고 구체적인 통합방식을 모색하기에 레싱은 여러모로 역부족이었기에 이 주제에 대해서는 전반적으로 피상적으로 다룰 수밖에 없었다. 레싱 또한 이것을 잘 인식하고 있었으므로 보다 심화된 해결책을 제시해야 한다고 느꼈음이 틀림없지만, 자신의 능력의 한계 또한 충분히 인식하고 있었던 것으로 보인다. 앨리스 리다웃과 수잔 왓킨스는 "레싱은 『황금 노트북』(1962)에서 안나와 그녀의 친구들이 식민주의 이후의 남로디지아에 인종차별이 없는 미래가 오기를 꿈꾸면서 이것을 위해 투쟁하는 여러 시도를 극화시키지만 그들은 반복해서 자신들의 노력의 한계를 받아들일 수밖에 없었다"(5~6)고 쓰고 있다. 레싱 개인의 입장에서 생각해볼 때 레싱이 아프리카에서 청소년기를 보냈지만 아프리카 원주민이라는 타자와 직접적인 접촉이 없었으므로 흑인에 대한 이해 자체가 부족했고, 더욱이 서양 문화권에 속하는 작가였기에 근본적으로 자기/타자 간의 이항대립을 깨기가 어려웠을 것으로 짐작된다. 그러나 레싱은 꾸준히 이 문제를 다루었고, 결국 새론 디그로는 레싱이 과학소설 연작을 통해 자기/타자, 즉 식민계층과 피식민계층의 이분관계를 해체하는 데 성공했다고 평가하기에 이른다(42). 레싱이 과학소설 연작에 이르러서는 복수複數의 물리적 공간과 화자를 사용하고 특히 '환생'을 이용하여 주체의 경계와 위계질서를 깨뜨리고 있으므로, 오랜 숙원이던 식민주의를 붕괴시킬 수 있었다고 평가한 것이다. 사실 디그로 이외의 많은 비평가들도 사회주의적 사실주의 소설 5부작 『폭력의 아이들』이 정신적 통합을 통한 사회적 통합을 염원하며 쓴 작품이라면 『아르고스의 카노푸스 제국』은 이상적인 식민자/피식민자의 관계를 연구한 작품이라는 데 동의한다.

『아르고스의 카노푸스 제국』은 앞에서도 말했듯이 외계인의 시각으로 쓰인 작품이다. 주로 카노푸스 제국의 관리들인 이들 외계인들은 지구를 대신하는 로핸다 혹은 시카스타[3]의 주민들을 대체로는 객관적으로 초연하게 바라보고 있지만, 자주 평정심을 잃고 감정적으로 개입한다. 카노푸스 제국의 관리 중 가장 상위 계급에 있는 것으로 추측되는 조호, 그다음 계급으로 추정되는 클로라시, 나자르, 그 밑에 있는 인센트 등 이들은 모두 로핸다의 주민들에 대해 그리고 여러 다른 식민행성의 주민들에 대해 동정하고 더 나아가 감정이입 상태에 빠진다. 이것은 레싱이 아프리카인들에 대해 품었던 이상적인 감정 상태를 보여준다. 조호는 마치 세례 요한처럼 타락의 길을 가고 있는 로핸다의 주민들을 동정하며 경고하고 깨우치려 노력하지만 실패한다. 이것은 레싱이 그동안의 자신의 태도에 대한 방어일 수 있다. 조호가 진정성 있는 노력을 기울임에도 불구하고 식민행성의 주민들을 구원하는 데 실패하듯이, 레싱 자신도 아프리카에서 원주민들을 돕는 일이 쉽지 않았음을 암시하고 있다. 물론 레싱의 노력을 조호의 것과 비교하는 데 무리가 있지만, 레싱은 이런 일이 개개인의 노력으로 해결될 일이 아니었음을 더 강조하는 듯이 보인다. 과학소설 5부작을 통해 레싱은 식민행성과 그 주민들의 운명이 개개인의 노력이나 의지를 넘어 우주질서의 변화에 의해 좌우된다고 제시하고 있다.

그러므로 카노푸스 제국의 관리 조호는 시카스타의 주민으로 환생하여 시카스타를 파멸에서 구하려고 시도한다. 외계인이 식민행성주민의 육신을 빌려 환생한다는 것은 자기/타자가 한 몸이 되

---

3. 과학소설 5부작에서 지구를 대신하여 가장 많이 등장하는 식민행성이 로핸다(Rohanda)이며, 로핸다는 '결실 있는' '번성하는'의 뜻이지만, 로핸다가 타락하자 '깨진' '망가진'을 뜻하는 '시카스타'(Shikasta)로 이름이 바뀐다.

는 것이므로 이분법을 해체하는 가장 효과적인 방법으로 보인다. 다른 카노푸스 관리들인 타우픽, 클로라시, 나자르, 그리고 시리우스 제국의 최고관리 앰비언 2세 등도 환생을 이용하여 식민행성의 주민으로 태어나는데, 이들은 식민행성 주민들과 감정이입이 되어 유혹에 빠지기도 하고 유혹을 뿌리치기도 하면서 타자의 입장을 몸소 체험한다. 더욱이 특기할 만한 점은 이들이 젠더를 마음대로 바꾸며 환생한다는 것이다. 사실 환생이라는 것이 불가능한 현실 속에서 레싱이 내놓은 해결책은 터무니없는 것으로 보일 수 있으나, 레싱은 '환생'이라는 탈출구를 이용하여 식민자들이 피식민자들의 입장이 되어 몸소 고통을 나누고 함께 해결 방안을 토론할 것을 제안하고 있다.

이에 대해 보다 자세히 설명하기 위해 『시카스타』의 조호를 예로 들자면, 레싱은 외계인 조호를 이용하여 여러 겹으로 자기/타자의 이항대립 관계를 해체한다. 우선 레싱은 젠더 면에서 여성/남성의 이분법을 해체하면서 이 작품을 쓰고 있다. 우선 레싱은 여성이지만 남성인 조호를 내세움으로써 작품 내내 주로 타자인 남성의 시각에서 조명한다. 레싱은 과학소설 연작의 제2권 『제3, 4, 5지대 간의 결혼』에서는 주로 여주인공 알·이스의 입장에서 서술하였으나 여기에서조차 알·이스가 결국에는 여성성을 벗어버리는 것으로 결말을 짓고 있어 레싱의 입장이 남성/여성의 이분법에 근거한 것이 아니라 종국에는 인간으로서의 입장임을 입증하였다. 따라서 과학소설 연작에서 가장 대표적인 주인공 조호는 남성이지만 양성적인 입장에서 사건들을 바라보고 있다고 추정할 수 있다. 더욱이 캐서린 피시번 같은 비평가들이 주장하듯이 저자로서의 레싱의 목소리(77)가 가장 잘 드러나는 인물이 조호이기 때문에 레싱은 여성/남성이 내파된 입장 즉, 자기/타자가 내파된 위치에서 이 작품을 쓰고 있다.

그런데 조호는 앞에서도 말했듯이 외계인이므로 타자의 입장에서 식민행성의 주민들을 바라보며 지도한다. 레싱이 아프리카에서 원주민들을 바라볼 때의 심정이 그대로 조호에게 투영되고 있는 것이다. 그러나 레싱은 외계인/지구인의 이분법으로 볼 때, 외계인이 아닌 지구인 즉, 식민행성의 주민에 더 가깝다. 그러므로 레싱은 이런 측면에서도 식민자/피식민자의 이분법조차 깨고 있다.

또 다른 측면에서 보자면, 조호는 마치 하나님처럼 전지전능한 카노푸스 제국의 최고 관리이다. 『제3, 4, 5지대 간의 결혼』과 『제8행성의 대표 만들기』에서 볼 수 있듯이 우주에는 어떤 질서가 있고 그 질서를 주관하고 시행하는 어떤 존재가 있으며, 따라서 그의 섭리나 명령이 전달될 때 우주의 일원들은 거부할 수 없다. 예를 들어, 『제3, 4, 5지대 간의 결혼』에서는 결혼 명령을 거부할 수 없었고, 『제8행성의 대표 만들기』에서는 멸종의 운명에 순응할 수밖에 없었다. 우주 질서를 수호하고 명령을 전달하는 카노푸스 제국과 그 관리들도 우주의 섭리를 거부할 수 없다. 그러므로 조호를 하나님의 사자使者로 간주할 수 있고 이때 레싱은 거대한 우주 속에서 운명을 따를 수밖에 없는 하찮은 인간이 된다. 그 결과 레싱 대對 조호의 관계는 외계인/남성/하나님의 사자 대對 식민행성 주민/여성/인간이 되며, 타자 대對 자기의 관계이지만, 조호는 또한 곧 레싱이므로 레싱은 조호라는 인물을 통해 자기/타자가 내파된 입장에서 이 작품을 쓰고 있다고 볼 수 있다.

무엇보다도 자기/타자의 이항대립 관계가 가장 완벽하게 붕괴되는 때는 타자인 조호가 지구를 대신하는 식민행성 시카스타의 주민으로 환생할 때다. 섀론 디그로는 "환생을 통해 식민자/관찰자가 피식민자/피관찰자의 육체적·형이상학적 경험을 몸소 체험한다. 그리고 이 두 차별된 위치가 붕괴된다"(48)고 쓰고 있다. 제1권 『시카스타』에서 조호는 조지 셔번이라는 시카스타의 주민으로 환생하는데, 조호 즉 조지 셔번은 3차 세계대전을 막기 위해, 그리고 3차 세계대전이 발발한 후에는 인종을 막론하고 생존자들을 모집하여 새로운 세계를 재건하기 위해 모범을 보이다가 죽는다. 디그로의 주장처럼 표면상으로는 식민자/관찰자인 조호가 피식민자/피관찰자의 위치에서 피식민자/피관찰자들을 위해 자신을 희생한 것이다. 그러나 레싱은 여기에서도 식민자/피식민자의 관계가 가해자/피해자의 관계라고 못 박지 않는다. 『시카스타』의 클라이막스라 할 수 있는 모의재판 장면에서 레싱은 인류의 타락에 대한 책임을 제국주의의 상징인 백인종에게만 돌리지 않고 인류 전체에게로 돌리고 있다. 시카스타의 몰락에 가장 큰 책임이 있는 백인종을 기소하도록 조지 셔번으로 환생한 조호가 검사로 위촉되고, 존 브렌트 옥스퍼드로 환생한 또 다른 카노푸스 관리 타우픽이 변호사로 위촉되는데, 존은 영국의 인도 식민화에 대한 비난에 맞서서 인도의 카스트 제도를 언급하여 억압의 속성이 피부색에 따른 것이 아님을 입증한다. 또한 이 모의재판이 끝날 무렵 중국이 폭격을 가하고 이에 따라 3차 세계대전이 중국에 의해 발발된 것임을 암시한다. 레싱은 백인종 대 유색인종의 관계를 가해자 대 피해자 혹은 식민자 대 피식민자의 관계로 고정하지 않고, 오히려 제국들의 흥망성

쇠라는 더 큰 그림 속에서 바라보고 있다.

레싱은 스티븐 그레이와의 인터뷰에서 "모든 역사는 번성하고 몰락하는 제국들의 역사"(잉거솔 114)라고 말한 적이 있다. 레싱이 보기에 인간의 역사는 제국의 역사이다. 세계는 근본적으로 제국주의적 성격을 띠고 있다. 이것은 피할 수 없는 역사적 순리이다. 다만 이런 순리적 흐름 속에서 식민자/피식민자의 관계를 어떻게 만들어 갈 것인가를 고민해야 한다. 따라서 레싱은 과학소설 5부작을 통해 자기/타자의 이분법을 해체하면서 이상적인 식민자/피식민자의 관계를 제시하고 있다.

4. 의식을 확장하다

레싱은 과학소설 5부작의 제1권 『시카스타』의 머리말인 「몇 가지 소견」에서 과학소설에 대해 찬양하면서 "과학소설, 우주소설이 얼마나 대단한 현상이 되었는가! 인간의 마음이 확장되도록 강요당할 때 항상 그러하듯이, 이 현상은 어디서 생겨난 것인지도 모르는 사이에 우리의 예상을 뛰어넘어 폭발해버렸다. 이것은 말할 필요가 없는 분명한 사실이다. 이번에는 별을 향해 은하수 방향으로 폭발했지만 다음번에는 어디로 폭발할지 아무도 모른다"(x)고 쓰고 있다. 로렐라이 세더스트롬이 주장하듯이 과학소설 연작의 주된 강점이 "의식의 확장"(192)임을 선언한 것이다.

레싱은 『시카스타』의 헌정사에서 이 작품을 "매일 밤 몇 시간씩 아프리카의 집 밖에 앉아 별을 바라보시던 아버지"께 바친다고 썼다. 그리고 아버지께서는 "우리가 폭발하여 없어진다 해도 우리가 떠나온 그곳에 굉장히 많은 우리가 더 있을 것이라고 말씀하시곤 했다"고 적고 있다. 이런 사고는 『제8행성의 대표 만들기』에서 펼쳐 보였던 레싱의 '나의 집합'me-ness을 연상시키며, 레싱의 환상적인 사고의 원천이 아프리카와 아버지에게 있고, 매우 어렸을 때 이미 형성되었음을 알려 준다. 레싱에게 아프리카 밤하늘에 빼곡히 박혀있던 별들과 함께 우주는 아프리카의 초원만큼 아주 어린 시절부터 관심의 대상이었다. 그러나 일찍부터 '통합'의 전의로 쓰곤 했던 아프리카의 초원과 달리 우주에 관한 사고는 시간이 흐르면서 정리가 된 것으로 보인다.

『폭력의 아이들』의 제1권 『마사 퀘스트』(1952)에서 레싱은 과학소설과 관련된 매우 흥미로운 장면을 싣고 있는데, 여주인공 마사가 남자 친구 도노반의 집을 방문하여 그의 아버지 앤더슨 씨를 만나게 되고, 마사는 그가 읽고 있는 책이 과학소설 『3일간의 달 여행』임을 알게 된다. 이때 마사는 한때는 고위 공무원이었으나 이제는 은둔자가 되어 "나쁜 소설"bad novels이나 읽으면서 "지적인 흥미를 갖기에 너무 늙었어"(129)라고 말하는 60세의 노인에게 연민과 호기심을 동시에 느낀다. 그는 당시 골칫거리였던 인구문제를 풀기 위해 여러 보고서나 연감을 읽으며 해결책을 모색하려 했지만 불가능한 일이라고 체념한 듯이 보였으며, 대신 당시 "나쁜 소설"로 치부되던 과학소설 속에 빠져 있었다. 그런데 앤더슨 씨에 대한 이런 묘사는 흥미롭게도 캐리 캐플란이 과학소설 연작을 집필한 레싱에 대해 했던 묘사와 매우 근접해 보인다. 과연 레싱이 앤더슨 씨와 같은 심리 상태에서 과학소설을 발표했을까? 후에 레싱이 과학소설이 사회비판을 할 수 있는 가장 좋은 장르라고 주장했음을 고려해볼 때 과학소설로 도피하고 있던 앤더슨 씨는 인물 설정상의 영감을 제공한 매우 흥미로운 사람이었을 뿐, 후에 레싱이 자신과 동일시하여 모델로 삼을 만한 사람은 아니었던 것으로 사료된다. 그러나 보고서나 연감, 오려진 신문기사 등에 둘러싸여 있는 앤더슨 씨의 모습은 그 후에도 레싱의 여러 작품에 등장한다. 예를 들어, 『마사 퀘스트』 이후 약 20년이 흘러 1969년 발표된 『폭력의 아이들』의 제5권 『사대문의 도시』에서 남자 주인공 마크의 성격을 묘사할 때 이런 모습이 일부 투영되어 있는데, 공산주의에 대한 환멸로 냉소적이 된 마크는 서재의 벽에 폭탄·기아·전쟁 등이 그려진 지도들을 붙여놓고 과학소설에 탐닉한다. 그리고 "과학소설 같은 작품이 비록 당시에는 문학계에서 심각하게 받아들여지지 않고 있었지만 자신의 세계와 가장 근접한 세계를 바라보는 방법임을 발견한다"(314~5). 과학소설에 관한 레싱의 선입견이 크게 개선되었음을 확인시켜 주는 대목이다. 그리고 우주소설을 쓰는 지미 우드라는 인물을 등장시켜, 이 인물을 통해 '어느 정부가 과학을 이용하여 사회에서 비천한 일을 하는 열등한 인종을 창조한다는 이야기'(290), '정상인보다 감각이 발달한 인종과 기계로 능력이 배가된 인종 사이에서 벌어지는 갈등, 그리고 후자의 인종이 비정상적이라는 이유로 전자의 인종을 말살한다는 이야기'(392), '주파수나 진동을 이용하여 기계로 두뇌를 자극하는 이야기'(392), '인간 돌연변이에 관한 이야기'(436), '다른 사람에게 플러그를 꽂아 에너지를 빼가는 이야기'(495) 등의 과학소설 내용들을 소개한다. 그리고 이 작품의 「부록」에서 3차 세계대전 발발 후 지미 우드가 상상했던 그런 텔레파시 능력을 갖고 있거나 이상異常감각이 발달된 아이들을 그려낸다. 레싱은 동시대의 작가들이 소재나 구성의 고갈로 고민하고 있음을 잘 인식하고 있었으므로, "문제는 새로운 구성을 찾는 것이 아니라 옛 생각들을 다르게 전개시키는 것"(535)이라고 제안하면서 과학소설이 바로 그런 역할을 할 수 있다고 주장하였는데, 이 작품에서는 새로운 세계를 열기 위해서 반드시 수반되어야 할 사고와 감각의 획기적인 전환을 이상감각이 발달된 새로운 인종의 탄생으로 전의적으로 표현하였다.

과학소설에 관한 레싱의 사고가 이런 식으로 긍정적으로 확고해졌음을 보여 주는 또 다른 작품으로 『어느 생존자의 비망록』을 들 수 있다. 어느 날 1인칭 화자를 찾아온 에밀리의 짐 속에 과학소설이 들어 있었고, 과학소설이기 때문에 가능한 비현실적인 판타지 공간 속에서 화자는 '해묵은 개인적 문제의 해결'과 '인류에게 보내는 절멸에 관한 경고'라는 두 가지 목적을 달성한다. 이제 과학소설은 레싱에게 '구원'의 전의로까지 부상한 것이다. 따라서 그 후 얼마 되지 않아 레싱이 본격적으로 과학소설 연작을 집필했다는 것은 레싱에게는 매우 자연스러운 행로였다고 짐작할 수 있다. 따라서 이런 행로에 대해 비난한 레싱연구 학자나 독자들은 레싱을 제대로 이해하지 못했음을 자인한 셈이다.

『마사 퀘스트』에는 레싱이 후에 우주소설로 나아갈 것을 암시하는 또 다른 장면이 나오는데, 그것은 마사의 아버지가 개미들을 보면서 마사에게 "이들이 우리를 어떻게 볼지 궁금해. 우리를 하나님처럼 본다고 해도 놀라운 일이 아니지?"(77)라고 말하는 장면이다. 개미들을 바라보면서 입장을 바꾸어 개미들이 인간인 자신들을 어떻게 볼지 상상하고 있다. 그리고 혹시 인간들을 하나님처럼 보고 있지 않을까 가정해보고 있다. 이것은 과학소설 연작에서 우주에 카노푸스 제국이나 시리우스 제국이 존재한다고 가정하고 인간을 그들이 통치하는 식민행성 주민으로 설정한 레싱의 의도를 더욱 잘 이해할 수 있게 해준다.

레싱은 어렸을 때부터 개미들 세상처럼 작은 세상의 입장에서 큰 세상을 보는 데 익숙하였고, 그와 마찬가지로 우주와 같은 극대極大의 세계에서 인간 세상 같은 작은 세계 보기, 그리고 인간이 현미경을 통해 세포나 핵을 관찰하듯이 극미極微의 세계 보기까지, 시야를 무한대로 확장하거나 혹은 축소하면서 사고하기를 즐긴 것으로 생각된다. 『제8행성의 대표 만들기』에서 레싱이 우리가 보는 사물의 견고성이라는 것이 허상이라고 주장하였듯이, 이렇게 관점을 바꿀 때 우리의 가시적인 실재는 종종 환상임이 드러난다.

레싱은 이렇듯 공간적 시야를 넓히고 좁히는 놀이만 한 것이 아니다. 과학소설이라는 장치를 이용하여 시간대를 마음대로 늘리면서 조정하였는데, 『시카스타』와 『시리우스 제국의 실험』에서는 지구의 탄생 이전부터 오늘날과 그 이후까지 광범위한 시간을 배경으로 하고 있으며, 『제8행성의 대표 만들기』는 이 광범위한 시간 중 어느 한 부분일 것으로 추정되는 시간대에서 일어나는 사건을 그리고 있고[4], 『볼련 제국의 감성적 관리에 관한 문서』는 다섯 작품 중 가장 미래의 시간대를 배경으로 삼고 있다.[5] 캐리 캐플란

---

4. 제8행성의 주민들을 로핸다로 이전시킬 계획이었으나 로핸다의 진화가 생각보다 늦어져 제8행성의 주민들이 멸종한 뒤에 후세가 로핸다에서 생존하게 된다.
5. 시리우스 제국이 분열하여 멸망하는 것으로 그려지고 있어 가장 미래의 시점으로 추정할 수 있다.

은 이렇게 시간대를 늘려 사고하는 것이 고령의 나이에 든 작가의 특징(캐플란과 로즈 155)이라고 주장하지만, 그보다는 한 가지 사건을 볼 때 단편적인 시각에서 바라보지 않고 긴 역사의 편린으로 사고하도록 레싱이 도모한 장치라고 해석하는 것이 더 옳다. 순간적인 결과로는 실패인 것도 장기적인 시각에서 볼 때는 성공을 준비하는 과정일 수 있기 때문이다.

레싱은 또한 어떤 문제를 장기적인 시각에서 볼 때 그 근원까지 추적하여 해결할 수 있음을 제시한다. 예컨대 레싱은 자신과 어머니와의 갈등 관계를 풀기 위해 외할머니와 어머니 간의 관계까지 추적하여 해결의 단초를 얻은 바 있다. 『볼련 제국의 감성적 관리에 관한 문서』에서는 볼련 제국과 식민행성들 간의 갈등을 해결하기 위해 카노푸스 제국의 관리 클로라시를 내세워, 볼련 제국의 식민행성 주민들에게 과거에는 거꾸로 그들이 볼련 제국을 지배했고, 앞으로 볼련 제국은 멸망할 것이라고 알려준다. '역사'란 결국 '제국의 역사'이므로 이런 큰 시각에서 자신들의 억압 상태를 조망하여야 하며, 따라서 감정적으로 대응하기보다는 긴 시각으로 냉철하게 앞으로의 해결책을 탐색하라고 충고한다. 즉 거부할 수 없는 거대한 순리의 흐름을 따르되 그 안에서 최선의 해결책을 찾으라는 것이다.

레싱은 이렇듯 과학소설이라는 장치로 시간을 효율적으로 확장하여 여러 다른 시각에서 한 사건·인간·세계·우주에 대해 조망할 것을 건의하고 있을 뿐 아니라, 카노푸스 제국, 시리우스 제국, 볼련 제국, 그리고 이들에게 속한 식민행성마다 각각 시간을 측정하는 방식이 다르다고 설정하여 시간의 상대성을 부각하고 있다.

예를 들어, 식민행성인 시카스타에서 살아가는 주민에게 긴 세월은 영원히 살 수 있는 카노푸스인에게는 짧은 순간일 뿐이다. 긴 시각을 갖고 있는 카노푸스인들에게 시카스타인들의 사고와 행동은 한 치 앞을 내다보지 못하는 어리석은 것들이다. 예를 들어 카노푸스의 시각으로 볼 때, 시카스타 주민들, 즉 인간의 기대 수명은 진화를 겪으면서 축소되고 있는데, 이 사실을 충분히 인지하지 못하는 인간은 과거의 긴 수명만 기억하면서 죽을 때까지 어리석은 사고와 행동을 반복한다. 인간은 고작 80세가량 살게 되나 죽을 때에 이르러서야 비로소 자신이 죽는 존재임을 깨닫고 자신의 욕심, 욕망 등이 부질없음을 깨닫게 된다. 이것은 『사대문의 도시』에서 마사가 어머니가 돌아가신 후 "부모와 자식 간의 거래에서는 자제하고 참아야 하는 사랑의 유통에 날짜가 늦은 약속 어음만 사용된다. 그 어음들은 전혀 예상치 못한 때에 만기가 되어 돌아온다"(469~70)고 쓰면서 어머니와의 관계를 개선하지 못한 것을 애석해할 때 느낀 바로 그런 감정일 것이다. 대부분의 인간은 "자기-파괴적 치매"(*DSA* 3)를 앓고 있어 과거의 경험에서 지혜를 얻지 못하거나 뒤늦게 시각의 어긋남을 깨닫는다.

레싱이 과학소설 연작을 통해 주장하는 세계관은 전체론적 세계관이다. 우주는 하나로 통합되어 있고 어떤 질서가 존재하며, 생물이든 무생물이든 우주의 모든 존재들은 이 질서를 따라야 한다. 레싱은 과학소설 연작 전체를 통해 이것을 필연 혹은 순리the Necessity라고 부르고 있다. 소문자의 'necessity'는 일시적 필요인 반면, 대문자 'Necessity'는 장기적으로 혹은 영원히 작용하는 순리이다. 따라서 레싱이 거듭 주장하듯이 순간적인 결과로는 실패인 것도 장기적인 시각에서 볼 때는 성공을 준비하는 과정일 수 있다. 공간적·시간적 시야를 확장하도록 부추기는 것도 어떤 사건이나 사물을 이런 전체적인 질서 속의 일부로 보아야 하기 때문이다. 극대의 세계, 가시적인 세계, 극미의 세계는 모두 연결되어 있어 서로에게 영향을 미친다. 전혀 관계가 없는 사건도 실은 서로 연관되어 있을 수 있다. 예를 들어 레싱은 『제8행성의 대표 만들기』에서 한 식민행성에서 멸종된 한 종이 전혀 다른 행성에서 생존해있다고 그리고 있는데, 서로 연결되어 있는 폐쇄된 우주에서는 한 곳에서의 소멸이 다른 곳에서의 생성으로 연결될 수 있음을 보여준 것이다. 그리고 이때 소멸된 집단의 심리 혹은 정보가 응축되어 후세로 유전되는 과정도 보여 주었다.

레싱이 과학소설 연작을 통해 주장하는 또 하나의 철학적 개념은 변증법적 사고이다. 예를 들어 『제3, 4, 5지대 간의 결혼』에서 레싱은 대조적인 제3지대 여왕과 제4지대 왕의 결혼을 주선하고 그 후 제4지대 왕과 제5지대 여왕의 결혼을 주선하여 변증법적 결합을 통해 무한히 진화할 것을 주장하고 있다. 레싱은 또한 상승을 위해서는 하강을 겪어야 함을 여러 작품을 통해 반복 주장하고 있는데, 주인공 알·이스는 제4지대로 하강하여 그 지대 왕과의 결합을 통해 진화한 후에 비로소 제2지대로의 상승에 도전한다. 무엇보다도 레싱이 이 작품을 통해 주장하는 것은 정체停滯는 일종의 죄악이므로 안주하지 않고 꾸준히 진화할 수 있도록 무한한 노력을 기울이라는 것이다. 그렇기 때문에 과학소설 연작의 마지막 작품인 『볼련 제국의 감성적 관리들에 관한 문서』에서 레싱이 열린 결말로 끝맺음을 한 것은 매우 타당해 보인다. 하나님의 사자로 간주될 수 있는 카노푸스의 관리도 반복해서 유혹에 빠져 순리에서 벗어나는 것으로 그림으로써 누구도 방심할 수 없다고 일깨우고 있다. 무한한 노력을 주문하는 레싱에게 끝이란 존재하지 않으며 모든 것이 과정일 뿐이다. 레싱은 단순히 의식을 확장할 것을 주문하는 것이 아니라 무한히 노력할 것을 권고하고 있다.

5. 나가면서

앞에서 보았듯이 레싱은 과학소설 연작을 통해 새로운 소재와 주제를 소개하고 있다기보다는 과거부터 다루던 소재와 주제를 보다 이념적으로 명료하게 제시한다. 진 피커링은 레싱이 작품들에서 자주 언급하던 '자연'·'문명'·'역사'·'순리' 같은 개념들이 과학소설 연작에 와서 비로소 선명해졌다고 주장한다(142). 예컨대 '순리'라는 개념은 『마사 퀘스트』와 『올바른 결혼』(1954)에서는 모호하게 초원에서의 마사의 환상 속에 나오거나 생물학 및 역사와 연계하여 막연하게 제시되지만, 과학소설 연작에 이르러서는 우주 조화의 한 기능으로 확실하게 밝혀진다는 것이다. 이처럼 레싱은 어느 작품보다도 과학소설 연작을 통해 자신의 세계관과 철학을 분명하게 밝히고 있다. 더욱이 『시카스타』와 『시리우스 제국의 실험』에서처럼 긴 시간대에 걸친 실험과 관찰, 즉 종단 연구longitudinal study와, 『제3, 4, 5지대 간의 결혼』과 『볼련 제국의 감성적 관리들을 위한 문서』에서처럼 정해진 하나의 시간대에서 여러 집단을 관찰·비교하는 횡단 연구cross-sectional study, 그리고 『제8행성의 대표 만들기』에서처럼 특수한 특징을 갖고 있는 한 집단을 면밀하게 관찰하는 사례 연구case studies까지 레싱은 다양한 관찰방법, 다양한 시점 및 관점 사용, 인문사회학적 연구와 과학적 연구의 융합, 시간과 공간에 관한 유연한 사용 등을 이용하여 평생 해왔던 실험과 도전을 한층 심화시키는 데 성공하였다.

이 장에서는, 레싱이 고령의 나이 때문에 과학소설로 도피한 것이 아니라 고령의 나이에도 불구하고 항상 그래왔듯이 새로운 장르 개척이라는 또 하나의 도전을 감행했다고 판단하고, 보다 자세히 어떤 측면에서 도전이라고 볼 수 있는지 연구하였다. 우선, 레싱은 과거의 작품에서는 개인 심리 대 집단 심리의 이분법으로 사고하였으나, 과학소설 연작에서는 독자들이 인간을 종種으로 볼 수 있도록 배경을 설정함으로써 좀 더 객관적으로 인간에 대해 사고할 수 있는 장을 만들었다. 현대 물리학을 이용하여 개인의 경험이 집단 심리로 응축되는 과정을 보여주었고 현대 생물학을 이용하여 그 집단 심리가 후대로 전달되는 과정도 보여주었다. 그 결과 개인 심리와 집단 심리가 하나임도 증명하였다. 둘째로는 식민자와 피식민자, 가해자와 피해자, 자기와 타자 등의 이분법으로 도식화하던 레싱이 다수의 화자 사용, 환생이라는 개념 도입 등을 통해 타자의 입장에 서서 몸소 체험할 수 있는 장치를 만들었고 그럼으로써 타자와 자기 간의 경계를 내파시켰다. 그리고 보다 긴 안목에서 사건과 인물을 바라보면 가해자와 피해자의 관계가 영원한 것이 아니라 변화한다는 것도 보여 주었다. 결국 레싱은 과학소설 연작을 통해 본인뿐 아니라 독자들의 의식까지 확장시키고 있는데, 우주소설인 만큼 무한대라 일컬을 수 있을 정도로 공간과 시간을 확장시켰으며, 레싱 자신의 지론인 전체론적 세계관과 변증법적 사고를 보다 확실하게 형상화하여 보여 주었다. 따라서 이 장은 과학소설 연작이 고령화로 인한 도피나 체념이 아니라 새로운 도전이요 문학적 도약임을 확인한 셈이다.

레싱은 2008년 정확히 89세의 나이에 『알프레드와 에밀리』의 출간을 끝으로 소설 쓰기를 중단하였다. 과학소설 연작을 발표하고도 25년간 글을 쓴 뒤의 일이다. 만약 레싱이 1980년대 60세 정도의 나이에 자신이 노년에 들어섰다고 생각하고 도피나 체념을 생각했다면 과연 25년간 더 글을 쓸 수 있었을까? 아마도 많은 사람들이 그렇지 않다고 대답할 것이다. 레싱의 도전을 도피로 해석한 작가들은 우리 사회에 팽배해 있는 노년의 작가 특히 여성 노인 작가에 관한 편견에 젖어 있었을 뿐이다. 페미니즘은 최근 '노년' 특히 '여성의 노년'에 관심을 기울이면서 이들이 '타자 중의 타자'임을 이론화하고 있다. 시몬느 드 보부아르가 주장한 "노년에 대한 침묵의 공모"(이경란 198 재인용)가 깨지기 시작한 것이다. 레싱이 과학소설 연작을 끝마치고 제인 소머즈라는 필명으로 쓴 두 개의 소설도 '노년'을 주제로 삼고 있다. 고령에도 불구하고 대단한 도전인 과학소설 연작을 집필한 후 엄청난 비판에 맞서게 된 이 작가는 이제 또 고령의 사람들 특히 '타자 중의 타자'인 노년의 여성이 사회에서 얼마나 "쓰레기"[6]처럼 대접받고 있는지를 폭로하는 또 하나의 도전을 감행한다.

---

6. 『어느 좋은 이웃의 일기』에는 노인들이 버리지 못하고 집에 쌓아두는 쓰레기 같은 물건들이 많이 등장하며, 주인공이자 화자인 제인은 노인들에게 무정하고 무심한 사회를 비난하면서 "쓰레기!"라는 단어를 자주 사용한다. 초고령의 여성 노인에 관한 작품인 만큼 이 작품에서 '쓰레기'는 바로 이들을 나타내는 은유이다.

3부 사회의 약자에게 눈을 돌리다

레싱은 과학소설 연작을 출간한 뒤 1983년 제인 소머즈라는 익명으로 『어느 좋은 이웃의 일기』를 발표한다. 소위 '제인 소머즈 스캔들'이 시작된 것이다. 레싱은 후에 이렇게 익명으로 발표한 이유를, 첫째는 영국과 미국의 출판계의 약점을 드러내고, 둘째는 문학계 비평가들의 약점을 폭로하기 위해서라고 설명하였다. 그러나 이에 대해 과학소설에 대한 비평가들의 혹평에 대한 레싱의 복수라고 말하는 이들도 있다.

어쨌든 '도리스 레싱'이라는 유명 작가의 이름을 숨긴 채 '제인 소머즈'라는 생소한 이름으로 출간한 덕분에 책은 예상만큼 많이 팔리지 않았고, 이런 사실은 레싱의 확신, 즉 소설이 작품의 진가보다는 작가의 유명세 때문에 팔린다는 확신이 옳았음을 확인시켜 주었다. 레싱의 전기 작가 캐롤 클레인은 출판사 관계자들 중에는 이 작품이 레싱의 작품과 유사하다고 간파한 필리파 해리슨 Philippa Harrison 같은 사람도 있었지만, 비평가들 중에는 알아차린 사람이 한 명도 없었으며, 이 사실로 레싱이 매우 의기양양해 했다고 전한다(클레인 235). 더 나아가 클레인은 레싱이 '도리스 레싱'이라는 이름이 과연 자신의 정체성을 대변할 수 있는가에 대해 평생 의문을 가졌던 작가라며, 이런 점이 스캔들을 만드는 데 일조했을 것이라고 추측한다(클레인 237). 클레인은 또한 제인이라는 이름을 통해 그동안 자신이 할 수 없었던 방식으로 행동하는 자유를 누렸을 것이라고 덧붙였다(클레인 240). 레싱의 이름이 어떻게 '도리스'가 되었는지에 대해서는 『도리스 레싱 : 20세기 여성의 초상』에서 이미 밝힌 바 있다.

『어느 좋은 이웃의 일기』는 제인 소머즈라는 여주인공의 성격이나 '성숙' 과정보다는 90대 여성 노인 모디의 성격과 행동 방식이 더 강렬하게 다가오는 작품이다. 클레인은 제인 소머즈가 레싱이 경멸하는 타입의 여성이라며, 자신의 어머니를 모델로 썼을 가능성이 있다고 주장한다(클레인 238). 이것이 사실이라면, 레싱과 어머니와의 모녀관계로 비추어 볼 때, 레싱이 모디이고 제인이 어머니였을 가능성이 크다. 실제의 생활에서는 어머니의 따뜻한 손길을 갈구하였지만 끝내 얻지 못한 레싱이 이 작품에서는 제인의 관심을 끌고 결국 보살핌을 받는 데 성공하고 있다. 평생의 숙원을 푼 격이다. 이런 설정을 할 수 있었던 것은 『어느 생존자의 비망록』을 통해 어머니에 대한 이해에 도달할 수 있었기 때문으로 추측된다.

『어느 좋은 이웃의 일기』에 관한 많은 비평들은 제인과 제인의 성숙 과정에 주목하고 있다. 그러나 본 저서에 실린 논문에서 필자는 모디에 더 집중하였고, 더 나아가 초고령 여성들의 사회적 입지에 대해 숙고하였다. 그리고 젊은 세대, 중년 세대, 고령 세대, 초고령 세대가 분리된 그룹들이 아니라 연속된 연속체임을 강조하였다. 1984년 발표된 후속 작품인 『노인이 할 수 있다면』의 내용을 고려한다면 이런 사실은 더욱 분명해진다. '노인이 할 수 있다면'이라는 뜻은 '젊은이가 알 수 있다면, 그리고 노인이 할 수 있다면'을 줄인 말로, 젊은이나 노인이나 모두 강점과 약점을 고루 가진 존재들이므로 서로 협동하고 보강해야 한다고 일컫고 있다.

레싱이 주목한 노인 이외의 또 다른 부류의 약자 그룹은 외모가 추한 사람들이다. 『어느 좋은 이웃의 일기』에서 여주인공 제인의 완벽한 외모 및 겉치장과 대조적으로 초고령 여성인 모디는 더러운 주위 환경, 외모를 가꿀 능력의 상실, 그리고 괴팍한 성격 때문에 그로테스크한 성질이 돋보였다. 그런 모디처럼 오물을 뒤집어 쓴 모습을 보여 주는 또 다른 인물이 『다섯째 아이』의 벤이다. 이 두 사람은 남보다 추하다고 해서 사회에서 소외되고 배척당하는 공통점을 갖고 있다. 다른 점이 있다면 벤은 '추함'에 덧붙여 '괴기함'을 갖고 있고 그에 따라 '공포'를 자아낸다는 점이다. '그로테스크'의 개념과 더 정확히 맞아떨어지는 인물이다. 따라서 1988년에 발표된 『다섯째 아이』와 그 연작 『세상 속의 벤』을 '그로테스크'의 범주에 넣어 글읽기를 하였다.

이 작품에 관한 논문은 우선 '그로테스크' 개념에 관한 서양사적 고찰로 시작하여, 결국 오늘날에는 '기존 질서, 형식, 틀로부터의 해방이나 일탈'을 의미하게 되었음에 주목하고, 그리하여 우리 인식의 좁은 한계를 뛰어넘으려는 레싱의 작가적 소명의식에 부합된다고 주장하였다.

다섯째 아이 벤에 대한 러뱃가의 증오는 일차적으로 앞의 네 아이들과 다르게 예쁜 아이로 태어나지 못했다는 사실에서 비롯되는데, 벤은 '추함으로 인한 혐오감에 덧붙여 '괴기성' 그리고 그로 인한 공포감까지 자아내어 결국 가정에서 쫓겨나게 된다. 더욱이 벤의 탄생을 계기로 이 가정의 완벽해 보였던 외적인 행복이 억압되었던 문제들, 예를 들어 경제적인 측면이나 노동적인 측면의 문제점들을 겉으로 노출시키면서 와해되고, 결국 가정의 안정과 평화가 깨진다.

사실 아기가 태어나기까지 우리는 아기의 상태에 대해 잘 알지 못한다. 예쁘지 않은 아기, 병약한 아기, 비정상적인 아기가 태어날 확률은 어느 가정에나 항상 존재한다. 따라서 러뱃가뿐 아니라 모든 가정에서 일어날 수 있는 개연성과 러벳가 대가족 각 개인들 사정의 다양성은 이 문제를 영국 사회 전체의 것으로 확장하여 생각해볼 수 있는 가능성까지 제기한다. 레싱은 이 작품 속에서 당시 영국 사회의 억압된 추한 면들을 지적하면서 이들이 겉으로 드러나면 영국 전체가 위험에 빠질 수 있음을 경고하고 있다. 레싱은 『다섯째 아이』의 벤을 가정 내부의 타자로 설정한 반면 『세상 속의 벤』에서는 사회 속으로 내던져진 벤이 외부적 타자로서 사회 속에서 어떻게 포용되는지 실험한다.

사실 사회 속에 내던져진 벤에게는 애초부터 미래가 없었다. 덩치만 클 뿐 지능이 낮고 사회적 신분도 없는 벤은 동정심이 강한 최하층민들의 도움만 겨우 받을 뿐 너무나도 당연하게 대부분의 사람들에게 이용을 당한다. 레싱은 『다섯째 아이』에서는 가정의 행복을 깨는 벤의 '괴물성' 혹은 '야수성'에 강조를 둔 반면, 『세상 속의 벤』에서는 사회 속에서 이용당하는 벤의 '무력함'에 강조를 두면서 또 하나의 소외된 최하층민을 대변하도록 만든다. 그런데 레싱의 천재성은 『세상 속의 벤』에서는 벤의 성질에 '코믹함'이라는 특징을 하나 더 추가했다는 데 있다. 그로테스크에 대한 가장 일반적인 감정이 '기괴하고 우스꽝스럽다'인 점을 감안할 때 이 작품의 벤은 '그로테스크'의 범주에 정확하게 들어맞는다. 벤을 이용하려는 인간들의 비인간적인 행동에 비추어 볼 때 인간과 동물의 접경지대에 있는 벤이 오히려 더 인간적으로 보이기까지 한다. 따라서 독자는 벤에게서 공포를 느끼기보다 연민과 웃음을 느끼게 된다. 이런 점에서 레싱은 벤을 통해 '미'와 '추,' '인간성'과 '비인간성'의 이항대립 관계의 역전 가능성을 보여준다. 추하고 동물적인 벤이 일반 인간들보다 더 인간적인 성질을 보이고 있기 때문이다.

그런데 레싱은 이 작품의 결말에서 마치 인간과 동물의 경계지대에 있는 것 같은 벤, 그리고 최하층민을 대변하는 것 같은 벤이 결국 먼 과거에 존재하던 인간이고 격세유전으로 태어났다고 설정함으로써 사실주의적 결말을 기대하던 독자들을 또다시 실망시키게 된다. 사실주의 혹은 자연주의적 색채가 강한 『다섯째 아이』는 비평가들과 독자들에게서 호평을 받았는데 『세상 속의 벤』은 사실주의 혹은 자연주의적 소설에서 사실주의와 과학소설 혹은 판타지의 혼합물로 변질되었기 때문에 혹평을 받은 것이다. 이와 비슷한 시기에 발표된 『마라와 댄』 연작이나 더 후에 발표된 『클레프트』를 감안해 볼 때 이런 설정은 납득이 갈 수 있으나 이 당시의 독자들에게는 엉뚱한 발상으로 보일 수밖에 없었다. 레싱이 또 한 번 도약을 시도하고 있음을 일반 독자들은 깨달을 수 없었다.

반면 레싱은 이런 결말에 대해 확신을 갖고 있었던 것으로 보인다. 1999년작 『마라와 댄』과 2005년작 『댄 장군, 마라의 딸, 그리오, 그리고 스노우 독 이야기』가 수천 년 후의 아프리카를 배경으로 하고 2007년작 『클레프트』가 수천 년 전의 유럽을 배경으로 하여 쓰였다는 점을 고려할 때 현대에 태어난 원시인 벤의 설정은 그리 놀라운 일이 아니다. 레싱은 먼 과거로 먼 미래로 시야를 확장하면서 오늘날을 보다 냉정하게 객관적으로 조명하려 했을 뿐이다.

8장

『어느 좋은 이웃의 일기』

현대 사회의 소수자 그룹, 초고령 여성

1. 들어가기

도리스 레싱은 누구보다도 긴 노년의 삶을 영위하며 집필활동을 한 작가이다. 1950년 31세의 나이에 첫 작품『풀잎은 노래한다』를 발표한 이래로 2008년 89세에 마지막 작품『알프레드와 에밀리』를 발표하기까지 장기간 작품활동을 하였으므로 그녀의 작품 속에는 자연스럽게 노인 여성이 주인공으로 자주 등장한다. 1969년 50세에 발표한 5부작『폭력의 아이들』의 마지막 작품『사대문의 도시』에서 이미 레싱은 노년의 마사를 등장시킨다. 노인이 된 마사는 젊은 시절의 반항적 기질을 극복하고, 분열된 정체성의 통합을 성공적으로 이루어냈으며, 남을 돌볼 줄 아는 성숙함과 새로운 인종의 도래를 예상하며 이들을 양육할 수 있는 지혜까지 예비한 여성이었다.

그러나 레싱이 젊어서부터 중년을 넘긴 여성들에게 호의적이었던 것은 아니다.『폭력의 아이들』의 제1권『마사 퀘스트』에서 어린 마사는 속물로 비치는 어머니와 이웃집 아주머니에게 반항적 태도를 보이는데, 특히 나이 들어 볼품없이 뚱뚱해진 몸과 잦은 출산으로 자주색 정맥이 불거져 나온 반 렌즈버그 부인의 흉측한 다리의 모습에 혐오감을 드러낸다(13~14). 이 작품 전체에서 몸매와 외모, 그리고 옷치장에 상당히 민감한 마사를 통해, 33세의 아직 젊은 레싱은 '쇠락의 길로 접어든 외모'를 '속물로 변하는 인격'의 전의로 사용한 듯이 보인다.

그 후 1970년대의 레싱의 작품 속에 그려져 있는 45세의 중년 여성 즉, 『어둠이 오기 전의 그 여름』의 케이트 브라운과 『어느 생존자의 비망록』의 중년의 화자는 『폭력의 아이들』의 마사의 모습에서 크게 벗어나 있지 않다. 이들은 사춘기에서 노년, 그리고 죽음에 이르기까지 생애 경로를 거치면서 젊음이 사라져 가는 대신 원숙함과 지혜가 찾아옴을 체현한다. 중년이 된 레싱에게 나이 듦은 원숙함과 지혜를 갖게 되는 시기이다.

반면, 1980년대의 작품 『어느 좋은 이웃의 일기』는 노인 여성에 관한 이런 담론에서 한 걸음 더 나아간다. 나이 듦을 원숙함과 연결 짓던 레싱이 8, 90대의 노인 여성을 조명하면서 노년의 또 다른 모습인 노쇠, 고독, 무력함을 부각하고 있다. 어느덧 60세가 넘은 레싱이 6, 70대의 노인들과 8, 90대의 노인들을 구분하여 작품 속에 그려야 하는 시기를 맞이한 것이다.

사실 6, 70대의 노인과 8, 90대의 노인들을 구분해야 할 필요성이 생긴 것은 고령화가 세계적 추세가 된 최근의 일이다. 과거에는 모두 'the old'에 포함시킬 뿐 이들을 세분화할 필요성을 느끼지 못했으나 요즈음에는 '제3연령기'와 '제4연령기'로 구분해야 한다는 주장이 힘을 얻고 있다. 그러나 노인들 간에 개인별 격차가 크기 때문에 일률적으로 구분하는 것에 대한 반대도 만만치 않다.

소설 속에 재현된 여성 노인을 연구하는 조우 브레넌은 저서 『최근 소설 속의 노인 여성』에서, 노인들을 지칭할 때 'the old'보다는 'the older'를 사용할 것을 권고하는데, 이는 'the old'라는 표현이 젊은이와 노인들 간에 경계선을 분명히 긋는 반면, 'the older'라는 표현은 젊은이와 노인들 간의 관계에 더 주목하여 이분법적 사고를 깰 수 있고(25), '제3연령기'와 '제4연령기'의 노인까지 확장하여 조망할 수 있으며, 종국에는 '연속체'continuum의 개념으로 삶을 파악할 수 있게 만들기 때문이다.

이 장은 『어둠이 오기 전의 그 여름』에서 노년의 문턱에 선 중년 여성의 두려움, 그리고 그에 대한 극복과 성숙 과정을 다루었던 레싱이, 『어느 좋은 이웃의 일기』에서는 여기에서 한발 더 나아가 죽음에 임박해 있는 노인 여성들에 초점을 맞추고 있음에 주목한다. 따라서 이 장은 우선 여성 노인, 특히 초고령 여성들의 주변화된 처지와 사회에서의 유용성에 대해 사색한다. 모디 파울러라는 노동자 계층의 90세가 넘은 노인 여성 개인과 그녀와 비슷한 또래의 이웃들의 삶을 통해, 이들 소수자들이 어떻게 가족들로부터 버림받고, 사회에서 홀대받고 있으며, 국가는 이들에게 어떤 보상을 해 주고 있는지에 대해 연구할 것이다. 반면 그들이 어떻게 자신의 가치를 실현하고 있으며 어떻게 사회와의 융합에 노력해야 하는지에 대해서도 살펴볼 것이다. 이 장은 궁극적으로 곧 도래할 초고령 사회에서 초고령 노인들의 위치는 어떠해야 하고 사회가 이들을 어떤 시각으로 보아야 하며 어떻게 보살펴야 하는지에 대한 연구가 될 것이다.

2. 노인 여성과 초고령 여성

사람마다 개개인의 차이가 너무 크기 때문에 학자마다 여러 다른 이유와 근거를 대면서 인간의 생애주기를 각양각색으로 구분하는 것이 현실이다. 가장 일반적인 것은 65세 이상을 통틀어 고령 인구로 분류하는 것이지만, 이 장에서는 고령 인구와 초고령 인구를 구분해야 할 필요성이 있다고 판단하였다. 따라서 미국의 사회학자 윌리엄 새들러의 구분을 참고하기로 한다.

새들러는 『서드 에이지, 마흔 이후 30년』에서 학창시절의 '제1연령기', 일과 가정을 위한 '제2연령기,' 자기실현 추구를 위한 '제3연령기,' 마지막으로 노쇠의 징후가 늘기 시작하는 하강기인 '제4연령기'로 분류한다(22~23). 이런 분류는 인간의 수명이 길어짐에 따라 얻게 된 30년이란 인생 보너스를 새로운 성장 동력으로 이용하자는 취지의 주장으로, 40세 이후의 30년을 제2차 성장을 할 수 있는 연령기라고 강조하고 있다. 프랑스에서도 이와 유사하게 활동적인 노년의 시기를 '제3의 인생'으로, 덜 활동적이고 덜 독립적인 인생단계를 '제4의 인생'으로 부르고 있다(테인 104~5). 이런 시각은 또한 제1연령기의 제1차 성장을 주제로 한 소설을 '성장소설'Bildungsroman로 부르고, 제3연령기의 제2차 성장 혹은 성숙을 주제로 하는 소설을 '성숙소설'Reifungsroman로 부르자는 바바라 프레이 왁스맨의 주장으로도 뒷받침된다.

왁스맨은 『난롯가에서 큰길가로』에서 '성숙소설'을 규정하면서, "자기-지식self-knowledge(자신에 대한 지식)과 에너지가 성장하여 삶의 방향을 바꾸게 되는 중년 여주인공의 삶과 사고를"(45)

독자들이 체험토록 해 주는 소설이라고 쓰고 있는데, 이런 점에서 볼 때 『어둠이 오기 전의 그 여름』과 『어느 좋은 이웃의 일기』는 '성숙소설'로 불리기에 적절하다. 전자의 소설에서는 평생을 바쳐 충실했던 가정이 빈 둥지empty nest가 되어버렸음을 발견한 45세의 케이트가 새로운 삶의 목표를 발견해나가고, 후자의 소설에서는 가정생활보다는 직장생활에 충실했던 49세의 중년 여성인 주인공 제인 소머즈가 90세가 넘은 노인 여성 모디와 친구가 되면서 삶의 태도를 바꾸기 때문이다. 따라서 많은 학자들이 이 두 작품을 중년 여성의 성숙과 연결해 연구를 하였다(스프레이그, 왁스맨, 최선령).

그러나 앞에서 밝혔듯이 이 장에서는 2차 성장 혹은 성숙을 달성하는 제인의 개인적 문제보다는 제4 연령기의 모디의 무력함과 초고령 여성들이 일반적으로 봉착하게 되는 문제에 초점을 맞춰 이전의 연구와 차별화할 예정이다. 『어느 좋은 이웃의 일기』의 가장 큰 특징은, 『어둠이 오기 전의 그 여름』을 포함한 레싱의 1980년대 이전에 발표된 어떤 작품과 비교해보더라도, 각별히 제4 연령기 여성들의 문제에 초점을 맞추고 있다는 점이기 때문이다.

이 작품의 화자이자 여성 잡지사에서 일하는 성공한 커리어우먼 제인이 모디를 처음 만났을 때는 마침 제인이 삶의 방향을 바꾸고자 노인 친구를 구하고 있던 중이었다. 그러나 신문광고를 통해 소개받은 요크 부인도 이웃인 페니 부인도 제인의 흥미를 끌지 못한다. 반면 우연히 약국에서 만난 모디는 마녀 같은 첫인상과 남루한 옷차림을 하고 있지만 곧 제인의 관심을 끌게 된다. 젊은 약제사가 준 약에 대해 끈질기게 의심하면서 확인하려는 모디의 삶의 태도 때문이다. "거친 회색 눈썹 아래 사나운 푸른 눈"(20)을 가진 모디는 자신이 진정제sedative 혹은 진통제를 원했으나 의사가 "얼이 빠지게 하는 약"stupefier를 처방했을 것이라며 제인에게 약을 확인한다. 모디는 의사나 약제사 같은 사람들이 자신과 같은 가난하고 늙은 노인들을 잉여 인간으로, 즉 꼭 필요한 사람이 아니라 곧 사라져야 할 쓸모없는 인간으로 치부하고 있음을 잘 알고 있다. 그런 사람들 사이에서 모디는 그들의 기대에 부응하지 않고 자존심pride과 품위dignity를 지키면서 자신의 존재를 확인시키며 살아간다. 왁스맨은 신시아 리치의 말을 인용하면서 "노인이 자신이 받은 학대와 충족되지 않은 욕구에 대해 분노를 표출하는 것은 '주변화되어 있는 그들의 처지와 너무나 위험한 그들의 세계'를 고려해볼 때 상당히 용기 있는 행위"라고 주장한다(148). 제인도 모디의 바로 그런 용기에 끌린 것이다. 모디에 관한 관심이 커지면서 제인은 자신의 동네에서 그동안 눈에 들어오지 않던 노인들이 보이기 시작한다. 노인들 특히 여성 노인들이 사회에서 투명인간 취급을 받고 있었음을 자각한 것이다.

사실 남성 노인과 여성 노인들이 연로함으로 인해 겪게 되는 경험의 내용은 상당히 다르다. 시몬느 드 보부아르는 남성 노인들과 비교할 때 여성 노인들이 노년으로 인해 큰 타격을 받게 됨을 주장하면서 "노년은 여성 노인들에게 성적 매력의 상실이자, 사랑의 상실"(모이 255)이라고 역설하였으며, 수잔 손탁 역시 유명한 에세이 「나이 듦의 이중 기준」에서 "나이가 모든 인간들의 얼굴에 정상적인 변화를 각인시키지만 여자들이 남자들보다 그에 대해 훨씬 더 큰 벌을 받는다"(피어설 23)고 쓰고 있다. "남자들은 여러 방식으로 벌금을 물지 않고도 나이들 수 있도록 허용되지만 여자들은 그렇지 않다"(브레넌 30). 여성들이 노화의 징조를 보일 때 벌금을 물게 되는 이유는 여자들이 남자들보다 일찍 생식력을 잃기 때문이다. 페미니즘 노인학 학자들은, 생식력에 가치를 두는 사회에서 동성애자들이 '애브젝트'abject로 취급당한다는 주디스 버틀러의 주장을 전용하여, 여성 노인도 '애브젝트'로 분류한다(치버스 xxiv). '애브젝트'는 줄리아 크리스테바의 용어로, '모범적인 정체성을 위협한다는 이유로 버려진 역겹고 더럽고 위험한 것들'을 말한다. 따라서 여성 노인들은 소수 성애자들처럼 현대 사회에서 혐오되고 거부당하고 배제되는 '애브젝트'이자 '소수자 그룹'이다.

생식 기능이 없어져 쓸모없다고 여겨지는 여성 노인들이 좋은 이미지를 가질 수 있는 유일한 기회는 할머니로서 육아를 담당할 때이다. 그러나 육아조차도 도울 수 없게 된 초고령 여성들은 '애브젝트 중 애브젝트'로 취급받게 된다.

성공한 커리어 우먼인 제인은 잡지 속 모델처럼 완벽한 옷차림을 한 채 모디의 집으로 들어가면서 냄새와 불결함 때문에 역겨워한다. 그러면서도 "내가 왜 이처럼 더럽다고 계속 불평하지? 우리들은 왜 이렇게 사람들을 판단하지? 그녀[모디]가 때와 먼지가 끼어 있고 심지어 냄새가 난다고 해서 더 형편없는 사람인 건 아니야(26)"라고 생각하며 편견 없이 모디를 보려고 노력한다. 자신이 만든 잡지 『릴리스』*Lilith* 속의 화려한 어린 소녀와 모디의 모습이 극단적 대조를 보임을 깨달으면서 제인은 동료에게 잡지 속 여성들 사진 속에 여성 노인들의 사진이 빠져 있음을 지적한다. 모디는 이 사실을 처음 깨달았을 때 "놀라움"과 "충격"을 겪으면서 "우리 모두에게는 어머니나 할머니가 있다" 그런데도 "우리가 얼마나 노년을 두려워하고 있는지! 우리가 얼마나 외면하고 있는지!"(28)를 인식하게 된다. 보부아르가 『노년』의 도입부에서 "사회는 노년에 대해, 언급해서는 안 될 일종의 부끄러운 비밀이라고 생각한다"(1)고 말한 진리가 여기에서 재확인되고 있다.

제인의 주선으로 모디가 살고 있는 집의 전기 배선 공사를 하러 온 짐은 제인에게 "저런 늙은 사람이 무슨 소용이 있는가?"(32)라고 묻는다. 이제 제인은 '인간의 가치를 무엇으로 판단해야 하는가?'의 화두에 빠지게 된다. 그러나 제인과 모디는 거듭되는 만남 속에서 변화를 이룩하고 서로에 대한 유용성을 발견한다.

제인은 모디를 정기적으로 방문하게 되면서 불결한 곳으로만 여겨지던 모디의 집이 어느덧 자신에게 가정의 역할을 하고 있다고 느끼게 된다. 박선화는 논문 「도리스 레씽의 『어느 착한 이웃의 일기』: 노이만의 중심화 이론으로 읽기」에서 모디의 집의 난로에 주목하며 난로가 지친 제인의 영혼을 보듬어 주면서 얼어붙었던 감정의 둑을 허무는 역할을 한다고 쓰고 있다(16).

제인은 마치 어머니나 할머니와 대화를 나누는 것처럼 모디와의 대화에 흥미를 느끼게 되고, 그 사랑이 깃든 대화 속에서 잡지에 대한 새로운 아이디어도 얻는다. 제인이 만드는 잡지는 1950년대, 60년대, 70년대를 거치면서 급변하는 시장 환경 속에서 새로운 소재 개발, 잡지 이름 수정, 새로운 포맷 구성 등 변신을 거듭하며 생존해왔다. 제인은 모디가 들려주는 과거 회상의 이야기로 잡지에 새로운 활력을 불어넣고, 기발한 특집기사도 쓰게 되며, 결국에는 모자를 만드는 노동자들에 관한 역사소설 『메릴러본의 모자 장인』도 출간하게 된다. 그 후에도 모디로 인해 알게 된 사회복지사들을 모티프로 하여 『자애로운 부인』을 쓰기 시작하고 병원에서 만난 간호사들을 모티프로 하여 새 소설도 구상한다. 다이애나 월러스는 레싱이 『황금 노트북』에서 그랬던 것처럼 이 작품에서도 글쓰기를 통한 정체성 구축을 다시 시도하고 있다고 말한다(5). 이것은 또 다른 한편으로는 모디가 제인을 통해 노인심리학자 조지 베일런트가 말하는 '의미의 수호자'keeper of the meaning의 역할을 훌륭하게 수행하고 있다고 해석할 수 있다[1]. 베일런트는 성공적인 노화를 위한 필수적인 과제로 "자기 아이들의 성장보다는 인류의 집단적 성과물, 즉 인류의 문화와 제도를 보호·보존하는 데 초점을 두는" 의미의 수호자 역할을 완수해야 한다고 주장한다(93). 모디는 자신이 겪은 경험·스토리·문화·제도·스타일 등을 제인이라는 매개체를 통해 사회 전반에 그리고 후세에 전달하고 있다.

제인은 평생을 바친 잡지사에서 결국 편집장의 직위에 오르지만, 모디와의 우정이 깊어지면서 잡지사의 일을 줄이고, 작가로서, 그리고 노인들을 돕는 자원봉사자로서의 삶의 비중을 높여 나가기로 결정한다. 모디로 인해 인생의 방향을 전환하게 된 것이다.

한편, 모디도 먼 과거를 더듬으며 기억해내는 자신의 이야기

1. 조지 베일런트는 『행복의 조건』(*Aging Well*)에서 성인의 발달과정을 평가하기 위해서는 특정과업을 어떻게 수행했는지 살펴보아야 한다고 주장하면서, 연속과제로 청소년기부터 시작하여, 첫째는 정체성(identity) 확립을, 둘째는 친밀감(intimacy)의 발전을, 셋째는 직업적 안정(career consolidation)을, 넷째는 생산성(generativity)의 과업달성을, 다섯째는 의미의 수호자가 되어 과거와 미래를 연결시키기를, 마지막으로는 완전체(integrity)의 완성 등을 열거하였다. 이런 연속과제들을 성공리에 완수했을 때 성공적인 노화 혹은 성공적인 삶을 산 것이다.

를 들어주는 제인 때문에 행복감을 느낀다(96). 직장에서 피곤했던 제인이 모디 집에 들러 가사를 돌보아 준 후 자신도 모르게 한잠 자고 일어나자, 모디는 제인에게 "지금이 내 인생에서 최고의 시간"(130)이라고 말한다. 출산이나 소풍의 경험같이 짧고 흥분된 행복의 시간이 아니라, 친구 제인이 자신을 방문해 줄 것임을 알기 때문에 느끼는 안정된 행복의 시간을 말하는 것이다. 60년간을 홀로 살아온 모디에게는 이런 행복감은 진실된 감정이지만, 제인은 오히려 모디의 말 뒤에 숨어 있는 박탈감과 외로움을 새삼 감지하며 당황해하고, 그런 작은 봉사가 가져다줄 수 있는 큰 행복에 놀란다.

제인에게 일어난 또 하나의 큰 변화는 가장 중요한 일과였던 몸단장에 공을 들이지 않게 되었다는 점이다. "지금 나는 그렇게 하지 않는다, 그렇게 할 수 없다. 그건 나에게 너무 큰 부담이 되었다"(135). 수잔 왓킨스는 제인이 몸치장에 집착했던 것이 주디스 버틀러가 말하는 '여성성의 수행적 구성'을 보여 주는 것이라며, 여기에서 벗어난 제인은 자신의 정체성에 대해 재고하게 되었음을 보여준다고 해석한다(리다웃과 왓킨스 77).

그 후 제인은 85세의 애니 리브스, 모디와 동갑인 일라이자 베이츠 같은 다른 가난한 여성 노인들을 알게 되고 그들의 집에도 정규적으로 방문한다. 애니와 일라이자 역시 과거의 패션·음식·문화에 대한 다양한 이야기를 들려주고, 제인은 그들의 삶의 경험을 통해 사고가 풍요로워진다. 제인은 또한 노인 친구들을 통해 진정한, 느린, 완전한 즐김real slow full enjoyment을 배울 수 있었다(174). 더 이상 노인들을 두려워하지 않게 되고, 그들이 역사로 가득 찬 자신들의 이야기를 털어놓을 때까지 천천히 기다리게 되었다. 그리고 그들과 그들의 이야기를 사랑하게 되었다.

제인이 보기에 여성 노인들은 지혜로 가득 차 있는 살아 있는 역사요 문화이다. 그들은 각자 주어진 환경 속에서 나름대로 열심히 살며 가정, 사회, 그리고 국가에 헌신하였으므로 당연히 가족, 사회, 그리고 국가의 보호를 받아야 한다. 그들은 사회에서 치워야 할 쓰레기가 아니라 국가가 끝까지 책임져야 할 자산이다.

3. 초고령 여성과 가정

손자를 돌보는 할머니로서의 역할조차 할 수 없는 초고령 여성에게 가정은 무엇인가? 모디는 스스로 자신의 몸을 통제할 수 없게 되었을 때조차 집을 떠나 병원으로 가기를 거부하면서 친구인 제인이 돌봐 주기를 바란다. 자신에게 익숙한 곳에서 친지의 돌봄을 받으며 임종을 맡고 싶어 하는 것이다. 반면, 일반적인 통념은 부양해 줄 가족이 없을 때, 혹은 가족이 부담스러워할 때 초고령 노인들을 요양소나 병원에 보내 전문적인 보호를 받도록 하는 것이다. 그렇다면 이들에게는 가족과 요양소, 두 개의 선택 외에 다른 대안은 없는가?

제인도 모디를 만날 때까지는 가족과 국가 둘 중의 하나가 노인을 책임져야 한다는 생각을 갖고 있었다. 모디를 만난 지 얼마 되지 않은 어느 날 제인이 집에 도착했을 때 70세가량의 이웃인 페니 부인이 버터가 떨어져 자신의 도움을 바라고 있음을 알게 된다. 제인은 자기 집 버터를 내어 주고는 고의로 문을 세게 닫으며 자신의 죄의식을 털어내듯이, "그녀[페니 부인]에게는 아들과 딸이 있어.

그들이 돌보지 않는다면 할 수 없는 거지. 내 책임은 아니야"(30)라고 말한다. 이웃에게는 아무런 책임이 없다고 생각하는 것이다.

반면 제인에게는 어머니와 남편이 암으로 죽어갈 때 책임을 다하지 않은 부끄러운 과거가 있다. 가족에게 버림받았다고 페니 부인을 냉대하지만, 정작 본인도 남편과 어머니를 돌보지 않은 죄의식에서 자유롭지 못하다. 제인이 모디를 돌보기로 결심하게 된 것도 이들에 대한 죄책감이 크게 작용하였기 때문이다.

제인은 모디를 돌보게 되면서 할머니를 돌보았던 어머니와 어머니를 간호했던 언니 조지가 얼마나 힘든 일을 했는지 새삼 깨닫게 되고, 그에 대한 자세한 이야기를 듣고 싶어 언니를 찾아간다. 그러나 제인이 알게 된 것은 할머니와 어머니의 병간호에 무심했던 제인에 대한 언니의 원망이 매우 깊다는 사실뿐이다. 가족을 돌보는 일이 가족 간의 갈등의 원인이 되고 있다. 조지는 그에 대한 보답으로 자신의 두 딸이 제인과 함께 살고 싶어 할 때 제인이 응당 그들을 보살펴야 한다고 생각한다. 언니 조지가 어머니를 진정으로 기쁘게 간호했다면 어머니를 돌보지 않은 제인에 대해 초연했을 것이고 어떤 보상이나 보답을 기대하지 않았을 것이다. 제인은 요통으로 꼼짝할 수 없게 되어 다른 사람의 도움이 절실히 필요할 때에도 언니와 조카들에게 전화하지 않는다. 이처럼 가족을 돌보는 일은 이미 오래전에 일종의 상거래가 되어버렸다.

이런 현상을 확인할 수 있는 에피소드는 이 작품 도처에 나타나 있으며, 그중 가장 두드러진 예가 모디의 언니 폴리이다. 폴리는 젊은 시절 모디의 노동을 착취하고 모디의 상속 재산까지 갈취하면서 재산을 모았다. 최고령의 노년이 된 폴리는 그 부富를 바탕으로 마치 여장부처럼 가족 위에 군림하며 살고 있다. 폴리는 늙어서 가족의 돌봄을 받으려면 그들에게 그에 대해 보상해 줄 수 있는 부가 있어야 함을 일찍부터 깨닫고 있었다.

조우 브레넌은 소설 속에 재현된 노인 여성들을 분석하면서 '할머니'와 '독신녀'grandmother/spinster의 두 부류로 나눈다. 브레넌에 따르면, '가족을 거느리고 있는 할머니'/'독신으로 늙은 여성'의 이항대립은 '처녀'/'매춘부'virgin/whore의 이분법의 연장으로 서양문화에서 반복되는 이미지였다(2)고 한다. 그 이항대립 관계를 이 작품에 적용하면, 모디의 언니 폴리처럼 대가족을 거느리며 여장부처럼 사는 것은 가장 성공한 초고령 여성의 이미지이며, 가족도 없이 홀로 스스로를 부양하며 살아가는 모디는 실패한 노인의 전형이다. 이것을 잘 알기 때문에 제인의 가장 절친한 친구 조이스도 직장보다 가족을 선택한다. 성공한 커리어 우먼이자 제인의 가장 절친한 친구 조이스는 남편이 미국으로 이민 가기로 결정하자 뭇 여성이 선망하는 직업을 갖고 있음에도 불구하고 천직을 포기하고 남편을 따라가기로 결정한다. 남편에게는 이미 다른 여자도 있었지만 가족이 없는 외로운 삶을 살아갈 자신이 없어 자신이 이룬 모든 것을 포기한다.

사무실에서 함께 일하는 유능하고 야심에 찬 필리스 역시 같은 길을 택하는데, 여성해방운동에 동조하는 직장여성이었지만, 제인이 편집장을 그만둔 뒤 새로 부임한 편집장 찰리와의 결혼을 결심한다. 제인이 "여성 모임은 어떻게 할 거냐?"고 묻자 필리스는 "그[찰리]는 제가 뭐 하든 신경 안 써요. 실은 매우 재미있어 해요"(224)라고 대답한다. 레싱은 이전 작품들에서도 그랬듯이 페미니즘운동과 여성의 실제 삶 사이에 큰 괴리가 있음을 암시하고 있다. 필리스가 찰리를 선택하는 것도 가족에 둘러싸여 있는 할머니의 이미지를 선망하기 때문이다.

반면 누구보다 가족을 사랑한 모디는 할머니의 지위를 박탈당한다. 모디는 부유한 가게 주인의 세 번째 딸로 태어났으나 아버지가 술집 여주인과 바람을 피면서 어머니가 사망하고, 자신도 독살당할까 두려움에 떠는 불행한 유년기를 살았다. 아버지가 돌아가셨을 때에는 언니 폴리와 아버지의 정부情婦의 공모로 유산을 받지 못하였다. 게다가 폴리는 자신의 일곱 아이의 출산과 육아를 도와달라고 모디에게 요청하곤 했고, 자기 아이들이 모디를 좋아하게 되면 질투를 하며 쫓아내곤 하였다. 모디는 아버지의 반대를 무릅쓰고 로리와 결혼을 하여 아들 쟈니를 낳지만, 남편은 방랑벽으로 집을 떠나고 얼마 후 아들도 빼앗긴다. 부모, 형제, 남편, 아들 등 가족 모두에게서 착취당하고 버림받은 모디는 가족의 부양이나 보호를 기대할 수 없다. 말년에 이른 모디는 남편과 아들에 대해서는 생사조차 모르고, 친지라고는 언니와 조카들뿐이다. 그러나 이들에게 모디는 귀찮은 가난한 친척일 뿐이다.

제인은 암에 걸려 죽음에 임박한 모디의 부탁으로 모디의 언니 폴리의 집을 방문한다. 96세의 폴리는 여장부처럼 대가족을 거느리며 풍족하게 살고 있다. 딸들과 손녀들에게는 식사준비를 시키고 아들들과 손주들에게는 이것저것 지시할 정도로 가정에서 군림하고 있다. 그러나 제인은 이들 가족이 사랑으로 뭉쳐 있기보다는 권력과 재산을 얻기 위한 복종 관계임을 간파한다. 모디를 데리고 온 제인이 중산층으로 보이는 데 대해 의아해진 그들은 모디에게 일종의 자원봉사자인 '굿 네이버'Good Neighbor냐고 묻는다. '굿 네이버'는 "노인들을 방문하여 담소를 나누며 주시하도록 적은 돈을 주고 국가가 고용한 나이 든 여성"(24)을 말한다. 제인은 '굿 네이버'가 아니라 '좋은 이웃'good neighbor이자 진짜 친구라고 분명하게 대답하지만, 폴리는 끝까지 제인을 '굿 네이버'라고 부른다. 이들에게는 물질적 이해관계가 없는 진정한 친구관계란 있을 수 없기 때문이다. 이들은 모디에게 유일한 행복의 원천인 진정한 친구까지 부정하며 빼앗고 있다. 가족을 만나는 동안 제대로 변명조차 하지 못한 모디는 그 후 상태가 급속도로 악화되어 병원에 입원하고 몇 개월 후 사망한다. 가족 간의 관계가 물질적 탐욕으로 제 기능을 못 하고 있고, 그런 상황에서 가족을 대신하고 있는 '좋은 이웃'은 물질적 이해관계로 얽힌 형식적인 관계로 오해되고 있다. 그리고 이런 오해는 국가가 부실한 사회복지제도를 시행함으로써 생긴 결과이기도 하다.

모디가 위암으로 병원에서 사망하자 사회복지사 베라 로저스는 모디의 장례식 비용을 가족에게 요청할 수 있을지 제인에게 묻는다. 제인은 모디의 언니 폴리가 재정적으로 풍족하고 모디를 위해 그 정도는 해 주어야 한다고 생각하여 가능할 것이라고 대답하지만, 폴리는 동생 모디가 수년간 장례비를 납부했으니 자신은 한 푼도 보탤 수 없다고 말한다. 모디는 장례보험금funeral benefit을 수년간 납부하여 납부한 당시로는 충분한 금액인 15파운드를 만들었다. 모디가 끼니를 거르며 부은 납입금이지만 물가가 올라 그 돈으로는 원하던 묘지에 묻힐 수 없다. 결국 모디는 정부가 가난한 사람들을 위해 마련한 묘지에 묻힌다.

장례식날 모디의 친척들이 묘지에 모였는데 제인은 모두 부유하게 잘 차려입은 그들을 보고 분노한다. 그리고 폴리의 아들이 제인에게 와서 "이제 다른 일거리를 찾겠네요?"(260)라고 묻는 바람에 더욱 분노한다. 이 작품은 제인이 모디가 평생 분출했던 분노를 자신도 분출하고 있음을 발견하면서 이 분노가 누구를 향한 것인지 묻는 것으로 끝난다. 모디는 재산도 가족도 남기지 못했으나 제인에게 초고령 여성들의 권익에 대한 문제의식을 전수하였다.

레싱은 가족들에게 헌신했으나 철저하게 버림받은 모디와, 어머니와 남편에게 철없는 아이처럼 굴었던 제인의 모습을 병치시키면서, 인간이 인생의 마지막 단계를 가장 사랑하는 가족들 품에서 맞이한다면 고인에게나 가족에게나 이상적인 임종이 될 것이나, 그것은 이미 현실이 되기 어려움을 주장하고 있다. 모디가 임종 때까지 간직하고 있던 혼인증명서와 남편과 아들의 가족사진 또한 이상과 현실 사이의 괴리를 잘 증명한다. 온전한 가정과 가족을 지키는 일은 뜻대로 되지 않는다. 조이스나 필리스처럼 자신을 희생한다고 해서 가족이 고마워하며 보상을 하거나 가정이 지켜지는 것도 아니다. 조이스는 후속 작품인 『노인이 할 수 있다면 …』에서 그런 사실을 뒤늦게 깨닫고 미국으로 간 것을 후회한다. 노인들의 복지는 가정보다는 사회와 국가가 담당해야 할 몫이다.

레싱은 『사대문의 도시』 같은 이전 작품에서도 혈연으로 맺어진 가정과 가족은 지나치게 감정적으로 몰입되므로 오히려 여러 다른 인연으로 모여 이룬 공동체가 가정의 이상적인 대안이 될 수 있음을 주장하였다. 모디의 언니 폴리보다도 이웃인 제인이 모디에게 더 좋은 가족의 역할을 하는 것도 같은 논리이다. 후속 작품인 『노인이 할 수 있다면…』에서도 레싱은 제인의 골칫거리가 된 조카 케이트와 제인의 남자친구 리차드의 딸이자 아빠의 감시자인 캐슬린을 잘 보살피고 지도하기 위해 리차드의 딸은 제인이, 그리고 제인의 조카는 여성해방운동가이자 직장 동료인 해나가 돌보도록 결론을 맺고 있다. 가족끼리의 지나친 감정싸움이 문제를 해결하기는커녕 오히려 심화시킬 수 있기 때문에 내려진 처방이다.

레싱은 결국 이 작품에서 모디와 제인의 관계를 통해 의무적인 가족보다는 진정한 이웃, 그리고 진정한 친구가 더 바람직한 관계를 이룰 수 있음을 증명하였다. 그런 면에서 진정한 친구의 보호를 받으며 생의 마지막 1년을 보낸 모디는 긍정적으로 삶을 마감한 듯이 보인다.

4. 여성 노인, 사회, 그리고 사회복지

펫 테인은 『노년의 역사』에서 20세기 중엽 영국에서 '노령연금생활자'라는 말은 '노인'과 동의어로 쓰였다고 말한다(408). '연금생활자'는 국가나 젊은이에게 의존하는 존재임을 밝히는 용어였기 때문에 긍정적이기보다는 부정적이고 경멸적으로 쓰였다고 한다. 따라서 연금생활자였던 고령의 모디가 1970년대 영국 사회에서 어떤 취급을 받고 있었는지 충분히 추측이 가능하다. 그런데 모디는 산업화와 도시화를 겪은 영국에서 가난한 여성 노동자가 평생 동안 겪는 수모를 고스란히 보여 주는 표상이기도 하다.

모디는 어려서부터 모자 공장에서 일했고 숙련된 장인이었음에도 불구하고 공장 주인의 부당한 대우와 제1, 2차 세계대전으로 인한 열악한 사회 환경으로 인해 최소 생계비에도 미치지 못하는 임금을 받았다. '사회복지'란 '국민 복지에 기본이 되는 사회적 욕구를 충족시키기 위하여, 그리고 사회질서의 회복을 위하여 제반 급부를 확보하거나 강화시키는 법률, 프로그램, 급여 및 서비스 체계'이다. 따라서 국민이 기본적인 사회적 욕구를 충족시킬 수 있도록 노동에 합당한 대가를 받도록 해 주는 것도 사회복지의 일환이다. 이런 면에서 볼 때 노동자 계층이던 모디는 어려서부터 정당한 사회복지 혜택을 받지 못하였다.

모디가 모자 공장에서 일하고 있을 때 모디의 재주를 알아본 공장 주인은 프랑스에서 그려온 새로운 디자인대로 모자를 만들도록 시켰고 그로 인해 큰 수익을 얻지만 그 이익을 모디에게 나누어 주지 않았다. 착취당하고 있음을 알게 된 모디는 결혼하면서 직장을 그만두지만 남편 로리가 집을 나가자 생계를 위해 다시 공장으로 돌아간다. 그녀가 맡고 있던 직장職長, foreman 자리는 이미 다른 사람에게 넘겨졌고 모디가 결혼과 함께 일을 그만둔 데 대한 앙갚음으로 공장주인 부부는 모디에게 가장 힘든 일을 시키곤 했다. 여름같이 일거리가 없을 때에는 일을 쉬어야 했고 경기가 나빠지면 임금은 더 낮아졌다. 모디는 온 힘을 다해 일을 했지만 집세를 내기 위해, 그리고 아들 쟈니의 양육을 위해 굶주림을 견디어야 했다. 간신히 남편 로리에게서 주당 2실링의 양육비를 받을 수 있게 되었지만, 로리는 어느 날 쟈니를 데리고 가버린다. 쟈니를 찾기 위해 변호사를 찾아갔으나 돈이 없는 모디는 변호사에게 성추행만 당하고 도망 나온다.

모자 공장을 떠난 후 모디는 세탁일, 가정집 하녀 등 소위 임시직의 노동으로 생계를 꾸리다가 연금 혜택을 받게 되었고, 그 후 연금으로 집세를 내면서 간신히 연명하며 살고 있다. 모디의 이웃인 애니나 일라이자도 가난한 웨이트리스나 노동계층 출신으로 모디와 크게 다를 것이 없는 가난한 노후를 보내고 있다. 이들은 모두 가족의 부양을 기대할 수 없는 사람들이라 연금과 사회복지제도에 의존하여 살고 있다.

그러나 이들이 받고 있는 연금은 간신히 생명을 유지시키는 정도이고 사회복지 혜택은 형식적이다. 평생 가족과 직장에게서 착취당한 모디는 국가가 제공하는 사회복지 서비스를 신뢰하지 못한다. 제인과 만난 지 얼마 안 되었을 때 모디는 자기에게 친절하게 대해 주는 제인에게 '굿 네이버'냐고 묻는다. 제인은 이때 처음으로 모디가 말하는 '굿 네이버'의 의미가 '좋은 이웃'이 아님을 알게 된다. 이후에도 제인은 여러 사람에게서 '굿 네이버'냐는 질문을 자주 받는다. 그만큼 사회에서 '좋은 이웃'은 사라졌고 그나마 직업적인 '굿 네이버'만이 노인들에게 배려와 보호를 하고 있음을 반증하고 있다.

제인은 모디에게 재가방문 도우미Home Help제도나 간호 서비스를 이용하도록 권하지만 모디는 거부한다. 재가방문 도우미들은 시간만 때울 뿐이고 어떤 도우미는 시장을 대신 봐 주면서 돈을 훔쳐간다. 모디는 의무적인 사회복지사들보다는 좋은 이웃인 제인의 방문을 원한다.

반면 레싱은 노인들의 재가방문 도우미에 대한 불평과 나란히 이들 사회복지사들의 열악한 생활환경도 폭로한다. 마가렛 모앤로우는 레싱이 사회복지사들에게 인간적인 얼굴을 만들어 주고 있다는 점이 이 작품의 강점 중 하나라고 평한다(96). 이들 사회복지사들은 아일랜드인이나 서인도제도 출신 등 이민자이거나 가난한 영국인이며, 대개는 자격을 갖추지 못한 사람들로, 양육할 아이나 돌볼 가족이 있어 집 주변에서 일을 해야 하는 사람들이다. 이들은 국가에 의해 고용된 근로자들로 가사일과 사회복지사일을 동시에 하면서 초인적인 삶을 살아가고 있다.

이 작품 속에 삽입되어 있는 재가방문 도우미 브리짓의 하루 일과는 세 아이들, 남편, 그리고 네 명의 클라이언트를 돌봐야 하는 빡빡한 일정으로 구성되어 있다. 이런 환경 속에서 재가방문 도우미들에게 대개는 성미가 까다롭고 불평이 심한 노인들을 더 성의 있게 보살피고 더 큰 배려를 하도록 요구하는 것은 무리이다. 노인들은 무엇보다도 이야기 상대를 원하지만 시간을 쪼개서 써야 하는 재가방문 도우미에게 그런 시간을 내는 것은 불가능하다. 인간적인 대화가 없는 공식적인 재가방문 도우미와 클라이언트와의 직무적 관계는 서로에게 불평만을 낳을 뿐이다. 브리짓의 클라이언트 중 한 사람인 애니는 자신도 아일랜드 출신임에도 불구하고 서둘러 나가는 브리짓에게 "아일랜드인. 인간 쓰레기"(196)라고 욕을 하고 브리짓도 그에 맞서 "당신이 쓰레기"라고 중얼거린다. 서로 돕고 살아야 할 약자 그룹의 사람들이 제도의 부실함으로 인해 서로를 증오하고 의심하며 핍박하고 있다.

반면 일라이자 베이츠 부인은 항상 시중을 받으려는 애니와 달리 독립적이어서 사회복지사들의 사랑을 받는다. 오랫동안 집안에만 틀어박혀 배타적인 삶을 살던 모디나 애니와 달리 일라이자는 꾸준히 여러 사람들과 섞여 살았다. 사회복지사들과도 인간적인 관계를 맺고 산다. 제인은 자기가 초고령에 이르면 베이츠 부인처럼 살고 싶다고 말할 정도로 베이츠 부인은 레싱이 제시하는 초고령 여성 노인의 모델이다. 노인복지에 관한 저서들도 한결같이 노인들이 가족 이외의 관계를 형성하도록 권고하고 있다. 그리고 베이츠 부인처럼 스포츠여가활동, 노인회활동, 자원봉사활동, 친목회활동을 하여 개인적인 대인 관계망을 만들도록 권장하고 있다. 그러나 그런 베이츠 부인도 가장 가까웠던 친구가 배우자를 만나 떠나버리자 급속히 쇠락하여 사망한다.

초고령 노인들은 쇠락의 길을 걸을 수밖에 없고 따라서 병원에 가야 할 일에 자주 부딪친다. 의사나 간호사들은 이들이 곧 죽게 될 잉여 인간이므로 성의 없이 대한다. 제4연령기 노인들은 자존심을 지킬 정도의 기본적인 청결을 유지하기도 어렵다. 주위 사람들의 도움을 받지 못하면 이들은 병원같이 사람이 많은 곳에서 여러 사람에게 오물로 더럽혀진 몸을 보이게 되고 그 결과 자존심을 크게 상하게 된다. 따라서 의사와 간호사들은 이해와 배려로 이들을 돌보아야 하지만 이들에게 노인들은 귀찮은 존재일 뿐이다.

레싱은 "존경받는 원로 의사"big doctor(249)일수록 노인 환자들에게 권위적으로 대하고 그들의 실제 상태에 관심이 없어 무지하다고 폭로하는 반면, 간호사에 대해서는 사회복지사에게 그랬던 것처럼 따뜻한 시선을 보낸다. 간호사들도 대개는 스페인이나 포르투갈, 혹은 자메이카나 베트남 출신의 이민자들로, 부양할 가족이 있고 고향으로 송금을 하는 경우도 많다. 고된 노동으로 항상 피곤하고 수면이 부족한 상태인 그들의 모습에서 제인은 모디가 들려준 이야기 속에서 두려움에 떨고 있던 상상 속의 젊은 모디의 모습을 본다. 이들은 병실에서 자주 발생하는 도둑질로 인해 도둑으로 몰리기도 한다. 무엇보다도 이들은 노인 여성들처럼 "당연시 여겨지는 여자들"(248)로 투명인간 취급을 받고 있다.

레싱이 초고령 여성들에게 초점을 맞추고 있지만 그들 주변의 여성들, 즉 사회복지사와 간호사들의 불우한 환경에 대해서도 함께 조명하므로, 조우 브레넌은 게일 그린의 분석에 동의하면서, 이 작품의 중요성이 여러 계층의 사람들, 여러 사회적 배경을 가진 사람들, 여러 세대의 사람들, 여러 인종의 사람들이 모디와 제인을 연결고리로 하여 교차된다는 점에 있다고 말한다(브레넌 49). 하류 계층의 사회복지사들과 간호사들과의 교류를 통해 제인의 사고는 확장되었고, 앞에서도 말했듯이 글쓰기로 실현되면서 종국에는 나이, 계층, 세대 간의 벽이 허물어질 수 있는 가능성까지도 보여준다는 것이다.

제인은 위암으로 병원에 입원한 모디를 성의를 다해 돌보지만, 모디는 제인에게 마치 원수나 되는 듯이 화를 내고 소리를 지른다. 간호사들은 죽음을 앞둔 사람들이 겪는 자연스러운 단계라고 말한다. 처음에는 불공평하다고 생각하고, 그래서 두 번째 단계에서는 화를 내며, 세 번째 단계에서는 죽음을 받아들이면서 타협을 한다는 것이다(226). 제인은 92세에 죽음을 맞으면서도 불공평하다고 느끼는 모디의 질긴 생명력에 당황한다.

모디는 암으로 지독한 통증을 느끼지만 정신을 죽인다며 진통제를 아끼며 복용한다. 제인은 심한 통증에 시달리는 모디를 위해 그녀가 빨리 사망하기를 바라지만, 모디는 죽고 싶지 않다. 제인은 모디에게 육체적 통증 이상을 뛰어넘는 해결되지 않은 정신적 부채가 남아 있음을 깨닫는다. 모디의 죽음을 늦추는 것은 암에 걸린 몸이 아니라, 모디의 정신 속에서 "무엇인가에 적응하기 위한 – 그런데 무엇에 적응하는 거지?"(252~3) – 엄청난 과정이 진행 중이기 때문이다. 모디는 자신의 인생을 도난당한 것처럼 느끼면서 죽음을 수용하지 못한다. 부모에게서, 남편과 자식에게서, 그리고 언니와 그 가족에게서 생애를 도둑맞은 모디는 베일런트가 말하는 완전체integrity[2]가 되는 과제를 수행하기가 힘들다. 완전체가 되는 과정이란 살아오며 겪은 수많은 상실들을 내면화하면서, 다시 말해 자신의 일생을 의미 있는 스토리로 만들면서 죽음까지 평화롭게 받아들이는 과정을 말한다. 모디의 저항은 초고령 노인들에 대한 사회적·국가적 배려가 아직 상당히 미흡함을 체현한다.

사실상, 제인은 모디의 사망의 직접적인 원인이 간호사의 실수일 가능성이 크다고 판단한다. 제인은 모디가 죽기 전날 밤 한 어린 간호사가 부주의로 모디의 약병을 깨뜨리는 것을 목격하였다. 제인은 병원의 권위적인 시스템 속에서 징계를 받을까 두려워 그 간호사가 그 사실을 알리지 않았고 따라서 모디가 그날 밤 진통제를 복용하지 못해 사망했을 것이라고 추정한다. 제인은 다른 간호사들에게서 모디가 자신들에게 "잠깐 기다려"(255)라며 부르는 소리를 들었지만, 돌보아야 할 다른 환자들 때문에 그냥 병실을 나왔고, 나중에야 모디가 죽은 것을 발견했다는 말을 듣는다. 아마

2. 이덕남은 『행복의 조건』에서 integrity를 '통합'으로 번역하였으나 필자는 인생을 완전하게 완성시키는 과정, 즉 완전체가 되는 과정을 의미하는 것으로 판단하여 '완전체'로 번역할 것을 제의한다. '통합'은 integrity보다 integration에 더 적합한 번역이다.

도 모디는 약을 달라고 간호사들을 불렀을 것이다.

제인은 모디가 타협의 절차를 완성하지 못한 채 임종조차 타인의 부주의에 의해, 그리고 사회와 국가의 소홀함으로 인해 이루어졌다고 결론짓는다.

모디의 장례식은 자신이 열심히 납부해 받은 장례보험금과 국가가 제공하는 장례비용을 합쳐서 치러진다. 모디의 일생을 통해 레싱은 개인의 복지가 개인의 노력, 사회적인 협력, 그리고 국가의 합리적 제도가 합쳐져야 비로소 해결됨을 상징적으로 보여 주고 있다. 또한 레싱은 모디의 말년의 삶에 직접적인 영향을 미친 사회복지사와 간호사들의 열악한 직업환경도 폭로함으로써, 노인복지는 노인들의 복지문제뿐 아니라 사회의 그늘진 곳에서 살아가는 각종 '소수자 그룹'들의 복지가 함께 해결되어야 풀릴 수 있는 문제임을 암시하고 있다.

5. 나가기

레싱이 과학소설 5부작 『아르고스의 카노푸스 제국』을 마친 뒤 사실주의로 돌아와 쓴 첫 작품이 『어느 좋은 이웃의 일기』이다. 60세 중반의 레싱은 과학소설 연작에서도 그랬듯이 이 작품에서도 긴 시각으로 사회를 비판한다. 90세가량의 노인들을 등장시켜 그들 인생의 단편적인 모습이 아니라 인생 전체에 대해 조명하고 있고, 이들 노인들 주변의 다른 소외된 그룹들도 함께 보여 주면서 현대 영국 사회의 저변을 훑고 있다.

이 작품의 의의를 몇 가지 꼽는다면, 우선 이 작품은 그동안

소설에서 다루기를 기피하던 초고령 여성에 초점을 맞추고 있다. 그동안 노년을 앞둔 불안한 여성을 다루거나, 노년이 되어 원숙해진 여성이 지혜를 발휘하는 담론은 있었지만 이처럼 무기력한 여성, 특히 오물을 뒤집어쓴 여성을 주요 인물로 그린 적은 없었다. 초고령 여성의 권익을 다루었다는 점이 이 작품의 가장 큰 장점이다.

둘째, 레싱이 주로 노인 복지문제를 다루고 있지만 사회복지사와 간호사 등 다른 소수자 그룹들의 권익문제와 그 문제를 연계시키고 있다. 이들이 가난한 이민자들이나 하류 계층 출신이고 격무에 시달리고 있음을 부각시킴으로써 노인복지 문제가 다른 사회복지 문제와 함께 해결되어야 함을 제시하고 있다. 이런 점에서 레싱은 주변 국가들에게 선망의 대상이 되고 있는 복지국가 영국이 실상은 여전히 인종·성별·계급 차별에서 자유롭지 못하다고 질타하고 있다.

셋째, 레싱은 초고령 여성의 여러 사례를 보여 주면서 각박한 사회 환경 속에서도 초고령 여성들이 인정받고 행복을 누리며 살 수 있는 방법을 제시한다. 모디는 분노와 의심으로, 애니는 우울증으로 이웃 노인들과의 교류를 회피하였고, 사회복지사들에까지 반감을 표현하곤 하였다. 반면 일라이자 베이츠는 최대한 독립적으로 일을 해결하려고 하고, 젊은 친구들과 어울려 극장, 런치클럽, 여행, 교회 등에 다니면서 바쁘게 살려고 노력하였다. 제인은 자신이 그 나이가 되면 일라이자처럼 살고 싶다고 말한다.

넷째, 『어느 좋은 이웃의 일기』의 화자는 초고령 여성과 우정을 맺으며 변화를 달성하였고, 바바라 프레이 왁스만의 용어를 빌리자면 '성숙'에 도달하였다. 성숙을 경험한 화자는 글쓰기를 통해, 그리고 조카들의 멘토로서의 역할을 통해 그 결과를 계승하고 공유할 것임을 암시한다. 제인은 이미 소설을 한 권 완성하였고 다른 작품들도 구상 중이다. 그리고 조카들과 함께 살게 되면서 이들을 교육시킬 예정이다. 모디는 죽지만 모디로 인한 제인의 변화가 여러 독자들에게, 그리고 후세에게 전달되어 세상에 변화의 씨를 뿌리고 있다. 제인은 또한 모디와 달리 '의미의 수호자'의 임무를 완성한 성공한 초고령 여성으로 죽음을 맞이할 가능성이 크다.

다섯째, 모디의 죽음이 간호사의 실수와 부주의에 의한 것으로 설정하여 당시 영국의 의료제도와 사회복지제도가 형식적으로 부실하게 운영되고 있다고 통렬하게 비판하고 있다.

레싱은 이 작품의 제목을 '어느 좋은 이웃의 일기'라고 붙였고, 이때 '좋은 이웃'이라는 용어가 사회복지사 '굿 네이버'인지 진짜 '좋은 이웃'인지 구분을 모호하게 만들어 국가가 만들어 놓은 사회복지, 예를 들어 굿 네이버 정책이 오히려 이웃의 관심, 이웃 간의 소통, 공동체 내에서의 협력의 분위기 등을 해치고 있음을 잘 보여주고 있다.

레싱이 『어느 좋은 이웃의 일기』와 후속 작품인 『노인이 할 수 있다면…』을 제인 소머즈라는 필명으로 출간한 사실은 이미 널리 알려진 스캔들이다. 이 두 작품은 처음부터 연작처럼 두 권으로 계획되었고 그 결과 각각 1983년과 1984년에 출간되었으며, 1984년에 다시 『제인 소머즈의 일기』라는 제목으로 한 권으로 출간되었다. 제인과 조카 케이트, 남자 친구 리차드, 그리고 그 가족과의 관계를 다루고 있는 『노인이 할 수 있다면…』은 첫 번째 작품만큼 인정받지 못하고 있지만, 레싱이 두 번째 작품의 결론까지 염두에 두고 첫 작품을 썼다고 보이기 때문에, 두 번째 작품에 대해 참조하는 것은 이 작품의 해석에 필수적으로 보인다.

초고령 여성들인 일라이자, 애니, 모디의 말년의 삶을 지켜보면서 자기-지식을 확장한 제인은 다음 작품에서 이 경험을 바탕으로 문제에 봉착한 십 대 젊은이들의 지도에 나선다. "노인이 할 수 있다면"이란 제목의 뜻은 프랑스의 속담으로 "젊은이가 알 수 있다면, 그리고 노인이 할 수 있다면, 세상에 안 될 일이 없다"[3]를 줄인 말로, 노인과 젊은이의 상호 소통적, 그리고 상호 협력적 관계를 권하고 있다.

이 작품에서 제인은 젊은 세대들을 교육시키는 과제에 도전하면서 초고령 여성들의 문제와 십 대의 문제들이 연속선상에 있음을 암시한다. 누구나 인간은 탄생, 유년시절, 청년시절, 중년시절, 그리고 노년을 거쳐 죽음에 이르는 '연속체'의 삶을 살아가지만, 그럼에도 불구하고 우리는 젊은이와 노인을 이분법적으로 구분하면서 서로 차별하고 비난한다. 레싱은 중년의 제인을 모디, 애니, 일라이자의 노년층과 두 조카 질과 케이트 등 십대들 간의 연결고리로 만들 생각이었고, 이 세 세대 간의 관계를 통해 인간과 인간의 삶을 '연속체'라는 큰 그림 속에서 보도록 제시할 생각이었다.

---

3. "If the young knew and if the old could, there is nothing that couldn't be done."

9장

도리스 레싱의 '그로테스크'

『다섯째 아이』와 『세상 속의 벤』을 중심으로

1. 들어가기

도리스 레싱의 작품에는 그로테스크 이미지가 섬뜩한 인상을 남기며 다양하게 등장한다. '그로테스크'라는 용어를 유연하게 적용하자면 레싱의 거의 모든 작품에서 그 이미지를 찾을 수 있겠으나 보다 엄격하게 적용하자면, 1957년에 출간된 단편집 『사랑하는 습관』에 수록된 「낙원 속 하나님의 눈」에서 첫 그로테스크 이미지를 발견할 수 있다. 2차 세계대전이 끝난 직후 알프스산맥의 독일 쪽 휴양지를 방문한 영국의 의사 커플은 전쟁으로 인해 팔이나 다리가 절단된 독일인들을 만나게 되고, 결국에는 집단 수용소를 연상시키는 병원에서 벽에 걸린 그로테스크한 그림들과 침대에 묶여 있는 기형아들을 보게 된다. 『다섯째 아이』의 벤 러뱃을 떠올리게 하는 이 기형아들은 5부작 『폭력의 아이들』의 마지막 작품 『사대문의 도시』(1969)의 「부록」에 등장하는 인간 변종의 아이들과 대비되는데, 독일의 기형아들이 2차 세계대전 중 독일이 자행한 만행의 표상이라면, 3차 세계대전의 발발 후 생겨난 변종의 아이들은 인간의 구원과 새로운 시작을 상징한다. 반면 레싱은 과학소설 5부작 『아르고스의 카노푸스 제국』의 세 번째 작품 『시리우스 제국의 실험』(1981)에서는 과학기술을 이용하여 의도적으로 기형적 인간을 만드는 주제를 다룬다. 이렇듯 레싱은 다양하게 그로테스크 이미지를 이용하여 주제를 더욱 풍요롭게 표현하고 독자에게 더 깊은 인상을 남기고자 하였는데, 『다섯째 아이』에서는 주인공을 그로테스크한 인물로 설정하면서 보다 본격적으로 그로테스크 이미지를 다루고 있다.

'그로테스크'의 기원인 '그로테스코'grottesco는 로마시대에 식물, 동물, 인간 등이 얽혀 있는 기괴한 기둥 장식 미술을 표현한 용어로, "친근한 세상을 모방하거나 사실대로 재현해야 하는 원칙을 무시한" "이질적인 요소들의 혼합"을 의미하였고 "기괴하고 우스꽝스럽다"(톰슨 12)는 반응을 자아냈다. 예술의 기본 법칙, 즉 자연의 법칙과 비례의 법칙이 무시된 예술양식으로 간주되었기 때문에 혹평 혹은 경멸의 뜻을 포함하고 있었던 것이다. 그러나 고전시대를 재해석한 르네상스 시대에 이르러 이탈리아의 화가들에 의해 수용되면서 "그로테스코는 유희적인 명랑함이나 자유로운 환상만을 뜻하는 것이 아니라 친숙한 세계와 완전히 다른 세계와 대면할 때 느끼는 불길하고 사악한 감정"(카이저 21)까지 의미가 확장되기 시작하였다. 16세기부터 '그로테스크'grotesque라는 단어가 독일, 프랑스 등 유럽 전체로 퍼지면서, "우스꽝스럽고 바보스러우며 종종 무시무시한 괴물성"(카이저 24)을 표현하는 예술양식으로 정착되었으나, 여전히 천박함을 나타내는 단어였다. 그로테스크의 개념은 18세기에 들어서면서 본격적으로 미학적 범주로 확립되었는데, 특히 낭만주의 문학작품에서 그로테스크는 "형식과 내용의 충돌, 이질적 요소들의 불안정한 혼합, 패러독스의 폭발력 등을 뜻하게 되었고, 이런 것들은 우스꽝스러운 동시에 무시무시한 것"(카이저 53)을 의미했다. 한편으로는 기형적이고 공포스러운 것을, 다른 한편으로는 우스꽝스럽고 익살스러운 것을 산출하는 용어로 통용되기 시작한 것이다. 그로테스크가 자아내는 웃음이나 혐오, 공포 따위의 상반되는 반응들은 신체적으로 잔인하거나 비정상적인 혹은 음란한 것에 대한 반응으로, 우리 내부의 무의식의 어떤 영역에 묻혀 있는, 그러나 분명히 작용하고 있는 가학적 충동이 성스럽지 못한 환희와 야만적 기쁨으로 표출되었을 가능성이 크다. 따라서 상상력을 강조하는 낭만주의를 거치면서 통상 경멸적 의미로 쓰이던 '그로테스크'가 예술적 창조의 변두리에서 중심으로 서서히 이동하게 된 것은 어쩌면 당연한 일일 것이다. 근대의 '그로테스크,' 예를 들어 빅토르 위고의 그로테스크는 여기서 더 발전되어 "아름답고 숭고한 것이 옹색한 한계를 갖는 데 반해, 희극적인 것, 무시무시한 것, 추한 것 등 무한한 다양성을 갖는 예술양식"(톰슨 22)으로 정의되었다.

이처럼 '그로테스크'의 짧은 변천사를 보더라도 이 용어가 시작부터 '기존 질서, 형식, 틀 등으로부터의 해방,' 즉 '일탈'이나 '위반'을 의미했고 우리 인식의 좁은 한계를 뛰어넘는 모든 것을 일컬었음을 짐작할 수 있다. 오늘날의 비평가들은 '그로테스크'를 말하면서, '새로운 관점에서 사물을 바라보게 되어 친숙한 관계가 갑작스럽게 낯설어지는 것'을 뜻하므로 같음/다름, 친숙함/낯섦, 선/악, 이성/비이성, 정상/비정상, 미/추, 숭고/저급, 안/밖, 문명/야만 등의 이항대립의 '경계 가로지르기'의 문제와 대면시키고, 특히 이 이항대립들의 경계를 내파시키는 역할을 한다고 입을 모은다.

따라서 이 장은 레싱의 작품 속에 나타난 '그로테스크' 특히 『다섯째 아이』와 그 속편인 『세상 속의 벤』에 재현된 그로테스크 이미지를 분석하면서 레싱이 어떤 의도를 갖고 이 예술양식을 사용했는지, 독자에게 어떤 효과를 주려고 했는지, 그로테스크가 어떤 역할을 하고 있는지, 속편이지만 이 두 작품 속에 재현된 그로테스크 이미지에는 어떤 차이가 있는지 등에 대해 연구할 것이다.

2. 『다섯째 아이』 : 억압된 '내부의 타자'의 이미지로서의 그로테스크

1957년 발표된 레싱의 단편 「낙원 속 하나님의 눈」에서 독자들이 최우선적으로 불편함을 느끼는 이유는 여름 휴양지 알프스의 아름다운 풍경과, 전쟁으로 인해 육체적 또는 정신적으로 불구가 된 인간들이 만들어내는 불쾌한 광경들 간의 대조 때문이다. 아름다운 풍경과 불구의 인간들의 대비, 전쟁의 승자와 패자 간의 갈등, 독일인 의사 닥터 크롤의 극심한 조울증, 그가 조증일 때 그린 밝은 그림과 우울증일 때 그린 침울하고 어두운 그림의 대비 등은 미와 추의 극심한 대립을 보여 주면서 그로테스크의 효과를 자아낸다. 그리고 거의 마지막에 등장하는 묶여있는 기형아들의 모습은 조셉 콘래드의 『암흑의 핵심』의 커츠와 그의 집의 울타리 장식 해골들만큼 절정의 그로테스크 효과를 만들어낸다.

닥터 크롤은 귀족 가문 출신의 훌륭한 교육을 받은 명망 있는 의사이므로 영국인 의사들은 그의 병원을 방문하면서 존경심을 품지만, 그가 그린 그로테스크한 그림들과 동물처럼 갇혀 있는 기형아들을 보면서 히틀러의 통치 아래에서 그와 병원이 어떻게 살아남았을까 의심을 하게 된다. 그는 히틀러를 "벼락출세한 잡종"(239)이라고 비난하지만, 2차 세계대전 동안 히틀러의 정책에 동조하여 "사회 위생"(249)의 측면에서 유태인, 정신병자들, 공산주의자들에게 불임수술을 하고 중병의 환자들을 가차 없이 살해했을 가능성이 제시된다. 그런 이중성을 갖고 있는 닥터 크롤이 이 작품에서 가장 그로테스크한 이미지이다.

1957년 문학에서의 '그로테스크' 용어에 대해 정리하여 발표한 필립 톰슨은, '그로테스크'란 용어가 과거에는 "격한 부조화의 원리"나 "조잡한 종류의 희극적인 것"(10)으로 통용되었으나 오늘날에는 "근본적으로 양면적인 것", 즉 "대립되는 것들의 강력한 충돌"로 간주되고 있으므로, "문제적 성격의 존재에 대한 적절한 표현"(10)이라고 설명한다. 닥터 크롤이라는 인물에서도 이성, 상식, 의학 등을 대표하는 그의 외적 의식세계가 "사회 위생"을 위해 억압시킨 내적 무의식과 갈등하고 충돌하면서 그 에너지가 그로테스크한 그림으로 표출되고 있으며, 그 그림들을 보는 사람들의 마음을 불편하게 만들면서 종국에는 닥터 크롤의 숨겨진 양면성이 폭로되는 결과를 낳고 있다. 그런데 바로 이런 극심한 대립, 충돌, 불안, 억압, 폭로 등은 『다섯째 아이』에 나타나 있는 가장 큰 특징이기도 하다.

『다섯째 아이』는 과학소설 5부작 『아르고스의 카노푸스 제국』의 제2권 『제3, 4, 5지대 간의 결혼』처럼 우화의 분위기를 풍기며 서술된다. 이자벨 애니버스 가말로 역시 이 작품을 "신화, 우화, 마법, 로맨스"(113)의 성격을 띤 작품으로 해석한다. 레싱이 『제

3, 4, 5지대 간의 결혼』에서 신탁의 형식을 빌려 두 개의 결혼을 강제로 주선하였듯이 『다섯째 아이』에서도 해리엇과 데이비드를 천생배필, 즉 "서로를 위해 태어난 사람들,"(6)이라며 서둘러 결혼을 주선한다. 이들은 결혼하기가 무섭게 연이어 네 명의 아이들을 출산하고 결국 다섯째 아이를 임신한다. 이들의 결혼과 출산과정은 『제3, 4, 5지대 간의 결혼』에서 그랬듯이 레싱이 무엇인가 실험하고자 하는 의도가 있어 예비한 준비과정이다. 본격적인 실험은 다섯째 아이가 태어나면서 시작된다. 따라서 이 소설은 사실주의적 작품이기보다는 실험적 자연주의적 작품으로 보는 것이 더 합당하며, 벤은 사실적인 인물이기보다 알레고리적인 인물이다. 후편 『세상 속의 벤』은 전편보다 더 사실주의적으로 서술되고 있지만, 여기에서도 화자가 설화에서 그렇듯이 등장인물의 그 후 행적에 대해 "해피엔딩을 맞이하였다든가"(58) "그의 이야기는 해피엔딩으로 끝맺지 못했다"(75)는 등 요약해서 알려 주므로 여전히 우화적 성격을 유지하고 있다고 볼 수 있다.

해리엇과 데이비드는 1960년대 한 연말 파티에서 만나 동거를 시작하고 결혼에 이른다. 이들이 이렇게 자석처럼 서로에게 끌린 이유는 이들이 열정적이고 자유분방해서가 아니라 그와 반대로 둘 다 보수주의적이고 구식이며 소통할 줄 모르는 그 시대의 "괴물"freaks이자 "괴짜"oddballs들이기 때문이다(4). 1960년대의 영국 사회는 젊은이들이 길거리로 쏟아져 나와 자유, 평화, 해방을 외친 사회 운동으로 시끄러웠다. 1950년대의 이념 갈등에서 방향을 튼 사회 운동은 반핵 시위, 페미니즘 운동, 생태운동, 세대 간의 갈등 등을 내세우며 각 분야에서 너도나도 권익을 주장하고 있었다. 해리엇과 데이비드는 각 분야에서 각 부류들이 자신들의 이해관계를 보호하고자 자유와 해방을 주장하는 이 시대를 "탐욕스럽고 이기적인 60년대"(21)라고 부르면서 이런 시류에 편승하지 않고 보수주의를 고집하면서 '가정의 행복'을 구축하기로 결심한다. 노스탤지어를 꿈꾸는 이들 부부는 시대의 조류에 역행하는 "괴짜"들이었다.

해리엇과 데이비드는 여섯 명의 아이를 낳을 방대한 계획으로 빅토리아풍의 대저택을 구입하고 이와 동시에 임신이 되면서 연달아 네 명의 아이를 출산하기에 이른다. 표면상으로 이들 부부는 행복을 만끽한다. 예쁜 아이들이 차례로 태어나고 해리엇의 어머니와 언니들, 그리고 언니들 가족, 데이비드의 어머니와 새아버지, 그리고 데이비드의 아버지와 새어머니, 여동생 등 친지들이 명절 때마다 모두 모여 파티를 즐기는 이들의 가정생활은 해리엇과 데이비드가 꿈꾸던 이상적인 것이다. 마가렛 모앤 로우나 크리스틴 드 빈 같은 비평가들은 다섯째 아이 벤이 태어나기 전의 이들의 집을 "거의 완벽한 가정,"(로우 108) "에덴동산 같은 곳,"(로우 108) "축소판 이상사회"(드 빈 16)라고 묘사하였다.

그러나 겉으로 완벽한 인격체였던 닥터 크롤이 양면성을 지닌 그로테스크한 인물이었듯이, 이 완벽하게 행복한 가정에도 이들 부부의 이상과 원칙을 위해 억압된 문제들이 있었다. 대저택의 구입으로 생긴 대출금은 예상외로 빨리 임신이 되는 바람에 해리엇이 직장을 그만두게 되어 데이비드의 아버지 제임스가 대신 물게 되었고, 이들의 계속된 임신과 출산으로 인한 생활비의 증가로 제임스가 지불해야 할 비용은 계속 증가하였다. 그러므로 이들의 결혼생활은 데이비드의 생모 몰리가 표현한 대로 "과장, 과잉 정신의 표상"(12)이다. 한편 해리엇의 가중되는 가사노동과 양육의 고통은 해리엇의 어머니 도로시가 대신 부담해야 했다. 해리엇 때문에 자신의 삶을 빼앗긴 도로시는 이들 부부가 "매우 무책임하고 이기적"(33)이라고 느낀다. 이처럼 데이비드와 해리엇 부부가 연속적인 출산으로 1970년대를 보내는 동안, 이 요새의 바깥에서는 나쁜 소식들, 예를 들어 많은 노동자들이 해고되고 도둑질이 성행하는 등의 소식들이 라디오를 통해 들려오지만, 이들은 바깥세상은 무시한 채 자신들만의 요새를 구축해 나간다. 바깥세상은 변화하고 있는데 러뱃가는 외딴 섬처럼 변화를 외면하며 살아가고 있다.

레싱은 이들의 행복이 "구식의 행복"(20)이라고 지적하면서 바깥세상과 소통하지 않는 폐쇄된 낙원은 낙원일 수 없다고 암시한다. "가족의 개념이 변하는 흐름"(박선화 227) 속에서 이들의 행복은 언제라도 파괴당할 수 있는 허약한 행복이다. 행복하다고 만족해하던 해리엇도 잦은 임신과 출산, 양육의 부담으로 지쳐간다. 아이들이 늘어날수록 데이비드의 아버지 제임스의 경제적 부담이 늘어나고 해리엇의 어머니 도로시의 노동량도 가중된다. 데이비드도 항상 경제적으로 쪼들려 부업까지 하고 있다. 러뱃가의 다섯째 아이 벤은 표면적으로는 행복하지만 그 행복을 위해 희생해야 하는 사람들의 불만과 이것을 지켜보는 주위 사람들의 불안이 고조되는 가운데 잉태되어 탄생한다. 이처럼 벤은 「낙원 속 하나님의 눈」의 기형아들처럼 배제된 것과 억압된 것들이 응축되어 밖으로 표출된 것이다.

벤은 태어나기 전부터 해리엇을 힘들게 하였다. 임신 중 지나치게 "에너지가 넘치는"(39) 태아 때문에 괴로움을 당하던 해리엇은 태아를 "비정상적"(39), "적"(40), "야만적인 것,"(41) "괴물"(47) 등으로 부르면서 그로테스크한 인물로 규정한다.

> … 그녀의 시간은 고통을 내포한 인내로 가득 찼다. 그녀의 두뇌에는 환영과 키메라가 자리 잡고 있었다. 과학자들이 크기가 다른 두 종류의 짐승을 접목하는 실험을 할 때 불쌍한 모체가 느끼는 감정이 이럴 것이라는 생각이 들었다(*FC* 41).

위의 '이질적인 요소들의 혼합,' "키메라," '이종 간의 교배' 등의 개념들은 비평가들이 '그로테스크'를 설명할 때 자주 사용하는 용어들로 벤의 그로테스크 이미지를 잘 표현한다. 위의 인용 속의 해리엇의 그로테스크한 상상은, 데이비드가 아이들에게 들려준 옛날이야기 속 "마법의 소녀"(46)가 실제로 체현되어 나타나듯이, 벤으로 "육화"materialized되어 태어난다. 마치 토니 모리슨의 『비러비드』의 비러비드처럼, 그로테스크 이미지가 "내부의 적"the enemy within(왓킨스 150), 혹은 '내 속의 타자'의 이미지로 등장한 것이다.

임신 중에도 벤이 다른 아이들과 "다르다"(47)고 해리엇이 주장했는데, 세상에 나온 벤은 그 '다름'을 실제로 물리적으로 입증해 보이면서 부모에게 영원히 사랑을 받지 못하는 아이가 된다.

> … 그는 11파운드였다. 다른 아이들은 기껏해야 7파운드였다. 이 아이는 근육질에 노르스름했고 길었다. …
>
> 이 애는 예쁜 애가 아니었다. 전혀 아기처럼 생기지도 않았다. 구

부정하고 두툼한 어깨 때문에 누워 있는 모습이 마치 웅크리고 있는 듯이 보였다. 이마는 눈에서 정수리까지 경사져 있었다.(*FC* 48~9).

해리엇이 벤에게 혐오감을 느끼는 것은 일차적으로 다른 아이들과의 '차이'에서 생긴 것이다. 임신 중에 느낀 입덧이나 태동이 다른 아이들을 임신했을 때보다 심했고, 벤의 외모 또한 매우 다르고 추했다. "'미'는 절대적일 수 있으나 '추'는 상대적이다"(로젠크란츠 22~26). '추'는 "미학이 아니라 사회-정치적 기준에 의거한다"(에코 12) 등의 예술평론가들의 주장에 비추어 볼 때 추한 외모만으로 벤을 그로테스크의 범주에 넣기는 어렵다. 톰슨은 그로테스크가 최소한 "신체적으로 비정상적인 것과 강한 친화관계가 있다"(9)고 말하지만 신체적 차이는 그로테스크의 최소 조건일 뿐이다.

레싱은 해리엇의 언니 새러의 넷째 아이 에이미를 다운 증후군을 앓는 아이로 설정하여 벤보다 더 확실한 장애인으로 만들지만, 에이미는 불안감을 조성하지 않으며 오히려 가족과 친지에게서 사랑받는 아이로 그려지고 있다. 단지 신체적으로 다르다고 해서 혹은 장애인이라고 해서 그로테스크한 것은 아니다. 해리엇은 새러가 남편 윌리엄과 부부 관계가 안 좋았기 때문에 그에 대한 벌로 에이미가 태어났다고 믿으며, 벤에 대해서도 "행복할 수 있다고 잘난 척한"(117) 자신들의 잘못에 대한 응징이라고 생각한다.

그러나 레싱은 벤의 출생을 이들에 대한 징벌로 만들어낸 것이 아니다. 벤의 출생으로 해리엇은 남편을 포함한 모든 사람에게서 비난을 받고 근거 없는 죄의식을 느끼지만, 이 작품의 의도는 그곳에 있지 않다. 레싱은 벤 같은 아이의 출생이라는 시험으로 그들이 구축한 가정이 얼마나 튼튼하고 건전한 것이었는가를 실험하고 있다. 그러니까 이들 부부의 죄는 벤을 낳은 데 있는 것이 아니라 흔들림 없는 가정을 구축하지 못한 데 있다. 이들의 성이 '러뱃'Lovatt인 것은 '러브 잇'Love It을 말하는 것으로 이들 가족이 진정으로 벤을 사랑할 것을 요구하고 있으나, 이들은 이 시험에 실패하였고 이들 가정은 파괴된다. 이들 가족 구성원들의 이기심은 『세상 속의 벤』에 등장하는 테레사의 가족에 대한 헌신 및 책임감과 대조를 이룬다.

그로테스크의 가장 큰 특징 중 하나는 "마음을 혼란시키는 특성"(톰슨 32)인데 이 작품에서 독자가 불안감을 느끼는 것은 러뱃가의 낙원 같은 요새, 행복, 명절 때마다 친지들이 모여 즐기는 잔치 등을 벤이 파괴할 것으로 충분히 예측되기 때문이다. 이들의 행복과 즐거움이 큰 만큼 어린 벤이 야기하는 위협도 과장되어 있다. 데이비드와 해리엇이 구축한 원칙과 그로 인해 억압되고 배제된 것이 서로 갈등하고 충돌하면서 이들 부부의 요새는 무너지고 벤 또한 이들 가정에서 버려진다.

『다섯째 아이』에서 독자가 느끼는 불안감의 또 다른 근원은 인간은 자신이 낳게 될 아이를 원하는 대로 주문할 수 없으며, 아기가 태어날 때까지 어떤 아이인지 알 수 없다는 사실이다. 바로 이런 점 때문에 예상 밖의 아이가 태어났을 때 그 아이를 "바뀐 아이"(59)로 의심하게 된다. 특히 데이비드는 벤을 자기 아이가 아니라고 말함으로써 '바뀐 아이'의 가능성을 제시한다.

이에 덧붙여 이런 일이 어느 누구에게나 일어날 수 있다는 사실도 불안감을 자극한다. 이런 시험에서 완전하게 면제된 가정은 없다. 이런 사실로 비추어 볼 때 인간의 삶 자체가 그로테스크한 성질을 내포하고 있다는 해석도 가능하다.

이상한 외모와 폭력적인 행동을 자행하는 벤에 대해 해리엇은 "외계인,"(50) "네안데르탈인,"(53) "인간이 아닌 아이"(105) 등으로 부르면서 과연 "벤이 무엇인지?"(53) 벤의 정체에 대해 꾸준히 의심한다. 반면 의사 닥터 브렛과 전문의 닥터 길리, 학교 선생님 그레이브스 부인 등 통틀어 관계당국(97) 혹은 국가기구는 벤이 다른 아이들과 정도 면에서 차이가 날 뿐, 정상의 범주 안에 든다는 판단을 내린다. 이들의 판단은 과학적이거나 전문적이기보다는 벤의 특이성을 인정할 경우 생기는 여러 어려움을 피하기 위해서이다. 해리엇이 벤이 "인간이 아니고"(105) "격세유전으로 태어난 아이"(106)일 가능성에 대해 묻자 닥터 길리는 "만약 그게 사실이라면 우리가 어떻게 해 주길 바라는지"(106) 되묻는다. 가정, 사회, 국가, 모두가 이들을 포용할 준비가 되어 있지 않다.

이 작품에서 레싱은 벤의 정체에 대해 명확한 설명을 하지 않는다. 3인칭 화자의 시각을 빌어 서술하고 있으나 완전히 객관적이기보다는 주로 해리엇의 입장에서 벤을 보기 때문에, 해리엇 자신과 다른 가족들이 벤에게 느끼는 공포에 대해 설득력 있게 설명하고 있을 뿐이다. 그러나 벤이 누워 있는 침대를 "짐승우리나 새장"(56)이라고 표현하여 벤이 정당한 대접을 받고 있지 못함을 암시한다든지, 아직 아기임에도 불구하고 모든 사람들로부터 기피되고 방치되는 희생자 혹은 "감옥에 갇힌 수인"(59)이라고 표현하는 등 가족이나 친지의 편견 때문에 희생당하는 벤의 입장도 꾸준히 대변한다. 벤이 저질렀을 것으로 추정되는 개와 고양이의 살해사건의 경우에도 가능성만 암시할 뿐 끝까지 진실에 대해 함구한다. 벤의 괴물성을 강조하는 동시에 그로 인해 소외당하고 희생당하는 모습을 함께 보여 주면서 독자에게 결정적인 판단을 유보시키는 것이다.

해리엇의 어머니 도로시는 정상/비정상의 양면성을 가진 벤에 대해 그 아이 자체로는 정상일 수 있으나 해리엇 부부를 포함한 모든 가족들에게는 비정상이다(65)라고 명확하게 규정한다. 이렇듯 벤이 정상과 비정상의 경계에 있다는 사실, 이것이 이 작품에서 벤의 그로테스크 이미지를 가장 잘 보여 주는 특징 중 하나이다.

해리엇은 결국 벤을 시설에 맡기기로 결정하고 가까운 친지들과 이에 대해 의논한다. 그들은 모두 동의하고 데이비드의 생모인 몰리와 그녀의 남편 프레데릭은 처음으로 비용을 보태기로 한다. 해리엇의 또 다른 언니 앤젤라는 이들의 결정을 "전형적인 상류층의 비정함"(72)이라고 비난하지만 그녀도 결국 이 계획에 동조한다.

『다섯째 아이』의 등장인물의 이름을 분석한 크리스틴 드 빈은 벤의 친가인 러뱃가문이 귀족신분 이상을 대표하는 상류층을, 외가인 워커가문이 노동계층을 포함한 중산층을 대표하므로 데이비드와 해리엇 가정은 영국의 중산층 이상의 계층을 구현하며, 데이비드의 생모와 그의 남편의 이름까지 포함할 경우 총체적으로 스코틀랜드와 아일랜드를 포함한 연합 왕국, 즉 유나이티드 킹덤 the United Kingdom을 대표한다고 설명한다(17). 따라서 포괄적으로 전 영국의 중산층 이상의 계층이 합세하여 벤을 유기하는 것이다.

그러나 해리엇은 죄의식과 공포심으로 인해 시설에 수용된 벤을 찾아가고 그곳에서 「낙원 속 하나님의 눈」의 기형아들처럼 버려지고 감금되어 있는 "괴물들"(81)을 목격한다. 이들의 방치는 일종의 안락사 집행이다. 해리엇은 오물을 뒤집어쓰고 약에 취해 묶여 있는 벤을 데리고 집으로 돌아오는데, 이때 그녀는 어느 때보다도 벤이 "정상"(83)처럼 보인다고 느낀다. 남편 데이비드를 포함한 가족들과 친지들은 벤을 집에 데려온 해리엇을 비난하고, 해리엇은 벤이 사납게 굴거나 소리를 지를 때마다 다시 시설에 데려가겠다는 협박으로 통제한다.

앞에서도 말했듯이 이 작품은 주로 해리엇의 시각으로 이야기되고 있다. 따라서 벤의 입장에서 다시 사고해보면, 벤은 태어나기 전부터 불쾌한 아이로 간주되었고, 다른 아이들과 "다르게 생기고" "못생겼기" 때문에 사랑받지 못했으며, 제대로 의사표현을 하지 못하기 때문에 부당한 대우에 대한 항거로 소리 지르거나 거친 행동을 하게 되어 "괴물"로 낙인찍혔다. 시설로 보내졌을 때가 벤이 세 살 때이므로 벤에게 잘못을 묻거나 책임을 묻는 것은 무리이다. 레싱은 『세상 속의 벤』에서 "사람들은 대우받은 대로 행동한다"(112)고 말한다. 포악한 벤을 탓하기에 앞서 벤을 그렇게 만든 가족에게 잘못을 물어야 한다고 주장하는 것이다.

해리엇은 벤 때문에 피해를 보는 가족들을 보호하기 위해 벤을 길거리의 부랑자들에게 맡긴다. 벤은 그들과 어울리며 즐거워하고 그들의 마스코트가 된다.

> … 그녀는 흥분의 절정에서 노래인지 고함인지를 지르며 입을 벌리고 있는 자기 아들 벤을 보았다. 황홀경. 그녀는 그 애의 이런 모

습을 본 적이 없었다. 행복인가? 이게 맞는 말인가?(*FC* 94)

사회로부터 단절된 '이상사회'를 구축하던 러뱃가가 1980년대 영국의 혼란했던 길거리 사회로 벤을 내보냈다. 벤으로 인해 위의 세 아이는 집을 떠났고 명절 때마다 몰려오던 친지들의 발걸음도 뜸해졌다. 그들의 행복의 요소들은 흩어졌고 따라서 '이상사회'도 사라졌다. 위의 인용에서 볼 수 있듯이 그들이 추구하던 '행복'을 벤이 길거리에서 만끽하고 있다. 빅토리아식의 커다란 저택은 친지들이 아니라 벤의 패거리에게 점령당했다. 단란한 가정과 무질서가 난무하는 길거리의 대비 속에서 '형식,' '원칙,' '미,' '이상' 등을 붕괴시키고 '그로테스크'와 '추'가 승리를 차지하였다. 따라서 『다섯째 아이』의 그로테스크는 가정생활의 특권적 공간을 해체하는 "위반적 타자"(루벤슈타인 71)의 이미지이다. 레싱은 작품을 통해 늘 변화와 진화를 요구하였다. 이 작품에서도 이질적인 것이나 낯선 것, 즉 '그로테스크'의 포용을 통한 진화, 즉 변증법적 진화를 주장하고 있다. 러뱃가는 가정 안에서 이를 이루지 못하였고, 해리엇은 벤을 사회로 내보냄으로써 이제 사회의 포용성을 시험한다.

3. 『세상 속의 벤』: 배척당하는 '외부의 타자'의 이미지로서의 그로테스크

『다섯째 아이』는 비평가들과 독자들로부터 상당한 호응을 받았고, 따라서 벤의 그 후 행적에 대해 묻는 독자들이 많았다고 한다. 레싱은 이에 대한 응답으로 12년 만에 후편 『세상 속의 벤』을 발표하였으나 이 작품에 대한 수용은 기대에 못 미치는 수준이었다. 다양한 해석을 끌어내던 벤의 정체가 '격세유전으로 태어난 아이'로 좁혀지면서 큰 실망감을 낳았기 때문이다. '격세유전'이란 '조상의 체질이나 성질 등이 한 대나 여러 대 뒤의 자손에게서 다시 나타나는 현상'을 말하는 것으로 진화에 대해 지속적인 관심을 갖고 있던 레싱이 다시 생물학 개념을 차용하고 있음을 보여준다. 모든 것은 변화하고 진화한다고 주장하던 레싱은 벤이 오랜 과거의 특성을 갖고 태어난 격세유전의 존재일 가능성을 밝히면서 '인간이 과연 올바르게 진화한 것인가?' '문명과 야만 간의 이항대립' 등의 문제를 다시 제기하고 있다. 그러나 이런 사실은 결말에서 제시될 뿐, 작품의 대부분에서 벤은 전편에서처럼 '기괴한 인물'로 등장한다.

『세상 속의 벤』은 가족들에게 버림받은 벤이 사회에서 성인으로서 독자적으로 생존할 수 있는가를 시험하는 후편이지만, 벤의 그로테스크한 이미지 면에서 전편과 상당한 차이를 보인다. 우선 전편에서는 벤의 위협적 '괴물성'이 작품의 전체적인 분위기를 장악하고 있었으나 후편에서는 벤의 외모, 식성, 성생활sexuality에만 '괴물성'이 적용될 뿐, 오히려 벤의 내면적인 인간미와 이성적인 판단력이 부각되고 있다. 전편의 '악마성'이 희석되고 측은지심과 심지어 희극적인 웃음까지도 유발시키고 있다. 전편에서 보인 거의 초자연적이고 판타지 같은 '악마성'이 사라지고 후편에서는 벤의 '괴물성'이 우리 주변에서 '괴물'처럼 소외되어 고독하게 살아가는 보편적인 사람들을 대변하는 듯이 보인다.

『다섯째 아이』에서는 '고전적인 가정의 행복'과 '자유분방하고 무질서한 길거리,' '미'와 '추,' '형식 지키기'와 '형식 파괴' 등의 이항대립 간의 갈등이 주요 내용이었다면, 『세상 속의 벤』은 '소외된 인간'에 초점을 맞추고 있어 그로테스크의 이미지가 '괴물성'에서 '소외감'으로 바뀌고 있다. 그러니까 이 작품은 '초고령 여성'이라는 사회적 약자를 다룬 『어느 좋은 이웃의 일기』(1983)와 맥을 같이 하는 작품이다.

두 번째 차이를 들자면, 『다섯째 아이』에서는 해리엇과 데이비드가 구축하려는 가치 때문에 억압되고 배제된 것이 결국에는 벤의 '괴물성'으로 표출되는 과정을 묘사하고 있으므로, 레싱은 다른 아이들과 차별되는 벤의 '이질성' 그리고 그 '이질성'이 '악마성'으로 발전되는 과정을 부각시켰다. 이때 벤의 '이질성'은 외부의 침입자가 아니라 '내 속의 적' 혹은 '내 속의 위반적 타자'의 체현이다.

반면 『세상 속의 벤』에서는 이질적이고 괴물 같은 벤이 '다름'과 '괴물성' 때문에 세상 사람들에게 이용당하고 배척당하는 과정을 그리고 있으므로, 레싱은 오히려 벤의 '같음,' 즉 '인간성'을 강조하면서 대조적으로 세상 사람들의 '비인간성'을 부각시킨다. 세상 사람들의 눈에 벤은 '내 속의 적'이나 '내 속의 타자'가 아니라 '외부의 적'이다. 벤이 "바뀐 아이"라는 데이비드의 주장처럼 "이질적인 유전자가 그들의 길로 끼어든"(피커링 194) 것이고 따라서 사람들은 벤을 제거하려 든다. 가말로는 『다섯째 아이』가 자기 속의 타자에 대한 고통스러운 인식이었다면, 후편은 사회 속의 타자에 대한 수용의 문제로 진화하였다고 진단한다(123).

세 번째 차이는, 『다섯째 아이』에서 벤은 어머니로서의 해리엇의 의심 속에서 정상과 비정상의 경계선상에 있었으나, 후편에서는 정상/비정상의 규명보다는 과연 벤의 정체가 무엇인지, 벤이 귀속되어야 할 범주가 무엇인지에 더 관심을 기울이는 듯이 보인다는 점이다. 이제 『세상 속의 벤』에서 벤은 '정상과 비정상의 경계' 지대에서 벗어나 '세상 사람들의 인식체계로 규명 불가능한 지대'로 옮겨 간다. 사람들은 벤이 기형아나 비정상아가 아닌지 의심하기보다는 생물학적으로 인간의 범주에 넣을 수 있는지를 궁금해한다. 매춘부 리타는 벤에 대해 "그는 그녀가 들은 것, 텔레비전에서 본 것, 경험으로 알게 된 것, 그 어떤 것에도 속하지 않는다"(42)고 생각하면서 "인간동물"(42)로 규정한다. '인간동물'이란 인간/동물의 경계가 내파된, 즉 인간성과 동물성의 이질적인 두 요소를 모두 포함하고 있는 그로테스크한 인물이다.

조프리 갤트 하팸은 '그로테스크'에 대해 설명하면서, " '그로테스크'라는 단어를 쓸 때 우리는 무엇보다도 우리의 주의는 사로잡았지만 우리의 이해력을 충족시키지는 못했다는 의미를 진술하는 것"(3)이라고 말한다.

> 그것들[그로테스크한 것들]은 알려진 것과 알려지지 않은 것, 인식된 것과 인식되지 않은 것의 사이, 즉 의식의 가장자리에 서서, 세계를 조직하는 방법, 연속된 경험을 인지 가능한 작은 부분들로 나누는 방식에 의문을 제기한다(하팸 3).

어린아이는 주위 환경을 개별적인 것으로 인식하는 것이 아니라 흐름으로 인식한다. 말을 배운다는 것은 구별할 수 있는 네모 칸을 씌워 분리하고 이름을 붙이는 일이다. 그런데 현실 속 모든 것에 네모 칸을 씌워 정의하기란 불가능하다. 따라서 네모 칸을 씌워 이름 붙일 수 없는 "비-사물"non-things(4)이 등장한다. 벤이 바로 이런 범주의 존재이다.

하팸은 그로테스크는 "기존 분류체계의 범주들 사이에 존재하므로 변칙적이고anomalous, 주어진 범주로는 정의될 수 없으므로 다의성ambiguous을 갖고 있으며, 동시에 하나 이상의 영역에 속하므로 양면성ambivalent"(4)을 갖는다고 설명한다. 따라서 그로테스크한 사물이나 인간을 접했을 때 우리는 '무엇인가'를 묻기보다는 '우리가 알고 있는 것과 무엇이 같은가?' '무엇이 다른가?'를 묻는 것이 대답에 접근하는 더 현명한 방법이다.

18살이 된 벤을 돌봐 주는 80세의 노인 엘렌 비그즈의 눈에 비친 벤의 모습은 다음과 같이 사람과 짐승의 경계선 위에 놓여 있다.

> 그녀[엘렌 비그즈]의 손 아래에서 강하고 넓은 등이 만져졌다. 등뼈 양옆으로는 갈색 털이 나 있고 어깨에는 짐승의 털 같은 두꺼운 젖은 털이 엉겨 붙어 있었다. 마치 개 한 마리를 씻기는 것 같았다. 팔뚝에도 털이 나 있었지만 그다지 많이 나 있는 것은 아니었고 보통 사람들에게 난 정도였다. 가슴에도 털이 많이 나 있었지만 짐승 털 같지는 않았다. 사람의 가슴이었다(*BW* 9).

짐승 같은 면과 인간 같은 면을 모두 갖고 있는 벤을 관찰하던 엘렌은 "벤은 인간이 아니며, '우리들 중 하나'가 아니라"(11)고 결론짓는다.

그러나 이것은 외모에 대한 판단일 뿐 벤은 인간들보다 더 인간적인 심성을 갖고 있다. 짐승 같은 외모, 야생에 대한 선호, 날고기를 좋아하는 식성, 햇빛에 약한 눈 등의 유별남과 달리, 벤의 심성은 『다섯째 아이』의 벤보다 훨씬 여리고 감성적이며 인간적이다. 벤이 14살에 집에서 나와 패거리들과 어울려 다닐 때 대장 노릇을 했는데, 그 이유는 힘이 셌기 때문이기보다 "그가 내면적으로 성숙했기"(14) 때문이다. 그는 자신의 힘이 무시무시하게 세며 따라서 일단 분노하면 억제하기가 힘들다는 사실을 잘 알고 있어 자제한다. 같은 이유로 직장에서 동료들에게 속임을 당하고 급료를 빼앗겨도 폭력을 쓰는 일을 삼간다. 직장을 얻거나 실업수당을 타는 데 필수적인 출생증명서를 얻기 위해 어머니를 찾아가지만 벤은 자신을 싫어하는 형 폴과 아버지를 보고는 분노와 억울함으로 괴로워하면서도 포기하고 런던으로 돌아온다. 전편에서는 타인에게 위협적인 존재였던 것과 달리 『세상 속의 벤』의 벤은 남을 배려할 줄 알고 미래의 위험을 예견하면서 자신을 통제할 줄 아는 사람이다.

해리엇은 막내아들 벤을 사회로 내보내면서 커다란 카드에 벤의 이름, 부모와 형제자매들의 이름, 나이, 생년월일, 주소를 적어 주었다. 그러나 벤은 나이를 제외한 모든 정보내용을 지워버린다. 자신이 죽기를 바라는 가족은 더 이상 가족이 아니기 때문이다. 벤은 러뱃가와의 모든 인연, 영국의 중산층으로서의 모든 지위와 권리를 버렸다. 덕분에 제대로 된 일거리와 급료를 받을 수 없게 되고, 출생증명서를 갖고 있지 못해 위조 여권으로 세계를 떠도는 신세가 된다. 위조 여권에는 나이조차 두 배로 불려 있다. 출생과 신분을 증명해 줄 수 있는 서류가 없는 벤은 사실상 이 세상에서 "비-사물"이자 "비-존재"의 상태이다.『다섯째 아이』에서 해리엇이 벤이 인간이 아닐 가능성에 대해 묻자 전문의인 닥터 길리는 "격세유전으로 태어난 아이"일 가능성을 마음속으로는 인정하면서도 표면적으로는 부인한다. 해리엇에게 벤을 동물원의 우리나 실험실로 보내고 싶으냐고 물으면서(106) 벤을 실제의 존재보다는 비-존재의 상태로 남겨두도록 유도한다. 벤은 위조된 여권이 만들어낸 가상적 존재, 시뮬라크르로 대체된다. "격세유전으로 태어난 아이"는 세상 사람들의 인식체계 속에 들어 있지 않으며 동물우리나 과학실험실 외에 이 세상에서 인간으로 살아갈 수 있는 공간이 없다.

대부분의 사람들은 세 살 정도의 지능을 가진 벤을 보면서 자신의 이익을 위해 이용할 궁리를 한다. 벤은, 리타의 포주 존스턴에 의해 영화배우로 위장되어 니스까지 코카인 운반자 노릇을 하게 되고, 니스에 버려진 후에는 표면적으로 내세워진 영화배우라는 타이틀로 인해 뉴욕 출신의 영화감독 알렉스에게 캐스팅되는 희극적인 상황에 놓인다. 알렉스는 벤을 주인공으로 하는 원시시대에 관한 영화를 만들기 위해 남아메리카의 리우데자네이루로 벤을 데리고 가고 벤은 세계 속의 미아 신세가 된다.

고대로부터 '그로테스크'의 기본적 특징은 '우스꽝스러운 동시에 기괴스러운' 것이었다. 그 후 시대나 비평가에 따라 '공포'와 '웃음'을 강조하는 강도만 달라졌다. 레싱은『다섯째 아이』에서는 벤이 형 폴에게 폭력을 가한다든가 개와 고양이를 죽였을 것으로 암시되는 등 벤이 가족에게 가하는 '공포'를 강조하였다. 반면,『세상 속의 벤』에서의 벤은 폭발할 정도의 분노를 자주 느끼지만 힘겹게 자제하고 오히려 여러 사람에게서 집단 폭행을 당하는 것으로 그려지고 있어, 벤의 위협적인 성질이 거세되었음을 보여준다. 벤은 공포를 유발시키기 보다는 오히려 웃음을 짓게 하는데, 벤의 특징 중 하나가 "히죽 웃는 듯한" 모습으로, 벤은 아이러니하게도 당황하거나 두려울 때 이런 모습을 드러낸다. 벤은 눈이 햇빛에 약해 검은 선글라스를 끼고 다녀야 하는데, 오랑우탄 같은 털북숭이 몸집에 선글라스를 끼고 히죽 웃는 모습은 독자에게 공포보다는 연민과 웃음을 자아낸다.

'추의 미학'으로 유명한 카를 로젠크란츠는 "미는 추의 존재를 위한 긍정적 조건이며, 코믹은 추가 그것을 통해서 미에 대해 부정적이기만 한 특성으로부터 다시 벗어나는 형태"(24)라고 설명하면서, 추가 희극적 성질에 의해 미로 전환될 수 있음을 제시한다. 그러므로 '추의 미학'에 따르면 "코믹은 미와 추를 대립적으로 만드는 것이 아니라 추를 유쾌하게 만들어 미로 전환시키는"(73) 매개행위를 한다. 전편에서 벤은 추하기만 했고 추는 곧 악과 등식관계에 있었다. 반면 후편에서는 희극성을 매개로 하여 추가 미로 전환되고 있다.

당황스러움과 두려움을 표현하는 벤의 웃음은 무력한 자기 자신에 대한 조소인 동시에 세상 사람들을 향한 조소이다. 벤이 자신의 '비인간적인 외양'을 조롱하고 이용하는 세상 사람들의 진정한 '비인간성'을 비웃고 있기 때문이다. 미하일 바흐친은 '그로테스크'의 진정한 본성을 이해하려면 민중의 웃음에 대해 이해해야 한다고 주장하면서, 웃음이 "세상과 운명의 모든 조롱에 저항할 수 있는 가장 강력한 수단"(38)임을 역설한다. 그리고 더 나아가 웃음의 해방적인 힘과 재생력을 찬미한다. 레싱은 전편의 공포 분위기를 희극적 분위기로 바꿈으로써 벤의 비극을 더욱 심화시킬 뿐 아니라 새로운 가능성까지 열고 있다.

벤에게 친절하게 대하고 도움을 주는 사람들은 대개 최하층의 사람들이다. 연금으로 연명하다가 사망하는 80세의 엘렌 비그즈, 매춘부 리타, 사기꾼 리차드, 리우데자네이루의 빈민가 출신의 테레사, 실험실의 말단 직원 알프레도 등은 모두 힘든 어린 시절을 보낸 공통된 경험 때문에 벤에게 연민을 느낀다. 외모를 넘어 심성을 꿰뚫어 보는 이들 눈에 벤은 남들과 약간 다를 뿐이다(45). 벤이 몰매를 맞을 때 경찰로부터 벤을 보호하면서 테레사가 "그는 우리 일행이에요. 우리 일행이에요"(102)라고 외치는데 이때 벤이 이미 사회가 보호해야 할 약자를 대변하고 있음을 확인시킨다. 벤이 민중성을 대표하고 있다. 테레사는, 엘렌이 그랬듯이, 마치 어머니처럼 벤을 집으로 데려와 씻겨 주는데, 이들의 모습은 『어느 좋은 이웃의 일기』에서 초고령 노인 모디를 씻겨 주던 제인을 연상시킨다.

전편에서 가족들에 의해 시설에 버려졌던 벤은 『세상 속의 벤』에서는 과학자들에 의해 납치되어 실험동물로 연구소의 동물 우리에 갇힌다. 그들에게 벤은 인간이 아니라 수천 년 전의 원시인들에 대해 알려 줄 귀중한 실험 재료이다. 테레사와 알프레도는 위험을 무릅쓰고 벤을 구출하는데, 이들이 실험동물 우리에 들어갔을 때 목격한 광경은 「낙원 속 하나님의 눈」의 병실 광경, 『시리아 제국의 실험』에 등장하는 실험 재료의 동물과 인간들, 『다섯째 아이』의 시설의 광경과 다르지 않다. 벤은 실험동물로서 벌거벗긴 채로 오물과 함께 갇혀 있었다. 테레사와 알프레도는 비인간적인 것은 벤이 아니라 "과학"(148)이라는 미명 아래 이런 짓을 하는 과학자들이라고 분노한다. 이들 과학자들의 행적은 '문명'이라는 명목으로 피식민자들을 억압한 유럽의 제국주의적 과거를 상기시킨다. 테레사는 벤을 실험 대상으로 여기는 저명한 미국인 과학자 스티븐 곰락을 "매우 잔인한 괴물"(154)로 묘사하면서 그가 닥터 크롤과 유사한 부류의 그로테스크한 인물임을 확인시킨다.

테레사와 알프레도는 벤을 구출하여 알프레도가 광산에서 일할 때 보았던 동굴벽화가 있는 곳으로 데려간다. 동굴벽화는 원시인들이 그린 그림으로, 그곳에는 벤과 동종의 인간들이 그려져 있었다. '그로테스크'가 원래 고대 동굴벽화를 지칭하는 단어였다(카이저 26)는 사실은 널리 알려져 있다. 우연일 수 있으나 이런 설정으로 벤의 그로테스크한 성질이 재차 확인되는 듯이 보인다. 그동안 벤은 사람들의 인식의 가장자리에 서 있는 비-존재, 비-사물의 존재였으나 이제 먼 과거에서 현대를 방문한 존재, '격세유전으로 태어난 원시인'임이 밝혀진다.

벤은 타의에 의해 영국을 떠난 후, 자기를 돌봐 주는 사람들에게 고향에 다시 데려가 달라고 꾸준히 부탁하였다. 그러나 그는 영국으로부터 점점 더 멀어지기만 하였고 결국에는 파라과이의 한 고산지대에서 자신의 종족을 발견하게 된다. 그곳까지 동행한 테레사나 알프레도는 고산병으로 괴로워하지만 벤은 전혀 그렇지 않은 것으로 묘사되어 벤의 진정한 고향이 바로 그곳임을 암시한다.

그러나 그의 종족은 실제로 살아 있는 사람들이 아니라 이미 존재하지 않는 과거 원시시대의 사람들이다. 벤은 생김새 때문에 짐승으로 취급당했지만, 벽화 속 원시인들은 아이러니하게도 춤과 음악을 즐긴 문화인으로 드러난다. 레싱은 '문명'은 '미,' '야만'은 '추'라는 등식관계를 해체하고 있다. 결국 미와 추는 오늘날의 시각에서 판단된 범주이며, 따라서 상황적이고 단편적인 개념일 뿐이다.

벤의 종족들이 그려져 있는 동굴벽화는 햇빛이 들 때에만 모습을 드러낸다. 박선화는 논문 「비정상과 정상 사이의 경계 가로지르기」에서 "벤이란 존재는 이 희미한 흔적처럼 누군가 의도적으로 바라보면 인식되는 존재이지만 그렇지 않으면 사라져 버리는 존재"(49)라고 설명한다. 이 설명은 우리가 흔히 사회적 약자를 '존재하지만 눈에 보이지 않는 비-존재의 투명인간'으로 생각하듯이, 벤의 허약한 존재와 미미한 귀속 상태를 잘 드러낸다. 벤도 이런 사실을 통감하고 즉시 절벽에서 떨어져 자살한다. 벤의 고향은 파라과이의 고산지대인 동시에 먼 과거이다. 현대 사회에는 그가 살아갈 수 있는 영토가 없다. 그는 자살을 통해 공간 및 시간 상으로 자신의 고향을 찾아 돌아간다. 동물은 자살하지 않는다. 벤은 아이러니하게도 자살을 선택함으로써 자신이 인간임을 입증한 셈이다.

바흐친은 진정한 그로테스크는 "정적靜的인 것이 아니라 자신의 이미지들 속에서 존재 자체의 생성, 성장, 영원한 미완성과 불완료성을 파악하려고 노력하는 것"(52)이라고 설명한다.

> … 그것은[진정한 그로테스크는] 자신의 이미지들 속에 생성의 두 양극 – 사라지고 죽어가는 것과 새로 태어나고 있는 것 – 을 동시에

> 부여한다. 그로테스크는 하나의 육체 속에서 두 개의 육체를 보여 주는데, 다시 말하자면 살아 있는 세포의 번식과 분열을 제시한다. 그로테스크적이고 민속적인 리얼리즘의 절정에서는, 단세포적인 유기체들의 죽음에서처럼, 결코 시체가 남지 않는다(즉, 단세포가 두 개의 유기체로 분열될 때 어떤 의미에서는 죽는 것이지만 그것은 또한 재생되는 것이다. 생명에서 죽음으로 떠나는 일 같은 것은 없다)(바흐친 52).

벤의 시체는 모여드는 매들에 의해 해체될 것이고, 일부는 닥터 곰락과 그 일행에 의해 수거되어 유전 정보가 밝혀질 것이다. "생명에서 죽음으로 떠나는 일 같은 것은 없다"라는 위의 인용처럼 벤은 매를 통해 과학적 정보를 통해 또 다른 형태로 태어날 것이다.[1]

테레사는 벤이 자살한 것을 알고는 "그가 죽어서, 더 이상 그에 대해 생각할 필요가 없어서, 우리 모두 기뻐하는 거 알아요"(178)라고 말하는데, 벤에게 가장 연민을 보였던 그녀가 이제는 벤으로 인한 죄의식에 더 이상 시달릴 필요가 없게 되었음을 선언하고 있다. 그러나 여기에는 그녀의 불편함 또한 표현되어 있는데, 이 불편함은 '격세유전으로 태어난 아이,' 즉 벤을 포용하지 못하는 현대인들의 이기적 행태에 대한 불편함이며, 현대인들과 대조적으로 원시인이 갖고 있는 인간적 감수성과 도덕적 우위를 인지하

1. 물리적 죽음이 유전 정보의 전달을 통해 물리적으로 부활되는 주제에 대해서는 졸고 「도리스 레싱의 『제8행성의 대표 만들기』: 현대 과학을 이용한 '죽음'과 '멸종'에 대한 해석」을 참조하시오.

면서 느끼는 불편함이기도 하다.

4. 나가기

레싱은 1988년 클레어 토말린과의 인터뷰에서 『다섯째 아이』가 어떻게 탄생되었는가를 묻는 질문에, "소인小人에 대한 매력에 빠져"(잉거솔 175) 있던 차에 미국의 고고학자 로렌 아이즐리가 메인주Maine State에서 네안데르탈인처럼 생긴 소녀를 보았다고 쓴 책을 읽었고, 그 후 완벽하게 예쁜 아이들을 낳은 후에 악마와 같은 아이를 낳고 그로 인해 가정이 무너졌다는 어느 부인의 신문기사를 읽은 뒤 쓰게 되었다(잉거솔 176)고 대답하였다. 레싱은 이에 덧붙여 "그 아이[벤]는 전혀 악하지 않다. 단지 그가 있어야 할 자리에 있지 않는 것뿐이다… 나는 그런 일이 일어나면 어떻게 대처할 것인가라는 문제에 매료되어 그 책을 썼다"(176)고 밝혔다. 그리고 "나는 상당히 낙관적이다"(177)라고 결론짓는다. 레싱은, 예를 들어 『어느 생존자의 비망록』이나 『제8행성의 대표 만들기』 등 여러 작품에서 겉으로는 상당히 비관적인 결말을 맺지만, 그와 동시에 새로운 가능성을 열어 놓곤 하였다. 따라서 이 논문 역시 이 두 작품에 대한 낙관적인 해석으로 끝낼 것이다.

『다섯째 아이』는 레싱이 이 작품을 쓰기 1년 전에 쓴 에세이집 『우리가 살기로 선택한 감옥』의 제목처럼 해리엇과 데이비드 부부가 살기로 택한 감옥, 즉 자신들이 구축한 원칙이 무너지는 과정을 보여준다. '원칙' 혹은 '형식'을 위해 억압된 '내부의 적' 혹은 '내부의 타자'와 맞닥뜨리는 것은 " '자기-지식'self-knowledge에 다가가는 한 방법”(로스슈타인 9)이다.

벤은 오늘날의 기준으로 볼 때 외모상으로 추하고 괴기스럽지만, 그의 종족이 번성하던 과거의 기준으로 볼 때에는 ‘괴물’이 아니라 정상적인 인물이었을 것이다. 이렇게 외모가 갖는 상대성이나 사회-정치적 평가 기준을 고려해 볼 때 인간에 대한 평가 기준은 시대와 장소에 따라 평가 기준이 달라지는 외모가 아니라 절대적인 심성, 즉 인간성이어야 한다.『세상 속의 벤』에서는 수천 년의 진화를 겪은 현대의 인간들이 먼 과거에서 온 벤보다 더 이기적이고 추악하며 비인간적이다. 따라서 오랜 시간에 걸쳐 이루어진 진화, 원시 시대부터 오늘날까지 진행되어 온 진화가 곧 진보인가의 의문이 이 작품에서 제기되고 있다. 결국 이 작품 속의 그로테스크 이미지는 벤이 아니라 현대의 인간이며 그렇게 살도록 내모는 현대 사회이자 현대의 삶이다.

수잔 왓킨스는 레싱이 인간과 동물의 중간지대에 있는 벤을 주인공으로 택한 이유가 백인 남성을 정점에 놓고 아프리카인들을 맨 아래에 놓는 서양식 위계질서에 대한 도전이었다고 포스트콜로니얼리즘적 해석을 하면서, ‘원시적’이라는 단어가 유럽인들이 다른 국민들을 지배할 때 사용했던 단어였음을 상기시킨다(130). 이 작품은 벤이라는 그로테스크한 야만인, 즉 ‘외부의 타자’를 통해 현대의 유럽인들, 특히 중산층 이상의 사람들의 이기적인 사고방식과 행태를 비판하고 있다.

서론 부분에서 제시된 그로테스크 미학의 역사에서 보았듯이 그로테스크는 ‘이질적인 것’ 혹은 ‘괴기한 것’에 대한 흥미로 시작되었으나 현대에 들어서는 민중의 고통과 소외를 대변하는 것으로 진화하였다. 그와 마찬가지로 레싱의 두 작품은 동일한 주인공에 대한 이야기이지만 『다섯째 아이』에서는 개인 혹은 한 가정의 그로테스크한 성질을 다루고 있다면, 『세상 속의 벤』에서는 현대의 소외당하는 그로테스크한 사람들, 즉 민중을 대변하는 것으로 진화하고 있다.

도리스 레싱의 자서전이나 전기를 읽어보면, '가정 속의 레싱'이 부모에게 꾸준히 반항한 '괴물 같은 아이'였고, 자신의 아이들을 버리고 이혼한 '괴물 같은 어머니'였음을 곧 깨닫게 된다.[2] 그러니까 레싱은 벤이자 해리엇이었다. 레싱이 자신의 부모와 자식에 대해 갖고 있던 회한은 그녀의 전全 작품 속에 나타나 있는데, 『다섯째 아이』에서 또다시 그 깊이를 느낄 수 있다. 레싱 자신도 이 작품을 쓰기가 매우 어려웠다고 밝히고 있다. 레싱은 『다섯째 아이』의 집필을 통해 과거를 다시 곱씹으며 또 한 번의 힐링을 시도했던 것으로 보인다.

한편 '사회 속의 레싱,' '작가로서의 레싱'을 보면, 레싱은 사실주의와 판타지, 과학소설을 넘나들며 독자들과 비평가들을 혼란에 빠지게 하였고, '제인 소머즈'라는 다른 필명으로 작품을 발표하여 출판사와 편집자들을 당황하게 만들기도 하였다. 레싱은 『다섯째 아이』를 발표한 후 여러 경로를 통해 벤이 '격세유전의 아이'일 가능성을 비쳤으나 비평가들은 이를 무시한 채 제각각 여러 해석을 낳았고, 레싱은 마치 이에 대한 경종인 듯 벤을 '격세유전으로 태

---

2. 이에 대해서는 졸저 『도리스 레싱 : 20세기 여성의 초상』의 「제1부 서론 : 분열의 시대를 산 한 여성 작가의 초상」과 「제3부 가정, 가족, 그리고 여성」을 참조하시오.

어난 아이'로 고정시킨 『세상 속의 벤』을 출판하였다. 이처럼 레싱과 비평가들, 독자들, 출판계 간의 갈등을 고려해볼 때, 레싱은 가정에서 그랬던 것처럼 사회에서도 그로테스크한 '벤'이었던 것으로 보이며, 따라서 이 두 작품은 레싱이 그로테스크한 자신을 풍자한 자기-패로디self-parody인 것으로 해석이 가능하다.

레싱은 1987년 출간한 『우리가 살기로 선택한 감옥』에서 작가의 임무에 대해 말하면서 자신의 과거뿐 아니라 인류의 역사를 다른 시각으로 돌아보는 것이라고 묘사한다.

> 내 친구인 인류학자가 말하듯이, 소설들은 인류학과 같은 선반에 놓여야 한다. 작가들은 인간의 조건에 대해 평을 하고 계속적으로 그것에 대해 이야기한다. 그것이 우리의 주제이다. 문학은 이런 "다른 눈," 즉 우리 자신을 보는 초연한 방식을 얻는 가장 유용한 방법 중 하나이다. 역사도 그렇다(*PWE* 8).

작가는 마치 인류학자처럼 혹은 역사가처럼 과거를 돌아보며 현대를 평가해야 한다. 이때 판타지 기법을 이용하여 마음대로 시간과 공간 여행을 하면서 독자들에게 우리 사회를 다른 눈으로 볼 수 있도록 해 주는 것은 작가들만의 특권이다. 격세유전으로 태어난 아이, 벤은 바로 그런 일을 할 수 있도록 해 주는 매개체이다. 해리엇과 데이비드 부부가 비정상아로 의심되는 벤을 통해 자기-지식에 도달하듯이, 『세상 속의 벤』의 현대인들은 격세유전으로 태어난 아이, 벤을 통해 다른 눈으로 자신들과 자신들이 사는 세계를 돌아보게 된다.

4부

먼 미래와
먼 과거에서
오늘을 조명하다

필자는 본 저서 전반에 걸쳐 레싱의 과학소설에 대해 '과학소설'이라는 용어가 타당한지 '우화'나 '알레고리' 혹은 '판타지'라는 명칭이 더 정확한지에 대해 꾸준히 의문을 제기하였다. 그리고 이 의문은, 1999년작 『마라와 댄』과 2005년작 『댄 장군, 마라의 딸, 그리오, 그리고 스노우 독 이야기』에 관한 섀론 디그로의 비평에서 '사변소설'이라는 용어를 발견하면서 레싱의 소설이 '사변소설'이라는 용어로 가장 잘 설명될 수 있다는 해답으로 풀리게 되었다. '사변소설'이란 과학소설의 좁은 한계를 깨는 동시에 고전소설과의 틈을 좁히는 용어이기 때문에 레싱의 과학소설을 담기에 가장 적합해 보였다. 사변소설이란 인간의 현실과 일상생활보다는 인간의 상상력과 사색을 기반으로 창작된 요소, 배경, 등장인물 등을 담고 있는 소설을 일컫는다. 이 용어는 판타지, 과학소설, 공포물, 유토피아, 디스토피아, 대안 역사, 묵시록, 종말물 등의 요소를 갖고 있는 소설을 총칭할 수 있으므로 레싱의 과학소설과 판타지 작품들을 모두 아우를 수 있는 최적화된 용어이다. 더욱이 2007년에 발표된 『클레프트』 역시 이 사변소설의 범주에 속하고 무엇보다도 레싱 자신이 '사색' 혹은 '사변'이라는 단어를 사용했으므로, 지금부터는 과학소설이라는 단어 대신에 사변소설이라는 용어를 쓰기로 한다.

필자는 그동안 레싱의 과학소설들을 규명하면서 과학소설의 정수라고 할 수 있는 다코 수빈의 '소외와 인식'이라는 개념을 반복해서 인용하곤 하였다. 레싱은 과학소설을 쓰면서 동시대와 다른 조건과 상황을 창조하였지만, 이런 이질성이나 소외는 결국 우리가 살고 있는 상황에 관한 모범적, 대안적, 혹은 비교의 대상을 만드는 과정에서 나온 것이며 오늘날의 우리의 상황을 돌이켜보도록 만든 일종의 장치임을 인식시켜 주곤 하였기 때문이다. 레싱은 동시대와 다른 상황을 만들기 위해 '대안 역사,' '우주인의 시각,' '환생'이라는 틀 등을 이용하고, 그 결과물로 오늘날의 억압자/피억압자의 이항대립 관계를 역전시키곤 하였다. 『시카스타』에서 지구인/우주인의 관계가 피식민자/식민자의 관계로 설정되고, 그 후에는 우주인이 지구인으로 환생하여 피식민자의 입장이 되는 등의 설정이 바로 그런 예가 될 것이다. 레싱은 유럽인/아프리카인, 백인종/유색인종의 식민관계에 대한 반성을 그런 식으로 하고 있었다. 이제 레싱은 『마라와 댄』 연작에서 시간상의 긴 이동을 통해 또 다른 '소외'의 상황을 만들어낸다.

『마라와 댄』과 『댄 장군, 마라의 딸, 그리오, 그리고 스노우독 이야기』는 먼 미래의 아프리카를 상상함으로써 오늘날의 세태, 즉 '폭력'·'탐욕'·'인종차별주의' 등을 뒤에 숨긴 서양문명과 과학기술의 세계를 비판한다. 우선적으로 유색인종이 대다수의 인종이고 백인종이 소수 인종인 먼 미래의 아프리카를 그림으로써 레싱은 독자들에게 역지사지의 경험을 하도록 유도한다. 이 작품들의 주인공들은 흑인종의 남매지만 이들은 종국에 자기 종족 중심의 공동체를 재건하기보다 다문화 공동체, 초민족적 공동체를 건립하게 하여 오늘날의 인종차별주의를 비판하고 우리가 나아갈 길을 제시한다. 이들 남매는 고정된 목적지를 찾아 안주하기보다 머무는 곳마다 생생한 비판의식으로 주위를 바라보고 계속 더 나은 곳을 향해 이동하기 때문에, 이 연작에 관한 논문은 이들 주인공 남매를 '유목적 주체'로 규정하였다. 이들의 특징은 지나치는 곳마다 그곳의 사고와 행동을 규정하는 사회규범에 저항하면서 한 경험에서 다른 경험으로 꾸준히 흘러간다는 점이다. 이것은 앞 작품들에서도 꾸준히 확인할 수 있었던 레싱의 끊임없는 도전정신을 재확인시켜 주는 동시에 자연스럽게 불변의 것은 존재하지 않으며 모든 것은 변한다는 레싱의 신념도 잘 전달하고 있다.

이 작품들 속에 구현된 먼 미래의 아프리카는 시간이 흐름에 따라 정치적·사회적 권력관계만 변하는 것이 아니라 지리·지형적인 변화도 일어난다고 독자에게 깨우친다. 빙하시대가 도래하여 유럽이 얼어붙고 지중해는 땅을 드러냈지만, 유럽이 다시 녹기 시작하면서 지중해의 일부에 물이 차오르고 있다. 이 작품 속에서는 빙하시대가 되기 전의 지중해 지도, 빙하시대의 지도, 그리고 얼음이 녹기 시작하면서 다시 변화되는 지형 등을 제시하면서 지도에 관한 신빙성에 의문을 제기하고, 사라져 버린 유럽 문명의 잔재들의 왜곡 상태를 보여 주면서 원본·사본·기원 등의 개념을 붕괴시킨다. 필경사들은 사라져가는 과거 유럽의 작품들을 보존하기 위해 필사적으로 필사작업을 하지만 완벽한 필사란 존재하지 않으며 해석과 번역만 남게 된다. 과거 유럽의 문학 작품들은 이 작품에서는 구전 문학으로 퇴행한 상태이다. 이런 점에서 초고령의 레싱은 놀랍게도 상당히 포스트모던적인 작품을 시도하고 있음을 보여준다.

이와 같은 레싱의 의도와 시도는 2007년작의 또 다른 사변소설 『클레프트』에서도 계속된다. 이 작품에서는 먼 미래가 아닌 먼 과거, 즉 역사가 시작되기 전 신화의 시대로 거슬러 올라간다. 여기에서는 남성이 태어나고 뒤에 여성이 창조되었다는 기존의 창조

신화를 뒤집어 태초에 여성만이 존재했다고 가정한다. 또 하나의 기발한 '소외'의 상황을 만들어낸 것이다. 『마라와 댄』 연작이 지도 제작, 지리학, 원본, 기원에 관한 의문 제기였다면 『클레프트』는 역사기록에 관한 의문 제기로, 신화와 역사에 주어지는 보편적인 신뢰도의 고저高低를 역전시킨다.

『클레프트』는 정확한 연도를 추정할 수 없는 역사 이전의 시대를 배경으로 하여 여성만이 평화롭게 살던 시대를 상상한다. 그러나 『제3, 4, 5지대 간의 결혼』에서 그랬듯이 이들이 살고 있는 유토피아는 완전한 유토피아가 아니다. 『제3, 4, 5지대 간의 결혼』에서 주인공 알·이스가 제4지대 왕과 결혼하도록 저항할 수 없는 신탁을 받듯이, 『클레프트』에서는 여자만의 세계에 남자 아기가 태어나고 이들은 곧 기형아 혹은 괴물로 간주된다. 그리고 이로 인해 이 사회의 치부가 표면으로 도드라지며 부상한다. 이것은 『다섯째 아이』에서 추한 아기 벤이 평화로운 러뱃가家에 탄생하는 것과 같은 구도이다.

처녀생식으로 대를 이어가던 이 사회는 남자 아기의 계속된 탄생으로 유성생식 사회로 서서히 진화한다. 그런데 이 작품 역시 『마라와 댄』 연작처럼 새로운 차원의 이야기가 여기에 덧붙여진다. 『마라와 댄』 연작에서 원본과 사본, 지도 제작의 한시성 등에 대해 숙고하도록 만들었다면, 이 작품에서는 역사의 신빙성, 그리고 역사와 신화에 대한 신뢰도의 차이를 역전시킨다. 역사 이전에 일어난 사건들, 즉 여성만이 존재했다는 사실, 그리고 남자 아기, 즉 괴물이 태어나 살해당하고 거세당했다는 사실 등등이 구술을 담당하던 사람들에 의해 정치적으로 왜곡되고 순화되었으며 심지어 생략 혹은 폐기되었을 가능성을 레싱이 제안한 것이다. 다시 말하자면 신화가 변질되어 구전되었고 그 결과 왜곡된 사실이 역사로 굳어졌을 가능성을 제기한다.

특히 이 작품의 화자를 로마시대의 원로이자 역사가인 트랜짓으로 설정하여 신화시대에서 역사시대로 전환되던 시기에 가부장제가 확립되었고 인간의 기원 신화가 여자들의 이야기에서 남자들의 이야기로 변질되었음을 암시한다. 로마시대의 기득권층에 속하는 트랜짓은 로마시대의 고정관념대로 인간 기원 역사를 기술하였으나 자신의 두 번째 아내의 번득이는 기지로 여자들의 능력을 새삼 깨닫게 되자 자신이 기록한 역사내용에 덧붙여 과거로부터 내려오는 구술기록들, 사적인 경험내용 등을 함께 독자에게 내어 주는, 다시 말해 자신의 글쓰기 자료와 과정까지 독자에게 보여 주는 글쓰기를 감행한다. 본인의 역사기록의 오류 가능성을 감지하였으므로 독자에게 최종적인 판단을 맡기는 것이다. 이런 기법은 레싱의 대표작 『황금 노트북』의 가장 특징적인 기법이기도 했다.

결국 레싱은 초고령이라는 나이의 한계를 뛰어넘어 오히려 초고령이기 때문에 가질 수 있는 넓은 시각과 확장된 관점을 이용하여 끝까지 문제의식이 풍부한 작품들을 생산하였다.

10장

『마라와 댄』과 『댄 장군, 마라의 딸, 그리오, 그리고 스노우 독 이야기』

포스트콜로니얼 사변소설과 '유목적 주체'의 형상화

1. 들어가기

도리스 레싱은 1969년에 발표한 5부작 『폭력의 아이들』의 마지막 작품 『사대문의 도시』를 기점으로 하여, 당시에는 하위 장르에 불과하던 과학소설 쪽으로 창작의 범위를 넓히고 있었다. 1980년대에는 과학소설 5부작 『아르고스의 카노푸스 제국』을 연이어 발표하면서 레싱은 자신의 장르 전환의 시도가 일회성의 실험이 아니었음을 입증하였다. 그러나 이런 방향 틀기는 주류의 고전문학계와 독자들, 그리고 심지어 과학소설계로부터도 비난을 받았으며, 오늘날에도 여전히 이것이 레싱의 퇴행을 뜻하는 것인지 진보인지에 관한 논쟁이 끊이지 않고 있다. 레싱 자신도 이런 논란을 잘 알고 있었는데, 2006년도에 했던 한 인터뷰에서 말하기를, 5부작 『아르고스의 카노푸스 제국』을 발표한 후 미국 샌프란시스코에서 있었던 한 강연에서 "지루한 사실주의 소설을 안 쓰면 좋겠다"는 요구와 "이런 바보 같은 SF소설을 쓰면서 시간 낭비하지 말았으면 싶다"는 비난을 동시에 받았다고 한다(프리먼 103). 그러나 레싱에게 과학소설이란 장르는 주제만큼 의미 깊은 것으로, 『아르고스의 카노푸스 제국』 제1권 『시카스타』의 서문인 「몇 가지 소견」에서 밝힌 바와 같이, "더 확장된 시야 속으로 해방되어" "자기를 위한 새로운 세계" (ix)를 만드는 통로 역할을 한다.

레싱의 과학소설은 초반에는 과학지식과 과학기술을 기반으로 하지 않고 있었기 때문에 과연 '과학소설'로 불릴 수 있는가의 문제가 종종 제기되곤 하였다. 레싱은 이에 대한 대답으로 자신의 소설을 '우주소설' 혹은 '우화'로 불러달라고 요구하였다. 그러나 『아르고스의 카노푸스 제국』의 제3권 『시리우스 제국의 실험』과 제4권 『제8행성의 대표 만들기』는 진화론, 사회생물학, 현대 물리학 등의 과학을 기반으로 하고 있기 때문에 레싱은 이런 비난에 대해서도 어느 정도 자유롭게 되었다. 그렇다면 『아르고스의 카노푸스 제국』의 제1권 『시카스타』 같은 '우주소설', 『어느 생존자의 비망록』 같은 '판타지', 『제3, 4, 5지대 간의 결혼』 같은 '알레고리' 등을 모두 포함시킬 수 있는 보다 정확한 용어는 없는가? 새론 디그로는 이에 대한 해답으로 '사변소설'speculative fiction이라는 용어를 제안한다(39). '사변소설'이라는 용어는 과학소설의 좁은 한계를 깨기 위해, 그리고 고전소설과의 벌어진 틈을 좁히기 위해 만들어진 용어로, 레싱의 작품처럼 인간의 현실과 일상생활보다는 인간의 상상력과 사색을 기반으로 창작된 요소, 배경, 등장인물 등을 담고 있는 소설을 일컫는 포괄적 용어이다. 이 용어는 판타지, 과학소설, 공포물, 유토피아, 디스토피아, 대안 역사alternate history, 묵시록apocalyptic, 종말물post-apocalyptic 등의 요소를 담고 있는 소설을 총칭하므로 도리스 레싱의 과학소설과 판타지 작품들을 일컫는 데 최적화된 용어이다. 특히 이 장에서는 '종말물'이라고 할 수 있는 『마라와 댄』(1999)과 그 후속작 『댄 장군, 마라의 딸, 그리오, 그리고 스노우 독의 이야기』(2005)를 다루고 있으므로,[1] 이 소설들의 '사변물'로서의 특징과 주제를 연결 지어 분석할 것이다.

레싱은 아프리카의 짐바브웨에서 어린 시절을 보냈다. 따라서 레싱이 창작한 아프리카를 배경으로 하는 소설들 — 일례로, 처녀작 『풀잎은 노래한다』 — 은 제국주의 국가로서의 영국에 대한 비판을 담고 있다. 그러나 아프리카의 이방인이자 백인 이민자이던 레싱은 『풀잎은 노래한다』에서 아프리카 원주민들에 대해 식민자/피식민자, 자기/타자의 이분법에 여전히 갇혀 있음을 드러냈고, 그 결과 영국 제국주의에 대한 비판이 내면까지 깊숙이 파고들지 못한 채 겉돌고 있다는 비판을 피할 수 없었다. 여주인공 메리 터너는 백인 아프리카 이주자이자 여성이라는 정체성에서 한 발자국도 더 나아가지 못하였다.

이를 잘 인식하고 있던 레싱은 『시카스타』라는 사변소설을 통해 영국 제국주의에 대한 한층 심오한 비판에 이르게 된다. 사변소설의 요소 중 특히 '대안 역사'의 형식을 통해 20세기 말의 병폐를 진단하려고 했던 레싱은 은하수에 카노푸스 제국이라는 다른 행성이 있다고 상상하면서, 그 제국이 지구를 식민지로 만들 계획을 세우고 있다고 상정한다. 그리고 그 일을 수행할 관리들을 지구, 즉 시카스타로 보내는데, 이들이 지구로 올 때에는 '환생'을 통해 인간의 몸을 빌려 탄생한다. 사변소설에서나 가능한 이런 설정

1. 후속작의 제목이 길기 때문에 이후 두 작품을 함께 지칭할 경우 『마라와 댄』 연작'이라고 부른다.

을 통해 레싱은 식민자/피식민자, 카노푸스인/시카스타인(지구인)이라는 이분법을 만들었고, 이전까지의 관점을 뒤집어 식민계층에서 있던 자신을 피식민계층의 입장에 서게 만들었을 뿐 아니라, 시카스타인(지구인)으로 환생한 관리 조호Johor를 통해 카노푸스인/시카스타인의 이분법이 아닌 시카스타인으로 태어난 카노푸스인이라는 새로운 이원적dualistic 관점을 탄생시켜 역전된 관점을 더욱 보완하였다. 디그로는 이에 대해 "과학소설의 '우주적'cosmic '시야'가 다수의 공간과 관점을 제공할 수 있었다"(43)고 주장한다. 사변소설이라는 장르 덕분에 다양한 복수의 시점을 그릴 수 있었다는 것이다. 그러나 이 작품에서도 레싱은 카노푸스 제국을 마치 하나님처럼 전지전능하고 정의로운 존재로 만들고 있으며 이와 동시에 이성적이고 엄격하고 정연한 남성성을 부여하여 제국주의와 식민주의에 대한 전면적인 부정에 이르지는 못하였다는 비판을 받았다.

이제 어느덧 80세라는 고령에 이른 레싱은 다시 영국 제국주의에 대한 비판에 도전한다. 이번에는 과거의 지구가 아닌 수천 년이 흐른 뒤 다시 빙하기가 찾아온 미래의 지구, 특히 오늘날의 유럽인 예럽Yerrup이 얼음으로 뒤덮여 인간의 서식지가 이프릭Ifrik/아프리카로 제한된 미래의 세계를 배경으로 하여, 아프리카의 마혼디족the Mahondi의 어린 여자아이 마라와 남동생 댄의 시각으로 세상을 조명한다. 즉, 아프리카인의 시점에서 이 작품을 쓰고 있다.

레싱은 "이 고대인들[즉, 오늘날의 서양인들]이 얼음의 벌을 받기에 충분했다고 많은 역사가들이 믿고 있다"(*MD* 381)고 쓰면서 자연환경의 급격한 변화로 인한 세계의 종말이 오늘날의 서양의 제국주의적 야욕에 의한 전쟁, 즉 인재人災의 결과인 듯이 암시한다. 레이미아 테이엡을 비롯한 많은 비평가들도 "이 이야기의 물리적 배경을 볼 때 서양의 제국주의와 아프리카의 식민 역사"(18)를 다루고 있음이 분명하다고 의견을 같이한다. 수잔 왓킨스는 레싱의 작품에서 "장르와 '인종'은 연결된 문제"(119)라고 하면서 레싱이 사변소설이라는 장르를 선택한 것이 20세기 말 인종 문제가 주요 관심사가 된 것과 관련이 있다고 피력한다.

결국, 레싱은 『마라와 댄』 연작에서는 사변소설의 상상적 기능을 이용하여 주인공을 아프리카인으로 그리고 유럽인들을 소수 인종으로 상정하였고, 백인 유럽 여자나 — 예를 들어, 『풀잎은 노래한다』의 메리와 『폭력의 아이들』의 마사 — 백인 유럽 남자(『아르고스의 카노푸스 제국』의 조호)의 시각을 유지하던 과거에서 벗어나, 완전한 피식민자의 관점을 지향하게 된 것이다. 『마라와 댄』 연작에는 『풀잎은 노래한다』에서처럼 절대 권력을 상징하는 영국 제국도 없고, 『아르고스의 카노푸스』 연작의 카노푸스 제국에 상응할 만한 어떤 절대적 존재도 이미 사라지고 없는 상태이다. 오히려 『마라와 댄』 연작에서는 레타 같은 백인 유럽인 등장인물들이 극소수 등장하여 미미한 역할을 할 뿐이며 하얀 피부색은 혐오감만을 불러일으킨다.

이 장은 평생 영국의 제국주의와 식민주의에 대해 비판적이었던 레싱이 말년의 작품인 『마라와 댄』 연작에서는 어떻게 '더 확장된 시야'로 자신의 사상을 형상화하였는지에 주목할 것이다. 특히 『마라와 댄』에서는 여주인공 마라가 긴 여정을 통해 어떻게 자신의 정체성을 찾아가는지, 그리고 후속작 『댄 장군, 마라의 딸, 그리오, 그리고 스노우 독 이야기』에서는 남주인공 댄이 사랑하는 누나 마라를 잃은 후 어떤 과정을 통해 자아를 확립하고 서양 문명과 지식에 대해 어떤 관점으로 보는지에 초점을 맞출 것이다. 이들이 정체성을 찾아가는 여정과 과정은 페미니즘 사상가 로지 브라이도티의 '유목적 주체' 개념을 잘 형상화하고 있다고 판단하여 이 개념을 바탕으로 설명하였다. 이 논문은 또한 레싱이 먼 미래의 시점에 서서 이미 사라진 유럽 문명을 배경으로 하여 아프리카인 남매가 어떻게 새로운 문명을 건설해야 한다고 제시하고 있는지, 그리고 이것을 바라보는 오늘날의 현대인은 자신들을 어떻게 돌아봐야 하는지에 관한 연구가 될 것이다.

2. 『마라와 댄』: '유목적 주체'로서의 공간 이동

오늘날로부터 수천 년이 흐른 뒤 이프릭(오늘날의 아프리카)의 동남부 지역 러스톰에서 부모의 보호 아래 평화롭게 살던 마라와 댄은, 유년시절의 어느 날 정치적 혁명의 여파로 부모를 잃고 락 빌리지로 이전되어 락 종족의 위협 속에서 '마라'와 '댄'이라는 가명으로 살게 된다. 이들은 어느새 자신들의 신분은 물론 이름도 완전히 잃어버린 채 다이마라는 노파의 보호 아래 살아간다. 지구에 불어 닥친 급격한 자연환경의 변화는 예럽/유럽을 얼음으로 뒤덮어 버리고 지중해를 텅 비게 만들었을 뿐 아니라 이프릭/아프리카에는 극심한 가뭄을 몰고 와 북쪽으로 이주하는 이주민들이 나날이 늘어가고 남쪽의 도시들은 하나씩 공동화되어 가는 중이다. 거대한 짐승처럼 커져버린 곤충과 도마뱀 등은 또 다른 위협적 존재들이 되어 버렸다. 이런 설정으로 인해 피오나 베켓 같은 비평가는 이 작품을 '환경 우화'로 읽는다. 그러나 밀다 프랑코바의 주장대로 레싱은 환경이나 생태에 관한 이야기를 하려는 것이 아니다. 리디아 비아누의 해석처럼 레싱은 이 설정을 통해 "그것이 무엇이든 간에 친숙한 것, 안심시키는 모든 것에서 도망하는 망명의 공간"(프랑코바 220 재인용)을 만든 것이다.

이 장은 그동안 사변소설이라는 장르를 이용하여 먼 과거를 향해, 인간의 내부 깊숙이, 우주 밖으로, 벽 속의 공간으로 시야를 넓히던 레싱이 이번에는 미래로 수천 년의 시간을 건너뛰었음에 주목한다. 장소는 같되 미래의 시점으로 이동한 레싱은 이런 시간적 간격을 통해 오늘날의 권력 관계를 비판하는 정치적 공간을 마련한다. 다코 수빈의 "소외와 인식"(건과 칸델라리아 23 재인용)의 필요·충분조건을 충족시킨 것이다. 또한 아프리카이지만 환경의 재앙으로 지질이 달라진 이프릭에서의 공간 이동을 통해 지리학과 지도제작법cartography이라는 학문이 절대 불변의 진리가 아님을 상정한다.

자신의 정체성을 잃어버린 채 겨우 연명하던 마라와 댄, 두 어린이는 18세, 15세의 청소년으로 성장하고 보호자였던 다이마가 죽자 물이 있는 곳, 즉 북쪽을 향해 이주를 시작한다. 이들의 이주는 생존을 위한 투쟁이자 정체성을 찾아가는 여정이다.

마라가 고된 여정 중에도 가장 열정적으로 추구하는 것은 지식이다. 락 빌리지에 있을 때부터 오래된 벽화 속의 사람들, 폐허가 된 도시, 도시 아래에 첩첩이 쌓인 도시 등을 통해 먼 과거에 이들이 모르는 문명세계가 있었다고 짐작한다. 독자는 이런 과거 문명에 관한 탐색이 결국 마라의 정체성 추구와 접점을 이루게 될 것임을 유추하게 되고, 그 접점은 마라와 댄의 잠정적 목적지인 '센터'the Centre로 모아진다. '센터'는 예럽이 멸망한 뒤 마라와 댄의 부족인 마혼디족이 이프릭을 통치하고 있을 당시 예럽의 문명의 산물들을 모아놓은 박물관이 있는 곳으로, 마혼디족의 마지막 공주와 왕자인 마라와 댄이 그 문명을 이용하여 다시 이프릭을 통치해주기를 고대하는 두 하인 펠리사와 펠릭스가 이들을 기다리는 곳이다. 두 하인은 '센터'를 중심으로 과거의 서양문명의 지식과 과학기술을 이용하여 마라와 댄이 마혼디 제국을 재건하기를 바라고 있다. '센터'는 레싱이 비판하려는 서양 제국주의를 상징한다.

'센터'라는 용어가 유럽의 제국들이 아프리카와 아시아를 정복할 때 그 전초기지를 일컫는 용어였음을 상기해볼 때 이런 해석은 더욱 설득력이 있어 보이며, 이 작품의 장르가 디그로가 제안한 바와 같이 '포스트콜로니얼 사변소설'postcolonial speculative fiction임을 새삼 인식하게 만든다. 다만 이 박물관을 바탕으로 새로운 세계를 건설하고자 하는 부족들이 서양문명의 후예가 아닌 아프리카인들로, 레싱은 포스트콜로니얼 사변소설이라는 장르를 통해 거리·뒤집힌 관점·객관성 등을 제공하고 있다.

이 박물관은, 이미 사라지고 없는 서양 문명의 과학기술과 지식으로 가득 차 있다. 지식에 목말라하던 마라는 이들을 돌아보면서 자신이 '센터'까지 오는 동안 본 비행기, 기차, 태양열판 등 미미하게 남아있는 기계들의 잔재들이 더 이상 제구실을 못하고 있었음을 상기한다. 이 박물관에서 세상 밖으로 나와 여전히 사용되는 기계는 무기류뿐이다. 마라는 박물관을 돌아보면서 "각 관마다 이야기의 결말은 전쟁이었고, 전쟁 방법은 더욱더 잔인해졌으며 더욱더 끔찍해졌음"(*MD* 381)을 깨닫는다. 결국 서양문명의 기의는 '폭력'이다. 따라서 작품 속 역사학자들이 주장한 대로 서양문명은 파괴와 종말을 맞을 만했다. 레싱은 이 박물관을 통해 과거의 지식이 현재에는 큰 소용이 없다고 인식시킨다. 다시 말하자면 오늘날의 자본주의와 결탁한 잡다한 지식과 과학기술은 미래에는 무용지물이 될 수 있다. 마라는 '센터'에 도착하기 전 지중해변을 돌아보고 물속에 잠긴 과거 유럽의 아름다운 집들을 보았다. 그녀를 그곳으로 데리고 간 뱃사공은 그 집들의 아름다움을 인정하지만 그런 집을 짓는 기술을 잃어버렸다고 해서 그다지 애석해하지 않는다. 영원불멸할 것 같던 서양문명과 과학기술은 엄청난 퇴행을 겪었고, 그 결과 무용지물이 되었다. 디그로가 적절히 표현했듯이 서양은 아프리카/이프릭의 현 역사에 불운한 각주가 되었을 뿐이다(63). 레싱은 과학기술이나 문명의 이기들이 한시적이고 일시적이며, 자연의 힘 앞에서는 한없이 무력함을 일깨우고 있다.

앞에서 밝혔듯이 마라와 댄의 신분은 마혼디족의 마지막 공주이고 왕자이다. 그러나 테레사 크레이터가 주장하듯이 공주나 왕자라는 신분은 일시적인 사회적 신분일 뿐 이들의 정체성이 될 수 없다(192). 여행 도중 머물렀던 첼롭스에서는 마혼디족이 더 열등한 해드론족 밑에서 노예생활을 하는 것을 보았다. 이처럼 위계질서란 언제든지 뒤집힐 수 있다. 이런 사실을 꿰뚫고 있는 마라는 '센터'에 남아 마혼디 왕국을 재건해달라는 펠리사와 펠릭스의 요청을 거절하고 돌리스의 농장으로 가서 정착한다. 마라와 댄은 자신들이 알게 된 원래의 이름, 샤하나와 샤흐만드는 낯설게 느껴질

뿐이므로 마라와 댄이라는 이름을 계속 쓰기로 한다. 이것은 자신의 조상들이 속한 종족, 즉 원래의 종족이나 민족을 거부하고 여러 민족과 어울려 살 것을 결심하는 것이다. 다시 말해, 민족nationality·동질성homogeneity·원본 등의 개념을 부인하고 초민족적transnational 정체성을 받아들이는 것이며, 과거의 지식·사물·신분 등은 과거에 유용했을 뿐임을 깨닫는 것이다. 이럼 점들은 마라와 댄이 로지 브라이도티의 '유목적 주체'로서의 기본적 소양을 갖추고 있음을 입증한다. 브라이도티는 자신의 저서를 집필하기 시작하면서 "사색가로서 쓴 나 자신의 작품 속에는 모국어 따위는 없으며 변화하는 상황에 대한 일련의 번역·이동·각색만 있을 뿐"(브라이도티, *NS* 1)이라고 전제한다.

마라에게 이 생존을 위한 여정은 또한 여성의 주체성을 찾아가는 여정이기도 하다. 여정을 시작할 때의 마라는 극심한 가뭄과 그에 따른 굶주림으로 월경까지 멈춰버린 불완전한 여자 상태였다. 그러나 겉모습이 여자이기 때문에 도처에서 만날 수 있는 위험에 대비하여 마로라는 이름으로 남장까지 해야 했다. 이 미래의 사회도 남성은 폭력의 가해자, 여성은 피해자의 이분법이 여전히 존재하는 세계였다.

레싱은 『폭력의 아이들』, 『어느 생존자의 비망록』, 『어느 좋은 이웃의 일기』 등 수많은 작품을 통해 가장 이상적인 여성성의 특징 중 하나로 '남을 돌볼 줄 아는 성숙함'을 제시하였다. 『마라와 댄』에서도 마라는 동생 댄에 대해 변함없는 사랑을 보이고 자신을 길러 준 다이마에 대해 충성심을 보이면서 훌륭한 여성으로 성장할 수 있는 자질을 갖고 있음을 암시한다. 반면, 댄은 용맹함과 기민함으로 이들 남매의 안위를 책임지지만, 어린 시절 당한 고초로 생긴 트라우마 때문에 정신분열증을 앓고 있어 그 의무를 다하지 못한다. 유혹에 쉽게 빠져들고 마약에 취약하며, 도박에 빠져 마라를 사창가로 팔아넘기는 등, 마라의 정체성 추구 과정에서 댄은 마라의 보호막이자 장애물의 이중적 역할을 하고 있다.

마라는 첼롭스라는 도시에서 여성성을 회복하는 기회를 갖는다. 첼롭스의 지배부족인 해드론족에게 여성임을 들키게 된 마라는, 하드론족의 노예 신분이지만 명석함과 부지런함으로 첼롭스의 행정을 도맡고 있던 동족, 마혼디족 사람들과 함께 안정된 생활을 영위하게 되면서 월경도 다시 시작되고 여성의 가슴도 갖게 된다. 피폐한 자연환경으로 인해 출산율이 급격히 떨어지고 유산 가능성이 지극히 높아진 사회에서 여성들은 아이를 생산하는 씨받이 역할을 하고 있다. 여성이 온전한 몸으로 인정받는 것이 아니라 자궁이라는 신체기관으로 축소되었다. 반면, 키라 같은 여성은 임신 능력을 이용하여 자신의 목적, 즉 북쪽으로의 탈출에 성공한다. 마라는 이곳에서 메릭스를 만나 처음으로 남녀 간의 육체적 사랑이 주는 행복을 느끼지만 자신이 첼롭스에 영원히 정착할 수 없음을 직감한다. 아직은 풍요로운 첼롭스도 곧 자연적 재앙에서 자유로울 수 없고 자궁이나 생식 능력으로 축소된 여성의 정체성에 만족할 수 없기 때문이다. 마라는 댄과 탈출을 모색하고 메릭스에게도 함께 떠날 것을 제안하지만 풍요로움에 젖어 있는 메릭스는 그것을 떨쳐버릴 용기가 없다. 레싱이 이전 작품들에서도 누누이 주장했듯이 변화에 적응하지 못하는 사람은 도태될 수밖에 없다. 이들 마혼디족 사이에서 이방인으로 지냈던 키라만이 객관적으로 자신의 위치와 입장을 꿰뚫어 볼 수 있어 생존에 성공한다(*MD* 221). 마라는 험악한 여행 속에서 유아幼兒가 생존할 가능성은 거의 없다고 판단하여 메릭스의 아이도 유산시킨다. 이제 마라는 첼롭스에서 얻은 지식과 통찰력만을 간직한 채 유목민처럼 미련 없이 그곳을 떠난다.

마라의 여성성은 그다음 지나치게 되는 섀럿Charad라는 도시에서 또 한 단계 성장하게 된다. 메릭스와의 사랑이 육체적 사랑이었다면 이곳에서 만나는 셰이비스와의 사랑은 정신적인 사랑이다. 마라는 셰이비스에게서 언어와 지식을 습득하면서 편안함과 행복을 느끼지만 육체적 사랑이 동반되지 않았기 때문에 그것이 사랑의 감정임을 쉽게 깨닫지 못한다. 섀럿은 가축을 잘 키우는 에이거족과 채소를 잘 키우는 헤네스족 간에 전쟁이 끊이지 않는 곳으로, 이분법적 사고에 갇혀있는 곳이다. 이 두 부족이 휴전을 하고 서로 도우면 서로에게 큰 이익이 될 수 있음을 애석해하는 레싱은 이 두 부족을 통해 페미니즘을 포함한 모든 이분법적 사고를 비판하고 있다. 이곳에서도 마라와 댄은 정착하지 못한다.

마라와 댄은 이 두 곳 외에도 여러 곳을 들렀다가 도망치는 과정을 되풀이하고, 마라는 결국 헤어졌던 셰이비스와 돌리스의 농장에서 재회하여 후손을 잉태하는 것으로 결말이 지어진다. 셰이비스와 함께 농장에 도착한 키라는 셰이비스가 마라를 사랑하기 때문에 셰이비스 대신 댄과 가정을 이루어 후손을 잉태한다. 이것으로 가뭄에서 물과 습기로의 여행, 불임과 죽음에서 생식과 재생으로의 여행, 그리고 완전한 여성을 향한 마라의 여행은 끝이 난다.

그러나 마라와 댄이 그들의 잠정적 목적지였던 '센터'에서 나온 직후 나눈 대화 내용으로 판단해볼 때 레싱이 마라에게 어떤 고정된 목표, 고정된 정체성을 상정하고 있지 않음을 확인하게 된다. '센터'에 정착하고 싶었으나 마라의 뜻대로 농장에 정착하게 된 댄은 셰이비스와 행복해 보이는 마라를 보면서 다음과 같은 질문을 던진다.

> "그런데 우리의 꿈은 어떻게 된 거지, 마라? 우리는 이제 더 이상 북쪽으로 갈 수 없어. 이곳이 북쪽 중에서도 최북단이야. 북부 이프릭 땅의 북쪽 끝이야."
>
> …
>
> "이곳이 우리가 오려고 했던 곳이야, 마라."
>
> "아니야 그렇지 않아." (*MD* 389)

위의 인용에서 볼 수 있듯이 이들은 목적지에 도달했다. 그러나 이들에게 그곳은 이미 목적지가 아니다. 이런 결말은 여성학자인 브라이도티의 '유목적 주체'라는 개념을 재확인시킨다. 마라는 러스톰에서 돌리스의 농장까지 아프리카 대륙의 중심부를 가로지르는 긴 거리를 이동하였다. 마라의 이동은 처음에는 정치적인 이유로 타인에 의해 강제로 이루어졌기 때문에 '망명자'의 이미지를 형상화한 것으로 보이지만, 대부분의 여정은 나날이 험악해지는 자연환경으로부터 도망하기 위한 생존을 위한 이동으로, 어느 곳에 머무르든 언제나 또다시 이동할 준비 태세를 갖춘다는 점에서 두드러지게 '유목민'의 특징을 보인다. 마라는 가는 곳마다 비판적

의식을 갖고 그곳의 사고와 행동에 관한 사회 규범에 저항하므로, 더 나은 곳을 찾아 정착하는 '이주자'의 이미지와도 어울리지 않는다. 마라는, 예를 들어 첼롭스 사람들의 변화에 대한 적응 불능 태도, 빌머Bilmer의 정치적 부패, 새럿의 이분법적 사고 등을 보면서, 자신이 머물게 되는 곳마다 그곳에 대한 생생한 비판 의식 때문에 더 나은 곳을 향한 추구를 지속할 수밖에 없었다. 브라이도티는 '유목적 주체'라는 개념을 이용하여 "중심"a center이라는 사고, 혹은 어떤 종류의 기원지originary sites나 진정한 정체성authentic identities이라는 사고를 완전히 붕괴시키면서(브라이도티, *NS* 5) "초민족적 이동"trans-national mobility을 강조하는데(브라이도티, *NS* 2), 이것이 바로 레싱이 이 작품을 통해 형상화하려는 이미지이다. 유목민에게는 '기원', '중심', '완전성' 같은 것은 없고 "마치 ~인 것 같은"as if 상태만 있을 뿐이며, 한 경험에서 다른 경험으로 흘러갈 줄 아는 유동적 능력, 그리고 근접성이 중요하다(브라이도티 *NS* 5).

마라가 여행을 시작하면서 얻게 되는 놀라운 인식 중 하나는 이프릭/아프리카에 여러 종족이 살고 있다는 사실이다. 같은 대륙에 살고 있지만 언어, 피부색, 생김새, 크기 등이 다른 여러 종족이 살고 있으며 그에 따라 이들이 처해 있는 상황도 다르다. 섀론 윌슨은 마라가 다른 피난민들을 만나면서 "여러 다른 종류의 사람들의 독특함"(윌슨, *WD* 24)을 소중히 여기는 법을 배운다고 설명한다. 이것은 기본적으로 유목민은 다언어를 구사하는 사람, 즉 폴리글롯polyglot이어야 하고 잡종성을 띠어야 하며, 다시 말해 정체성 속에 이질성과 다양성이 포함되어야 하고, 어떤 고정성에 대해서도 저항해야 한다고 주장하는 브라이도티의 사고와 맞닿는다. 마라는 북쪽으로 갈수록 "이곳에는 대단한 다양성이 있는 곳이었다. 네안디족처럼 키가 크고 호리호리한 사람들, 토르족처럼 짤막하고 튼튼한 사람들, 그리고 어중간한 사람들"(*MD* 298) 등, 사방에서 모여든 다양한 사람들을 보게 된다. 마라는 또한 자신의 내부에도 다양한 '자기'가 살고 있음을 발견한다. 예를 들어, 말라버린 물웅덩이 속 마라, 동족과 같이 있는 마라, 노예 옷을 입고 있는 마라, 마라 스스로가 생각하는 마라, 다른 사람이 보는 마라, 누나로서의 마라, 여인으로서의 마라 등등 다양한 모습, 즉 복수의 정체성이 담겨 있음을 발견한다. 이것을 모두 하나의 정체성에 담을 수 없다. 어떤 정체성을 취하든 그것은 그 상황에 맞는 일시적인 것이다. 마라는 뜻하던 목적지에 도달하였으나 그 장소가 자신의 목적지임을 부정하였고, 자신의 신분도 알아내었지만 포기하였다. 메릭스보다 더 성숙한 사랑의 대상 셰이비스와 가정을 이루며 자손을 잉태하였으나, 다음과 같은 마라와 댄의 마지막 대화 내용은 돌리스의 농장도 이들의 영원한 안식처가 될 수 없음을 암시한다. 다음의 인용에서 볼 수 있듯이 댄과 마라의 대화 내용은 이들이 이미 유목민이 되었음을 확인시킨다.

> …, "마라, 정직하게 말해봐, 아니, 진정으로 말이야. 진짜 진실 말이야. 누나가 아침에 깨어났을 때 처음 생각나는 것이 이프릭의 북쪽을 향해 오늘은 얼마만큼 갈 수 있을까? 조금이라도, 한 발자국이라도 나아갈 수 있을까? 그런 생각 아니야? 그것도 우리 둘이서 말이야. 그 후에 생각나는 사람은 셰이비스일 테지만."
> 마라는 잠시 있다가 눈물을 머금은 댄에게 미소지으며 대답했다.

"그래." "그래 맞아, 그렇지만…" (*MD* 407)

돌리스의 농장도 셰이비스도 일시적인 임시 목적지이며 단지 영원한 안식처에 근접할 뿐이다. 마라와 댄은 영원한 유목민이다. 후속작의 시작 부분에서 딸 타마르를 출산하다가 죽는 마라의 모습은 어머니로서의 정체성이 여성의 주체성의 종착지일 수 없음을 일깨운다.

레싱은 사변소설이라는 장르를 이용하여 미래의 지구를 상정하고, 이미 서양문명이 사라진 세계를 설정하였다. 그리고 그 폐허 속에서 새로운 문명세계를 재건할 주인공으로 아프리카의 마혼디 족의 마지막 공주와 왕자를 내세웠다. 그러나 이들은 과거의 서양 문명의 재건을 수행하는 대신 유목적 주체가 될 것을 선택한다. 원래의 자신의 종족들을 중심으로 제국주의적 세계를 건설하여 군림하는 대신, 어떤 고정성에 대해서도 저항하며 잡종성을 지향하는, 끝없이 새로운 목표를 향해 나아가는 유목민이 되었음을 보여준다.

3.『댄 장군, 마라의 딸, 그리오, 그리고 스노우 독 이야기』: 과거 역사의 보존 및 기술記述에 관한 시각의 진화

마라와 댄 모두에게 '유목민'이라는 정체성이 가장 어울린다는 사실은 후속작『댄 장군, 마라의 딸, 그리오, 그리고 스노우 독 이야기』에서 곧 재확인된다.『마라와 댄』이 마라의 입장에서 본 정체성 찾기라면, 후속작은 댄의 입장에서의 정체성 확립의 이야기이다. 전작前作에서 마라의 남동생, 보호자, 방해물, 근친상간의 대상, 마라의 또 다른 자아*alter ago*(알터 애고)였던 댄은 마라와 달리 끝까지 성숙을 달성하지 못하고, 자신이 아니라 세이비스를 원하던 키라와 가정을 이루어 자손을 잉태하는 결말에 이르렀다. 세이비스에게 누나 마라를 잃고 키라와 불화를 겪던 댄은 농장을 떠나 '센터'로 이주하고 곧 지중해로 떠난다. 그의 유목민으로서의 퀘스트quest는 아직 완성되지 못하였다.

예럽을 뒤덮고 있던 얼음은 기후의 변화로 서서히 녹고 있고 그 결과 텅 비어 있던 지중해에 물이 차오르고 있다. 얼음물이 폭포수처럼 떨어지는 예럽 쪽 절벽을 보러 간 댄은 여인숙에서 두 개의 지도를 본다. 하나는 물이 차 있던 먼 과거의 지중해, 즉 우리가 아는 오늘날의 지중해 모습의 지도이고, 다른 하나는 비어 있는 지중해의 지도이지만 얼음이 녹기 전의 지도로 바닥에 도시들이 밀집해 있다. 그러니까 두 지도 모두 댄이 서 있는 시점의 지형을 보여 주는 지도가 아니다. 댄이 바라보는 지중해는 얼음이 녹아 물이 차오르고 있고 바닥에 있던 도시들이 이미 물에 잠겨 있는 상태이다. 같은 지중해이지만 시간이 흐르면서 여러 다른 모습을 보이고 있으므로 이들 각각의 모습을 바탕으로 제작된 지도는 단편적인 지식만을 담을 뿐이다. 댄은 혼란 속에서 그렇다면 "여기에 서 있는 댄은 누구인가?"(*SGD* 58)라고 묻는다. 마라가 지리와 지도 제작이 불변의 것이 아님을 발견하였듯이, 댄 역시 그런 자연환경 속에 있는 자신을 포함한 모든 것이 일시적이고 임시적이며 단편적이라고 깨닫는다. 고정된 정체성이란 없다.

곧 '센터'로 되돌아온 댄은 '센터'에서도 얼음이 녹아내리고 물이 차오르고 있어 박물관이 서서히 무너져 내리고 있음을 발견한다. 박물관 깊숙이 숨겨져 있던 비밀의 방에서는 옛날 예럽의 고문서와 문학 작품이 발견된다. 댄이 새럿에서 셰이비스 장군의 지휘 아래 대장으로 명성을 날리고 있을 때 댄의 용맹함에 끌려 돌리스의 농장까지 따라 온 그리오는 '센터'로 모여드는 각양각색의 군인 자원자들 중에서 지식인인 사비르와 알리를 선발하여 필경사들을 시켜 고대의 책들을 필사하도록 지시한다.

그러나 필사는 근본적으로 완전할 수 없다. 필사는 모르는 사이에 번역과 해석 작업이 되어 버린다. 번역과 해석은 원본과 달라질 수밖에 없다. 앞에서 본 바와 같이 브라이도티의 주장대로 변화하는 상황에 따른 각색만 있을 뿐이다. 모래 도서관의 필사와 번역을 책임진 알리는 고대의 책을 해석하면서 예럽이 얼음으로 뒤덮일 때 북이프릭에 예럽의 대도시들을 모사한 도시들이 세워졌음을 알게 된다. 댄이 지도에서 본, 지중해 바닥에 잠겨 있던 도시들이 바로 그것들이다. 과거를 복원하고 재건하려던 옛사람들의 노력은, 유럽의 얼음이 녹아내리면서 물속에 잠기고 말았다. 알리는 고서들을 번역하면서 예럽은 과거에 유럽Urrup이었고, 이프릭은 아프리크Afrique였음을 발견한다. 철자상의 변화가 일어난 것이다. 왓킨스는 '지우고 다시 쓴 원고'의 뜻을 가진 '팰림프세스트'palimpsest라는 단어를 사용하여 원본과의 차이를 표현하면서, 이것이 바로 "변화한다는 증거를 보여 주는 텍스트상의 역사적 흔적"이라고 주장(134~5)하는데, 레싱은 댄의 고문서 복원작업을 통해 'palimpsest'를 구현시키고 있다. 'palimpsest'는 또한 "포스트구조주의 비평에서 기원의 개념에 대한 회의를 나타내는 마커이고,

언어의 중심부에 있는 최종적이고 고정된 의미가 끝없이 연기됨을 제시"(왓킨스 135)하는 용어이다.

'모래 도서관'의 번역 작업을 맡은 알리는 이곳의 책들이 오래된 고대 문서이고 여러 언어로 되어 있어 해독하기가 힘들지만 이들을 보존할 필요가 있다고 깨닫는다(*SGD* 174). 그러나 비밀 캡슐 속에 들어 있던 책들은 그 캡슐이 열리자마자 곧 부서지고 필경사들이 사력을 다해 필사하려고 했으나 단편만을 옮겨 적을 수 있었다. 이로써 고대 서양문명의 완전한 복원작업은 불가능해졌다.

셰이비스가 고향으로 돌아가게 되어 마라의 딸 타마르가 홀로 남겨지자 댄이 책임지게 되고, 알리에게 타마르의 교육을 맡겨 과거의 역사, 지식, 그리고 갖가지 언어를 가르치도록 한다. '센터'는 몰려드는 수많은 군인들을 더 이상 수용할 수 없게 되고 댄은 그 많은 일행들을 이끌고 툰드라로 이주하여 그곳에 새로운 사회를 건설한다. 댄은 그곳에 필경사들과 학자들이 옛 지식을 연구할 수 있는 건물을 지었고, 성장한 타마르에게 대학College of Learning을 맡긴다. 그러나 이 건물의 꼭대기에는 다음과 같이 쓰여 있다.

> … 이 건물을 방문하는 모든 방문객들께서는 보편적이지 않은 정보나 학식, 그래서 우리의 공동 저장소에 첨가할 만한 정보나 학식을 갖고 있는지 스스로에게 물으면서 잠시 숙고의 시간을 가지시길 바랍니다. 옛날, 오래전에 전 세계를 아우르는 공동의 문화가 있었습니다. 그러나 기억하십시오, 오늘날 우리는 오직 그 단편만을 갖고 있다는 사실을.(*SGD* 272)

이들이 이 건물에 모아 놓은 것은 불완전한 단편적 지식들이다. 각양각색의 민족·인종·계층의 인간들은 저마다 고유의 지식·기술·재능들을 갖고 있다. 이것들이 모일 때 비로소 완전에 더욱 가까워진다. 마라가 마혼디족이라는 자신의 부족을 거부했듯이 댄은 이 새로운 사회를 통해 하나의 인종, 하나의 부족이 아닌, 각양각색의 인종과 민족들이 함께 이루는 초민족적 공동체를 세운다. 그리고 더 나아가 이 사회를 누구도 노예가 아닌 평등한 권력관계, 서로 간에 지식과 재능을 공유하는 사회로 만드는데, 이것이 바로 레싱이 지향하는 이상적인 사회이다. 이것은 또한 호미 바바가 말하는 포스트콜로니얼리즘에서의 "문화의 잡종성의 각인과 표현" (윌슨, *MF* 76 재인용)의 실제적 체현이며, 로렌 레이시가 말하는 "지식·변화·차이를 포용하는 새로운 사회"(122)의 구현이다. 이것은 또한 포스트모더니티의 사회이다.

댄은 전작 『마라와 댄』에서부터 정신분열증을 앓고 있었다. 지중해를 둘러보고 온 댄은 마라가 출산 중 사망했음을 알고 병이 더욱 깊어진다. '센터'에는 이프릭 전체에서 댄의 명성을 듣고 몰려오는 자원병으로 들끓고 있지만 정작 댄은 자기 내부의 '타자'와 싸우느라 군인들 앞에 나타나지 못한다. 모든 일은 그리오가 수행하고 있으나, 모든 군인들은 댄만을 사랑하고 댄에 대한 열병을 앓고 있다. 이 작품 대부분에서 댄은 병약한 인물로 그려지고 있으므로, 새론 윌슨의 묘사대로 이 작품은 "영웅의 패로디"이다(*MF* 75). 진짜 영웅은 없다. 영웅의 모사 혹은 패로디만 있을 뿐이다.

도리스 레싱은 이전 작품들에서도 자주 정신분열을 앓는 인물들을 그렸고, 정신분열증을 앓는 인물이야말로 새로운 세계를 열

수 있는 사람이라고 누누이 주장하였다. 대표적인 예로는 『황금 노트북』의 안나와 『사대문의 도시』에서 무의식으로의 여행을 통해 의식의 통합에 이르고, 더 나아가 새로운 가능성의 길로 나아가는 마사와 린다를 들 수 있다.[2]

레싱이 『마라와 댄』에서 여정의 종착점으로 제시한 돌리스의 농장은 실상 '센터'를 대체할 '다문화 공동체' 혹은 '초민족적 공동체'로 보기에 규모도 작고 구성원들의 자격도 부족하다. 특히 세이비스와 마라가 결혼을 하여 임신하는 결말은 이 작품 전체의 구조로 볼 때 무척 빈약해 보인다. 마치 '그 후 영원히 행복하게 살았습니다'라는 식의 '동화 이야기'의 결말처럼 보인다. 두 번째 작품 『댄 장군, 마라의 딸, 그리오, 그리고 스노우 독 이야기』는 이런 점에서 레싱이 반드시 썼어야 할 작품으로 보인다. 마라보다는 정신분열증을 앓고 있는 댄이 진정한 새로운 세계, '초민족적 세계'를 건설하는 데 더 적합하고, 과거 역사에 대한 보존 및 기술 문제도 다루어야 했으며, 무엇보다도 전작의 결말을 보완해야 했기 때문이다.

댄은 정신분열증이 심해지면서 마약에 의존하고 자살을 시도하기에 이르지만 지중해에서 데리고 온 스노우 독, 루프의 충직한 사랑과 그리오의 돌봄으로 병을 극복한다. 레싱은 『어느 생존자의 비망록』에서도 개인 동시에 고양이인 휴고를 등장시켜 인간 못지않은 감성과 판단력을 가진 존재로 그렸는데, 『댄 장군, 마라의

2. 이에 대해서는 졸저 『도리스 레싱 : 20세기 여성의 초상』 294쪽과 327~330쪽을 참조하시오.

딸, 그리오, 그리고 스노우 독 이야기』에서도 루프를 등장시켜 중요한 역할을 하도록 한다. 마라가 타마르를 출산하던 중 사망했기 때문에 타마르를 증오하는 댄을 타마르와 이어 주는 매개체 역할을 하는 동시에 댄의 정신분열증에 대해 가슴 아파하다가 자신을 희생시키는 루프에 대해 로렌 레이시 같은 비평가는 "이 서사의 영혼"(120)이라고 부르면서, 레싱이 동물 특히 애완동물에 대해 "인간/동물"의 이분법으로 읽지 말 것을 주장하고 있다고 말한다(120). 이런 탈인간중심적 해석은 브라이도티의 "동물-되기"라는 포스트 휴먼 개념과도 맞닿는다(119). 루프의 도움과 희생으로 "그[댄]는 언제나 예절바르고, 참을성 있고 미소 짓는, 청취자가 필요한 사람에게 몇 시간씩 귀 기울여 주는 사람" (*SGD* 273)이 되었다. 그러나 댄은 여전히 자신의 내부에서 "사슬에 묶인 채 울부짖는 사람의 소리를 듣고 있다"(*SGD* 274).

댄은 루프 덕분에 정신분열증을 극복하지만 '초민족 공동체의 건설'에서는 영웅의 패로디 같은 존재 즉, 상징적 존재로 끝까지 남는다. 실질적인 건설을 주도한 영웅은 댄의 충실한 부하 그리오 대장이다.

'그리오'griot라는 단어는 '서아프리카에서 민족의 구비 설화를 이야기나 노래로 들려주던 사람'을 뜻한다. 이 작품에서도 그리오 대장은 새로운 공동체를 건설하는 실제의 영웅일 뿐 아니라 마라와 댄, 그리고 타마르의 이야기를 노래로 구전시키는 인물이기도 하다. 이 작품은 과거 역사의 기록은 불완전하지도 정확하지도 않지만, 그리오의 구전 능력과 기타 여러 노력을 통해 불완전한 것이라도 보존하려는 노력을 기울여야 한다고 주장하고 있다. 버지니아 타이거는 이 소설이 상실에 강력히 집착하지만, 이와 동시에 그런 수많은 상실을 '이야기가 들어 있는 노래'storied song로 복원해야 하고, 그런 노래로 상실에 대한 위로를 받아야 한다고 주장하고 있음을 이 작품의 긴 제목이 말하고 있다고 해석한다(25).

댄은 『마라와 댄』의 결말처럼 타마르르와의 대화에서 또다시 떠나고 싶다는 소망을 말하고 타마르르는 다음과 같이 대답한다.

> "… 험악하고 어두운 곳에서 더 나은 곳으로 이전하는 것, 예를 들어 농장에서 센터로 그러고 나서 다시 좋은 곳으로 옮기는 것 말이지요. 이곳[툰드라]은 좋은 곳이에요, 댄. 안 그래요? 제가 알기로는 이곳이 '그러고 나서 영원히 행복하게 살았습니다'라고 말할 수 있는 곳이지요." (*SGD* 281)

그러나 댄이 이미 경험했듯이 '영원히 행복하게 살았습니다'라는 것은 없다. 목표는 계속 뒤로 지연될 뿐이다. 이에 대해 새론 윌슨은 영원히 행복하게 살 수는 없으나 "삶과 이야기라고 불리는 긴 여정 속에서 유일하게 가능한 가정과 정체성은 가족과 친구들과 함께 보내는 짧은 순간들"이라고 결론짓는다(*MF* 75). 그렇지만 타마르르와 보내는 행복한 순간도 곧 사라질 가능성이 도사리고 있다. 댄과 키라 사이에서 태어난 딸 리아가 댄을 공격할 기회만 노리고 있다. 툰드라로 와서 함께 살자는 댄의 제안에 리아는 군대의 수장 자리를 달라는 대답으로 거절한다. 이미 리아와 댄 사이에 전쟁이 싹트고 있다. 이 새로운 세계의 번영과 평화는 곧 깨질 것이고 전쟁 속에서 또 다른 파괴와 상실을 맛보게 될 것이다.

레싱은 전작에서 완성하지 못한 '초민족적 공동체'를 댄을 통해 완성하고, 과거 역사를 어떻게 보존하고 기술할 것인가에 대한 문제에 천착한다. 역사적 기록은 부정확하고 단편적이며 왜곡된다. 그러나 불완전하더라도 기록하고 보존해야 하며 그 불완전성을 극복하기 위해 여러 사람, 민족, 인종들의 기록을 수합하고 공유해야 한다고 강조하고 있다.

4. 나가기

레싱의 과학소설이 늘 그랬듯이 1999년 『마라와 댄』이 출판되었을 때에도 혹평을 받고 큰 주목을 끌지 못하였다. "과학기술에 의존하고 있으면서 환경과 지구 온난화에는 무관심한 20세기 산업 문화에 대한 뻔한 메시지를 담고 있다(파탁 2223)" 혹은 "모험 자체가 형편없이 반복적이다"(냅 366) 등의 평가를 받았다. 2005년 발표된 후속작 『댄 장군, 마라의 딸, 그리오, 그리고 스노우 독의 이야기』는 『마라와 댄』 보다도 더 관심을 끌지 못하였다. 레싱이 이미 초고령 작가가 되고, 사변소설류의 작품을 계속 출판하는데 대한 비평가들의 반응이었던 것으로 보인다. 그러나 2007년 레싱이 노벨문학상을 수상한 이후 사정이 달라졌다. 이전에 주목받지 못한 작품들도 다시 조명을 받기 시작하고 진지하게 읽히기 시작했다. 『마라와 댄』 연작도 그런 작품들에 속한다.

레싱은 평생 서양이 아프리카에서 저지른 제국주의적 만행을 비판하였다. 『마라와 댄』 연작도 그런 포스트콜로니얼리즘의 작품에 속하며, 주인공을 아프리카인으로 설정하여 서양문명을 비판한다는 점에서 이전 작품들보다 더 깊이와 설득력이 있다. 특히 사변소설이라는 장르를 이용하여 수천 년 뒤 미래로 시야를 확장할 수 있었고, 제국주의 문명이 이미 무너져 버린 세계를 설정하여 소수 인종인 마라와 댄이 새로운 잡종의 사회를 건설할 수 있도록 구성하였다.

주인공 마라와 댄은 자신의 부족인 마혼디족을 중심으로 오늘날의 제국에 해당하는 거대 왕조를 이루어 주류의 문명세계를 이룰 수도 있었지만 거부한다. 따라서 왓킨스가 주장하듯이 이 작품들은 '지배적인 사회코드'를 거부한다는 의미에서 질 들뢰즈와 펠릭스 가타리가 말하는 "소수 문학"minor literature의 범주에 부합한다(120).

『마라와 댄』에서 마라는 마치 유목민처럼 생존을 위한 긴 여정을 통해 정체성이란 고정되거나 정적인 것이 아니라 유동적이며, 하나의 정체성이 아닌 여러 개의 정체성으로 구성되어 있음을 깨닫는다. 그러므로 모든 정체성은 일시적이고 단편적이며 상황적situated이다. 정체성에 관한 이런 해석은 포스트모더니즘 비평가이자 페미니즘 비평가인 로지 브라이도티의 유목적 주체라는 개념과 잘 부합되어 아프리카 종단을 단행하는 마라를 '유목적 주체'로 해석하였으나, 『마라와 댄』의 작품만으로는 브라이도티의 사고를 담기에 부족해 보였다. 돌리스의 농장에 모인 몇몇 등장인물로는 이질성과 복수성을 표방하는 새로운 사회로 보기에 다소 미흡해 보이고, 마라가 셰이비스의 아내이자 어머니로서의 정체성에 안주하는 결말도 문제로 보였다.

반면, "포스트모던 주체성은 추방자이기보다 능동적인 유목주의"(브라이도티, *NS* 32)라는 브라이도티의 주장은 돌리스의 농장보다는 툰드라의 공동체, 즉 댄, 그리오, 타마르, 그리고 댄을 흠모하여 몰려드는 각양각색의 인종과 민족이 만드는 공동체의 이미지에 더 잘 어울린다. 특히 브라이도티가 "유목적 사고는 과거의 정적靜的인 권위를 해체하고, 반쯤 지워진 존재들의 남은 흔적들을 해독하는 기능으로 기억을 재규정하는"(브라이도티, *NT* 2) 사고라고 말할 때 레싱이 『댄 장군, 마라의 딸, 그리오, 그리고 스노우 독의 이야기』를 통해 말하려는 의도와 정확히 일치한다.

브라이도티는 페미니즘 비평가이므로 유목민이라는 이미지를 특히 페미니즘적 주체를 겨냥하여 형상화한 듯이 보지만, 실은 그녀의 주장대로 보편적인 주체the subject in general를 일컫는 용어이다(*NS* 4). 따라서 유목적 사고는 댄의 경우에도 적용될 수 있는데, 댄은 고대의 지중해(사실은 오늘날의 지중해)의 지도, 가까운 과거의 텅 빈 지중해 지도, 자신이 직접 보고 있는 물이 차오르는 지중해를 비교하면서 지리학과 지도제작법의 파편적 진리와 더불어 보편적 학문, 이론 등의 단편성과 유동성을 깨닫는다. 댄은 '센터'로 상징되는 유럽 제국주의의 붕괴를 바라보면서 영원불멸한 것은 없으며, 옛 지식은 과거에 유용할 뿐 현재에는 이미 효용가치가 없음을 인식한다. 옛 지식을 보존하려는 노력을 하지만 역사기록을 포함한 모든 기록이 정확하지도 완전하지도 않으며, 왓킨스가 제안하듯이 모든 글쓰기가 'palimpsest,' 즉 기존의 글에 대한 덧붙임에 불과하며, 따라서 원본이란 존재하지 않고 번역과 해석만 남게 됨을 깨닫는다.

댄의 부하 그리오는 마라와 댄의 대장정, 모험담 등을 노래로 후세에 전달하려고 하지만, 구전이란 정확하지 않으며 과장되고 왜곡되기 일쑤인 방법이다. 그러나 레싱은 그래도 과거를 보존하고 전달하는 노력을 해야 하며, 변화와 상실을 피할 수 없지만 과거의 흔적 또한 없앨 수 없음을 주장하고 있다.

레싱은 이 두 작품을 80대의 초고령의 작가의 신분으로 썼다. 그러나 이 두 작품은 앞에서 보았듯이 이분법적 사고의 해체, 의미의 계속적인 지연, 기원이나 중심이라는 생각의 부정, 잡종 사회의 구현 등 포스트모던 개념들을 잘 형상화하고 있어서 『황금 노트북』 이래로 가장 포스트모던적인 작품으로 간주될 만하다.

11장

『클레프트』

신화와 역사 사이의 흐린 경계지대

1. 들어가기

도리스 레싱의 2007년도 작품 『클레프트』는 1999년작 『마라와 댄』과 2005년작 『댄 장군, 마라의 딸, 그리오, 그리고 스노우독의 이야기』에 이은 또 하나의 '사변소설'이자 우화이다. 필자가 2016년도에 발표한 논문에서 밝혔듯이 사변소설은 과학소설의 좁은 개념을 깨는 포괄적인 용어로, 인간의 현실과 일상생활보다는 인간의 상상력과 사색을 기반으로 창작된 요소, 배경, 등장인물을 담고 있는 소설을 일컫는다. 소설가로서의 경력에서 종점을 향해 치닫고 있던 그리고 인생에서 최후반부에 다다른 레싱은 과학소설, 판타지, 우화, 유토피아, 디스토피아, 대안 역사, 묵시록, 종말물 등을 매개로 하여 자신의 상상력과 사색을 자유롭게 펼치는 사변적인 소설에 집중한다. 이미 독자들이나 비평가들의 비판에 초연할 수 있는 위치에 도달한 레싱이 오랫동안 생각해온 남녀관계와 글쓰기의 문제를 개념화한 것이다. 이 두 가지 일은 레싱이 평생동안 주력한 일이기도 하다.

레싱은 『클레프트』에서 주로 '젠더 갈등'에 대해 논의하는 것으로 보이지만, 또 하나의 중요한 차원도 첨가한다. 그것은 신화와 역사의 관계, 픽션과 사실의 관계, 역사와 사실의 관계, 더 나아가 글쓰기의 문제에 관해 초고령 작가만이 가질 수 있는 긴 호흡의 관점이다. 『마라와 댄』과 『댄 장군, 마라의 딸, 그리오, 그리고 스노우 독의 이야기』에서 지리학과 지도 제작법의 파편적 진리와 단편성, 유동성을 개진한 것처럼, 레싱은 『클레프트』에서 신화와 역사 사이의 경계의 모호성에 집중하여 신화와 역사의 이분법적 억압관계를 역전시키고 이를 글쓰기의 문제와 연결시킨다. 따라서 이 장은 전반부에서 여성, 남녀의 이항대립 관계, 모성, 그리고 어머니와 아들의 관계에 집중하고, 후반부에서는 신화와 역사의 경계, 그리고 글쓰기의 문제에 주목할 것이다.

레싱의 다른 사변소설들처럼 『클레프트』도 독자와 비평가들의 외면을 받았다. 비평 자체가 적어 찾기도 힘들고, 그 소수의 비평들도 남녀관계에 관한 레싱의 엉뚱한 발상에 대한 비판(베어)과 인간의 진화의 필연성(애들레이드, 베델, 반즈)에 국한되어 있다. 이 작품에서 역사기록의 문제성을 간파한 비평가가 있기는 하나(아르디티, 필립잭, 잰슨), 역사와 신화의 이항대립 관계에 주목한 비평가(아피그내네시, 페라키스)는 더 드물다.

따라서 이 장은 인간의 시조였던 여성이 남성에게 주체성을 어떻게 양도하게 되는지 그 과정에 집중하고, 오늘날의 억압적 남녀관계의 근원에 대해 사유할 것이며, 이 시기가 신화에서 역사로 이전되는 시기와 일치함에 주목할 것이다. 결국 이 장은 그동안 페미니스트인가 아닌가를 놓고 논쟁이 분분했던 레싱이 이 작품에서 페미니즘에 대해 어떤 자세를 취하고 있는지 가늠하고, 평생

해 온 글쓰기에 대해 어떤 생각을 하고 있는지 평가하는 기회가 될 것이다.

2. 주체에서 타자로의 전환 : 주체성의 상실인가 혹은 양도인가?

레싱은 『클레프트』에서 기독교의 인간 기원신화를 뒤집어 아담에게서 이브가 태어난 것이 아니라 태초에 이브만, 즉 여성만 존재했다고 설정한다. 그리고 이런 설정에 대한 근거로 이 작품의 서문에서 "최근의 한 과학 논문"(*CL* 서문)을 거론하면서 "기본적이고 원시적인 인간 동물은 아마도 여성이고 남성은 일종의 우주적인 사고를 거쳐 나중에 등장했을지도 모른다"고 제시한다. 그리고 이 논문에서 작품의 영감을 받았다고 주장한다. 평론가들과 독자들의 부정적 반응을 미리 예측한 레싱이 이 이야기가 황당하기만 한 이야기가 아니라 과학적 근거가 있음을 밝힌 것이다. 그러나 이 이야기를 '황당하다'고 생각할 세인들의 근거는 오랜 역사 동안 남성은 '주체' 여성은 '타자'로 당연시하는 전통, 즉 "인간은 남성이고, 남자는 여자를 여자 자체로서가 아니라 자기와의 관계를 통해서 정의하는"(보부아르 14) 전통에 있다. 레싱은 그런 오랜 전통을 과감하게 뒤집어 원래 여성이 '주체'이고 남성이 '타자'였다고 바꾸어 놓고 사색을 시작한다.

그렇지만 태초에 여성만이 존재했고 그 후 돌연변이로서 남자가 태어났다는 레싱의 이 같은 과감한 설정은, 최초의 인간집단이었던 여성만의 사회가 아마존 여성 전사의 사회처럼 용감하고 활동적인 집단이 아니라 오히려 무기력하고 나태한 집단이었다고 기술하므로, 과연 레싱이 여성 혹은 여성성에 대해 긍정적인 사고를 하고 있었는지 의문을 자아낸다. 이 작품을 비난하는 평론가들은, 일례로 베어 같은 비평가는 이런 점을 근거로 하여 레싱이 진부하고 단순한 여성성과 남성성의 이분법에 빠진 유치한 페미니즘 작품을 썼다고 맹비난하였다(베어). 그러나 레싱의 이와 같은 설정은 여성성이나 남성성, 어느 한쪽을 찬양하거나 비난하기 위한 것이 아니라 각각이 본질적인 결핍을 내포하고 있다고 주장하기 위함으로 보인다.

이 작품은 일견 단순해 보이지만 읽을수록 복잡성을 드러내는 작품이므로 분석에 앞서 구성에 관해 말하자면, 이 작품의 주된 뼈대는 로마시대의 고위급 정치가이자 필명이 트랜짓인 한 역사가가 오랫동안 전승되어 온 방대한 자료를 바탕으로 인간 기원에 관한 역사기록인 「그 역사」'The History'를 집필하는 내용이다. 그런데 문제는 1인칭 화자이기도 한 역사가가 「그 역사」를 제시하면서 이와 더불어 그 기록에 영향을 미친 여러 일화들을 함께 보여준다는 점이다. 예를 들어 역사 기록물에 앞서 자신이 목격한 로마시대의 젊은 남녀에 관한 목격담과 자신이 갖고 있는 자료 중 메어의 구전자료를 먼저 독자에게 들려주는데, 이런 점이 작품의 특이점이 되고 있다.

이 작품의 구성상의 또 하나의 특징은 로마인 화자가 시작과 끝을 비상하는 독수리 모양의 이미지로 표시한 주석 겸 사적인 일화들을 「그 역사」의 중간중간 덧붙인다는 점이다. 이것은 레싱이 『황금 노트북』에서 「자유 여성」이라는 단편소설을 쓰기 위해 배경이 되는 자료들을 조각내어 교차로 배치했던 것과 유사한 기법이다. 『황금 노트북』처럼 복잡하지는 않지만 이런 특이한 구성 덕분에 같은 이야기가 반복되는 구조를 갖게 되는데, 예를 들어 이 작품의 가장 큰 사건인 클레프트족 사회에 스퀴트족이 태어나는 사건과 그 결과에 관한 여러 다른 시각이 조각조각 나열되어 있어, 집중하고 읽지 않으면 누구의 시각인지 혼동하게 되는 복잡한 구조를 갖고 있다.

이 작품의 집단적인 주인공인 클레프트족에 대해 알아보면, 레싱이 그리는 여성만의 사회는 어느 섬의 해변가에 있는 "클레프트"The Cleft(9)라는 바위로 상징되는 공동체로, 여자들이 무성생식 혹은 처녀생식을 기반으로 대를 이어가고 있다. 레싱은 평화롭고 아름다운 여자만의 사회를 그리지만 이들에게 "항상 추운 시기가 있었고"(10) 그럴 때에는 한 명을 "클레프트" 꼭대기에서 깊은 구멍 속으로 던져 희생시켰음을 덧붙인다. 바다에서 헤엄치다가 큰 바위에 누워 햇볕을 쬐며 시간을 보내는 클레프트족의 모습은 겉으로는 평화롭고 목가적이지만 가까이서 속을 들여다보면 '인신 공양' 같은 폭력이 함께 내재한 사회를 형성하고 있었다. 이런 사실은 이 사회의 구술 역사를 담당하는 클레프트족들, 즉 "기억들"The Memories의 공식적인 구전에 바탕을 둔 것이 아니라, 이들 중 개혁적인 신세대인 메어의 구술 내용과 이런 사건들을 보며 "충격에 빠진 무명의"(21) 클레프트족이 구술한 "첫 문서"(21)에 기반을 둔 것이다. 그러니까 클레프트족의 폭력성에 관한 증언으로 로마인 화자는 적어도 두 개 이상의 다른 구술 내용을 이용하고 있다. 이 공동체가 이처럼 폭력적인 성격을 갖고 있음에도 불구하고, 부테이나 마줄 아우아디 같은 비평가는 여성만으로 구성된 클레프트족의 사회를 유토피아로 묘사하면서 이 소설을 “페미니즘적 유토피아”(34) 서사라고 주장한다. 그러나 레싱이 이 사회를 문제를 내포한 불완전한 세계로 제시하고 있다고 보는 것이 더 적합하다.

클레프트의 폭력성은 어느 날 클레프트족 일원이 “괴물”(14)을 낳게 되면서 표면으로 급부상한다. 이것은 레싱의 다른 소설 『다섯째 아이』(1988)와 『세상 속의 벤』(2000)의 주인공 벤이 표면적으로 완전하게 행복한 가정에서 그로테스크한 “괴물”로 태어나는 장면을 연상시킨다. 필자는 이 작품들을 다룬 논문, 「도리스 레싱의 ‘그로테스크’: 『다섯째 아이』와 『세상 속의 벤』을 중심으로」에서 벤을 “내부의 타자,”(187) 혹은 “내부의 적”(191)이라고 규정하였는데, 이것은 『클레프트』에서도 똑같이 적용될 수 있다. 클레프트족에 내재된 폭력성이 “괴물”(10)로 육화되어 나타난 것이다. 이는 양성생식 시대 사람들의 눈으로 볼 때에는 남자 아기이나 당시의 여성들, 즉 클레프트족이 보기에는 “기형아”(12)이므로 죽여 버린다. 메어는 그전에도 클레프트족에게는 협소한 서식지에서 지나치게 인구가 불어나는 것을 막기 위해 기형아나 쌍둥이들을 죽이는 관습이 있었다고 말한다. 클레프트족은 인구가 늘어나면 더 넓은 서식지를 찾아 이동하는 용기나 과감성을 갖지 못하고 오히려 자신들의 일원들을 희생시켰다. 클레프트족은 남자아기들에게 유아 살해뿐 아니라 거세도 행하는데 이것은 어머니의 유아 살해이고 어머니의 남아 거세이다.

따라서 도로타 필립책 같은 비평가들은 이 작품을 정신분석 이론을 이용하여 설명하고 있으나, 이 일화들은 인간이 아직 가족을 이루기 전의 이야기이므로 일반적으로 핵가족의 삼각관계를 기반으로 하고 있는 정신분석 이론을 여기에 적용하는 것은 무리이다. 프로이트의 오이디푸스 콤플렉스나 라캉의 상징계 이론을 적용하려 해도 이 이론들의 주인공인 아버지가 아직 부재하기 때문이다.

괴물, 즉 남자 아기들은 계속 태어나고, 킬링록에 버려진 아기들은 점차 독수리의 도움으로 계곡으로 이동되어 생존하는 데 성공한다. 계곡에서 성장한 젊은 남자들은 독수리가 데려오는 아기들을 어머니 대신 사슴의 젖을 먹여 키운다. 이제 이들은 "내부의 타자"에서 "위반적 타자"(루벤슈타인 7)로 성장하여 클레프트족 사회의 존립을 흔들 수 있는 위협적 존재가 된다. 로버타 루벤슈타인이 『다섯째 아이』의 벤을 지칭하여 사용한 용어인 "위반적 타자"는 클레프트족 공동체라는 특권적 공간 및 제도를 해체하게 될 스퀴트족에게도 적합한 용어이다.

해변에서는 클레프트족이, 계곡에서는 스퀴트족이 공동체를 이루며 살다가 신세대의 클레프트족 여자들이 언덕 너머까지 갔고 스퀴트족에게 잡히는 바람에 유성생식이 생기게 되는데, 이에 대해서는 여러 이야기가 있어서 그중 어떤 이야기가 사실인지 알 수 없다며 메어는 자신의 구술 내용을 끝맺는다. 클레프트족의 처녀생식 능력은 서서히 사라진다. 그리고 이와 함께 '그녀'와 '그,' 즉 '남녀'라는 개념이 생기며, '우리'로만 불리던 공동체에 '나,' 즉 개체 혹은 개개인이라는 개념도 생겨났다.

로마인 화자는 메어의 이야기에 대해 "순화된 이야기"(21)이고 많은 것이 "생략되었지만"(21) "유용한"(21) 이야기여서, 메어의 "잔혹성에 대한 회한"(22)이 그 후 잘 이용되었다고 증언한다. 클레프트족의 공식 내용에는 이 이야기가 생략되어 있으므로, 메어의 이야기가 역사가 후예들에게 유용했다는 뜻으로 해석된다. "순화된" 메어의 이야기는 "읽기에 그리 유쾌하지 않은 글"(21)의 수준인 반면, 무명의 클레프트족이 남긴 "첫 문서"의 내용은 남아에게 가해진 잔혹성이 무자비하고 오랜 시간 가해졌다고 폭로하고 있기 때문에 남성인 로마인 화자에게 "지나치게 불쾌한 내용"(21)이었다.

로마인 화자는 이런 불쾌한 내용들은 클레프트족의 공식 구술 내용에는 포함되지 않았으나 진실이 억압되는 것에 찬성하지 않은 소수 의견 덕분에 살아남았다고 한다. 이런 구술 내용들은 고대 언어로 기록되면서 선동적인 "부록"(24)으로 따로 기록되었고, 초기의 고대 언어 해독자들은 이 부록들을 여성을 불신하도록 남자들이 기록한 거짓(24) 내용이라고 믿었다고 한다. 이런 증언으로 레싱은 "본本 이야기"main story 혹은 공식적인 이야기와 부록 간의 통상적인 진위관계를 역전시키고 있다.

메어의 구술 내용과 클레프트족의 무명의 일원이 구전한 "첫 문서"를 제시한 후 로마인 화자는 자신이 "고대의 구술 기록으로부터 편찬하고, 이들 기록들을 수집한 후 오랜 세월이 흐른 후 자신이 저술한"(29) 역사기록, 즉 「그 역사」를 제시한다. 이 역사기록의 시작은 바위에 누워 있는 클레프트족을 훔쳐보는 세 명의 스쿼트족에 관한 것으로, 이 내용은 역사기록자인 로마인 화자가 스쿼트족의 클레프트족에 대한 최초의 묘사 내용(30)에서 따온 것이다. 이들은 처음 보는 클레프트족에 대해 "역겹다"(29)고 느끼며 구토를 한다. 클레프트족이나 스쿼트족이나 자신과 해부학적으로 다른 종種에 대한 첫 반응, 즉 성차性差에 대한 반응은 '혐오'이다. 스쿼트족이 보는 클레프트족의 가장 큰 특징은 변화를 모색하지 않고 "영원한 현재"(31)에 머물러 있다는 점이다. 이것은 메어의 평가와 일치하며 레싱이 이전 작품들에서도 가장 비판한 인간의 속성 중 하나이다.

따라서 정적靜的인 사회 그래서 변화가 필요한 사회, 이것이 바로 남자 아기의 탄생을 필연적으로 가져온 원인이다. 로마인 화자는 클레프트족의 잔혹성에도 불구하고 생존에 성공한 남자아이들에 대해 "대담하고"(35) "영특하다"(35)고 칭송한다. 메어의 구술 내용이 주로 클레프트족의 잔인성에 관한 것이라면, 로마인 화자의 역사기록의 가장 큰 특징은 남자아이들의 강인한 생존 능력에 관한 칭송이다. 그러나 이들에게는 새 생명을 잉태할 수 없는 치명적인 단점이 있다. 스쿼트족들은 클레프트족의 생식능력에 의존할 수밖에 없다. 클레프트족 사회에서도 남자 아기의 출산 빈도가 커지고 그 아이들을 계속 유기하게 되면서 심각한 인구 감소가 일어난다. 이 두 사회는 점점 상대방의 필요성을 깨닫게 된다. 그러던 어느 날 스쿼트족들에게 클레프트족 여자가 납치되고 집단 성폭행을 당한 뒤 사망한다. 이것은 아들의 어머니 살해라고 갈음해서 표현할 수 있다.

이처럼 클레프트족이나 스쿼트족이나 성이 다른 상대방에 대한 첫 반응은 '혐오'이고 그에 대한 대응방식은 '폭력'이었다. 레싱은 그녀가 쓴 전체 작품들을 통해 인간이 기본적으로 폭력의 후예들임을 누누이 주장했었다. 이 살인 사건은 클레프트족의 남아 살해처럼 스쿼트족의 공식 구술 내용에 포함되지는 않았으나, 이 괴로운 기억을 잊지 못한 한 노인에 의해 구전되었다. 그리고 이 구전이 스쿼트족의 구전 기록의 시작이 된다. 레싱은 클레프트족의 구전도 스쿼트족의 구전도 충격적인 사건을 목격한 후 그 사건을 후세에게 알려 경종을 울리고 싶은 무명의 개개인에 의해 생겨났다고 설정하면서 작가의 소명의식에 대해 설명하고 있다. 레싱은 이미 『사대문의 도시』나 『어느 생존자의 비망록』에서도 작가의 이런 역할을 주장한 바 있다.

클레프트족이나 스쿼트족이나 자신들의 폭력성에 대해 유감스러워하게 되고 때마침 젊은 세대인 메어가 호기심으로 계곡에 간 뒤 무성생식이 아닌 유성생식으로 자식을 낳게 된다. 앞에서 본 구전의 주체인 메어는 "클레프트를 지키는 사람"(9)에 속하고, 한 가정의 어머니처럼 아이들을 돌보고 위험에서 지키는 가장 중요한 임무를 담당한 사람이었다. 메어가 유아 살해를 폭로하는 것도 이런 임무와 관련이 있어 보인다. 반면 계곡에 간 용감한 메어는 앞의 화자와 달리 "물을 돌보는 사람"(68)에 속한다고 쓰여 있어 동명이인으로 보인다. 화자였던 메어도 "메어라는 이름을 가진 사람이 항상 있었었다"(9)고 증언한다. 로마인 화자는 메어의 이 용감한 행동이 클레프트족에게 없던 새로운 성질이라며, 이 시기는 클레프트족 젊은 여성들이 바다 생물의 유성생식에 대해 깨닫게 되는 시기와 일치한다고 설명한다. 클레프트족에게는 정적靜的인 그들 사회를 초월해야 할 필요성, 그리고 스쿼트족에게는 종種을 영속시켜야 하는 필요성이 있었으므로 이들은 서로 자석처럼 끌리게 된다.

그런데 메어의 과감한 행동을 묘사하면서, 로마인 화자는 주석을 이용하여 남자아이와 여자아이가 해부학적 차이를 처음 인식한 때의 일반적인 반응과 실제의 예인 자신의 아들 티투스와 딸 리디아의 경험을 제시하는데, 이때 남자아이들은 자랑스러워하고 여자아이들은 시샘을 한다고 주장한다. 메어가 스퀴트족을 보았을 때 라캉의 소위 '남근 선망' 같은 것을 느꼈을 것이라고 추측하는 것이다. 메어는 계곡에서 스퀴트족을 보고 난 뒤 자신들의 서식지로 돌아와 동족인 클레프트족을 보았을 때 "자신이 보는 모든 것이 싫어졌다"(67)고 감정을 표현하는데, 이것은 다른 것을 처음 보았을 때의 '혐오'의 감정에서 진전된 것으로, 클레프트족이 자신을 초월하여 다른 것으로 변모해야 할 필요성을 인식하기 시작했음을 뜻한다.

메어와 그녀를 뒤이은 신세대 클레프트족들이 스퀴트족들과 접촉하게 되면서 유성생식으로 아기들이 계속 태어난다. 이 새로운 아기들은 이전 아기들보다 훨씬 강하게 울었고, 그 울음소리는 "우울한"(86) 듯이 들렸으며 "무엇인가" 결핍된 듯이 보였다고 로마 화자는 역사기록 속에서 증언한다. 결핍된 그 "무엇," 그것은 바로 '아버지'를 말한다.

곧 메어의 뒤를 따르는 신세대와 전통 및 구체제를 지키려는 구세대 간에 헤게모니를 잡으려는 전쟁이 시작되고, 스퀴트족이 신세대의 클레프트족과 힘을 합치면서 이 전쟁은 신세대의 승리로 끝난다. 이제 유성생식이 보편화되어 클레프트족은 처녀생식의 능력을 상실하고, 유성생식으로 태어난 새로운 종種은 무기력하고 게을렀던 이전 아이들과 달리 활기차고 호기심이 많으며 대담한 성질을 보인다. 진화가 이루어진 것이다. 레싱은 이전 작품들에서도 정·반·합의 변증법을 통한 영원한 진화를 꾸준히 주장해왔는데 이 작품에서도 자족적이고 정적인 기존의 클레프트족, 동적인 스쿼트족의 돌연한 등장, 그리고 새로운 인종의 탄생으로 변증법적 진화를 형상화하고 있다.

『클레프트』에서 레싱이 제시한 인간 기원신화의 대략적 줄거리는 위와 같지만, 앞에서도 보았듯이 레싱은 이 이야기를 단선적으로 제시하고 있지 않다. 이 작품에는 메어의 구술 내용, 다른 클레프트족 일원의 개인적인 구전 내용, 클레프트족과 스쿼트족의 공식 구술 내용, 스쿼트족의 사적인 구술 내용, 역사가이며 필명이 트랜짓인 로마의 한 원로元老의 개인적인 기록과 역사기록, 그리고 레싱의 내재된 관점 등등이 포함되어 있어, 『황금 노트북』처럼 이 작품을 입체적인 글쓰기[1]로 만들고 있다. 『황금 노트북』에서 작가 안나가 「자유 여성」이라는 단편소설과 그 소설을 쓰기 위해 필요했던 많은 자료들을 함께 제시하듯이, 『클레프트』에서도 역사가 트랜짓이 자신의 역사기록과 함께 그것을 쓰기 위해 필요한 자료들, 특히 남자 아기에 가한 가혹행위, 남자아이와 여자아이가 처음으로 해부학적 차이를 인식했을 때의 반응 등등에 관한 비슷하지만 다른 이야기 혹은 서로 다른 시각들을 빼곡하게 나열하고 있다.

이 작품에서 주목해야 할 또 하나의 특징은 레싱이 클레프트족의 기원신화이자 인간의 기원신화를 『클레프트』의 도입 부분에 제시하지 않고 있다는 점이다. 도입 부분은 단편적인 기원신화

1. 이에 대해서는 졸저 『도리스 레싱 : 20세기 여성의 초상』의 「제7장 『황금노트북』의 입체적 구성과 의미」를 참조하시오.

를 퍼즐처럼 끼워 맞춰 일관된 역사기록으로 만드는 작업을 하고 있는 로마인 화자의 목격담, 즉 "나는 오늘 이것을 보았다"(3)라는 문장으로 시작된다. 오래된 기록, 그것도 오랜 시간에 걸쳐 구전되다가 나무껍질에 고대 언어로 기록된 내용으로 시작하는 것이 아니라 화자가 직접 목격한 장면으로 시작한다. 로마인 화자가 전지적 화자로서 개인적 감정을 배제한 채 'they'로 시작하는 것이 아니라 1인칭 화자로서 주관적 사건의 개입 가능성을 노출시키며 'I'로 이 글을 시작한다.

목격한 내용은 젊은 하인 마커스가 지방에서 황소 떼를 몰고 로마에 막 도착하고 땀으로 범벅이 되었으므로 소에게 물을 먹이는 대신 자기 먼저 물을 들이마시면서 물주전자를 깨뜨린다. 이에 마커스를 목마르게 기다리고 있던 불같은 성격의 하녀 롤라가 그에게 무책임하다며 화를 내고 비난을 퍼부으면서 소에게 물을 먹인다. 마커스는 롤라를 무시하고 다른 청년들과 즐기러 나간다. 롤라는 뉘우치며 그를 기다린다. 화자는 경험으로 마커스가 원하든 원하지 않든 이들이 결국 밤을 같이 보낼 것임을 확신한다.

잔소리하는 여자, 철없고 방탕한 남자, 남자의 여자 무시, 후회하는 여자, 그러나 결국 화해할 수밖에 없는 두 사람 등으로 요약되는 "이 작은 장면은 나[로마의 원로이자 화자]에게 남녀관계의 진리를 요약해 주는 듯이 보였고"(6), 따라서 이 로마인 화자가 인간 기원에 관한 역사기록을 감행하도록 만드는 동기가 된다. 이것은 또한 로마시대의 남녀관계의 전형이었을 것으로 판단된다. 로마 원로의 역사기록은 이런 줄거리를 그대로 답습한 것이다.

그런데 로마인 화자는 자신이 쓴 연대기의 일부를 발췌하여 여동생 마르셀라에게 읽도록 했더니 마르셀라가 여자의 잔인성 때문에 충격에 빠졌다며, "감수성에 상처를 받지 않으려면"(7) 남자 아기에 가해진 잔혹한 행위를 구술하는 메어의 구술 내용과 "첫 문서"를 뛰어넘어 로마 화자가 기록한 역사기록 「그 역사」부터, 즉 29쪽부터 읽으라고 권고한다. 그렇지만 로마인 화자는 마르셀라가 검투장에서 검붉은 피가 낭자할 때 정신없이 괴성을 지르는 것을 본 적이 있음을 기억하면서, 여성이 더 "연약하다"(7)는 묘사는 로마 시대의 여성성에 관한 전형적인 표현일 뿐 실상은 그렇지 않음을 내비친다. 로마시대의 여성관이 진실을 억압하여 왜곡하고 있음을 암시하는 것이다. 로마인 화자는 로마인들이 다이애나나 아르테미스의 여신상을 만들어 숭배하는 것을 일컬으며, "일상생활에서는 여자들을 이차적이고 열등하다고 간주하면서 여신들을 숭배하는 것이 우습다"(27)고 말한다. 그리고 이것이 자신이 인간의 진정한 기원을 찾는 역사기록의 임무를 맡은 이유라고 덧붙인다. 이 화자는 억압받고 있는 여성, 불완전한 존재이자 타자로 여겨지는 여성이 과연 정당한 대접을 받고 있는 것인지, 언제부터 왜 그렇게 되었는지에 대한 궁금증으로 이 기록을 시작한 것이다.

그러나 로마 원로는 곧 자신의 젠더와 자신의 글쓰기 사이에 상관관계가 있을 수밖에 없다고 시인하면서 자신의 글쓰기에 주관적 편견이 철저히 배제되지 못했음을 인정한다.

> … 그리고 늙은 여자들은 공포에 휩싸여 분노하고 악을 쓰며 괴물들을 낳은 젊은 여자들을 벌주고 있었다. 그리고 괴물들에 대한 그들의 처리는 — 글쎄 이것, 즉 메어의 설명은 유쾌한 읽을거리

> 가 아니어서 여기에 그 일부를 재현할 수는 없을 것 같다. 그건 너무 불쾌한 내용이다. 나[로마 원로]는 괴물이고 그래서 그 옛날 고문을 당했던 그 유아들, 그 첫 남자 아기들과 동일시하지 않을 수 없다(CL 21).

이렇듯 레싱은 이 작품의 주된 화자, 즉 로마인 화자가 권위 있는 믿을 만한 남성일 뿐 아니라 남성 젠더임을 자인하게 만들면서, 그의 글쓰기가 주관적 편견을 가질 수밖에 없음을 암시한다.

이 작품에서 논의되는 또 하나의 중요한 주제는 모성이다. 메어가 계곡을 방문한 후 메어의 무용담에 관심을 가진 젊은 여성 애스터는 남자아기, 즉 괴물을 낳자 메어와 함께 계곡으로 찾아가 그 아기를 스쿼트족에게 직접 넘겨주는데, 이때 그 젊은 남자들 중에 자기가 낳은 아이가 있을 줄 모른다는 생각에 평생 처음 모성 같은 것을 느끼며 눈물을 흘린다. 그러나 로마인 화자는 "눈물을 흘렸다"는 표현은 자신이 덧붙인 말이고 그런 것이 기록된 자료는 없다고 말한다. 로마인 화자, 즉 권력을 가진 상류층의 남자는 여자에게 당연히 모성이 있어야 한다고 생각하여 그렇게 쓴 것이다. 그러나 아드리엔느 리치가 자신의 저서 『더 이상 어머니는 없다』에서 누누이 밝히듯이 모성은 여성의 타고난 성질이 아니라 가부장 사회가 여성에게 부과한 제도이다. 클레프트족들은 '내 아이' '남의 아이'를 가리지 않고 젖을 먹이고 공동으로 아이들을 키우고 있었으므로 모성이라는 개념이 굳이 필요치 않았다. 모성은 여성에게 타고난 성질이 아니다. 여러 아이들 중에서 내 아이를 찾기 시작하면서 '모성'이라는 개념이 부상한 것이다. 로마인 화자도 "초

창기의 여자에게는 모성이 강했다고 말할 수 없다"(116)고 시인하면서 모성이 여자의 본성이 아니라고 증언한다. 모성이 여성에게 타고난 본성이 아님을 알면서도 글쓰기 작업을 통해 모성을 제도화한 것이다.

무성생식의 클레프트족 사회는 '나'가 아닌 '우리'의 공동체 사회였다. 유성생식의 사회가 되자 이들은 '우리' 대對 '그들'의 이항대립의 세계에 직면하게 된다. 시몬느 드 보부아르의 말처럼, "주체는 대립함으로써 비로소 자신을 결정한다. 즉 자기를 본질적인 것으로 주장하고 타자를 비본질적인 객체로 설정함으로써 자신을 확립하여 나가려 한다"(16). 이제 클레프트족과 스쿼트족은 상대방의 결점을 드러내고 비난하기 시작하면서 주체성을 둘러싼 헤게모니 싸움을 시작한다. 여성성과 남성성, 주체 대 객체, 성차에 따른 역할, 가족, 사유재산 등의 문제가 발생한 것이다. 서로를 "무능하다" "무책임하다"고 비난했던 마커스와 롤라처럼, 클레프트족은 스쿼트족이 아이들을 제대로 돌보지 않으며 주위 환경을 깨끗하게 관리하지 못한다고 나무라고, 스쿼트족은 클레프트족이 어리석고 무능하다고 불평한다. 이전에는 내 어머니, 내 딸을 구분하지 않고 배고픈 아기들에게 젖을 물렸으므로 소유 개념이 없었으나 내 딸, 내 아들, 내 자식의 아버지 등의 소유관계를 깨닫게 되면서 모성도 생기고 개인적 감정에 몰두하면서 슬픔도 커진다.

이 두 부족의 관계가 긴밀해지기는 했으나 여전히 각각의 부족을 유지하고 있는 상태에서 당시에는 시간을 측정하는 개념들이 없었기 때문에 알 수 없는 긴 세월이 흐른 뒤, 스쿼트족의 우두머리인 홀사는 더 나은 서식지를 찾아 남자들과 몇몇 여자들을 태우고 배로 원정을 떠나고, 위험하다고 반대한 클레프트족의 우두머리인 마로나는 어린 유아들과 여자들을 데리고 해변가에 남아 이들의 귀향을 기다린다. 홀사는 원정에 실패하고 다리가 부러진 채 남은 원정대원과 함께 집으로 돌아오고 마로나는 그런 홀사를 보자마자 야단을 치지만 불구가 된 홀사에게 연민을 느끼며 용서한다. 더욱이 이들의 관계는 모자관계였다.

사실상 홀사와 마로나의 이야기는 마커스와 롤라의 일화와 크게 다를 바가 없다. 홀사와 마로나는 어느 개인의 이름이기보다는 여자와 남자의 우두머리, 즉 칭호를 일컫는 말로 제시되어 이들이 이 당시 사회의 남녀관계를 대표하고 있다.

원정을 하는 동안 불구가 된 홀사가 원정대 내에서 권위를 잃게 되고 이에 어린 남자아이들이 제어할 수 없는 지경에 이르렀을 때, 원정에 따라온 여자들이 "어떤 중앙적 명령이나 권위를 요구하였고, 어린 남자아이들을 통제하려 했지만, 그 어린 남자아이들은 오히려 그 여자들이 클레프트족[즉 여자]에 불과하니 입을 닥치라고 말하였다"(221). 이처럼 유성생식 이후 여자들이 발언권을 빼앗기기 시작했으며, 이것은 곧 주체성을 빼앗기고 있음을 의미한다.

홀사가 마로나에게로 되돌아오는 바로 그 시기에 맞춰 클레프트족의 상징 바위인 클레프트가 베수비오 화산처럼 폭발하고, 서식지를 잃은 클레프트족은 홀사가 귀향길에 발견한 숲속의 넓은 빈터로 함께 이사한다. 이 두 부족이 결합하여 한 마을을 이루고 살게 된 것이다. 한때 클레프트족의 구세대들이 스쿼트족들을 몰살시켜 매장하려 했던 클레프트 바위 속 깊은 구멍은 이제 스쿼트족 젊은이들의 성인식 장소가 되어 성인이 되려면 이곳에서 독가

스를 견디어 내야 한다. 마치 여자들의 잔소리와 비난을 견디어 내야 함, 즉 여자를 극복해야 함을 암시하는 듯하다. 가부장제가 확립된 것이다. 이것은 문명의 시작으로도 해석할 여지를 내포하고 있어, 카타르지나 비코브스카는 레싱이 문명의 기원을 남녀 간의 전쟁에 위치시키고 있다(51)고 설명한다.

로마 화자의 서사에는 마커스와 롤라의 이야기 외에 자신의 두 번의 결혼 경험 또한 포함되어 있다. 첫째 부인은 가정에 충실하고 순종적인 여자로 화자가 출세에 급급하여 가정을 돌보지 않았을 때 혼자 두 아들을 낳아 훌륭하게 키웠다. 그러나 두 아들은 모두 로마의 제국주의적 식민전쟁에서 사망하였다. 화자는 그런 아들들을 자랑스러워한다. 로마인 화자는 죽은 아내에 대한 그리움을 피력하지만 그 아내의 이름을 제시하지는 않는데, 이는 여자는 곧 자궁이자 모성이라는 로마 당대의 여성관을 그대로 답습하고 있음을 보여준다.

로마인 화자는 첫 아내가 죽은 뒤 상당한 시간이 흘러 두 번째 부인 줄리아를 맞는다. 로마인 화자와 일종의 계약결혼을 한 줄리아는 계약내용대로 두 아이, 즉 딸 리디아와 아들 티투스를 낳은 뒤 자신만의 자유분방한 생활을 즐긴다. 화자는 그런 줄리아에게 조심하라고 경고하곤 하지만, 당시의 통치자 네로에게 정치적 숙청을 당할 수 있었을 사람은 화자였고, 화자를 구해 주는 사람이 줄리아이다. 이런 사실로 유추해볼 때 로마인 화자가 줄리아에게 경고를 보낸 것은 주체성이 강한 줄리아에 대한 그의 두려움에 불과하다. 여성이 표면적으로는 주체성을 상실한 듯이 보이지만, 완고한 가부장제 사회에서의 줄리아의 현명한 처신은 유성생식의 시대를 연 인간의 시조, 메어의 강인하고 용감한 행동을 연상시키면서, 과연 여성이 주체성을 상실한 것인가의 의문을 자아낸다. 적어도 로마인 화자의 가정에서는 로마인 화자가 육아 등 가사 일을 맡고 있으며 줄리아가 사교, 정치 등 바깥일을 더 충실하게 하고 있다.

마로나와 홀사의 경우, 마로나가 불구가 된 홀사를 그의 실수까지 덮으며 포용하는 것은 전통적인 여성성인 '연민' '책임' '돌봄' 등이 발현된 것으로, 여성들은 돌볼 가족이 생기면서, 특히 부주의하고 무책임한 아들에 대한 모성, 사랑, 연민 때문에 주체성을 양보한 것으로 해석할 여지를 남긴다. 가족이 여성에게 족쇄를 채운 것이지 여성 자체가 능력이나 힘을 잃은 것은 아니다.

미지의 세계로 가고 싶은 꿈 혹은 이상을 포기하지 못한 홀사는 원정 실패로 아무도 귀를 기울이지 않지만 언젠가 마로나가 자신의 꿈 이야기를 들어 줄 것이라는 환상을 품으며 마로나의 품으로 들어간다.

트랜짓 시대의 로마는 이미 가부장제가 확고한 사회이고, 마커스와 롤라의 관계에서 추측할 수 있듯이, 여자들이 자기주장을 온전하게 하지 못하는 사회였다. 특히 로마인 화자는 이 역사기록을 로마인 독자를 염두에 두고 기술하고 있으므로 남녀관계를 억압자와 피억압자의 관계로 만들고 있다. 그렇지만 로마인 화자는 로마인들이 여신 다이애나와 아르테미스를 존경하고 사랑하고 있다고 중간중간 덧붙인다. 이들은 계곡을 찾아가 처음으로 양성애로 아이를 낳은 오늘날의 인간의 시조, 메어와 애스터를 상징하는 여신으로, 이는 로마인들이 비록 가부장제 속에 살고 있으나 여성에 대한 원초적 사랑과 존경을 간직하고 있음을 암시한다. 레싱은 표면상으로는 여자들이 주체성을 잃고 타자의 위치로 낙오되었지만, 실상은 주체성을 양보한 것이며, 남녀의 차이를 포용하고 여성성의 진수인 '돌봄' '사랑'을 실행하기 위해 주체의 지위를 양도한 것이라고 말하고 있다. 인간은 누구나 태생적으로 부족하여 결핍을 내포하고 있으며, 그 결핍된 점은 증가하여 정반대의 성질을 불러온다. 따라서 본래의 성질과 정반대의 성질이 통합될 때 진화된 인간이 된다. 레싱은 본래의 성질이 여성적인 것이냐 남성적인 것이냐가 중요한 것이 아니라 이 둘을 통합할 수 있는 포용 능력이 중요하다고 말하고 있다. 이것이 『클레프트』의 서문에서 밝힌 "우주적인 사고"의 내용이기도 하다.

3. 그녀의 신화her story에서 그의 역사his story로의 전환

역사가들은 역사기록의 정확성을 위해 온갖 방법을 사용한다. 고문서 등 각종 자료를 뒤져 새로운 사실들을 찾으며 최대한 과학적 글쓰기를 하려고 노력한다. 『클레프트』의 역사가인 트랜짓은 "자신이 쓰고 있는 역사가 고대 문서에 기반하고 있고 그 고대 문서는 훨씬 더 오래전의 구술기록에 기초한 것"(7)이라며 객관적 근거를 밝히면서, 자신은 이 자료에 접근할 수 있는 자격을 가진 몇 명의 "믿을 만한 관리인"(25) 중 한 명에 속한다며 연구자로서의 권위를 주장한다. 그가 다루는 자료는 이전에 여러 역사가들이 시도했다가 실패한 "엄격한 비밀문서들"(7)로, 역사기록이 완성되었더라면 "아마도 공격당하고 도전받고 거짓이라고 묘사되었을"(6) 것이라며 논쟁 가능성을 제기하는데, 이는 그만큼 그 자료가 해석의 폭이 넓고 이데올로기가 개입될 여지가 많은 자료임을 암시한다.

트랜짓은 그동안 이 작업을 미룬 이유를 학자들 간의 언쟁을 즐기지 않기 때문이라고 표면상의 이유를 대지만, 실제로는 당시의 로마가 정치적으로 불안한 사회이고, 앞에서 보았듯이 네로의 폭정 속에서 항시 숙청의 위험을 느끼며 살고 있었으므로 이 작업으로 인해 정치적 논쟁에 휘말리고 싶지 않았을 것이다. 그런데 실상 이 역사기록 작업은 계급 간의 권력 투쟁이 아닌 남녀 간의 권력 투쟁에 관한 '성 정치'sexual politics를 다루는 작업이어서, 트랜짓이 굳이 필명을 사용하는 이유는 정치적 위험을 피하기 위해서이기보다 자신의 높은 지위를 감출 때 로마의 독자들이 자신의 글을 보다 객관적인 것으로 수용할 수 있을 것으로 생각했기 때문으로 보인다. 이처럼 트랜짓도 역사가로서의 소명의식을 가지고 있었다.

사학자 윌리엄 H. 맥네일은 "생각이 깊은 역사가들은 현 세기 초[20세기 초] 역사를 만들기 위해 사실들을 배열하는 일이 자료 비평source criticism — 과학적이든 아니든 — 과 거의 관계가 없거나 전혀 관계가 없는 주관적 판단과 지적 선택과 연관이 있다고 깨닫기 시작했다"(4)고 폭로한다. 역사가들이 아무리 객관성을 유지하려 해도 주관성을 배제할 수 없음을 인정한 것이다. 역사가들은 자료 속에서 어떤 "패턴을 인식하게 되고,"(5) 그 패턴과 관련된 사실들은 살려두고 나머지는 어둠 속에 묻어버린다. 그리고 이 패턴은 곧 이론이 된다(6).

앞에서도 보았듯이 트랜짓은 어느 날 마커스와 롤라를 보고 이들의 관계가 "남녀관계의 진리"(6)라는 생각이 들어서, 보관하고 있던 큰 자료 꾸러미를 찾는다. 이 자료는 오랜 시간에 걸쳐 축적된 막대한 자료로 구술 역사에서 시작되었고, 그중 일부는 똑같은 내용이지만 후에 글로 쓰이게 되며, 이 모든 자료는 우리들, 즉 지구의 모든 민족들에 대해 최초로 기록하는 의도로 모아진 것이었다(6). 그러나 트랜짓이 이 자료를 바탕으로 쓰는 역사기록은 그 자료가 아무리 방대하고 믿을 만한 것이라 하더라도, 혹은 그가 아무리 권위가 있고 신빙성 있는 사람이라 하더라도, 어떤 패턴 혹은 이론에 맞게 작성할 수밖에 없다. 트랜짓은 역사기록을 통해 원시 시대의 남녀관계가 로마 시대의 마커스와 롤라의 관계, 즉 트랜짓의 남녀에 관한 고정 관념으로 고착되었을 가능성을 개진하고 있을 가능성이 크다. 이를 역으로 표현하자면 트랜짓이 로마 시대의 억압적인 남녀관계의 정당성을 원시 시대에서 확인하고 있다고도 볼 수 있다.

트랜짓의 역사기록 「그 역사」가 기초하고 있는 클레프트족의 구술 역사는 앞에서 보았듯이 완벽한 자료가 아니다. 예를 들어 여자들의 구술 역사를 담당하고 있던 여자들, 즉 "기억들"은 남자 아기 거세 사실을 역사 속에 포함시키지 않기로 결정하였기 때문에 이 이야기는 "본 이야기"(23) 속에 합병되지 못하였고, 이에 반발한 소수 의견들 덕분에 "부록"에 기록되었다. 메어의 구술 내용 역시 "순화되고" "생략된" 이야기이고, 스쿼트족들의 구술 내용 역시 클레프트족 여성에 대한 집단 성폭행 사건을 생략하였다. 이처럼 고대 문서에 기록된 구술 역사 자체에도 지워진 부분이 많았으며, 동일 사건을 기록한 내용들도 어느 것이 진실인지 알기란 사실상 불가능하다. 트랜짓은 심지어 로마 시대에는 클레프트족에 관한 신화에 대한 다음과 같은 이야기도 있다고 증언한다.

> 첫 남성들이 태어났을 때 괴물로 불렸으며 가끔 심하게 학대받았고 심지어 살해도 당했다는 소문은 그냥 그런 것으로, 즉 소문인 것으로 간주되어야 한다. 이 이야기는 일종의 심오한 심리적 진실을 표현하고 있다. 오늘날에는 최초의 조상들이 남자였다고 믿고 있으며 그들이 어떻게 번식을 했는지 물으면 그 대답은 독수리 알에서 부화되었다는 것이다(*CL* 142~3).

클레프트족이 살고 있던 고대 신화시대와 로마 시대 사이의 어느 지점에서 이처럼 남자들의 기록, 즉 역사기록에 왜곡이 일어난 것이다. 인간 기원의 역사가 클레프트족, 즉 그녀의 신화, 'her story'에서 스쿼트족, 즉 그의 역사 'his story' 즉 'history'로 바뀌었다.

이런 왜곡이 일어난 시기는 이 최초의 인류들에게 시간을 측정하는 방법도 개념도 없었기 때문에 트랜짓은 다음과 같이 그 시기를 추측한다. "역사[아마도 구전된 역사] 속에 거대한 중단이 있었다. 홀사의 원정과 바위 클레프트의 파괴는 끝맺음이었다. 그것은 또한 숲속 마을의 시작이기도 하였다"(206). 바로 이 시기, 클레프트족과 스쿼트족이 함께 살면서 가족을 이루고 마을을 만드는 시기에 여성들이 자발적으로 주체성을 양도한 가부장제가 시작되었고 구술 내용들의 순화가 있었으며 인간 기원은 여성에게서 남성으로 바뀌었을 가능성이 크다. 거대한 휴지기 후 새롭게 역사가 시작되었을 때에는 구술이 아니라 글로 기술되었을 것이고 남성 우위의 남녀관계는 이미 확고해진 뒤이었을 것이다. 그리고 여자의 권위와 권력은 신화로만 남게 되었다.

이처럼 진리란 절대불변의 것이 아니라 유연성을 가지거나 완전히 역전될 수도 있다. 진리란 대문자의 진리The Truth, 즉 절대 진리가 아니라 같은 공동체의 사람들이 공유하는 진리shared truths이다. 트랜짓은 바로 이 역사의 휴지기, 즉 신화가 역사로 바뀌는 시기에 클레프트족과 스쿼트족에 관한 신화가 담긴 두루마리들이 남녀 간의 모든 적대 행위들이 끝났고 우리는 하나의 인종이자 하나의 민족이라는 합의하에 도서관의 뒤 서고나 학자들의 서고에 (24) 가두어지도록(24) 결정되었으며, 이때 내용도 순화되고 진리를 억압하는 일도 자행되었다고 전한다. 즉 클레프트족의 신화가 클레프트족과 스쿼트족의 후손들의 합의에 의해 어둠 속에 갇히거나 완곡하게 수정되었다(24)는 것이다. 맥네일이 말하듯이 진리는 시간과 공간에 따라 달라진다(7). 그리고 나에게 진리인 것이 남에게는 신화로 보일 수 있다(13).

트랜짓은 자신이 가진 자료를 가지고 일관성 있는 과학적인 역사기록을 하려고 했으나 그건 처음부터 불가능한 일이었다. 맥네일의 주장처럼 '역사적 진실'이란 없다. 클레프트족과 스쿼트족이 합의하여 만들어낸 공식적인 기록 또한 진리가 아니다. 진리는 클레프트족과 스쿼트족의 각각의 구술 역사, 소수인들의 구전 내용, 클레프트족과 스쿼트족의 합의된 역사기록, 트랜짓의 역사기록 등등 이 모든 것이 합쳐질 때, 즉 신화와 역사를 아우를 때 좀 더 가까이 다가갈 수 있다. 맥네일은 이런 작업을 myth와 history를 합성하여 미시스토리mythistory라고 부른다(19). 레싱이 이렇게 여러 종류의 단편적인 글들을 배치시킨 이유도 여기에 있다.

'미시스토리'를 주창하는 또 다른 역사가 조세프 말리는 그의 저서 『현대 역사기록의 창조』에서 "현대의 역사기록은 단순히 실제로 일어난 일(즉, 흔한 용어로 역사)이나 사람들이 실제로 일어났다고 상상하는 일(신화)만 다루어야 하는 것이 아니라, 역사적 의미의 생산과 재생산 모두에 영향을 미치는 과정(미시스토리)도 다루어야 한다"(27)고 주장한다. 따라서 말리는 자신의 저서의 제목 속에 있는 "making"이란 단어를 "시적 창조"라고 해석하면서 "역사를 만들고 기록하게 된 시적 논리를 드러내는 일"(31)을 뜻한다고 말한다. 『클레프트』의 역사가 트랜짓도 자신의 역사기록 작업의 성격을 "사변적"(25)이라고 표현하였는데, 이것 또한 앞에서 보았듯이 사색과 상상력을 자유롭게 펼치게 됨을 뜻하므로 "시적 창조"와 비슷한 성격을 칭한다고 볼 수 있다. 더 나아가 레싱의 사변소설 창작도 유사한 성격의 활동이므로, 레싱이 트랜짓의 역사기록 작업을 통해 글쓰기 작업에 관해 토로하고 있다고도 볼 수 있다. 레싱을 연구하는 학자 필리스 스턴버그 페라키스도 "트랜짓의 서사가 역사/문학의 분리, 그리고 진리/사실/픽션의 경계에 관해 문제를 제기한다"(143)고 주장한다. 따라서 『클레프트』는 트랜짓의 역사기록 작업의 어려움에 대한 토로를 통해 레싱 자신의 글쓰기의 애로를 표현하는 메타픽션적 성격도 내포하고 있다.

로마인 화자는 여성을 기원으로 하는 인간 기원 신화를 연구하고 글쓰기로 옮기면서 남녀관계에 관한 절대 진리를 찾을 생각이었지만, 실제의 그의 작업은 그가 갖고 있던 남녀관계에 관한 고정 관념을 그 신화를 통해 확인하는 일이었다. 그러나 이 화자는 여기에서 그치지 않고 글쓰기를 하면서 스스로 변화를 겪는다. 그것을 가장 잘 보여주는 일화가 두 번째 아내 줄리아에 관한 이야기이다. 트랜짓은 어린 아내 줄리아가 자신을 "지혜의 아버지"(175)라고 부르며 추켜세우는 것을 당연시 여기는 반면 어린 아내를 방종하고 철없다고 생각했으나, 자신을 위기에서 구출하는 것은 자신의 지혜가 아니라 오히려 어린 아내의 예지력이었다. 이때 로마인 화자는 자신이 생각했던, 그리고 자신이 기록한 남녀관계에 오류가 있을 수 있다고 깨닫는다. 그리고 여기에서 더 나아가 그동안 계승되어 오던 자료들의 주관성, 왜곡 가능성, 그리고 자신이 기록한 역사기록의 허구성까지 감지한다. 아마도 이런 이유 때문에 트랜짓은 독자에게 역사기록만 오롯이 전달하기보다 메어의 구술 내용 등 여러 자료와 자신의 개인적 사생활까지 글쓰기에 포함시키도록 결정했을 것이다. 그리고 판단은 독자의 해석에 맡기기로 결심했을 것이다.

트랜짓은 클레프트족의 언어능력이 스쿼트족보다 우월했다고 썼다. 그러나 클레프트족과 스쿼트족들의 구술 내용이 남성들에 의해 글로 옮겨지면서, 즉 신화가 역사로 기록되면서 많은 사실들이 왜곡되고 역전되었다. 이 로마 화자의 필명이 로마인 이름이 아니라 "트랜짓"transit, 즉 영어로 지어졌고, '환승'을 뜻한다는 사실도 인간 기원의 역사가 신화의 시대에서 역사의 시기로 바뀔 즈음에 'her story'에서 'his story'로 바뀌었다고 확신하게 만든다.

4. 나가기

레싱이 이 작품을 통해 가장 강조하는 점은 남자나 여자나 모두 불완전한 존재이므로 서로 의지해야 한다는 점이다. 작품을 쓰기 시작한 초기부터 페미니즘 작가로 인식되어 왔고 노벨상 수상도 그에 대한 공로로 이루어졌지만, 레싱은 언제나 그렇게 불리는 것을 달가워하지 않았다. 레싱은 항상 남녀의 다름을 주장하고, 다름이 동등하지 않음을 의미하는 것이 아니라 서로 보완해야 함을 의미한다고 역설하였다.

> …물론 저는 여자들이 남자들과 동등하게 태어났다고 생각해요. 그렇지만 저는 결코 남자와 여자가 똑같다고 주장하지는 않을 겁니다. 그들은 그야말로 그렇지 않아요. 육체적으로, 심리적으로, 지적으로 그렇지 않아요. … 그들에게는 다른 재능이 있어요. 이 세상에 있는 어느 두 사람도 똑같지 않아요. 그런데 어떻게 남자와 여자가 똑같겠어요?(본 슈발츠코프 103)

똑같지 않은 두 성, 다른 재능을 부여받은 남녀는 공존해야 한다. 『클레프트』에서 자연의 이치상 클레프트족만으로 부족하기 때문에 필연적으로 스쿼트족이 출현해야 했던 것처럼, 양성이 모두 필요하다. 이처럼 레싱은 페미니즘을 뛰어넘어야 한다고 역설하고 있기 때문에 이 작품은 페미니스트들에 대한 일종의 조롱처럼 읽힐 수 있다. 그런데도 페미니즘 작가로서 노벨상을 수상한 직후 이 작품이 발표되었다는 점이 아이러니컬하다.

두 번째로 레싱이 말하려고 하는 점은 세상은 변한다는 점이다. 스쿼트족의 출현은 클레프트족의 안일하고 자족적인 성향 때문이었다. 이들의 부족함을 채울 어떤 반대의 존재가 필요했으므로 스쿼트족들이 태어난 것이다. 이 세상에 완전한 존재란 없고 모든 생물은 '영적 진화'이든 '생물학적 진화'이든 어떤 지향점을 향해 변화해 나간다. 누구나 정·반·합의 진화를 피할 수 없다. 이것은 『제3, 4, 5지대 간의 결혼』에서 그리고 『시리우스 제국의 실험』에서도 레싱이 누누이 주장한 명제이다. 그러니까 이 작품은 인간은 변할 수밖에 없는 상황에 처해 있으므로 변화에 저항해서는 안 된다고 경고하는 메시지를 담고 있다.

레싱은 이 작품에서 트랜짓의 역사기록 작업을 통해 남자들이 자신들에게 유리하도록 역사를 왜곡시켰을 가능성을 제기한다. 그렇다고 해서 레싱이 남녀관계의 이데올로기를 전복시키려는 것은 아니다. 만약 트랜짓을 포함한 남자들 그리고 오늘날의 남자들까지도 현재의 억압적인 남녀관계를 계속 유지하려 한다면 그 옛날 일어났던 괴물의 탄생 같은 충격적인 사건이 생길 수 있음을 경고하는 것이다. 어느 누구도 진화나 변화는 피할 수 없다.

사실상 위의 두 개의 주제는 레싱의 작품 속에서 흔히 만나는 것들이다. 따라서 『클레프트』의 독창성은 무엇보다도 역사와 신화 간의 신뢰도의 차이를 역전시키고 있다는 점이다. 트랜짓은 자신이 사용한 자료의 과학적 근거와 객관성을 설명하고 자신의 나이와 지위를 내세워 자신이 실행한 역사기록의 권위와 높은 신뢰가능성을 주장하지만, 결과적으로 그 자료도 자신의 기록내용도 주관이 배제될 수 없었음을 자인한다. 사실에 더 가까운 신화가 누군가에 의해 거짓의 역사로 바뀌었다고 깨달은 트랜짓은 자신의 역사기록만 내어주기보다 자신의 자료 그리고 사적인 경험 내용까지 제시하면서 독자에게 판단을 맡기기로 결정한다. 이 점이 이 작품의 백미이다. 트랜짓의 이런 작가적 결정은 레싱이 작품을 통해 종종 해왔던 작업내용으로, 가장 대표적인 작품이 『황금 노트북』이다.

데브라 애들레이드나 제랄딘 베델 같은 비평가들은 이 작품을 평가하면서 등장인물이나 구성이 부재한 결점이 있는 소설이라고 평하였고, 엘리자베스 베어는 "실패한 소설"이라고까지 단정을 지었다. 레싱이 60년간 창작활동을 하면서 내용 면에서나 형식 면에서나 꾸준히 새로운 실험을 감행해왔음을 이들은 여전히 망각하고 있는 듯하다. 이 소설은 거듭 읽을수록 새로운 의미층이 발견되는 소설이며, 레싱의 의도를 정반대로 해석할 여지까지 있는 복잡한 소설이다. 또한 초고령에 다다른 작가가 쓸 수 있는 긴 호흡, 넓은 시야의 소설이기도 하다. 『마라와 댄』과 『댄 장군, 마라의 딸, 그리오, 그리고 스노우 독 이야기』에서는 먼 미래로 가서 미래의 인류를 상상하지만, 이번에는 먼 과거로 돌아가 원시시대를 배경으로 하여 인간 기원 신화를 재창조하고 역사기록의 신빙성에 의문을 제기하였다. 평론가 아르디티가 말하듯이, 이 소설은 전통적인 소설도 쉬운 소설도 아니다. 그리고 레싱이 이 작품에서 피력했듯이 "모든 것을 포르노그래피(24)로 보는" 사람들을 위한 소설도 아니다.

12장

결론

반영에서 회절로 비상하다

이 책의 「2부 우주인의 시각으로 지구를 바라보다」의 마지막 장 「과학소설 5부작 『아르고스의 카노푸스 제국』: 레싱의 문학적 도약」에서 필자는 이미 레싱의 과감한 장르적 도전과 그에 따른 도약을 조목조목 따지며 설명하였다. 이제 이 책의 결론에 이르러 필자는 제4부와 제5부에서 다루었던 작품들을 바탕으로 레싱이 거기에서 더 나아가 보다 강력한 도약을 달성했다고 주장하려 한다. 이 책의 전반부에서 초로에 이른 레싱이 새로운 문학 장르에 도전하여 상상력으로 공간적 시야를 넓히며 기존 관념들을 뒤집는 일을 했음에 주목하였다면, 후반부의 제4부에서는 고령의 레싱이 사회에서 소외된 계층, 즉 노인들과 버려진 아이들에게 눈을 돌려 이념이나 이론이 아닌 실전 문제 해결에 도전하였음에 초점을 맞추었고, 제5부에서는 평생 빚지고 있다고 느꼈을 아프리카인들에 대한 숙고와 남녀관계에 대한 생각을 최종적으로 정리하고 있다고 보았다. 이것은 작가로서 레싱이 평생의 임무로 간주한 일이기 때문이다.

레싱이 『어느 좋은 이웃의 일기』에서 모디라는 초고령 여성을 다루고 『다섯째 아이』와 『세상 속의 벤』에서 부모에게서 버려지는 아이를 소재로 삼은 것은 그동안 주장하던 사회적 약자와 소수자들에 대한 배려를 레싱 나름대로 실천하고 싶었기 때문일 것이다. 『어느 생존자의 비망록』에서 부모에게 버려진 아이들을 일부 다루었듯이 레싱은 일찍부터 노인들과 유기된 아이들에 대한 관심을 갖고 있었다. 아마도 이 문제가 레싱이 평생 소재로 삼았던 어머니와의 갈등 문제의 연장선상에 있기 때문일지도 모른다. 모디와 제인의 관계는 어머니와 레싱의 관계이며, 벤과 어머니의 관계 또한 레싱과 어머니의 관계의 또 다른 버전으로 볼 수 있기 때문이다. 레싱에게는 또한 첫 이혼 때 두 아이를 남편에게 두고 나온 경험이 있어 평생 그 자식들에 대해 미안한 감정을 품고 있었다. 이런 경험이 레싱으로 하여금 버려진 아이들에게 관심을 갖게 된 계기가 된 것으로 보인다. 그러나 이런 실제 경험이 레싱의 작품에 직접적인 영향을 미친 것은 초기나 중기의 작품이었지, 이 책에서 다룬 후기 작품에서는 이런 문제에 대해 레싱이 보다 초연해진 것으로 보인다. 그래서 사적인 경험을 승화시켜 더 큰 안목으로 사회 혹은 세계 전체로 확장시켜 보편적 문제로 다룰 수 있었던 것으로 보인다.

예를 들어, 레싱은 『어느 좋은 이웃의 일기』에서 모디라는 초고령의 여인을 주로 다루지만, 모디 외에 동시대의 초고령 여성들의 저급한 사회적 위치와 빈곤한 환경에 대해 숙고하고 있으며, 이들 초고령 여성들의 복지와 관련된 간호사들과 사회복지사들의 열악한 처우와 직업환경에 대해서도 조명하였다. 『세상 속의 벤』에서는 한 가정에서 부모의 기대에 못 미치게 태어난 아이, 그래서 부모와 가정으로부터 쫓겨나 사회에 버려진 아이를 통해 약자들을 짓밟고 명성과 부를 취하는 현대 사회의 속성을 드러냈으며 그런 와중에 서로 돕는 사회적 약자들을 부각시켰다. 그리고 여기에서 더 나아가 벤을 먼 과거에서 온, 격세유전으로 태어난 사람으로 규정하여 현대 사회가 과거 시대와 비교하여 진보한 것인지 퇴행한 것인지에 대한 의문도 제기하였다.

『마라와 댄』 연작은 새로운 빙하기가 도래한 먼 미래의 아프리카를 상정하여 우리가 만들어가야 할 새로운 사회는 초민족적 공동체이어야 한다고 주장하고 있다. 그러나 여기에 머무르지 않고 레싱은 마라와 댄을 통해 지리학과 지도 제작에 관한 사고, 즉 이 세상은 변화하고 있기 때문에 정체된 학문이란 존재하지 않으며 지도란 일시적이고 상황적이며 단편적인 지식만을 담을 뿐이라는 신념을 펼쳐낸다. 『클레프트』는 남녀관계를 다루면서, 노인 세대와 젊은 세대가 그래야 하듯이, 서로 대립해야 할 관계가 아니라 서로 보완해야 할 관계임을 역설하고 있으며, 여기서 더 나아가 역사의 진실성 문제도 제기한다. 역사에 기록된 내용은 절대적인 진리가 아니라 당시 권력을 가지고 있던 자들의 합의된 내용을 기록한 것일 뿐이라고 주장한다.

결국 레싱은 초고령에 이르러 체념이나 패배주의에 빠진 것이 아니라 어떤 사람이나 사건을 보면서 그 사람이나 사건 뒤에 숨겨진 관련된 수많은 사람과 사건, 개념, 사고思考들을 동시에 보는 능력을 발휘하고 있고, 그것은 마치 해러웨이가 말한 회절 능력의 체현처럼 보인다. 어떤 사건이나 사람을 보고 거울처럼 그것을 그대로 반영 혹은 반사하는 단순한 작품을 창조하는 것이 아니라 그 뒤에 숨겨있는 무수한 회절 무늬를 끄집어낸 것이다.

생물학자이자 과학철학가인 해러웨이는 『한 장의 잎사귀처럼』[1]이라는 대담집에서 '회절'이 무엇인지 묻는 질문에 "회절은 반사처럼 광학적 은유이지만 더 큰 역학과 잠재력을 갖고 있는 개념으로, 반사처럼 실물 혹은 원본들에 관한 것이 아니라 이질적인 역사와 관련이 있다"라고 대답하였다. 이것을 보다 자세히 설명하자면, 빛을 작은 틈새로 통과시키면 통과한 빛들은 분산된다. 이런 현상을 보다 잘 보기 위해 한끝에 스크린을 설치하면 그 스크린 위에 빛이 지나가는 길의 기록이 나타난다. 이 기록은 반사를 보여주는 것이 아니라 빛이 지나간 길의 역사를 보여준다. 그러니까 반사가 '재현'에 관해 숙고하는 것이라면, 회절은 '역사'에 대해 숙고하는 것이다. 또한 회절은 "똑같은 것이라는 신성한 상을 반복하는 것이 아니라 차이를 만드는 데 헌신하는 은유"라고 규정한다. 해러웨이는 기저귀핀을 실례로 들어 보다 자세히 설명한다. 1980년대 가정분만운동을 하던 사람들은 자연분만의 상징으로 기저귀핀을 달고 다녔는데, 그 기저귀핀을 회절시켜 사색해보니, 플라스틱산업과 철강산업의 역사, 안전 규정의 역사, 그와 관련된 자본주의적인 주요 산업들의 역사가 줄줄이 드러났다고 한다(해러웨이 169~174). 레싱이 모디, 벤, 마라와 댄, 클레프트족을 통해 이행한 사변적 작업과 매우 흡사하다.

필자는 독자와 비평가들이 레싱에게 요구한 사실주의적 작품이 반사와 반영을 이용하여 되도록 현실과 비슷한 상을 만드는 '재현'의 문학을 요구한 것이라면, 레싱이 사변소설을 통해 한 시도

1. 다나 J. 해러웨이. 『한 장의 잎사귀처럼』. 민경숙 옮김. 서울 : 갈무리. 2005.

는 '회절'을 이용하여 무수한 이질적인 상을 만들면서 뒤에 숨겨져 있는 많은 귀중한 사고들, 역사들을 가시화하려 했다고 주장한다.

따라서 모디에게서는 영국의 세대 간의 갈등과 계층사회의 적나라한 모습, 여성노동자의 일생 등을 끄집어내었고, 벤을 통해서는 영국의 계층사회, 세계 속의 계급구조, 과학이라는 미명 아래 자행되는 비인간적인 행태 등을 폭로하였다. 그리고 더 나아가 인간 사회는 진화했지만 과연 그 내용이 진보인지 퇴행인지에 대한 의문도 제기하였다. 마라와 댄을 통해서는 식민자와 피식민자의 관계, 현대 문명의 미래 등을 보여주면서 학문이나 지식의 단편적이고 상황적인 한시성, 초민족적 공동체의 필요성 등을 제시하였으며, 트랜짓의 역사기록을 통해서는 신화와 역사 그리고 픽션과 사실 간의 신뢰도의 역전 가능성, 억압이나 대립관계가 아닌 보완관계에 있어야 할 남녀관계 등을 제안하였다.

레싱은 『우리가 살기로 선택한 감옥』에서 작가는 마치 인류학자처럼 역사가처럼 과거를 돌아보면서 현대를 평가해야 하며, 인간의 조건에 대해 '다른 눈'으로, 즉 우리 자신을 초연한 방식으로 보아야 한다고 작가적 소명의식을 피력하였는데, 이것이 바로 해러웨이가 설명하는 회절 개념의 실천적 적용이다.

레싱이 유명을 달리 한 지 올해로 5년이 되었다. 그러나 60년간의 작가 경력을 거치면서 시대에 앞서는 사고와 비판의식으로 현실 세계를 날카롭게 파헤친 그녀는 오늘날에도 다음과 같이 세상을 향해 경고하는 듯하다. '도전하고 꾸준히 변화하라'고.

:: 출처

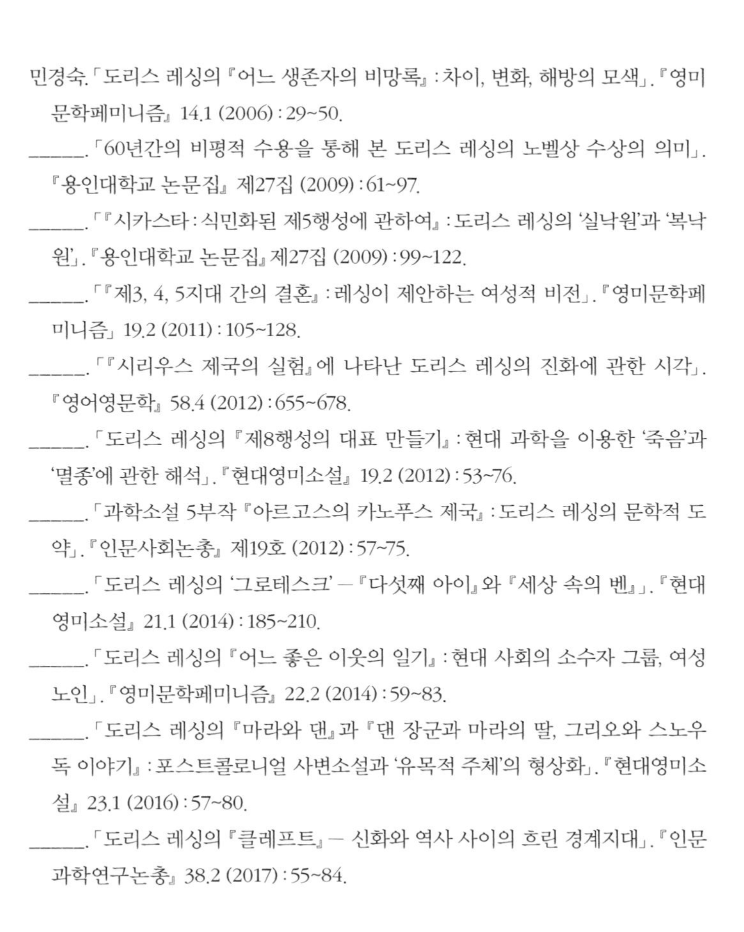

민경숙. 「도리스 레싱의 『어느 생존자의 비망록』: 차이, 변화, 해방의 모색」. 『영미문학페미니즘』 14.1 (2006) : 29~50.

______. 「60년간의 비평적 수용을 통해 본 도리스 레싱의 노벨상 수상의 의미」. 『용인대학교 논문집』 제27집 (2009) : 61~97.

______. 「『시카스타 : 식민화된 제5행성에 관하여』 : 도리스 레싱의 '실낙원'과 '복낙원'」. 『용인대학교 논문집』 제27집 (2009) : 99~122.

______. 「『제3, 4, 5지대 간의 결혼』 : 레싱이 제안하는 여성적 비전」. 『영미문학페미니즘』 19.2 (2011) : 105~128.

______. 「『시리우스 제국의 실험』에 나타난 도리스 레싱의 진화에 관한 시각」. 『영어영문학』 58.4 (2012) : 655~678.

______. 「도리스 레싱의 『제8행성의 대표 만들기』 : 현대 과학을 이용한 '죽음'과 '멸종'에 관한 해석」. 『현대영미소설』 19.2 (2012) : 53~76.

______. 「과학소설 5부작 『아르고스의 카노푸스 제국』 : 도리스 레싱의 문학적 도약」. 『인문사회논총』 제19호 (2012) : 57~75.

______. 「도리스 레싱의 '그로테스크' — 『다섯째 아이』와 『세상 속의 벤』」. 『현대영미소설』 21.1 (2014) : 185~210.

______. 「도리스 레싱의 『어느 좋은 이웃의 일기』 : 현대 사회의 소수자 그룹, 여성 노인」. 『영미문학페미니즘』 22.2 (2014) : 59~83.

______. 「도리스 레싱의 『마라와 댄』과 『댄 장군과 마라의 딸, 그리오와 스노우독 이야기』 : 포스트콜로니얼 사변소설과 '유목적 주체'의 형상화」. 『현대영미소설』 23.1 (2016) : 57~80.

______. 「도리스 레싱의 『클레프트』 — 신화와 역사 사이의 흐린 경계지대」. 『인문과학연구논총』 38.2 (2017) : 55~84.

:: 도리스 레싱 연보

1919년 10월 22일 페르시아(오늘날의 이란)의 커만샤에서 출생. 아버지 알프레드 쿡 테일러, 어머니 에밀리 모드 테일러.

1924년 아프리카의 로디지아(오늘날의 짐바브웨)로 이주하여 농장 구입 및 정착.

1926년~1927년 에이번데일 학교에 다님.

1927~1932년 수녀원 부속학교에 다님.

1932~1933년 솔즈베리 여자고등학교에 다님.

1933년 정규 학교 교육 포기. 독자적인 독서로 교육을 대신함.

1939년 프랭크 위즈덤과 결혼.

1940년 존 위즈덤 출산.

1942년 진 위즈덤 출산.

1942년 좌익단체의 정치 활동에 참여.

1943년 프랭크 위즈덤과 이혼.

1945년 고트프리트 안톤 레싱과 재혼.

1947년 피터 레싱 출산. 아버지 작고.

1949년 고트프리트 안톤 레싱과 이혼. 피터와 함께 런던에 도착.

1950년 처녀작 『풀잎은 노래한다』 출간.

1951년 영국 공산당 가입. 단편집 『이곳은 늙은 추장의 나라였다』 출간.

1952년 5부작 『폭력의 아이들』의 제1권 『마사 퀘스트』 출간. 공산당 작가 모임 가입 및 활동. 단편집 『다섯 : 단편소설』 출간. 연극 『홍수가 나기 전에』 런던 상연(이 연극은 『돌린저 씨』라는 제목도 갖고 있다).

1954년 5부작 『폭력의 아이들』의 제2권 『올바른 결혼』 출간. 단편집 『다섯 : 단편소설』에 실린 「굶주림」으로 서머셋 모옴상 수상. 영국 공산당 탈당. 『순진함으로의 후퇴』 출간.

1957년 어머니 작고. 『귀향』 출간. 단편집 『사랑하는 습관』 출간.

1958년 5부작 『폭력의 아이들』의 제3권 『폭풍의 여파』 출간. 연극 『각자에겐 그만의 황야가 있다』 런던 상연. 연극 『돌린저 씨』 옥스퍼드 상연.

1959년 『각자에겐 그만의 황야가 있다』 출간. 『새로운 영국 극작가들 : 세 개의 연극』 출간. 시집 『14편의 시』 출간.
1960년 자서전적 에세이집 『영국적인 것을 추구하며』 출간. 연극 『빌리 뉴튼에 관한 진실』 윌트셔의 솔즈베리 상연.
1962년 대표작 『황금 노트북』 출간. 연극 『호랑이와의 놀이』 런던 상연 및 출간.
1963년 단편집 『한 남자와 두 여자』 출간.
1964년 『아프리카 이야기』 출간. 5부작 『폭력의 아이들』의 제4권 『육지에 갇혀서』 출간. 『호랑이와의 놀이』 뉴욕 상연. 아이드리스 샤의 가르침으로 수피즘 연구 시작.
1966년 단편집 『검은 마돈나』 출간.
1967년 자서전적 에세이집 『특히 고양이들은』 출간.
1969년 5부작 『폭력의 아이들』의 제5권 『사대문의 도시』 출간.
1971년 소설 『지옥으로의 하강에 대한 짧은 보고서』 출간.
1972년 단편집 『잭 오크니의 유혹』 뉴욕 출간. 단편집 『잭 오크니의 유혹』을 『결혼하지 않는 어느 남자의 이야기와 기타 이야기들』이라는 제목으로 영국에서 출간.
1973년 소설 『어둠이 오기 전의 그 여름』 출간. 아프리카에 관한 이야기들을 망라한 단편집 『그들 발 사이에 있는 태양』과 『이곳은 늙은 추장의 나라였다』 출간.
1974년 『어느 생존자의 비망록』 출간. 에세이 모음집 『작은 개인적인 목소리』 출간.
1976년 『어느 생존자의 비망록』으로 외국인에게 주는 프랑스의 메디치상 수상.
1978년 영국에 관한 이야기들을 모은 단편집 『19호실로 가다』와 『잭 오크니』 출간.
1979년 5부작 『아르고스의 카노푸스 제국』의 제1권 『시카스타』 출간.
1980년 5부작 『아르고스의 카노푸스 제국』의 제2권 『제3, 4, 5지대 간의 결혼』 출간.
1981년 5부작 『아르고스의 카노푸스 제국』의 제3권 『시리우스 제국의 실험』 출간.
1982년 5부작 『아르고스의 카노푸스 제국』의 제4권 『제8행성의 대표 만들기』 출간. 서독의 함부르커 스티프퉁의 셰익스피어 상 수상. 오스트리아의 유럽 문학상 수상.

1983년 5부작 『아르고스의 카노푸스 제국』의 제5권 『볼련 제국의 감성적 관리들에 관한 문서』 출간. 제인 소머즈라는 익명으로 『어느 좋은 이웃의 일기』 출간.

1984년 제인 소머즈라는 익명으로 『노인이 할 수 있다면』 출간. 『제인 소머즈의 일기』라는 제목으로 『어느 좋은 이웃의 일기』와 『노인이 할 수 있다면』 출간.

1985년 소설 『착한 테러리스트』 출간.

1987년 소설 『다섯째 아이』 출간. CBS 라디오 방송 강연집 『우리가 살기로 선택한 감옥』 출간. 에세이집 『바람은 우리의 말을 날려 버린다』 출간.

1988년 『제8행성의 대표 만들기』 오페라 대본 출간.

1989년 『특히 고양이들은 그리고 더 많은 고양이들』 출간. 이탈리아의 그린차네 카보르 상 수상.

1991년 『고양이들은 별나…특히 루퍼스는』 출간.

1992년 5부작 『아르고스의 카노푸스 제국』 5작품이 한 권으로 뉴욕에서 출간. 『아프리카의 웃음: 4번의 짐바브웨 방문』 출간. 단편집 『런던 스케치』 런던 출간. 단편집 『런던 스케치』를 『진정한 것: 이야기들과 스케치들』이라는 제목으로 미국에서 출간.

1994년 자서전 『내 마음 속으로는: 자서전 제1권, 1949년까지』 출간.

1996년 소설 『사랑이여 다시 한번』 출간.

1997년 자서전 『그늘 속을 거닐며: 자서전 제2권 1949년~1962년』 출간. 『제3, 4, 5지대 간의 결혼』 오페라 대본 출간.

1999년 소설 『마라와 댄』 출간.

2001년 소설 『세상 속의 벤』 출간. 데이비드 코헨 문학상 수상. 스페인의 아스투리아스 왕세자 상 수상.

2002년 소설 『가장 달콤한 꿈』 출간.

2004년 『할머니: 4개의 단편소설』 출간. 에세이집 『시간이 깨문다』 출간.

2005년 소설 『댄 장군, 마라의 딸, 그리오 그리고 스노우 독 이야기』 출간.

2007년 소설 『클레프트』 출간. 노벨문학상 수상.

2008년 자서전적 소설 『알프레드와 에밀리』 출간.

2013년 11월 17일 뇌졸중으로 94세의 나이로 사망.

:: 참고문헌

국내 자료, 번역서

굴드, 스티븐 제이.『다윈 이후』. 홍공선, 홍욱희 역. 서울 : (주)범양사, 1988.

김동광, 김세균, 최재천 편.『사회생물학 대논쟁』 서울 : 이음, 2011.「[다윈은 미래다] 3부 〈5〉 사회생물학의 대부 에드워드 윌슨」. 2012. 4. 7. 한국일보, 15 April 2012 〈http://news.hankooki.com/ArticleView/ArticleView.php?url=it_tech/200906/h2009060303354023760.htm&ver=v002〉.

도킨스, 리차드.『이기적 유전자』. 홍영남 역. 서울 : 을유문화사, 1993.

로젠크란츠, 카를.『추의 미학』. 조경식 옮김. 파주 : 나남, 2008.

리치 아드리엔느. 김인성 역.『더 이상 어머니는 없다』. 서울:평민사. 1995.

민경숙.『도리스 레싱 : 20세기 여성의 초상』. 사울 : 동문선, 2004.

_____.「도리스 레싱의『어느 생존자의 비망록』: 차이, 변화, 해방의 모색」.『영미문학페미니즘』 14.1 (2006) : 29~50.

_____.「60년간의 비평적 수용을 통해 본 도리스 레싱의 노벨상 수상의 의미」.『용인대학교 논문집』 제27집 (2009) : 61~97.

_____.「『시카스타 : 식민화된 제5행성에 관하여』: 도리스 레싱의 '실낙원'과 '복낙원'」.『용인대학교 논문집』 27 (2009) : 99~122.

_____.「『제3, 4, 5지대간의 결혼』: 레싱이 제안하는 여성적 비전」.『영미문학페미니즘』 19.2 (2011) : 105~128.

_____.「과학소설 5부작『아르고스의 카노푸스 제국』: 도리스 레싱의 문학적 도약」.『용인대학교 인문사회논총』 19 (2012) : 57~75.

_____.「도리스 레싱의『제8행성의 대표 만들기』: 현대 과학을 이용한 '죽음'과 '멸종'에 대한 해석」.『현대영미소설』 19.2 (2012) : 53~76.

_____.「『시리우스 제국의 실험』에 나타난 도리스 레싱의 진화에 관한 시각」.『영어영문학』 58.4 (2012) : 655~678.

_____.「도리스 레싱의 '그로테스크':『다섯째 아이』와『세상 속의 벤』을 중심으로」.『현대영미소설』 21.1 (2014) : 185~210.

_____.「도리스 레싱의『마라와 댄』과『댄 장군과 마라와 딸, 그리오와 스노우 독 이야기』: 포스트콜로니얼 사변소설과 '유목적 주체'의 형상화」.『한국현대영미소설』 23.1 (2016) : 57~80.

박선화.「도리스 레씽의『어느 착한 이웃의 일기』: 노이만의 중심화 이론으로 읽기」.『현대영미소설』 제1권 1호(2004) : 1~32.

______.「도리스 레싱의 『다섯째 아이』에 나타난 가족 트라우마」. 『영어영문학 연구』 제52권 3호 (2010) : 217~234.
______.「비정상과 정상 사이의 경계 가로지르기 : 도리스 레싱의 『세상 속의 벤』」. 『현대영미소설』 제17권 2호 (2010) : 37~56.
베일런트, 조지. 『행복의 조건』. 이덕남 역. 서울 : 프런티어, 2010.
보부아르, 시몬느 드. 『제2의 성』. 이희영 역. 서울 : 동서문화사, 2009.
봄, 데이비드. 『전체와 접힌 질서』. 이정민 역. 서울 : 마루벌, 2010.
새들러, 윌리엄. 『서드 에이지, 마흔 이후 30년』. 김경숙 역. 서울 : 사이, 2006.
윌슨, O. 에드워드. 『사회생물학 : 새로운 종합』 이병훈, 박시룡 역. 서울 : 민음사, 1992.
이경란. 「노년은 타자이기만 한 것인가 : 여성 노년소설의 노년과 성숙」. 『젠더 하기와 타자의 형상화』. 이화인문과학원 편. 서울 : 이화여자대학교출판부, 2011. 193~224.
조용현. 「10장 공생, 합생, 창발성」. 『사회생물학, 인간의 본성을 말하다』. 민주주의사회연구소 편. 서울 : 산지니, 2008.
최선령. 「도리스 레씽의 『다섯째 아이』 : "행복한 가족"의 몰락」. 『현대영미소설』 제13권 2호 (2006) : 155~175.
______.「성숙없는 세계와 노년 : 레씽의 『어느 좋은 이웃의 일기』」. 『영미문학연구』 16 (2009) : 69~89.
카프라, 프리초프. 『현대 물리학과 동양사상』 김용정, 이성범 역. 서울 : 범양사, 1979.
케이, 하워드 L. 『현대 생물학의 사회적 의미 : 사회다윈주의에서 사회생물학까지』 생물학의 역사와 철학 연구모임 역. 서울 : 뿌리와 이파리, 2008.
테인, 펫. 『노년의 역사』. 안병직 역. 파주 : 글항아리, 2012.
프리먼, 존. 최민우, 김사과. 공역. 「도리스 레싱」. 『존 프리먼의 소설가를 읽는 방법』. 서울 : 자음과 모음, 2015. 98~105.
하이젠베르크, 베르너. 『하이젠베르크의 물리학과 철학』. 구승회 역. 청주 : 온누리. 1993.

외국어 자료

Adelaide, Debra. "Doris Lessing has imagined a bizarre world where men evolved from women." Dec. 2006 *The Sydney Morning Herald,* Jan. 2017. 〈http://www.smh.com.au/news/book-reviews/the-cleft/2006/12/29/1166895469905.html〉
Albinski, Nan Bowman. *Women's Utopias in British and American Fiction*. New York : Routledge, 1988.
American Bible Society. *Good News Bible : Today's English Version.* New York : United Bible Societies, 1976.
Aouadi, Bootheina Majoul. "The Exegesis of Doris Lessing's *The Cleft* : Rethinking Being and Time." *Women's Utopian and Dystopian Fiction.* Ed. Sharon R. Wilson. Newcastle : Cambridge Scholars Publishing, 2013. 30~46.
Appignanesi, Lisa. "Unto them, a boy is born." April. 2007. *Fourth Estate,* 15 Jan. 2017. 〈http://appignanesi.typepad.com/lisaappignanesi/2007/04/appignanesi_on_.html〉

Arditti, Michael. "Sex and Schism at the Dawn of Time." Jan. 2007 *Independent,* 20 April 2016. 〈http://www.michaelarditti.com/non-fiction/the-cleft-by-doris-lessing/〉

Bakhtin, Mikhail. *Rabelais and His World.* Trans. Hélène Iswolsky. Bloomington and Indianapolis : Indiana UP, 1984.

Barnes, Sophia. "And, and, and." 23 Oct. 2013 *Sydney Review of Books,* 15 Jan 2017. 〈http://sydneyreviewofbooks.com/and-and-and/〉

Bassett, Caroline. "Impossible, Admirable, Androgyne : Firestone, Technology, and Utopia." *Further Adventures of The Dialect of Sex : Critical Essays on Shulamith Firestone*. Eds. Mandy Merck and Stella Sandford. New York : Palgrave MacMillan, 2010. 85~110.

Bear, Elizabeth. "Of Woman Born" Aug. 2007 *The Washington Post. 15* Jan. 2017. 〈http://www.washingtonpost.com/wp-dyn/content/article/2007/08/16/AR20070816026...〉

Beauvoir, Simone de. *The Coming of Age.* Trans. Patrick O'Brian. New York : W.W. Norton & Company, 1996.

Becket, Fiona. "Environmental Fables? The Eco-Politics of Doris Lessing's 'Ifrik' Novels." *Border Crossing.* Eds. Alice Ridout and Susan Watkins. London : Continuum International Publishing Group, 2009. 129~142.

Bedel, Geraldine. "Women and children first : *The Cleft* by Doris Lessing" Jan. 2007 *The Guardian*, 15 Jan. 2017 ,〈https://www.theguardian.com/books/2007/jan/07/fiction.dorislessing〉

Bikman, Minda. "Creating Your Own Demand." *Doris Lessing : Conversations.* Ed. Earl G. Ingersoll. New York : Ontario Review Press, 1994. 57~63.

Braidotti, Rosi. *Nomadic Subjects.* New York : Columbia UP, 1994.

______. *Nomadic Theory*. New York : Columbia UP, 2011.

Brennan, Zoe. *The Older Woman in Recent Fiction.* Jefferson : McFarland & Company, 2005.

Calasanti, Toni M. and Kathleen F. Slevin, eds. *Age Matters : Realigning Feminist Thinking.* New York : Routledge, 2006.

Cederstrom Lorelei. *Fine-Tuning the Feminine Psyche : Jungian Patterns in the Novels of Doris Lessing.* New York : Peter Lang P, 1990.

Chivers, Sally. *From Old Woman to Older Women : Contemporary Culture and Women's Narratives.* Columbus : The Ohio State UP, 2003.

Crater, Theresa. "Temporal Temptations in Lessing's *Mara and Dann* : Arriving at the Present Moment." *Doris Lessing Letters* 23.2 (Winter 2004) : 17~24.

Cruikshank, Margaret. *Learning to be Old : Gender, Culture, and Aging*. Lanhama : Rowman & Littlefield Publishers, 2009.

De Vinne, Christine. "The Uncanny Unnamable in Doris Lessing's *The Fifth Child* and *Ben, in the World*." *Names* Vol. 60. No. 1(March 2012) : 15~25.

DeGraw, Sharon. "Doris Lessing's Transitions : Post/Colonialism, Post/Modernism, and Racial Identity". *Foundation* 107 (2009) : 39~80.

DeGraw, Sharon. "Doris Lessing's Transition : Post-Colonialism, Post/Modernism, and Racial Identity." *The International Review of Science Fiction Foundation* 107 (Winter 2009) : 39~80.

Deleuze, Gilles, and Félix Guattari. "What is a Minor Literature?" *Mississippi Review* 11.3 (Winter/Spring 1983) : 13~33. 21 Aug. 2009. Web. 5 Jan. 2016. 〈http://www.jstor.org/stable/20133921〉.

Dixon, Barbara. "Passionate Virtuosity : Doris Lessing's 'Canopus Novels.'" Diss. Auburn U, 1984.

Draine, Betsy. *Substance under Pressure : Artistic Coherence and Evolving Form in he Novels of Doris Lessing.* The University of Wisconsin Press, 1983.

Duncan, Andy. "Alternate History." *Science Fiction*. (Eds.) Edward James and Farah Mendlesohn. Cambridge : Cambridge U.P, 2003. 209~218.

Eco, Umberto(Ed). *On Ugliness*. New York : Rizzoli International Publications Inc., 2007.

Fahim, Shadia S. *Doris Lessing : Sufi Equilibrium and the Form of the Novel.* London : The MacMillan P, 1994.

Filipczak, Doroto. "Abjection and Sexually Specific Violence in Doris Lessing's *The Cleft*." *Text Matters*. 4.4. (2014) : 162~172. Web. 2/6/16.

Firestone, Schulamith. *The Dialectic of Sex : The Case for Feminist Revolution.* New York : William Morrow and Company Inc., 1970.

Fishburn Katherine. *The Unexpected Universe of Doris Lessing : A Study in Narrative Technique.* Westport : Greenwood P, 1985.

Frankova, Milada. "Dystopian Transformations : Post-Cold War Dystopian Writing by Women." *Brno Studies in English* 39.1 (2013) : 211~226.

Galin, Müge, *Between East and West : Sufism in the Novels of Doris Lessing.* State University of New York, 1997.

Gamallo, Isabel C. Anievas. "Motherhood and the Fear of the Other : Magic, Fable and the Gothic in Doris Lessing's *The Fifth Child*," *Costerus* 123 (2000) : 113~124.

Green, Martin. "The Doom of Empire : Memoirs of a Survivor." *Critical Essays of Doris Lessing.* Ed. Sprague and Tiger. Boston : G. K. Hall, 1986. 31~37.

Greene, Gayle. *Doris Lessing : The Poetics of Change.* Ann Arbor : The University of Michigan Press, 1994.

Grover, Jayne. "The Metaphor of the horse in Doris Lessing's *The Marriages between Zones Three, Four and Five* : an ecofeminist question?" *Current Writing : Text and Reception in Southern Africa.* 1 Jan 2006 ⟨http://www.thefeelibrary.com/The+metaphor+of+the+horse+in+Doris+Lessing's+The+Marriages+Between…-a0162520440⟩.

Gunn, James and Candelaria, Mattew, eds. *Speculations on Speculation.* Theories of Science Fiction. London : The Scarecrow Press, 2005.

Haraway, Donna J. *Simians, Cyborgs, and Women : The Reinvention of Nature.* New York : Routledge, 1991.

Hardin, Nancy Shields. "The Sufi Teaching Story and Doris Lessing." *Twentieth Century Literature 23* (1977) : 314~326.

Harpham, Geoffrey Galt. *On the Grotesque.* Aurora : The Davies Group, 2006.

Ingersoll, Earl G.(ed.) *Doris Lessing : Conversations.* New York : Ontario Review Press, 1994.

James, Edward. "Utopias and Anti-utopias." *Science Fiction.* (Eds.) Edward James and Farah Mendlesohn. Cambridge : Cambridge U.P, 2003. 219~229.

James, Edward and Mendlesohn, Farah (eds.). *Science Fiction.* Cambridge : Cambridge University Press, 2003.

Jansen. Sharon L. "Paradise Lost : Men in Charlotte Perkins Gilman's *Herland* and Doris Lessing's *The Cleft." Reading Women's Worlds from Christine de Pizan to Doris Lessing.* New York : Palgrave, 2011. 101~128.

Jouve, Nicole Ward. "Doris Lessing : A "Female Voice" : Past, Present, Future?" *The Alchemy of Survival.* Eds. Carey Kaplan and Ellen Cronan Rose. Athens : Ohio University Press, 1988. 127~133.

Kaplan, Karey and Rose, Ellen Cronan (eds.) *Doris Lessing : The Alchemy of Survival.* Athens : Ohio University P, 1988.

Kayser, Wolfgang. *The Grotesque in Art and Literature.* Bloomington : Indiana UP, 1963.

Klein, Carole. *Doris Lessing : A Biography.* New York : Carroll & Graf Publishers, Inc., 2000.

Knapp, Mona. "Mara and Dann." *World Literature Today* 74.2 (Spring 2000) : 366.

Lacey, Lauren J. *The Past That Might Have Been, The Future That May Come.* Jefferson : McFarland & Company, 2014.

Lessing, Doris. "The Eye of God in Paradise," *The Habit of Loving.* Frogmore : Panther Books Ltd., 1957. 191~252.

______. *The Four-Gated City.* London : MacGibbon & Kee, 1969.

______. *The Memoirs of a Survivor.* New York : Vintage Books, 1974.

______. *Martha Quest.* London : Hart-Davis, 1977.

______. *Shikasta : Re : Colonised Planet 5.* New York : Random House, 1979.

______. *The Marriages Between Zones Three, Four, and Five.* London : Flamingo, 1980.

______. "Some Remarks." Forward. *Re : Colonised Planet 5 Shikasta.* New York : Vintage, 1981. ix~xi.
______. *Shikasta : Re:Colonised Planet 5.* New York : Random House Inc., 1981.
______. *The Making of the Representative for Planet 8.* London : Flamingo, 1982.
______. *Documents Relating to the Sentimental Agents in the Volyen Empire.* New York : Alfred A Knopf, Inc., 1983.
______. *The Summer Before the Dark.* New York : Vintage Books, 1983.
______. *The Diaries of Jane Somers.* New York : Penguin Books, 1985.
______. *Prisons We Choose to Live Inside*. New York : HarperCollins, 1987.
______. *The Fifth Child.* New York : Vintage Books, 1988.
______. *The Four-Gated City.* London : Paladin Books, 1990.
______. *Under My Skin : Volume One of My Autobiography to 1949.* New York : HarperPerennial, 1994.
______. *The Sirian Experiments*. London : HarperCollins P, 1994.
______. *Mara and Dann.* New York : HarperCollins, 1999.
______. *Ben, in the World.* New York : HarperCollins, 2000.
______. *The Story of General Dann and Mara's Daughter, Griot and The Snow Dog.* New York : HarperCollins, 2005.
______. *The Cleft.* New York : HarperCollins P, 2007.
Mali Joseph. *Mythistory : The Making of a Modern Historiography.* Chicago : The U of Chicago P, 2003.
McNeill William H. *Mythistory and Other Essays*. Chicago : The U of Chicago P, 1986.
Moi, Toril. *Simone de Beauvoir : The Making of an Intellectual Woman.* New York : Oxford UP, 2008.
Moylan, Tom. *Scraps of the Untainted Sky*. Builder : Westview Press, 2000.
Pathak, Sneha. "The Road Less Travelled : *Mara and Dann* as a Heroine's Quest Narrative." *European Academic Research.* 1.8 (November 2013) : 2222~2231.
Pearsall, Marily, ed. *The Other Within Us.* Boulder : Westview P, 1997.
Perrakis, Phillis Sternberg, ed. *Spiritual Exploration in the Works of Doris Lessing*. Greenwood Press, 1999.
______. "The Porous Border Between Fact and Fiction, Empathy and Identification in Doris Lessing's The Cleft." *Interrogating the Times.* Eds. Debrah Raschke, Phyllis Sternberg Perrakis and Sandra Singer. Columbus : The Ohio State University, 2010. 113~129.
Pickering, Jean. *Understanding Doris Lessing*. Columbia : U of South Carolina P, 1990.
Raschke, Debrah. "Cabalistic Gardens : Doris Lessing's *Memoirs of a Survivor*." *Spiritual Exploration in the Works of Doris Lessing*. Ed. Phillis Stenberg Perrakis. Greenwood Press, 1999. 43~54.

Ridout, Alice and Susan Watkins, eds. *Doris Lessing : Border Crossings.* London : Continuum International Group, 2009.

Roberts, Adam. *Science Fiction.* London : Routledge, 2000.

Rothstein, Mervyn. "The Painful Nurturing of Doris Lessing's '*Fifth Child*.'" *The New York Times.* June 14, 1988. ⟨http://www.nytimes.com/books/99/01/10/specials/lessing_child.html⟩

Rowe, Margaret Moan. *Doris Lessing*. London : The MacMillan, 1994.

Rubenstein, Roberta. "Doris Lessing's Fantastic Children." *Doris Lessing : Border Crossings.* Eds. Alice Ridout and Susan Watkins. London : Continuum International Publishing Group, 2009.

Sage, Lorna. *Doris Lessing*. London & New York : Methuen, 1983.

Sayer, Karen and Moore, John(eds.). *Science Fiction : Critical Frontiers*. Houndmills : MacMillan Press Ltd., 2000.

Singleton, Mary Ann. *The City and the Veld*. Associated University Presses, 1977.

Sontag, Susan. "The Double Standard of Aging." *The Other Within Us.* Ed. Marilyn Pearsall. Boulder : Westview P, 1997. 19~24.

Sprague, Claire. *Rereading Doris Lessing : Narrative Patterns of Doubling and Repetition.* Chapel Hill : The U of North Carolina P, 1987.

Sprague, Claire and Tiger, Virginia, eds. *Critical Essays of Doris Lessing.* Boston : G. K. Hall, 1986.

Tayeb, Lamia. "Arabian Nights Fairy-tale Turned Postcolonial Parable." *Doris Lessing Studies* 28.2 (Summer 2009) : 18~25.

Thomson, Philip. *The Grotesque*. Bristol : Methuen & Co Ltd., 1972.

Tiger, Virginia. "Our Chroniclers Tell Us : Lessing's Sequel to *Mara and Dann*." *Doris Lessing Studies* 25.2 (Winter 2006) : 23~25.

von Schwarzkopf, Margarete. "Placing Their Fingers on the Wounds of Our Times." *Conversations.* Ed. Earl G. Ingersoll. New York : Ontario Review Press, 2000. 103~119.

Wallace, Diana. "Women's Time : Women, Age, and Intergenerational Relations in Doris Lessing's *the Diaries of Jane Somers*." *Studies in the Literary Imagination.* 24 Feb. 2013. ⟨http://www.questia.com/read/1G1-172906650/woman-s-time-women-age-andintergenerational-relations-in-Doris-Lessing's-the-Diaries-of-Jane-Somers⟩.

Waterman, David. *Identity in Doris Lessing's Space Fiction*. Youngstown : Cambridge Press, 2006.

Watkins, Susan."The 'Jane Somers' Hoax : Aging, Gender and the Literary Market." *Doris Lessing : Border Crossings*. London : Continuum International Group, 2009. 75~91.

______. *Doris Lessing.* Manchester : Manchester UP, 2010.

______. "Writing in a Minor Key," *Doris Lessing : Interrogating the Times.* Eds. Debra Raschke, Phyllis Sternberg Perrakis and Sandra Singer. Columbus : The Ohio State University, 2010. 149~161.

Waxman, Barbara Frey. *From the Hearth to the Open Road : A Feminist Study of Aging in Contemporary Literature.* New York : Greenwood P, 1990.

______. "From 'Bildungsroman' to 'Reifungsroman' : Aging in Doris Lessing's Fiction." *Soundings : An Interdisciplinary Journal*. Vol. 68 No.3 (1985) : 318~334.

Więckowska, Katarzyna. "A Post-Battle Landscape : Doris Lessing's *The Golden Notebook* and *The Cleft*." *Crossroads in Literature and Culture*. Eds. J. Fabiszak et al. Berlin : Springer P, 2013. 45~55.

Wilson, Sharon R., "The Cosmic Egg in Lessing's *The Memoirs of a Survivor.*" 〈http://www.hichumanities.org/AHproceedings/Sharon%20R.%20Wilson.pdf〉.

______. "Storytelling in Lessing's *Mara and Dann* and Other Texts." *Women' Utopian and Dystopian Fiction*. Ed. Sharon R. Wilson. Newcastle : Cambridge Scholars P, 2003. 23~29.

______. *Myths and Fairy Tales in Contemporary Women's Fiction : From Atwood to Morrison.* NY : Palgrave, 2008.

:: 찾아보기

ㄹ

ㅁ

ㅂ

ㅅ

ㅇ

ㅈ

ㅊ

ㅋ

ㅌ

ㅍ

ㅎ

기타

* 표지 그림 출처 : https://www.flickr.com/photos/egaroa/12860543515